Research on the Frontier Issues of
Literary Theory in the 21st Century

2011—2021

学问，或自"物理"而来
或自"心理"

而至积学以储宝
酌理以富才 研阅以穷照
驯致以绎词

凡成一家之言者
其学问无不备具时代性

新世纪
文艺理论
前沿问题研究

吴子林 —— 著

浙江工商大学出版社
·杭州·

图书在版编目(CIP)数据

新世纪文艺理论前沿问题研究 / 吴子林著. — 杭州：浙江工商大学出版社，2022.9

ISBN 978-7-5178-4926-1

Ⅰ. ①新… Ⅱ. ①吴… Ⅲ. ①文艺理论－研究－中国－当代 Ⅳ. ①I206.7

中国版本图书馆CIP数据核字(2022)第068618号

新世纪文艺理论前沿问题研究
XINSHIJI WENYI LILUN QIANYAN WENTI YANJIU

吴子林 著

策划编辑	任晓燕
责任编辑	张晶晶
责任校对	何小玲
封面设计	朱嘉怡
责任印制	包建辉
出版发行	浙江工商大学出版社
	（杭州市教工路198号　邮政编码310012）
	（E-mail：zjgsupress@163.com）
	（网址：http://www.zjgsupress.com）
	电话：0571-88904980，88831806（传真）
排　　版	杭州彩地电脑图文有限公司
印　　刷	杭州宏雅印刷有限公司
开　　本	710mm×1000mm　1/16
印　　张	25.25
字　　数	256千
版 印 次	2022年9月第1版　2022年9月第1次印刷
书　　号	ISBN 978-7-5178-4926-1
定　　价	98.00元

"问题"是"思想"创造的起点

要写出一篇理想的文章是极不容易的。

文学批评家胡河清（1960—1994）的经验之谈是："文章漂亮，全靠写的时候体内蕴发着一股精气。用文言写如此，用大白话写更是如此，文言的文章典故多，精气欠缺时可以借些现成的辞藻来弥补；而一进入白话文的话语系统，能够借以掩饰的故实性文字就少啦。因此根据我的体会，越是写大白话，就越要在养浩然之气上下功夫。如果心浮气躁，耽于游乐，也绝写不出有灵气的白话文章。"（《灵地的缅想·序》）白话文章不披任何外衣，是最能泄底的一种形式，一个人的性情、学识、思想在这最本色的形式中展露无遗。腹中空空，见解庸常，语言贫乏，断然写不出文质兼美的文章。心蕴优雅，肌理丰厚，融会贯通，笔力磅礴，方能瞬绽光华。故刘勰一言以蔽之曰："积学以储宝，酌理以富才，研阅以穷照，驯致以绎词。"（《文心雕龙·神思》）用钱锺书先生的话说则是："博览群书而匠心独运，融化百花以自成一味，皆有来历而别具面目。"（《管锥编》）当然，这样写出来的文章是有血有肉的，是有灵魂的，是以诏后人的。

不少青年朋友总是为学术论文的写作而苦恼，他们或是找不到合适的论文选题，或是有了题目却不知如何下笔。在我个人看来，没有不能写的题目，只有自己驾驭不了的题目；其中关键在于，自己是否下足了功夫。更具体点说，那就是研究者有没有形成自己的"问题意识"。"问题"是"思想"创造的起点，由此而生的"问题意识"则决定了论文的选题，也决定了论文的成败。在"问题意识"的指引下，确定了一篇论文的选题，往往意味着论文写作成功了一半。

所谓学术"问题"，大致有三种。

其一，学术史问题：体现本学科的内部核心矛盾与突破方向的悬而未决的问题，体现本学科前沿、热点、难点或重点的前瞻性、实践性问题，如，新学科分支、新理论、新方法与学科融合等等，聚焦这些"真问题"是人文社会科学研究的根本目的所在。

其二，身世或时代问题：本土性与世界性的当代问题。它们源于急剧变迁、疑难丛生的生活世界，源于日新月异、姿态万千的艺术实践。将它们突出并予以讨论，厘清这些问题的症结所在，将这些问题的深入研究与理性解释吸收进既有的学科问题体系，可改变学科问题体系的结构，建构崭新的学科话语体系、理论体系和学术体系。历史学家钱穆先生有言："凡做学问，则必然当能通到身世，尤贵能再从身世又通到学问。古人谓之'身世'，今人谓之'时代'，凡成一家言者，其学问无不备具时代性，无不能将其身世融入学问中。"（《学龠》）

其三，撰著者自身的思想问题：每位学者总是以独特的视角看待世界，以与众不同的运思来理解世界，提出自己的学术思想创见，创造和别人不一样的东西。这一在"我注六经"的原则上"六经注我"的创造过程，存在个人诸多思想的矛盾与冲突、艰难与险阻，呈现为有待突破的学术瓶颈状态。这种个人的思想问题一旦得以成功解决，便迈向了自由创造之境。

最为理想的状态，当然是三者融合为一而成的"问题意识"。无论如何，有了"问题意识"便找到了意欲破解的"真问题"。在与学界前贤对话、与时代对话、与自己对话的过程中，便能胸有丘壑、收放自如，不至于磕磕绊绊、漏洞百出，或思想贫乏、气味枯索；体现于具体的写作过程，便能做到"精而细"即"小题大做"，而不是"虚而大"即"大题小作"。

2002 年博士毕业后，我就职于中国社会科学院文学研究所，在从事《文学评论》编辑工作的同时，利用业余时间读书、思考、写作。近二十年来，有两类文章我是必须写的：一是文艺学前沿问题年度研究报告，二是涉及学术史问题、时代问题、自我问题的文章。在我看来，作为一个真正的研究者，必须对自己所从事的学科研究现状与走向有一个全盘的了解与把握，在此基础上才可能避免闭门造车、故步自封、自说自话，才可能与时俱进、自由出入、得心应手地著书立说。记得当年写博士论文，我的导师童庆炳先生就叮嘱我：写作过程一定要时刻关注整个文学研究界的动态，关注人们研究的热点、重点和难点。这些不同研究领域的成果能深层次地启发自己的学术研究，使自己站得更高、悟得更深、看得更远。当时学界正激烈地讨论文学经典化问题，这一思潮便启发了我写作博士论文《经典再生产——金圣叹小说评点的文化透视》（2009 年由北京大学出版社出版）。意大利小说家卡尔维诺说过："第一本书将给你下定义。"果不其然，作为我学术生涯的"第一本书"，其研究视界、方法与风格预示了我后来的学术发展方向。

文艺学前沿问题年度研究报告的写作，对我个人而言，有着双重的学术意义：一是使自己的审阅、编辑工作更加精准、科学；二是使自己的学术研究保持前沿性、创新性。这不能不归功于童庆炳先生当年的谆谆教诲！

文艺学在当代中国文学研究领域一直居于执旗领军的地位，深刻影响并引领着中国文学研究不断突破既有的格局。从 2011 年起，我不间断地主笔撰写了 11 篇文艺学前沿问题的年度研究报告，尽其可能地全面总结各年度中国文艺理论界在马克思主义文论、古代文论、西方文论、中西比较诗学、文艺美学、新媒介与网络文学研究等论域的代表性研究成果，评骘其中给人以启示以思考以智慧的诸多论说，并指出有待进一步延伸、拓展的学术空间。在某种意义上，它们可以说是新世纪文艺理论研究的编年史；合而观之，它们则比较清晰地呈现了当代文艺理论思潮的演变历程，呈现了新世纪文艺理论知识生产的思想潮汐，可谓当代文艺学研究学术史的具现，有着重要的学术史价值。

因此，特将这 11 篇论文集结成书，其中"附录"收入了本人与钱中文先生合撰的《新中国文学理论六十年（1949—2009）》一文的下篇《新时期文学理论三十年（1979—2009）》。细读各篇年度报告中所遴选的代表性文章及其学术观点，当能使人迅速、准确地把握文艺学学科研究的动态，可为硕士论文、博士论文的选题，以及国家社科基金项目或课题的申报等，提供一些便利的参考。更重要的则是可从中汲取重要的学术思想资源，提炼出值得进一步研究的问题，为自己的学习与探索增添崭新的思维向度。因为，一切创造的前提是将整个过去和传统放在心里，并在其中寻觅到属于自己的过去和传统，进而养成敏锐的"问题意识"。日本的山本玄锋禅师曾在龙泽寺盛会讲经，开示即云："一切诸经，皆不过是敲门砖，唤出其中的人来，此人即是你自己。"

作家博尔赫斯说得好：一切邂逅都是约会，一切前行都是延宕，一切破碎都是完成，一切分离都是重聚。学问，或自"物理"而来，或自"心理"而至，准确明朗，生动活泼；写作则是一次次指向自我的行动，是对于人类未知世界的探索和创造——于是，身心为之振拔，自我因之拓展。

学者的生命及其思想明灭于著述之中。1929 年 6 月 26 日，英国伟大戏剧家萧伯纳在给著名女演员爱兰·黛丽的书信集的序言里写道："有人也许会埋怨说，这一切都是纸上的；让他们记住：人类只有在纸上，才会创造光荣、美丽、真理、知识、美德和永恒的爱。"

诚哉斯言！

是为序。

吴子林

2022 年 1 月 10 日，北京"不厌居"

目 录

张力：在文学与文化之间

——2011年度文艺学前沿问题研究报告

不论是对西方理论的深入思考，还是对当下文艺问题的热切关注，或者是对古代文论的研究，2011年的文艺学研究都呈现出了新突破，表现出更加缜密的理性思考与更为开阔的学术视野，所思考的问题更加深刻，研究的方法更为多元化，提出的观点也颇多创新与突破。本文试择取其中若干重要问题予以论述。

马克思主义文艺理论

2011年时逢建党九十周年，不论是学术会议还是论文报告，都对马克思主义文艺理论予以了特别的关注，研究者特别致力于对马克思主义文艺学当代价值的挖掘。

以往研究多侧重于分析法兰克福学派与马克思主义的关系，认为法兰克福学派的"文化工业"理论继承了马克思主义的批评传统，对垄断资本主义社会文化工业进行了批判，而近期研究则侧重于挖掘英国文化批评与美国文化批评对马克思主义的吸收。

如冯巍提出，马克思主义所倡导的社会—历史维度是纽约学派文化批评的重要理论来源，纽约学派只是将马克思主义视为一种批评方法，而不是真正意义上的马克思主义批评家的结论。[①]韩振江认为，齐泽克在继承西方马克思主义从哲学、意识形态层面对现代性以及西方资本主义进行批判的同时，深入分析了全球资本主义语境中美学、文学、电影、艺术、大众文化等诸多审美领域，深化和拓展了西方马克思主义的文化批评。[②]

周海玲提出了阅读构形与文本间性理论，在对文本与读者之间关系、社会历史的动态生成过程的考察中，建立了一套历史化文本实践的方法，从而实现文学研究向文化研究、大众文化研究的理论转轨。[③]刘坛茹、孙鹏程同样关注托尼·本尼特对马克思主义社会化和历史化逻辑的借鉴，他们指出，托尼·本尼特从通俗文学与马克思主义批评的关系入手，认为西方马克思主义的文学定义是僵化的、

---

① 冯巍：《纽约学派文化批评的马克思主义维度》，《文艺理论与批评》2011 年第 3 期。
② 韩振江：《齐泽克：新马克思主义文化批判理论》，《文艺理论与批评》2011 年第 5 期。
③ 周海玲：《历史中的文本——托尼·本尼特对大众文化文本的马克思主义研究》，《文艺理论与批评》2011 年第 3 期。

非历史化的，属于文学本质主义，因而将通俗文学排除在外。[①]

如何实现马克思主义文艺理论的中国化？高建平通过对艺术观的回溯，特别是对康德美学和杜威美学的分析，揭示出马克思主义美学的科学性就在于肯定艺术对物质财富生产所带来的社会变化起到调整、制约和平衡的作用，进而肯定其当代意义就在于美学应回到一种批判的立场，在论争中使自身得到发展。[②]赖大仁指出，马克思主义文论作为一种开放性文论形态，把文艺问题与时代的重大理论和现实问题联系起来的方式是具有长久生命力的，它不断激发人们去探索和回答新的时代问题。[③]

不论是立足于中国实际还是探讨西方学派，这些研究都不约而同地关注到马克思主义文学研究对社会—历史阐释维度的重视。正如我们所知，马克思、恩格斯在分析文学时，并不是将文学视为一个自足体，简单地就文学论文学，而是将文艺问题置于宏阔的历史视野中，置于社会历史发展和现实问题的深刻考量之中。这一开放性阐释方式，使马克思主义文艺学和美学在时代性和思想性上超过其他文论形态，是值得我们进一步借鉴吸收的。

---

① 刘坛茹、孙鹏程：《西方马克思主义文论的本质主义困境及解构策略——以托尼·本尼特的反本质主义文论为视角》，《文艺理论与批评》2011 年第 1 期。
② 高建平：《发展中的艺术观与马克思主义美学的当代意义》，《文学评论》2011 年第 3 期。
③ 赖大仁：《马克思主义文论与当今时代》，《文学评论》2011 年第 3 期。

文学的全球化与地方化

不论是全球还是我们本国疆界都可以看作是一个同心圆式的"中心—边缘"结构。随着经济的全球化，各国之间联系越来越密切，之前以西方为中心的格局不断被打破，呈现出多元化发展的趋势。于是，文学创作的全球化与地方化问题凸显出来。

文学应"全球化"还是"地方化"？总体而言，大部分研究者都主张在拥有世界视野的同时着力于对本民族文化特征的展示。如，王大桥以中外文化中多样化的孙悟空视觉形象为例探讨审美习俗的强大影响力，指出人们在不同时代不同文化根据既有的审美习俗赋予了孙悟空形象以不同内涵：中国在绘画、戏剧、影视、动漫的不断变迁中最终确立了潇洒英俊的美猴王形象，人性、神性、兽性完美融合；日本动画和漫画则在时代发展中将本民族特征注入孙悟空形象；韩国基于国内文化产品市场考虑，赋予孙悟空形象更多现代性和全球性；而泰国则将孙悟空作为神灵崇拜对待。通过对孙悟空形象本土演变和海外流传的考察，我们看到，所有的文化信息和符号都是在民族的历史和文化语境中产生的，而这些文化信息和符号作为民族归属的象征，有利于民族身份的认同。[①]

有的研究则通过中国当代小说创作来考察世界性与本土化之间

[①] 王大桥：《审美习俗的历史性和地方性——以孙悟空视觉形象的建构为例》，《文艺理论研究》2011 年第 5 期。

的关系。张清华认为，世界视野与本土经验、现代性与民族性之间的对立，是造成中国当代文学评价纷争的根源。本土经验这一命题应包含几个维度：传统性、地方性或地域性色彩和本土的美学神韵；在实现本土经验表达方面，中国当代小说实际上获得了长足的发展；超越种族和地域限制的人类共同价值的含量，以及本民族文化和本土经验的含量充分展示了"越是民族的越是世界的"。①孟繁华重点研究了中篇小说创作的本土经验，认为中篇小说代表了这个时代文学的高端成就：浪漫主义文学暗流涌动，文学与政治的关系正在重建，多样化的讲述方式构建了一个没有主潮的文学时代。也正因为如此，尽管文学不可能再产生当年的轰动效果，但对于人类社会潜移默化的影响不会消失。②贺绍俊选取严歌苓、李彦两位华人女作家进行比较研究，通过分析异质性文化碰撞对她们创作的影响，认为尽管同样是处理"红色资源"，严歌苓侧重于思想层面，以一种建立在基督教文化基础上的思维模式来彰显苦难生活中人性的光辉，而不是追问生活的意义和价值判断；而李彦更着力于语言层面，摆脱现代汉语的思维局限，用英语思维来处理"红色资源"，虽在思想层面并未触动国内主流的历史评判，但仍能够突破历史而超越到

---

① 张清华：《在世界性与本土经验之间——关于中国当代文学的走向及评价纷争问题》，《文艺研究》2011 年第 10 期。
② 孟繁华：《文学革命终结之后——近年中篇小说的"中国经验"与讲述方式》，《文艺研究》2011 年第 8 期。

精神层面。

近代以来，在东西方文化关系中，中国基本处于弱势地位，使得其一直在现代与民族、世界与本土这一悖论中艰难地寻找着平衡。20世纪90年代末中国本土经验的生动呈现，反映了中国文化、文学自信力的增强。但是这份自信万不可走到极端，变成民族主义。我们认为，世界文学具有一种超民族性，但并不是存在着超民族或是民族应该取消。因为文学作为人学，总有些意蕴是超越了阶级、地域、民族、国家等界限，能够引起全世界的共鸣的。好的文学总是能够拨动所有人的心弦。文学创作一定要"眼高手低"：要有远大的追求，不局限于为本民族本时代的人而写作，而是为全世界、未来的读者而写作，此即为"眼高"；要充分汲取本民族传统文化的养料，立足于当代社会现实，自觉探索人的内心，捍卫作为人的尊严，保持关注现实的知识分子的品格，此即为"手低"。从空间维度上处理好现代性与中国性之间的关系，即西方与中国的关系；从时间维度上凸显古代文学与现代文学之间的联系。

边疆文学的研究在本年度得到了强化。如张柠、行超认为，新时期的"边疆小说"具有自身特殊的叙事模式：朝圣模式、历史叙事和探险叙事。作家笔下的"边疆"已经被神化成了一个类似乌托邦或是香格里拉的符号，作为福地乐土为人所向往。这一方面是现

①贺绍俊:《从思想碰撞到语言碰撞——以严歌苓、李彦为例谈当代文学的世界性》，《文艺研究》2011年第2期。

代文明种种弊端的暴露，不断被异化的人只能希冀于遥远的边疆；另一方面是边疆经济、文化、基础设施等落后的局面被遮蔽，呈现出来的是边疆纯真朴实的精神、顽强的原始生命力。①

非物质文化遗产的研究也涉及世界性与本土化关系问题。宋建林首先肯定了少数民族非物质文化遗产保护取得的成就，特别是《非物质文化遗产保护法》的颁布、民族民间文化保护工程的启动、少数民族文化生态保护区的设立、民族民间文学艺术的保护等等。所面临的问题不能忽视，如遗产资源赖以生存的民族文化环境和社会生活基础不断恶化，老一代传承人的相继离世造成了文化传承的后继无人，外来文化的强力介入与冲击不断改变着民族文化传统。②

少数民族的弱者心态是双重的：一方面是发达与落后之间的落差，另一方面是中心与边缘的对立。而民族问题始终是衡量社会发展的标志之一。文学创作向边疆迁移，整体上是有利于少数民族经验的展现；同时我们也应借助"申遗"热，加大对少数民族非物质文化遗产的保护力度。

视觉文化与文学之关系

首先被关注的是视觉文化下文学的命运，对此有截然对立的两

---

① 张柠、行超：《当代汉语文学中的"边疆神话"》，《文艺研究》2011年第2期。
② 宋建林：《少数民族非物质文化遗产保护现状》，《文艺理论与批评》2011年第6期。

种观点。

赵勇认为小说在视觉文化时代面临着严峻的挑战，而对当代小说的命运持比较悲观的态度。通过对中国当代作家及其作品与影视交往历史的回顾，赵勇指出，20世纪八九十年代第五代导演与先锋作家的合作建立在精神气质、叙事模式等方面相似的基础上，是精英文化之间的对话；而在市场经济冲击下文化开始转型，作家与导演之间的关系也发生变化，由精英文化转为大众消费文化。标志性事件是六作家为张艺谋电影撰写《武则天》小说剧本。至此作家便频频"触电"，引发视觉思维与影视逻辑对小说构成的渗透：小说生产方式逆向化，先有剧本后改写成小说；叙事手法剧本化，对话增多，语言运用能力退化；故事通俗化；思想肤浅化。因此，当下小说创作的繁荣只是一个假象，实际上小说的"闲"与"慢"的阅读传统已经被视觉文化所谋杀，而影视化小说用视觉思维和影视逻辑所创作出来的快节奏小说不可能成为文学的救世主。因为其所追求的画面感、节奏感不断迎合人们的感官刺激，小说成为一种消遣，进而摧毁着小说阅读。所有这些使得小说在视觉文化时代的命运岌岌可危，不可能有大的作为。^①

戴文红和黄发有都认为，视觉文化对文学的确存在着冲击，但是文学并非不堪一击，仍然能够找出自我突围之路。在戴文红看来，突围之路是构筑一种"可能生活"，电子书只是作为传统书籍的延

---

① 赵勇：《影视的收编与小说的末路——兼论视觉文化时代的文学生产》，《文艺理论研究》2011年第1期。

续，不可能取代传统书籍；而可视化阅读这种动态接受方式才是经典的最大威胁。可视化阅读通过将经典转为影像或是电视文化讲座的方式，使经典沦为一种空洞媚俗的浅层阅读，成为戏拟消解政治、刺激感官、商业炒作的"景观制造"。而这也正需要经典的力量予以拯救，为我们构筑"可能生活"，给我们以向上的指引，诗意地栖居于大地上。[①]黄发有则从接受者角度分析视觉文化下文学写作的命运。影视图像和网络媒介的盛行导致普遍的浅阅读，特别是作家、批评家对深度阅读的背叛更是令人痛心疾首。而这种浅阅读又刺激着浅出版的盛行，浅阅读与浅出版之间的恶性循环抑制了文学的创造性。这一切不仅冲击着文学，也制约着知识创新和文化传承，我们必须在深度阅读中重新发现和激活伟大的文学传统。[②]

学者们对视觉文化的态度也有所差异。肖伟胜对视觉文化的发展历程进行了回溯，认为其作为反对文化精英主义的一种理论工具，是由围绕着文化界定所引发的一系列争论所兴起的。视觉文化以一种多中心、对话性与关系化的阐释模式，成为进入互文性对话的多元世界的入口。另外，视觉文化与艺术史学科的发展密切相关。在大众传播时代，视觉形象已成为文化实践的中心。而视觉文化通过对形象所传达的社会思想、信仰和习俗的揭示，成为文化建构的新

---

① 戴文红：《构筑"可能生活"——视觉文化中经典的接受及其意义》，《文学评论》2011 年第 5 期。
② 黄发有：《浅阅读语境中的浅写作》，《文艺研究》2011 年第 4 期。

领域。① 邹广胜则主张语言与图像并不存在孰高孰低的问题，应该充分尊重两者的差异和价值。从插图本对绘画叙事与语言叙事的充分融合入手，他认为对图像的感受力是与生俱来的，具有语言难以取代的优点，而且受众面更为广泛。潜在于语图之争背后的是大众文化与精英文化之间的冲突。② 吴琼以视觉文化研究的重要组成部分——视觉机器为对象，指出其产生背景是肇始于 19 世纪的视觉文化转向。这次视觉转向不同于以往之处就在于充当观看中介的是真正的机器，因而将改变原有的观看手段、观看机制、观看主体、权力配置等。视觉机器作为一种批评理论，只有对机器做解构式的批评才可能为观众摆脱机器的配置提供一条路径。③

　　作为当代主导性的文化形式，视觉文化的发展是不可逆转的，我们不可能螳臂当车般予以阻止。视觉文化确实对当下文学创作产生了冲击：就作家而言，与影视的结合在带来名利双收的同时，造成作家创作水平的下降；在商业利益面前迷失方向，在市场操纵下文字已经失去了力量。就读者而言，影视图像和网络媒介使得人们不断追求感官刺激，放弃生命的沉潜与思考，更追求空洞流于表面的东西，不再阅读传统的文学与文化经典。就文学本身而言，一方面经典被戏拟、大话、重构，在传承经典的同时摧毁着经典，另一

---

① 肖伟胜：《视觉文化的衍生与艺术史转向》，《文艺研究》2011 年第 5 期。
② 邹广胜：《谈文学与图像关系的三个基本理论问题》，《文艺理论研究》2011年第 1 期。
③ 吴琼：《视觉机器：一个批判的机器理论》，《文艺研究》2011 年第 5 期。

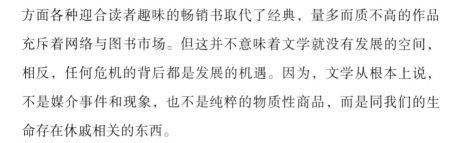

方面各种迎合读者趣味的畅销书取代了经典，量多而质不高的作品充斥着网络与图书市场。但这并不意味着文学就没有发展的空间，相反，任何危机的背后都是发展的机遇。因为，文学从根本上说，不是媒介事件和现象，也不是纯粹的物质性商品，而是同我们的生命存在休戚相关的东西。

西方文论研究之反思

近年来，人们对西方理论研究从盲目引进到开始进行审慎的反思。任何理论都不是无源之水无本之木，都有其思想渊源和产生的具体社会历史背景，有发展也有衰落，有优势也有弱点。几乎每一波西方理论大潮涌入都会成为中国学术的研究热点。比如说女性主义引进之后，我们会惊奇地发现产生了很多以此为解读视角的研究成果。诚然，理论工具的创新对促进学术研究新的增长点的出现是有其价值的。但是对每一个外来理论没有审慎地考察其源流，是不可能真正理解的。热点有时就像被风吹过的海平面不时掀起波浪，但是风平浪静之后我们又能在沙滩上找到什么却是一个大问题。所幸，近来的研究早已去除了刚开始时的激动与焦虑，人们开始以一种平静审慎的态度来深入研究西方理论。如，章辉从历史、现实、文学、个人四方面分析了后殖民理论在全球兴起的原因，指出这是数百年来东西方反殖反帝的文化运动和实践的产物。[①]

怎样看待文化研究，是一个见仁见智的问题。金惠敏认为，文化研究已然进入一个全球化的时代，全球化文化研究既不简单认同现代性，也不是后现代性的产物，而是对二者的综合和超越。[②]刘方喜从马克思主义理论的跨学科性来思考在学科分化弊端凸显的当下文艺学研究进路，指出我们既不曾拥有真正的"跨学科"眼光，只强调文艺美学与其他学科的分化，把其他学科视为是恒定不变的，又不曾认识到现代学科在分中有合的状态中总有一种学科的理论范式处于主导地位，特别是没有真正理解"文化研究"背后的社会学范式。文化研究对于跨学科是有借鉴意义的，超越学科分化、遵循社会学范式而具有"去经济化""去哲学化"的特点。[③]

在当代发挥马克思主义文论跨学科优势，必须拓宽马克思主义文论的研究范围和哲学基础，特别是马克思的"关系哲学"意义重大。盛宁认为，文化研究十多年来虽然轰轰烈烈却鲜有真正有分量的成果问世，造成这一困境的首要原因是把本应是批评实践的文化研究误当作理论与成就来深入研究，必须把对文化研究的理论兴趣转向具体的个案分析，立足于中国的社会现实，去挖掘探究与当下文化现状密切相关的问题，避免以政治利害作为评判思想是非的标准，

---

① 章辉：《后殖民理论与当代中国文化批评》，《文学评论》2011 年第 2 期。

② 金惠敏：《走向全球对话主义——超越"文化帝国主义"及其批判者》，《文学评论》2011 年第 1 期。

③ 刘方喜：《当代马克思主义文论的"跨学科性"》，《文学评论》2011 年第 3 期。

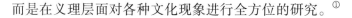

而是在义理层面对各种文化现象进行全方位的研究。^①

"日常生活审美化"也是新世纪的学术热点问题之一。乔焕江认为，当代文艺学由于对自身结构性的盲视，如过分强调审美，造成与日常生活之间的距离不断被拉大，放弃了价值判断与历史认知，从而丧失了介入现实的能力等，并且未能认识到当代社会文化结构的未定性与复杂性——正是这双重结构性盲视，使得当代文艺学未能认识到生活世界转向这一理论生产的趋势。^② 段吉方对"理论之后""反理论""理论的抵抗"等观念的生成语境与论域进行了深入的剖析，"理论之后"并非意味着理论真正的危机，而是理论在一种新的文化生态中的价值诉求，呼唤着更高层次的理论形态的出现。^③

中国古代文论研究新进展

2011年古代文论研究成果很多，主要聚焦于古代文论的基本理论和主要问题的探索与推进。限于篇幅，仅选取其中较有特色的研究予以概述。

童庆炳研究了刘勰《文心雕龙》反复提出的"情"的范畴。首先，

① 盛宁：《走出"文化研究"的困境》，《文艺研究》2011年第7期。
② 乔焕江：《日常生活转向与理论的"接合"——从"日常生活审美化"论争说起》，《文学评论》2011年第3期。
③ 段吉方：《理论的终结？——"后理论时代"的文学理论形态及其历史走向》，《文学评论》2011年第5期。

刘勰提出"情"的问题具有现实针对性，其所针对的就是当时作品的空洞之情、虚假之情和艳俗之情。刘勰既肯定以《诗经》为传统的情志，也肯定因自然景物的变化而变化的人的自然情感；既肯定社会的、群体的、理性之"情"，也肯定个体的、自我的、感性之"情"。刘勰在"情"的问题上是在古典与新声中徘徊，反映出他的折中主义思想倾向。其次，刘勰对文学情感问题的理论贡献在于他全面揭示了情感在文学创作中的运动。概言之，"情以物兴"是情感从外物移出到作家内心的过程，"物以情观"则是情感从作家内心移入对象的过程。从"情以物兴"（"物感"）到"物以情观"（"情观"），是情感的兴起到情感评价的过程，是审美的完整过程，它们构成了诗人在创作中的情感全部运动。最后，童庆炳指出，长期以来，人们只是注意到"物感"说，而忽略了"情观"论即情感的移出过程。童庆炳对"物以情观"的再发掘，突破了以往的研究，完整揭示了刘勰的情感表现理论。①

　　研究《文心雕龙》者都称赞其体系严密完整，但很少有人对《文心雕龙》思想体系的内涵及作用进行深入的研究，王文生从《序志》《原道》《征圣》《宗圣》等篇入手，认为儒家思想在刘勰文学思想体系中仍然占据主导地位，刘勰所建立的思想体系实际上是用儒家思想来阉割文艺自身特性和规律，用伦理政治价值来取代文学自

---

① 童庆炳：《〈文心雕龙〉"物以情观"说》，《北京师范大学学报》（社会科学版）2011年第5期。

身价值，刘勰对中国文学思想发展的贡献在于其实事求是、细致精微地对文学传统和现实经验进行总结而形成的文学创作论。在对《文心雕龙》"体大而虑周"的一片赞扬声中，本文发出了不同的声音，值得《文心雕龙》研究者关注。①

吴子林对"《诗》可以兴，可以观，可以群，可以怨"这一诗学命题做了全新的系统阐释，认为该命题所论为"学诗之法"，并非人们所理解的诗歌功能论。具言之，诗的兴发感动使个人的主体生命开始觉醒，进而反省社会、他人与自我，从《诗》中"彻悟"或"发现"某些人生的"意义"；在学《诗》过程中，"兴"与"群"构成了互动互补的关系，诗情的兴发感动，使学诗者在共同感受之下相互联结起来，产生对自己所处社会的归属感、亲和感；"兴"与"观"的学诗阶段不介入外部的对象世界，到了"群"则认识到了个体存在的有限性，而力求参与、融入对象世界之中，达到人与天、人与自然、人与社会之间的和谐，个体的人格由此提升了一层。"怨"是由于达不到"群"的理想境界，而表现为主体与对象世界的疏离、冲突，其真正目的是追求"群"，以根本地消除自己为目标。在"学诗之法"中，最重要、最根本的意见是《诗》"可以兴"，审美的优先性毋庸置疑。这颠覆了20世纪以来郭绍虞、刘若愚、李泽厚等学者对孔子诗学思想的论说，认为与其说孔子的诗学思想是"实用理论"，毋宁说是重视人格修养之人生实践的生命诗学，追求理想

---

① 王文生：《〈文心雕龙〉思想体系考辨》，《文艺理论研究》2011 年第 4 期。

的人格精神和生命存在的完美境界，是其最高旨趣：这是一种"内在目的"论，而不是"外在目的"论。在培育生命意识，涵养人的情性，协调理性与感性、理想与现实，造就一个充实、整全、和谐的社会等方面，孔子的诗学之思有着极其重要的现代意义。这对于深化我们对孔子思想的认识具有一定意义。①

李春青借鉴法国社会学家皮埃尔·布迪厄"趣味"说，从"贵族趣味"的角度对中国古代"文统"生成的历史轨迹进行探讨。论文指出，西周至春秋时期的贵族趣味在社会生活层面上表现为身份意识与荣誉感，而在精神层面表现为对"文"与"和"的追求，而这一切都与审美产生了直接的关联，为"文统"形成奠定基础，对于中国文艺思想史的发展演变起着重要作用。②洪越运用研究口头文学时常用的结构分析方法，选取中晚唐诗本事故事中为数众多的"三角情"（两个男人和一个女人之间的感情纠葛）作为分析个案，认为唐诗本事故事主要以口头方式传播，真实性存在很大问题，不完全能够作为了解一个诗人性格和写作具体情景的史料。但这些故事却具有丰富的社会文化内涵，"在中晚唐，'文化'有可能是或被想象为一种能够与政治权力对峙的资源。而这个'文化资本'，既包括写诗和运用诗的能力，也包括人的情感能力"。③

---

① 吴子林：《超越"实用"之思——孔子诗学思想之再释与重估》，《思想战线》2011 年第 2 期。
② 李春青：《中国文论中"文统"观念的文化渊源》，《文学评论》2011 年第 2 期。
③ 洪越：《结构分析：解读唐诗本事故事的一种方法》，《文艺研究》2011 年第 10 期。

八股文之价值备受研究者重视。如，黄霖深入挖掘了中国文论史上少有的八股"句论"（以单篇论文的形式对作品中某一单句作专门的分析和批评），如那些对《西厢记》中一些名句进行解读的八股文章，对《西厢记》的写情主旨、情景创造等进行细致而精彩的论述，不仅文辞优美动人，而且分析细腻而有创见，非常值得进一步研究。①陈才训从三个方面探讨了八股文教育对清代小说所产生的潜移默化的影响，先是枚举了文康、李绿园、蒲松龄等清代小说家坚持"以古文为时文"的理念，以及小说所呈现出的"间杂以经史掌故话头"的语言特色，接着详细分析了小说家如何以八股思维与写作技法来创作小说。此外，以徐述夔为例指出小说家除借诗词、小说以炫耀才学外，还存在着以八股自炫的心态。论文对清代小说与八股文的关系进行了具体而细致的论析，揭示了八股文对小说文体的多维渗透。②

从整体上看，2011 年度的古代文论研究的方法呈现多元化格局，不少论著在前辈学者的基础上有所创新与发展，不论是具体篇章的解读还是思想的阐发，都有了可喜的推进，其视域更加宽广，自觉走向古今中西的融会贯通。

---

① 黄霖：《〈西厢〉名句为题之八股文的文论价值》，《文艺研究》2011 年第 7 期。
② 陈才训：《清代小说与八股文关系三论》，《文艺研究》2011 年第 3 期。

文论研究的观念与方法

如何解决学科过度分化、学科壁垒森严所造成的种种弊端，已经成为当下哲学社会科学不可回避的重要问题，而文艺学也在文化研究冲击下，不断打破学科界限，呈现出跨学科的趋势。

冯黎明着重探讨了文学研究如何在现代性的分解式理性的作用下，从古典知识的整一性结构走向现代学科化知识，进而在现代学术体制中获得了一个合法化地位。就英语世界来看，在古典自由主义人文教育型大学时代，文学研究侧重于审美教育；在近代研究型大学时代，文学研究倡导"文学性"；而在现代 multiversity 时代，文学研究力主文化理论。可以说文学研究至今没能够形成稳定的知识依据、思想资源、价值准则和阐释技术。就中国而言，则有几个关键的时间点：癸卯学制开启了文学研究的学科化之路；20世纪二三十年代大学课程设置确立了文学研究的学科化学术方式；20世纪50年代院系调整后文学研究成为政治伦理的一部分，失掉了独立的研究对象和学科价值；20世纪80年代开展文学主体性讨论，在追求政治解放的情况下寻求文学的独立自主；20世纪90年代学术体制化，在文学研究"向内转"的同时削弱了对现实世界的批判力。而正因为如此，文化研究因其跨学科性才能大行其道。[①]

姚文放提出，文化政治虽然是一个后现代社会的概念，却从来

---

① 冯黎明：《文学研究：走向体制化的学科知识》，《文艺理论研究》2011 年第 4 期。

没有在学术理论中缺席，虽与社会政治一样关注权力问题，却侧重于文化方面。文化政治作为一种微观政治，更为关注具体、局部、感性的东西，而这正与文学理论不谋而合。由于文化政治的介入，晚近以来文学理论在许多方面出现了后现代转折：从对总体性、全局性的"元问题"的思辨转向众多细微理论的交织，从逻辑性结构转向各种零散、示例性概念的集结，更为关注文学批评和文学解读的实用性和可操作性。文学向文化政治转移是恰当的。文学理论的人文理想和终极关怀正是文化政治所追求的，而文化政治始终保持着一个文学的支点。[①]

关于文艺学研究的走向，我们认为，文艺学研究不应该是一种百科全书式的材料堆积，文化批评只能将文化作为文学研究的一个维度，而不是将文化变为文学研究的中心。如何在"文学"与"文化"之间保持一种"张力"，有效地将内部研究与外部研究有机结合起来，这是每一个文学研究者必须认真对待和考虑的理论问题，更是具体的研究实践问题。如，顾祖钊提出以文化诗学来应对文化研究对传统文学研究的冲击。文化研究的盛行模糊了文学与非文学的界限，尽管在一定程度上打破了传统文学研究的局限，但文化研究的"反诗意"性却只把文学作品当作社会学、人类学等学科的例子，因而兼顾文化与诗意批评的文化诗学在当下有着重要意义。[②]

[①] 姚文放：《文化政治与文学理论的后现代转折》，《文学评论》2011 年第 3 期。
[②] 顾祖钊：《文化诗学三题》，《文艺理论研究》2011 年第 3 期。

以罗钢集十余年之力完成的王国维《人间词话》学案研究为例，童庆炳指出，"学说的神话"必须破除，研究的方法必须革新，真正的学者需要一种持久坚韧的研究精神。在童庆炳看来，文艺学研究陷入危机，摆脱危机的办法有两种：第一是强化文学理论与当下创作实际的联系；第二是静下心来，反思百年来文学理论走过的路。他认为，文案研究、学案研究是反思百年现代文学理论的节点，现在进行这种研究正当其时，是目前文学理论研究的新趋势。[①]对于日益凌空蹈虚的文艺学研究，这的确是一剂良方。文案研究、学案研究将从历史与现实的文学经验中汲取新的营养，使一些常谈常新的话题产生新的活力，使文艺理论研究切实地筑基于历史与现实的实践之上，做到不浮躁、不大言欺人、不贩卖移植，真正具备"接地"或"及物"的理论品格。值得一提的是，童庆炳还指出，凡欲有所作为的研究者，应安下心来，以一种平和的心态，放慢节奏，慢慢地搜集资料和证据，以"十年磨一剑"的功夫，凭借无比坚韧的研究精神，去研究一个众说纷纭却始终没有解决的学案，从而给现代文学理论发展校正航标，拨正航路。可以说，这是老一辈学者对年轻一代学者提出的殷切希望！

在物质至上的时代，学术泡沫、学术垃圾风行一时，人们已然忘却学术是一种文化积累。波普尔在写于1952年的《猜想与反驳——科学知识的增长》中说过："真正的哲学问题总是植根于哲学以外

---

① 童庆炳：《当前文学理论发展新趋势》，《探索与争鸣》2011年第9期。

的那些迫切问题，这些根烂了，哲学也随之死亡了。"[1]文学与哲学一样，归根结底说的都是与我们现实生存境况相关的道理。我们在焦虑如何摆脱文艺理论危机的同时，真的该想想明天我们的书桌如何放平的问题了！

（与周娆合撰，载于《阅江学刊》2012 年第 2 期；中国人民大学书报资料复印中心《文艺理论》2012 年第 8 期全文复印转载）

---

[1] 波普尔：《猜想与反驳——科学知识的增长》，傅季重等译，上海译文出版社 2001 年版，第 99 页。

走进历史　扎根现实

——2012年度文艺学前沿问题研究报告

在中国文学研究诸学科之中，文艺学一直扮演着执旗领军的重要角色；细致梳理、反思2012年度文艺学热点、难点问题研究的进展，当可呈示出时代变迁的一些轨迹，以启来者。

《讲话》：马克思主义文论的中国化

2012年是毛泽东《在延安文艺座谈会上的讲话》（以下简称"《讲话》"）发表七十周年，围绕这篇马克思主义文论中国化的"典范"之作，不少论文或追寻历史背景，或深挖版本文献，或追问时代价值，以期推动当下中国文艺的健康、繁荣和发展。

作为一个影响深远的历史文本，《讲话》的产生和传播有其独特的时代背景，我们只有将它还原到一定的历史语境中，对其萌发一种"同情之了解"，才可能把握其思想内涵及理论价值。文艺理论家童庆炳认为，《讲话》第一次系统、完整、具体地把马克思主义文艺思想与中国抗日战争时期延安的文艺工作实际情况联系起来思考，明确提出并解决了文艺为工农兵服务和如何为工农兵服务的问题，使马克思主义的文艺思想带有中国的特性，带有抗日战争时期斗争的特性。但是，《讲话》不是一般的文艺学著作，它产生于抗日战争时期延安整风这个特殊的历史时期，是当时党的整风文献之一，是马克思主义中国化的重要标志之一。从当时的历史语境看，它远远超越了文艺问题本身，它的主要价值是总结五四以来新文学运动的经验与教训，总结"左联"时期文艺工作的经验与教训，从当时延安文艺工作者的实际出发，做出了自己独特的结论。因此，《讲话》成为马克思主义中国化在文艺领域的重要标志。[1] 著名作家王蒙认为，《讲话》的成就在于实现了文艺的革命化并通过文艺革命化实现人民思想革命；《讲话》大量开掘民族民间的文艺资源，与文艺创作一道极大地鼓舞了民众的精神；当前文艺者面临的主要问题是如何使文艺在满足人们需要的同时更好地起到提升精神、引导社会的作用。[2]

　　有学者提出，《讲话》有自身的历史边界和文化边界，我们不

---

[1] 童庆炳：《马克思主义中国化在文艺领域的重要标志》，《党的文献》2012 年第 3 期；《毛泽东的〈讲话〉是中国历史语境下的马克思主义——纪念〈讲话〉发表 70 周年》，《艺术评论》2012 年第 5 期。
[2] 王蒙：《文学与时代精神——毛泽东〈在延安文艺座谈会上的讲话〉及其历史作用》，《文艺研究》2012 年第 2 期。

能简单地将它当作一个文艺理论经典文本对待；《讲话》的发表和传播最初是出于政治上的考虑，是党的政治文化和文艺政策的体现，旨在重新制定党的文艺政策，统一思想认识，促进延安"整风"顺利完成。因此，《讲话》的核心不是为群众服务和如何为群众服务的问题，而是如何使文艺工作者与党的政治保持一致，在宣传党的意识形态思想，创作喜闻乐见的作品以改造人民群众的同时，改造自身的思想。在后来的实践中，人们忽视了《讲话》的政策边界与理论边界，结果成了文化和文艺自由发展的桎梏所在。中华人民共和国成立以来，在无数次的文艺运动中，都因缺乏对《讲话》边界的清醒认识，而借文艺之名行政治运动之实，造成极其不好的恶果，这值得我们永远警惕之。① 有的学者则探究了《讲话》的四次修订：（1）从1942年的讲话稿到1943年的发表稿，《讲话》祛除了主观色彩，成为超越时空的具有规范性和权威性的政治文本，成为文艺工作的指导方针；（2）1953年的第二次修订为《讲话》增加了十三条注释，对《讲话》的文本内涵、功能意义进行阐释，使文本超越政治文本成为具有历史持存性的流传物；（3）1965年作为执政党对若干历史问题重新诠释和定位的修订并未改变《讲话》学术文本的性质，而1966年的修订则使《讲话》从学术文本转变为革命文本，在特殊历史时刻产生了消极的影响；（4）1991年的第四次修订不再追求《讲话》的实用功能，而是以一种公正客观科学的态

---

① 袁盛勇：《〈讲话〉的边界和核心》，《文艺争鸣》2012年第5期。

度对《讲话》注释予以学术性修订，凸现了《讲话》丰富的思想内涵，使其具有超越历史性。论者指出，《讲话》四次修订的背后是社会现实的变化和文本自身衍变的需要。在政治权力的强势灌输和接受者的主动阐释中，《讲话》在去政治化和去工具化的过程中实现了"经典化"和"神圣化"。[①]

《讲话》在不断"经典化"的过程中，延续了马克思主义经典作家关于文艺为人民群众服务的思想，并探讨了文艺如何为人民群众服务的问题。有学者认为，《讲话》提出的文学以人民为本的思想，不仅适用于革命战争年代，而且在革命后的建设时期同样具有指导意义。《讲话》强调的文艺为人民和如何为人民问题，从长远看是为建设人民当家作主的国家政权而努力，绝不仅仅是一个简单的"战时文艺政策"。中华人民共和国成立六十余年的文艺创作实践也证明《讲话》远没有过时，特别是十七届六中全会关于文化建设的决议更是将《讲话》的核心精神从文艺领域拓展到整个文化领域。[②] 有学者认为，《讲话》中"人民"概念的界定是一个契合点，它将政治、经济、军事、文艺等要素有机地联系起来。我们不应将《讲话》视为一个孤立的文艺理论文本，而割裂了毛泽东思想的整体性。围绕"人民"概念，《讲话》明确文艺工作者要从人民群众的立场出发，

---

① 谷鹏飞、赵琴：《〈在延安文艺座谈会上的讲话〉四次修订的背景及其诠释学意义》，《西北大学学报》（哲学社会科学版）2012 年第 2 期。
② 冯宪光：《文学以人民为本——70 年后重读〈在延安文艺座谈会上的讲话〉》，《当代文坛》2012 年第 3 期。

而人民的立场与党的立场是相一致的；要树立为人民服务的态度，人民不需要居高临下的启蒙，而是要争取自己改造自己；文艺工作者要在感情上与人民群众连成一片，要积极学习马克思列宁主义，学习社会，成为人民群众中的一员，才能起到教育人民的作用。因此，"人民"概念奠定了《讲话》的文本结构，《讲话》由此超越了民族解放的历史语境，而在不同时代发挥其理论号召力。①

关于《讲话》在审美理论上的功绩或贡献，有学者在驳斥了"庸俗社会学""文艺政治学"等批评性意见的基础上，将其概括为三个方面：以文艺如何为群众服务为中心，集中解决了作家、艺术家与群众结合的问题；集中解决了作家、艺术家主观世界和思想感情与文艺创作之间的关系，防止了因创作方式的多元性而忽视作家、艺术家自身树立先进世界观的理论偏见；创造性地揭示了作家、艺术家审美情感实现的新途径，为"审美性"注入了时代、历史、阶级、政治等诸多内容，使其不仅仅局限于艺术和形式方面。当下我们文艺创作的诸多弊端就是在文艺"为什么人"和"如何为"这些根本问题的理解上出现了偏差。②还有学者认为，《讲话》的价值不仅仅在于文艺理论方面的创新，更体现在实践层面和方法论上，《讲话》具有三重的经典意义：从理论层面看，《讲话》结合中国实际创造

---

① 霍炬：《〈在延安文艺座谈会上的讲话〉中的"人民"概念》，《文艺理论与批评》2012 年第 3 期。
② 董学文：《〈在延安文艺座谈会上的讲话〉的历史地位和现实价值》，《高校理论战线》2012 年第 6 期。

性地提出了文艺与生活、人民、革命、政治的多重关系问题，其中文艺与人民的关系建立了以人民为本位的艺术接受观，而树立正确的政治观更是有社会责任感的文艺工作者的可贵品质。从实践层面看，《讲话》确立了党的文艺工作的基本方针，使无产阶级立场成为文艺工作者的思想武器，并且一直是中国共产党发展文艺事业、指导文艺工作的重要法典，新时期以来党在文艺工作方面的一系列新的提法和观念是对《讲话》基本精神的继承和发展。从方法论上看，《讲话》是马克思主义理论与中国实际相结合的产物，如何富有成效地实践这个方法论原则，如何直面当下文艺现状做出正确的思考和判断，《讲话》是一个值得我们学习的很好的榜样。[1]也有学者关注《讲话》精神与中国文化转型的关系，围绕《讲话》形成的延安文学从欧化的、城市倾向的、脱离乡土中国的角度展开对五四文学的批评，试图实现一次新的文化转型。不同于五四斩断传统、走向世界的倾向，延安凭借马克思主义巧妙地将现代化与传统进行调和，从知识分子手中接过文化领导权，引发了中国文化的结构性变异，促使文化重心下移，打破了精英与大众间的藩篱，并且为文化民主奠定了基础。[2]

上述研究一定程度上逼近了《讲话》这一理论文本的历史真实，但仍存在一些有待拓展的理论空间。"政治与文学"的关系有着极

---

[1] 谭好哲：《〈在延安文艺座谈会上的讲话〉的三重经典意义》，《湖北大学学报》（哲学社会科学版）2012年第4期。
[2] 杨劼：《延安与中国文化转型》，《文艺争鸣》2012年第5期。

其复杂的话语谱系，《讲话》把文学问题与政治问题如此密切地勾连起来，其成败得失有目共睹。我们应如何重新评估这一左翼文艺实践的理论遗产？说得更具体些，所谓的"政治"是什么样的政治？是"权力政治"还是"伦理政治"，还是所谓"文化政治"？在建构文学"公共领域"或文学"公共空间"的过程中，文学是国家权力或国家意志的传声筒还是批判者？如果文艺实践未能就普遍关心的社会问题自由表达不同的观点和意愿，以协同建立一个民主、平等与和谐的整合社会，"为人民服务"从何说起？……这些现实的理论问题只有得到较为明晰的解决，《讲话》的研究才可能有更大的突破。

与时俱进：文学基础理论研究

近年来，文学理论界盛行"图像转向"或"图文战争"的说法。文学与图像的关系如何一直是缠绕不清的问题。赵宪章比较了语言与图像的差异，试图深化对这一理论问题的研究。他认为，就意指功能看，语言具有实指性，图像具有虚指性，这决定二者共享同一文本时语言符号居于主导地位；语言与图像既有联系又有区别，语言的能指与所指间的联系是任意的，因而可以自由而精确地表征世界，而图像必须依赖与原型的相似性，这决定了其隐喻本质和虚构性。就名实关系看，图像的不确定性和虚指性，使得其意指难以达成，必须依赖于"信誉默契"和"相似性"，而语言作为实指符号本可以精确意指，却存在着用语言说谎的人。语言的隐喻使语言走向语象所表征的虚拟世界，语言实指与语象虚指交叉互动则形成了文学。[①] 赵炎秋认为，这些论断仍然没有脱离"思想中心主义"和"语言中心主义"的藩篱。语言和图像的实指与虚指只是一个或然的问题。文字用所指表征世界，因而更适用于表达思想，就所指与世界的关系而言语言是实指性符号；图像用能指表征世界，更易于表现表象，因而在能指与世界的关系上是实质性符号。语图二者的本质与基本功能不同，因而当其共处于一个文本时，何者居于主导，取决于文本依据哪种规律运行。语言在表象方面的实指化和图像在思想方面的实指化也是存在的，并且二者的关系在文学艺术领域更为复杂。[②] 有学者指出，作为人类有史以来的两大叙事符号，图像与文字一直存在着或隐或显的联系。图文关系并不是一个现代学术话题，早在古希腊时期就引起人们关注，只是图像时代的到来扩大了两者间的分歧。注重感性直观的图像随着人的主体地位的提升和现代美学的诞生从语言的附庸地位摆脱出来，拥有了自主性。图像真伪引发的视觉悖论更直接导致了命名与指示、言说与状物、意指与模仿、读与看、词与物等传统表征关系的瓦解。那种认为图文处于非此即彼

---

① 赵宪章：《语图符号的实指和虚指——文学与图像关系新论》，《文学评论》2012年第2期。
② 赵炎秋：《实指与虚指：艺术视野下的文字与图像关系再探》，《文学评论》2012年第6期。

对峙状态的观点是对"图像转向"说的误读。[①]的确，作为人类两种艺术媒介，语言、图画之间可以实现有效互动，不应将它们截然对立；无论是中国古代的题画诗，还是20世纪60年代意大利的视觉诗运动，它们通过图文间的张力激发思考，都呈现了从图文对立走向图文一体的可行性。

长期以来，"审美性"被视为经典确认的唯一标准，在后现代语境中，很多学者转向对经典的文化社会学反思，探讨经典的生成路径，努力揭示经典背后各种力量的相互制衡关系。周宪指出，经典研究存在着现代与后现代两种范式，其中经典的现代性建构体现了一种美学理想主义，而后现代主义对经典的解构则体现了一种政治实用主义。前者认为经典的产生源自文本自身的审美价值，经典具有一种超越特定时空的普适价值；后者则认为经典的形成是一种典型的文化政治过程，经典假美学之名行意识形态之实，将原本属于特定集团的文学经典，通过赋予普遍的审美价值和文化意义，转化成为全社会的经典，教育在这个过程中发挥着至关重要的作用。我们要用一种亦此亦彼的思维方式来看待这两种经典研究范式，关注两个极端之间的"灰色地带"，探寻经典形成背后复杂的张力，因为经典是美学与政治多重合力相互作用的结果。[②]南帆则认为，文学经典得以确认取决于其在文化场域中的位置，经典通过入选教科

---

① 董琦琦：《在疏离与聚合之间——图文关系考辨及相关问题研究》，《江西社会科学》2012年第8期。
② 周宪：《经典的编码与解码》，《文学评论》2012年第4期。

书和文学史并且得益于批评家的频繁征引来确立自己的地位。经典并非实体性而是功能性概念，文学作品的社会运作才是经典建构的过程，在这之中各种势力展开了复杂的博弈。布鲁姆对经典与审美的激烈捍卫并非错误，但审美的表象背后仍然隐藏了若干尚未解决的问题：如果审美仅仅关涉自我，那么就没有形成共识的依据；审美远不是人的生理本能而必须追溯至历史文化的塑造；审美制造的情感波澜仍然需要解释。文学经典内部存在着横、纵轴两种鉴别机制：纵轴是历时性的衡量，代表着传统与规范；而横轴则是共时性的衡量，与周围的文化氛围相呼应。其中，横轴起决定作用，纵轴只能在横轴的带动之下延伸，并且文学经典与时代声音之间的交流更多通过横轴传递，但是纵轴也具有一定的制约作用。①

我们认为，以一种动态的、历史的观点重新审视过去不曾注意到的性别、种族、地域等因素，反思经典形成背后各种权力相互作用的过程——这一理论研究固然重要，如何建构、推出适应时代的新经典可能是更为任重道远的工作。在这方面，文学批评本应大有作为，然而不少文学批评或套用西方理论话语来阐释中国作品，显得过于学院化、程式化而隔靴搔痒，或是与市场和文化资本结盟，至于那些草根化、网络匿名化的批评，更是消解了文学批评的尺度和规则。为此，朱立元提出，文学创作和理论批评必须恪守人道主义底线，才能在消费主义日益蔓延的现实语境下发挥文学抵御物欲

① 南帆：《文学经典、审美与文化权力博弈》，《学术月刊》2012 年第 1 期。

横流、人性异化的作用。人道主义精神的核心是以人为本，这与马克思主义思想并不抵触，并且是很多后现代思想背后的理论支柱。当下文学批评的诸多弊端正是人道主义精神缺失之故。①朱寿桐认为，应该将文学批评与文学的学术研究做出学理上的区分，这样才有利于加强文学研究的规范性建设和坚守文学批评的独特品格。从本体论看，文学批评既包括对作家作品、现象思潮的批评，也包括以文学家身份进行的社会批评和文化批评，这种批评本体与创作本体、学术本体一起构成人类文学行为的基本体系，因而具有自身的独立性。②高玉则提出，要重建当代文学审美批评，认为当代中国文学批评的薄弱与审美批评的缺失密切相关。对于以文学性为基本特征的文学而言，审美批评是其他一切文学批评的基础，可是当下文学批评的主流是社会文化批评，审美批评虽然在理论上具有重要价值，但实际影响力却很薄弱。中国现在更接近一种纯文学的时代，重建审美批评才能适应时代的需要。要充分吸收借鉴古今中外审美批评的理论成果和实践经验，探寻具体的作品分析的理论与方法，建构起具有自身特色、符合时代发展的完整系统的批评理论和实践体系。③

文学经典的教学也是迫在眉睫的问题。童庆炳指出，长期以来，高校中国语言文学专业教学过分注重"概论""通史"教学，不注

---

① 朱立元：《坚守文学和批评的人道主义底线》，《文艺争鸣》2012 年第 3 期。
② 朱寿桐：《重新理解文学批评》，《文艺争鸣》2012 年第 2 期。
③ 高玉：《重建当代文学审美批评》，《社会科学》2012 年第 1 期。

重经典原著的教学，学生们学习的大多是"二手转述"的教材，他们一方面能够对宏大问题侃侃而谈，但是流于表面；另一方面对具体的经典文本缺乏感悟甚至一无所知，很多经典作品对于他们而言都只是停留在教材上的空洞符号。文学研究始终是以文本（特别是经典作品）为基础的，不曾读甚至是不能读，那么文学研究将必然是"皮之不存，毛将焉附"。因此，童庆炳提出，教育改革的方向应该是回归经典文本的教与学。经典具有原创性、历史性、深刻性、现实性和未来性，我们必须要从时代的需要出发，对经典进行必要的选择和重新阐释，对现有的教材予以重新编写修订。①

以上文学基础理论的研究呈现一些特点：一是对一些基本理论问题，在综合中西思想资源的基础上进行深入反思；二是对涌现出的热点问题研究更为理性；三是以跨文化的视野进行着本土化的研究。

理论的旅行：西方文论与美学研究

"艺术终结"论是近年来的热点话题之一。高建平认为，"进步""终结""历史"是三个紧密联系的概念，传统的在技术和征服视觉层面谈论艺术进步的观念在 20 世纪遭到质疑，现代主义艺术的兴起，使得以康德哲学为基础的诸多美学流派遭遇了新的阐释困

---

① 童庆炳：《回归文学经典的"教"与"学"——高校中国语言文学专业教学改革的方向》，《安徽师范大学学报》（人文社会科学版）2012 年第 3 期。

境，以维特根斯坦哲学为基础的分析美学则通过下定义的方式来直面艺术现实。丹托等人吸收黑格尔的"终结"观，在历史过程之中考察艺术的兴衰，从而走出康德的主体性和分析美学的间接性。"艺术终结"论只是一种学术策略，但其中蕴含深意，丹托实际上是指单数的大写的"艺术"（Art）的终结，而复数的小写的艺术仍有未来。艺术应该从哲学家和资本家转向艺术家，以艺术创作者为主体，这才是艺术走出终结的途径。[①]有学者考察了"艺术终结论"命题的历史，发现沿着黑格尔绝对精神的发展脉络，艺术必将被哲学终结，而丹托的"艺术终结"思想则是指古典艺术叙事模式的终结，并更进一步看到艺术通过这种终结从哲学的钳制中摆脱出来。在后现代语境中，卡斯比特对艺术日益成为生活用品和消费商品忧心忡忡，认为随着艺术与生活距离的被消解，艺术缺失了形而上价值，并呼唤"新老派"艺术。可见，每一次旧的艺术言说方式的终结都内蕴着新的艺术言说方式的突围，某种艺术形式会终结，但艺术本身却处在不断进步之中。"艺术终结论"挪用到中国语境中则是"文学终结论"，传统的文艺学边界不断被扩张，寻找着更宽广、更具包容性的研究范式，这也是文学艺术的一次进步。[②]也有学者提出中国当代艺术本身具有"反消亡"性，认为西方艺术在西方主客二元论

[①]高建平：《"进步"与"终结"：向死而生的艺术及其在今天的命运》，《学术月刊》2012年第3期。

[②]杨向荣：《艺术终结抑或艺术突围——当下"艺术终结论"及其中国语境的反思》，《文学评论》2012年第5期。

哲学指导下由过分关注客体的写实主义发展到过分关注主体的后现代主义，将艺术的意义完全依赖于概念的诠释，从而导致了艺术的消亡。而中国当代艺术则熔铸了传统的天人合一思想和西方理想主义思想，在艺术实践上侧重于写实主义，从而具有"反消亡"性。多元并存和相互吸收是艺术发展的未来，而无差异的艺术发展时空态势才是真正的艺术消亡状态。①显而易见，"终结"并不是简单意义上的结束，而是文学艺术发生了某种蜕变，"终结"之后文学艺术或许有了更大的自由发展空间。

　　由"艺术终结"论衍生出来的"日常生活审美化"，同样引发了人们持久而热烈的争论。有学者认为，"日常生活审美化"并不是对西方话语的简单移植，而是深植于中国文化现实的学术探究。由于中国特殊的历史文化背景，当下人们争论的焦点集中在对"日常生活"和"感性"的不同理解之上，"日常生活审美化"在中国无异于一场生活观念和人生意义的思想革新。得益于此，"日常生活美学"可能作为一种新的美学话语出现，并将联系起美学与人的日常生活，拥有介入现实的能力。②也有学者从文学发展角度对"日常生活审美化"持反对态度，认为由于受到"日常生活审美化"的侵入文学发生了深刻变化：一方面，平庸的、大众狂欢式的日常语言充斥于作品之中，使得文学语言不再具有超越性和隐喻性；另一

---

① 周江平：《"艺术消亡"视阈内中国当代艺术的"反消亡"性》，《新疆艺术学院学报》2012 年第 1 期。
② 王德胜、李雷：《"日常生活审美化"在中国》，《文艺理论研究》2012 年第 1 期。

方面，文学作品成为日常生活的记录而不是抒写，裸呈身体、情欲的作品大行其道，文学的超越精神和人文精神丧失。日常生活使文学陷入危机之中，恪守文学语言的真正旨趣才可能完成文学对日常生活的超越。[①] 有学者指出：从深层次看，认识论的审美化提醒人们那种本质的终极的基本原理并不存在，从而打破了人们对理性、科学、威权等等的崇拜；而日常生活的泛审美化则消解掉艺术与生活之间的距离，使得审美参与生活之中，全然没有超越生活之上。从艺术生活化看，应该保持一部分文艺超越生活，给人以震撼与启迪；从生活艺术化看，必须认识到受制于经济基础，审美生活仍是小众的。[②] 金惠敏通过对"日常生活审美化"的主要倡导者韦尔施、波德里亚、费瑟斯通等人的研究，提出他们的研究或隐或显地均将图像增殖作为审美化的推动力。围绕着这一主线，可以在技术与审美化的关系以及技术背后的最终推动力——商品等方面展开进一步研究。一件商品必然拥有并不为其本质所需却能真实反映其实体的形象，商品通过对形象的利用实现了资本对消费者无孔不入的入侵。[③] "日常生活审美化"是消费社会的表征，现有研究坚持对其背后资本逻辑的批判是合乎逻辑的。陶东风认为，20 世纪 90 年代中国进入消费主义时期，一种变态的物质主义和自恋人格文化盛行无阻，中国大众文化丧失了公共维度；我们只有继承 80 年代的公共参与精神，着眼

---

① 刘春阳：《日常生活审美化与文学危机》，《文艺争鸣》2012 年第 7 期。
② 王玮：《审美：参与及超越》，《文艺争鸣》2012 年第 1 期。
③ 金惠敏：《审美化研究的图像学路线》，《文学评论》2012 年第 2 期。

于公民社会建设才有可能走出泥淖。①陶东风进一步关注核心价值体系与大众文化之间的契合点和转化机制，提出核心价值体系必须具有多元性、包容性、开放性、普适性、基础性、广泛性，才能从官方文化转变为主流文化，从而获得大众的自觉认同，取得文化领导权；通过成为支配大众日常生活的常识哲学，核心价值体系再从主流文化进一步转变为大众文化。而与此相呼应的大众文化批评必须依据世俗社会的普遍价值尺度和道德伦理，才能有效地提升大众。②

　　生态美学研究也有了进展。曾繁仁认为，德国古典美学思想贯穿于中国当代美学发展之中，特别是深刻影响中国的实践美学就是以康德哲学为基础的，这既是德国古典美学独特魅力所致，也是中国当时社会所需。但是，随着我国进入后现代社会和后工业社会，以理性主义与主体精神为标志的德国古典美学已经不能适应中国现实需要，而在其影响下产生的实践论美学也暴露出诸多弊端，它们都必将退出历史舞台。中国当代美学发展将由"人化自然"的实践论美学过渡到"天地境界"的生态美学，这既是借鉴中国现代美学中的"境界说"，也吸收了海德格尔的存在论哲学与美学思想，同时满足中国当代生态文明建设的需要。③张法认为，在进行中西生态美学互动研究过程中，人们往往注意环境美学和生态批评，忽略了

---

① 陶东风：《畸变的世俗化与当代中国大众文化》，《探索与争鸣》2012年第5期。
② 陶东风：《核心价值体系与大众文化的有机融合》，《文艺研究》2012年第4期。
③ 曾繁仁：《对德国古典美学与中国当代美学建设的反思——由"人化自然"的实践美学到"天地境界"的生态美学》，《文艺理论研究》2012年第1期。

西方生态美学中的景观学科。"景观学科"从词源上看是希伯来传统与印欧传统的交汇，从思想上看是美国 IA 学科和德国 LE 学科的交汇。环境美学立足于对美学史的反思和批判，特别是反对用 18 世纪以来的"如画"原则欣赏自然，反对将自然对象与自然分隔开来，要求实现人与景在自然之中的互动，从而促使审美范式从传统型发展为生态型。[①]

西方理论旅行到中国自然会发生变异。对于西方理论思想，我们由早年的大量引用发展到更为深入地结合中国现实进行研究。我们不能始终以西方为师，而应该与西方为友，实现中西方主体间的对话交流。

他山之石：海外汉学研究及其反思

汉学作为"东方学"，在建构中国形象的过程中发挥了重要的作用。海外汉学研究一进入中国，就响者云集。形象学（Imagologie）萌芽于比较文学领域，逐渐扩大到整个文学和文化研究。跨文学形象学并不是简单考察一种文化对其他文化的想象，而是深入他者形象背后的复杂的社会文化根源。作为一项跨学科、跨文化的研究，"西方人眼中的中国"显然是 21 世纪以来的一大热点。

周宁是我国形象学研究领域具有代表性的学者，作为富有时代

---

① 张法：《生态型美学的三个问题》，《吉林大学学报》（社会科学版）2012 年第 1 期。

责任感的学者，他的研究想努力解构西方的中国形象背后潜在的西方文化霸权，探讨中国当代文化的自主意识。他认为，以自我认同和异己分化为核心力量的西方现代性精神结构，在现代世界观念秩序中，表现出强大的形塑力，不同国家地区所形成的中国形象网络始终没法突破西方的主宰。跨文化形象学的目标就是要解构西方的文化霸权，建构中国思想主体，可问题是即便解构了西方现代性话语霸权，中国也未必能够建构起现代性思想。因为中国所缺乏的不是主体意识，而是思想本身，或者说是否有能力创造思想，不论是回归传统还是走向左翼，都不可能走出中国当下的思想困境。而后殖民主义文化理论作为反思跨文化研究的一种方法，在西方语境下能够发挥积极作用，可是在中国语境下，也许能够帮助解构西方话语霸权，却难以建立中国思想主体。中国思想的主体应该回归到"人"本身，而不是作为意识形态的"中国"。[①]

　　周云龙认为，周宁的"跨文化形象学"研究以西方与非西方世界之间文化权力的悬殊为前提预设，建立起一个缜密的推导式论述结构：西方的中国形象在关于中国形象的世界观念体系中处于核心地位，非西方世界只是按照西方的观念来界定中国形象，昭示着西方的文化霸权。这样的研究忽视了中国形象在非西方世界中被重新组装利用的可能，并对非西方世界进行了整体化的处理，排除了非

---

① 周宁：《跨文化形象学——问题与方法的困境》，《厦门大学学报》（哲学社会科学版）2012 年第 5 期。

西方世界自身的中国想象传统与西方的中国形象之间的关系。他的研究的学理依据仍然是西方中心主义，在方法论上体现出一种民族主义式的历史地理学倾向。实际上，西方的中国形象在进入非西方世界后带来的是一个双向互动的跨文化对话空间，并不存在一个关于中国形象跨文化流动的西方源点，并且跨文化传播图示是网状的而非线型的。跨文化研究的核心应该是反思这个源点是如何被西方和非西方知识精英们共同建构出来的，并在此基础上探讨非西方世界的文化传统与西方中国形象的互塑过程。应该回归一种本土批判立场，立足于中国当下实际，这样才能避免自身的研究与本土的某种权力结构达成无意识的共谋。①

针对周云龙的质疑，周宁做出回应，认为自己研究的理论基础是将异域形象作为文化他者，研究对象不同于研究问题，当其将非西方世界的中国形象作为研究对象时，研究问题始终是中国想象跨文化流动中的西方霸权。因为西方现代性文化具有超强的形塑力，使得表面上全球化的中国形象网络实际上只不过是西方中国形象的全球化，并且自己的研究也不曾忽视中国形象跨文化传播中的本土资源，非西方世界对西方中国形象进行改造和重组并未改变西方文化的主导势力。周宁认为自己研究最突出的问题在于后殖民主义批判方法，后学理论并未面对中国问题也未能解释中国问题，如果在

---

① 周云龙：《西方的中国形象：源点还是盲点——对周宁"跨文化形象学"相关问题的质疑》，《学术月刊》2012 年第 6 期。

其理论前提和方法指导下进行跨文化形象学研究，至多只是一种"反西方中心的西方中心主义"。①

李勇延续了周宁对现代中国自我想象的分类，即以中国未来的向往与设计为基础的乌托邦形象，以及充满了如"沉没的破船""铁屋子"之类负面形象的意识形态形象，指出这两种模式都与西方中国形象有着或近或远的联系，却不是对西方的照搬与挪用，其间充满了复杂的变异与重塑。原因就在于西方中国形象是在西方现代性叙事的框架中形成的，而中国的自我想象则是在应对西方现代性挑战中完成的。为了与以西方中心主义和线性时间的进化历史观为核心的西方现代性叙事相对抗，中国的现代性叙事陷入重重矛盾：一方面无法拒绝西方的现代性，又无法完全追求西方的现代性；另一方面不能固守中国的文化传统，却也找不到变革传统的路径。而要摆脱矛盾就要超越中西二元对立的思维模式，超越西方现代性叙事和中国现代性叙事，构建反对西方中心主义和民族主义，提倡全世界各民族共同参与的文化融合过程，以全人类各民族文化中共同的价值标准为取向的全球叙事。我们要以跨文化为立足点提倡不同文化之间的对话交流，打开本民族文化的封闭大门，主动寻找与其他文化的共通之处，重构普遍价值。②

---

① 周宁：《又一种"反西方中心的西方中心主义"——由答周云龙质疑引出的反思》，《学术月刊》2012 年第 6 期。
② 李勇：《现代中国的自我想象——跨文化形象学的终极问题》，《厦门大学学报》（哲学社会科学版）2012 年第 5 期。

　　李庆本认为，宇文所安以"他者"视野对中国文学进行解读，虽然存在着一些"误读"，但是丰富了我们对中国文学的理解，为我们的解读和阐释提供了一种新视角。而宇文所安的阐释模式延续了"新批评"注重作品细读的特点，又将文本分析与文化、历史联系起来，将感性体验与理性认知相结合，构建了由作品、作者、读者、世界所组成的文学空间，因而将其研究定位为跨文化阐释。宇文所安以超越中西二元对立的学术视野，着力于对中国文学本休意义和普遍价值的揭示，并且鉴于他的西方人身份,他的研究为西方学习者、研究者提供了一个进入中国文学的窗口。①

　　与宇文所安相比较，作为华裔汉学家，刘若愚横跨中西的身份使得对他的研究要更为复杂一些。有学者认为，刘若愚的研究既填补了西方汉学界在中国古代文论研究上的缺失，也表达了华裔学者对祖国文化的深切眷恋。其以《中国文学理论》为代表的一系列研究表明他身处异国为中国文化立言，寻找中国古代诗学的特殊性，将中西批评思想置于平等立场进行比较与对话的努力。自该书在中国引起关注开始，刘若愚对艾布拉姆斯图式的借鉴是否能够揭示中国古代文论的特点成了争论的中心，实际上这既是他身处西方学术圈和当时条件下的选择，同时他对艾布拉姆斯图式的借鉴又有自己的理解和改造。而中西诗学都必须回答的关于文学的本质、功能等

---

① 李庆本：《宇文所安：汉学语境下的跨文化中国文学阐释》,《上海交通大学学报》（哲学社会科学版）2012 年第 4 期。

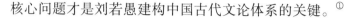

核心问题才是刘若愚建构中国古代文论体系的关键。①

　　胡森森综合运用后殖民批评方法、文学形象学和文化地理学等方法，对西方汉学家笔下的中国文学形象进行考察，发现文学研究在整个汉学研究体系中并不占据重要地位，汉学家们往往将中国文学"对象化"或者是器物化，并且充满了理论优越感，否定中国文学理论的价值，以西方理论视角来解读中国文学作品。汉学家对中国文学的整体态度、分析方法和评价体系的一致性，透射出中西对立、以西释中的思维痼疾。特别是对中国文学理论的忽视，将中国材料作为西方理论的注脚的研究方法，使得中国学术界逐渐丧失文学阐释话语权和理论权。只有对汉学家的话语特征和学术理念进行深刻剖析，尝试自我塑造形象，才有可能摆脱汉学家的套话对中国文学形象的潜在影响。②

　　总的说来，近年来中国关于西方中国形象的研究在理论上有进一步的阐释和拓展，研究方法也呈现出多元化的特点。但是，国内关于西方中国形象的研究主要集中于近代以前，而西方现当代文学特别是当代文学中的中国形象研究较少。中国形象作为西方社会的整体想象物，如何在具体的文本中进行研究，将是学者们面临的重大挑战。另外，形象学在学科归属、理论基础、研究对象、研究方

---

① 邱霞：《空白·比较·综合——刘若愚中国古代文论体系的深处》，《山西师大学报》（社会科学版）2012 年第 2 期。
② 胡森森：《西方汉学家笔下中国文学形象的套话问题》，《文学评论》2012 年第 1 期。

法等问题上定位尚不明确。这些问题有待进一步的研究予以解决。

返本开新：古代文论研究的深化

2012 年的古代文论研究呈现出多主题的特点，研究者以深入切实的研究实践着古代文论现代转化的目标。限于篇幅，仅选取其中较有特色的研究予以概述。

《文心雕龙》研究一直是古代文论的重点与热点。我国台湾学者颜崑阳一直致力于《文心雕龙》研究，按照其"内造建构"的思路，努力从中国古代既存的经典或散落于其他文本中的论述提取出其中内蕴的关于文学知识之本质论与方法论的意义，进行精密的意义诠释和体系重构，将其作为基础理论运用于其他文本的诠释之中。他借鉴福柯"知识型"的概念又有所发挥，认为《文心雕龙》作为一种知识型，从本质上看，秉持"多元交涉、混融而体用通便的'有机总体文学本质观'"；从方法论看，采用"在境而离境，离境而在境"的论述定位与"本末终始、敷理举统"的辩证综合思维法则，并且内蕴了中国文学和文化的传统与思想。将《文心雕龙》这一知识型推衍运用到当代的文学研究中，则《文心雕龙》所隐含"有机性"的文学总体本质观与传统观，正好可以疏解五四以来"个人抒情文学本质观"与"无机性传统观"的两种迷蔽，曾受到新知识分子所强烈反对或片面误解的儒家文学传统，应该可以重新获得恰当的诠释。

　　李建中对有关"文心雕龙文体论"的学术论争进行考察后发现：徐复观在《文心雕龙的文体论》中提出"文体非文类"的"主观情性"说，从哲学层面强行将"类"与"体"进行区分；龚鹏程的同题论文则代之以"客观规范"论，徐、龚二人借助相同的材料却得出截然不同的结论；颜崑阳则依据《宗经》中的一段文字和亚里士多德"三因"说建构出一个"辩证性的文体观念"体系。他们的研究从方法论层面揭示了当下龙学研究的三大困境：哲学的逻辑的方法难以契合诗性文论本体；没有进入历史语境之中解读文本，单纯追求体系的完整和逻辑的严密；外来的观念及方法未必适用于中国古代文论的研究。②

　　佛教作为一种舶来品，很早就与中国文化相融合并且渗透到中国文化的各个方面，人们对佛学思想和文学关系的考察始终不曾停止。颜翔林认为，当下美学研究可以借鉴《金刚经》"肉眼、天眼、慧眼、法眼、佛眼"的"五眼认识论"，从而摆脱传统的"逻各斯中心主义"将美学视为附庸于理性和沉溺于感性的事物。借助佛学思想，美学可以摆脱充满欲望和功利的肉眼；通过天眼超越主客二元对立，超越个别走向整体，超越感性和理性走向诗性；通过慧眼

---

① 颜崑阳：《〈文心雕龙〉作为一种"知识型"对当代之文学研究所开启知识本质论及方法论的意义》，《长江学术》2012年第1期。
② 李建中：《龙学的困境——由"文心雕龙文体论"论争引发的方法论反思》，《文艺研究》2012年第4期。

超越知识、经验、逻辑、语言，走向诗性思维，以直觉、想象、体验、顿悟等方式进行研究；通过法眼不断地追问与反思自我与世界、现象与理论；通过佛眼平等对待万象，实现主体间性之间的对话。融入佛学思想的美学研究将变得更富有诗意和人文精神。①

普惠研究了佛教思想与文学性灵说的关系，认为产生于南朝的"性灵"一词与佛教有着密切的关系。就来源看，"性"很可能与"佛性论"有关，"灵"则与早期佛教所说的"十二因缘"中的"识"有关。而且，早期"性灵说"的每一次发展都与崇佛文人有关：从开始时的佛教领域到谢灵运，以此为思想基础的文学实践进入审美领域，后在刘勰的文学批评实践中被固化成一个美学范畴，强调文学创作主体强大的精神力量；再在钟嵘的诗歌批评中成为专论诗歌理论的审美术语，强调诗人主体情感受社会历史境遇变化而引发出巨大的能量；最后由庾信的文学创作推至顶峰，将个人遭际与社会变化融为一体，更具有审美能动性，实现了各审美主体之间的对话、交流、共鸣。②

王阳明在明代中后期文论发展中的作用极为重要，有学者认为其以心学为哲学基础形成了中和诗学，主张诗文的目的在于载道，功用是导人性情改变世风，表达方式应华实相映。对其主张应从两方面解读，一是作为理学家的王阳明要求文学直面现实的社会性追求，一是整个时代重视个体生命感受的抒发和流露。这种诗学观既

---

① 颜翔林：《佛学视野的美学方法论》，《文学评论》2012 年第 2 期。
② 普惠：《佛教思想与文学性灵说》，《文学评论》2012 年第 2 期。

是对当时一味追求审美性的诗坛的反思，也是对内忧外患的社会和个体觉醒时代的深刻感受。①阳明及其后学思想对公安派文论有着重要影响，武道房重点探讨了阳明后学王龙溪的"现成良知"说对公安派文论的影响。龙溪主张良知现成，不待修证，提倡顿悟，受此影响的"三袁"采取一种自然主义的人生观和自适的生活态度。"三袁"将龙溪心学思想延伸到文学理论领域，确立心灵的主体地位，提出"独抒性灵"的文学主张，龙溪重良知、轻知识的哲学理路启发"三袁"提出"不拘格套"的创作主张，终结了以拟古为高的前、后七子在文坛的统治地位。而"三袁"对龙溪学术流弊的反思也促使他们的后期文论发生转向。龙溪学术贯穿"三袁"的生命历程和心路演变，对公安派文学创作和理论主张的影响可谓利弊并存。②

李春青特别关注文人身份与文学观念的关系，指出士大夫与文人同属一个社会阶层，但两者的文化主体身份不同：前者以"道"为终极价值范畴，通过捍卫"道统"的神圣性来规范和引导君权；后者则侧重表现一种无关政治社会的个人内心世界，追求精神自由与审美享受。文人作为士大夫阶层的一个衍生身份，其形成始于战国，直至东汉以"个人情趣合法化"为标志的文人趣味生成才真正确立，并在诗歌创作机制和文学艺术评价标准两方面给文学观念带来变化。③

---

① 杨洋：《论王阳明的中和诗学观》，《中国文化研究》2012 年第 4 期。
② 武道房：《王畿"现成良知"说与公安派文论的形成》，《文学评论》2012年第3期。
③ 李春青：《"文人"身份的历史生成及其对文论观念之影响》，《文学评论》2012 年第 3 期。

　　罗钢通过对 20 世纪七八十年代"意境说"理论历史建构的细致分析，指出这些研究以王国维等人提供的意境理论为依据，将中国古代诗学思想作为材料进行主观的人为建构，是一种斯金纳所谓"学说的神话"。这种脱离历史语境的研究遮蔽了古代文论的真正内涵。而且王国维的"意境说"是在西方主客二分哲学基础上建立的，我国古代虽出现了一些以意境论诗文的说法，但都是在佛学影响和自身义化传统中形成的。[①]罗钢的文章对我们研究古代文论极有启发：一方面我们必须还原一定的文本语境，一些重要的概念范畴才能得到准确理解；另一方面我们还必须还原特定的历史语境，才能深刻理解文论产生的历史契机和不可复制性。

　　在学术探索中，我们应该以什么样的态度来做学问也是极为关键的，在这一点上"一生所重惟在于学"的孔子能够给我们以启发。吴子林剖析了孔子"志于道，据于德，依于仁，游于艺"的"教学总纲"，对孔子之"学"的思想进行了全新的系统阐释："游于艺"以一种自由自发的精神来追求知识、学习技艺，从而唤醒人格自觉；"依于仁"使孤立的个人建立起与自然、他人、社会之间的联系；"据于德"致力于个体的自我认同；"志于道"则塑造理想人格，达到体悟天道的境界。通过"学"，个体沿着"人文化→社会化→个体化"之路逐层递进，最终超越有限生命，实现文化价值理想，完成自我的创造性转化。[②]我们做研究并不是为了名利，而是在不断学习探索

---

① 罗钢：《学说的神话——评"中国古代意境说"》，《文史哲》2012 年第 1 期。
② 吴子林：《原学：自我的创造性转化——孔子之"学"思想抉微》，《西南大学学报》（社会科学版）2012 年第 2 期。

的过程中实现自我。要将研究对象与自己的生命感受相联系，这样的研究才具有力量。学习"孔颜乐处"的方式，在任何艰难困苦的环境中，从单调、平庸、琐碎的生存困境中摆脱，保持乐而忘忧的情怀，始终拥有精神的快乐与心灵的安适。

不论是扎根现实，还是走进历史，都沉淀着文艺理论研究者对当下文艺学走向的思考与探索。著名文艺理论家钱中文说得好："对自己从事的文学研究要有兴趣，浓烈的兴趣，耐得住寂寞；要面向现实的问题，沉入各种知识的梳理与思考，对各种理论与各种思想都要给以鉴别，汲取真正的新思想，而不盲从；要努力发现新问题，在自己的著述中不断提出新问题、新思想，在学术上有所积累，使学术有所前进，从中逐渐形成自己的学术个性。要恪守道德底线，对于失去诚信的社会，纵使无力回天，也要清白做人，要做一个具有血性和良心、怜悯和同情的人文知识分子，而不是一个'知道分子'。如前所说，理论不仅提供知识，也应提供思想！"[1] 我们相信，只要怀着对文学的满腔热忱，沿着科学、正确的研究路径，当代中国文艺学研究定会有更大创获。

（与周娆合撰，载《中国政法大学学报》2013 年第 5 期；中国人民大学书报资料复印中心《文艺理论》2014 年第 7 期全文复印转载）

---

[1] 金元浦等主编：《当代文艺学的变革与走向：钱中文先生诞辰 80 周年纪念文集》，人民日报出版社 2012 年版，第 32—33 页。

面向问题　综合创新

——2013年度文艺学前沿问题研究报告

2013年度文艺学研究总体上趋向平稳，在马克思主义文论、中国古代文论、西方文论、美学研究、新媒介文论、文艺理论研究路径等领域，都敢于面对真正的现实问题，发表了不少有创见的观点和见解，或对某个思想观念做了富于智慧的论证，或是提出了新的问题，扩大了研究的领域，予人启示良多。兹择其要予以评析。

马克思主义文论的中国化

随着中国特色社会主义实践的不断深入，中国马克思主义文艺理论怎样才能形成自己的特质呢？谭好哲借鉴詹姆逊"马克思主义问题性"的观点指出，"问题性"是在坚持马克思主义立场的前提下对现实文化和文艺问题的理论应对和聚焦。在此观照之下，中国当下文艺理论研究尤其是马克思主义文艺理论研究的问题意识较弱。而解决这一症结的途径在于通过方法的运用显示立场，并将理论研究放入具体历史语境中去，从当下时代特征中提炼自己的理论问题。但需注意的是，"问题性"的发现与建构需要注入理想性，保存马克思主义文艺理论的诗意辩证法。[①]胡亚敏认为，中国马克思主义文学批评必须具有自身理论特色的概念和话题，其重心在"人民"这一概念上；这里，"人民"既不局限于马克思、恩格斯的阶级划分，也不同于列宁的敌我区分，它是一个具有广泛共同利益和革命性的、基于阶级又超越阶级的联合体。这是中国马克思主义文学批评区别于其他马克思主义文学批评的显著标志。胡亚敏通过讨论文艺与人民的关系，以及"人民"概念的改善和发展，揭示了文艺与人民双向互动的关系，并指出文学艺术越来越走向人民是历史的必然，而这一趋势将会产生"未来的人民"，即同时是艺术创造者和艺术享受者等多重身份的新形象。[②]李咏吟回溯了马克思主义美学形成的历史过程和理论根基，指出当代马克思主义美学研究存在从纯粹的逻辑形式主义出发和纯粹的保守主义出发两种错误倾向，认为哲学解释形态和文艺学解释形态是构成马克思主义美学的两大支柱，缺一不可。而解释马克思主义美学，建构其价值形态，需要抓住"劳动"问题这一核心命题；其文艺评论和文艺思想是立足于文学艺术本身

---

① 谭好哲：《马克思主义问题性与文艺理论创新》，《文学评论》2013 年第 5 期。
② 胡亚敏：《中国马克思主义文学批评的人民观》，《文学评论》2013 年第 5 期。

的对具体的生命艺术的审美理解，通过艺术生产理论的提出，最终指向艺术的独创性和心灵的自由即人的完善及安全。[①]张玉能则提出，美学批评作为马克思主义文学批评的最高维度之一，需要进行独立的探讨。中国化马克思主义文学批评的美学之维，离不开中国传统美学思想的制约，即向内求善的伦理型美学，这使得中国马克思主义文学批评显现出革命实践性、伦理意识形态性和整合和谐的美学特征。然而，中国传统美学思想中的模糊性、直觉性、零散性以及西方传统文化价值体系对晚近中国的影响，使中国化马克思主义文学批评再融合传统美学思想的过程任重道远。因此，马克思主义文学批评的中国化，需要以马克思主义为指导，以西方美学和文论以及文学批评为参照系，以中国传统美学思想和文学批评为基点，坚持审美艺术标准第一、意识形态标准第二的批评标准。[②]

西方马克思主义与经典马克思主义文论相比，有其独特性和丰富性。在某种意义上，西方马克思主义是对马克思主义立场与方法的坚持和发展。穆宝清指出：伊格尔顿在捍卫马克思主义的进步性、展现马克思主义的"人性"及其作品中丰富的美学思想等方面，对中国马克思主义理论的研究有重要的借鉴意义；但其作品中同时存在着学术背景和书写的西化，以及作品结构的非逻辑性和流于文采炫耀等问题。面对伊格尔顿的理论价值，客观合理的评价是研究基

---

① 李咏吟：《马克思美学的特质及其文化理想》，《文艺评论》2013年第7期。
② 张玉能：《中国化马克思主义文学批评的美学之维》，《江海学刊》2013年第5期。

础。① 蒋继华从伊格尔顿的意识形态生产论、历史观、语言风格三个方面，比较深入地讨论了伊格尔顿对本雅明结构思想的接受，认为本雅明为伊格尔顿解决马克思主义的理论难题提供了方法论借鉴，但这种接受包含的姿态仅仅是伊格尔顿作为学院派学者对某种权威进行的反抗。② 孙士聪指出，詹姆逊在 20 世纪 70 年代对阿多诺否定辩证法的批驳，以及二十年之后对其辩证法的赞扬，显示了詹姆逊晚期马克思主义逻辑中不同历史语境的要求和马克思主义内在逻辑的推动作用，这使得他不同时期对阿多诺的阐释有着内在的统一性，既反对了当代马克思主义研究中的后现代主义和后马克思主义，又批判了阿多诺"否定辩证法"的片面性和危害性。③ 赵勇将本雅明的《作为生产者的作家——1934 年 4 月 27 日在巴黎法西斯主义研究所的讲演》（以下简称《讲演》）与毛泽东的《在延安文艺座谈会上的讲话》（以下简称《讲话》）两个"艺术政治化"的重要文本做了别开生面的比较分析：（1）《讲演》美化"技术"，力论技术对于作为"生产者"的作家的重要性，其用意是要把知识分子争取到工人阶级一边，进而打造出反思的大众；《讲话》则圣化"群众"，并围绕着工农兵大众展开相关论述，其目的是让知识分子转变自己

---

① 穆宝清：《伊格尔顿：重新坚定马克思主义——读〈马克思为什么是对的〉》，《文艺理论与批评》2013 年第 2 期。
② 蒋继华：《论伊格尔顿意识形态批评理论的确立——基于伊格尔顿对本雅明解构思想的接受维度》，《文艺理论与批评》2013 年第 5 期。
③ 孙士聪：《阿多诺：詹姆逊的幽灵——否定辩证法阐释中的晚期马克思主义逻辑》，《文艺研究》2013 年第 9 期。

的阶级立场，与工农大众打成一片。（2）两个文本在对作家艺术家的定位（"生产者"与"工作者"）、对物与人的打磨（"功能转变"与"思想改造"）、对技术的看重（"技巧"与"语言"）、对革命主体的期待（"工人阶级"与"工农兵大众"）等方面非常相似。（3）本雅明重视"物"，所以便在"功能转变"上下功夫；毛泽东看重人，自然就在"思想改造"上做文章。前者的设计是"知识分子化大众"，后者的归宿是"知识分子大众化"；前者在"艺术政治化"的道路上形成了"介入文学"，后者则形成了"遵命文学"。①

马克思主义文论的研究，一方面需要我们不断回归经典文本，回到马克思，实事求是地深入阐释其理论意义；另一方面则需要我们结合中国特色社会主义实践，建构中国马克思主义文论的理论范式、理论形态和理论体系。这两方面的工作都"未完成"，有待无数学者的不懈努力。

古代文论研究及其反思

近年来，罗钢集中研究王国维的诗学思想，力证其与西方古典哲学之间的渊源关系。罗钢从思想来源和"情景"话语结构上对王国维的"意境说"和王夫之的"情景论"进行比较，认为王国维以"主客观统一"为核心的"情景交融"论并不能真正代表中国古代诗学

---

① 赵勇：《本雅明的"讲演"与毛泽东的〈讲话〉》，《文学评论》2013年第5期。

的审美最高境界，并指出王国维的"意境说"吸收了德国古典哲学主客二分的思想，在处理"情"与"景"的关系中显示出二元对立的色彩，而王夫之的理论更多体现了中国易学传统和"天人合一"的独特经验。①罗钢还以王国维对"讽喻"的翻译和将这一概念运用于中国诗学系统中为例，批驳了学界不顾西方诗学观念与其特殊的文化传统之间的关系，偏执于寻求西方诗学概念的普遍适用性的现象。对中西方文论话语共通性的反拨，显示了罗钢对中国文化在以西方话语系统为中心的世界文化中的异质性的强调。②李春青与"王国维'意境说'实际上是对德国古典美学的继承"的观点进行对话，指出在承认王国维、宗白华的"意境说"接受来自德国古典美学的重要影响的前提下，如何判断这一重要美学与文论学说的理论实质，给予其恰当的理论定位——弄清楚它究竟是属于西方美学传统的还是属于中国美学传统的，是一个需要我们深入思考与反复斟酌的问题。在确定"意境说"的理论归属时，对其所指涉的中国的美学经验应予以高度重视。中国现代美学中"意境说"的话语建构过程对于我们今天选择美学与文论研究路径具有重要启发意义。③

范畴研究是古代文论研究的重要内容。张晶剖析了中国古代诗学中"偶然"论的审美价值意义，对"偶然"在中国古代文论的建构、

① 罗钢：《暗夜里的猫并非都是灰色的——关于"情景交融"与"主客观统一"的一种对位阅读》，《文艺研究》2013 年第 1 期。
② 罗钢：《当"讽喻"遭遇"比兴"——一个西方诗学观念的中国之旅》，《北京师范大学学报》（社会科学版）2013 年第 3 期。
③ 李春青：《略论"意境说"的理论归属问题》，《文学评论》2013 年第 5 期。

中国诗歌审美价值生成和诗歌创作方式中的作用进行了分析。他枚举了陆机、钟嵘、刘勰、谢榛、叶燮等人的"偶然"论，指出"偶然"在中国传统诗学中的实质意义在于文学创作主客体的互动以及非重复性。如陆机《文赋》中"天机"概念的提出；刘勰则在佛教"色""空"命题的影响下将"物色"生命化、宇宙化，从而达到"感"与"物"的统一；叶燮对"才胆识力"的阐述强调了创作主体的修养，但诗人的积淀能否最终落实于创作，依然要靠"偶然"之契机。张晶对"偶然"在中国传统文论中诗学内涵的考察和对诗歌文体独特性的思考提供了良好的借鉴。[①] 侯文学研究了"奇"这一范畴的生成演变及其诗学内涵，指出"奇"与"正"经历对举、相生、互为表里的变化。具言之，周代是"奇"作为社会价值范畴的历史与逻辑起点，相对于周代传统的"正""常"秩序而言，"奇"是表示新异因素和破坏力量的负面价值判断。春秋后期的礼乐松动导致"奇"的价值转向，"用之于吴越"的《孙子兵法》揭橥"奇"的价值内涵并重新确立"奇""正"的关系，为后世诗论提供了新的理论支点；而战国时，《庄子》思想和屈宋作品则赋予"奇"以美学意义，完成"奇"由社会范畴向文学审美范畴的转化；魏晋六朝时，"奇"范畴的文学价值在与"俗""平"的对立；唐宋诗论中"奇"从风格评价转向诗法讲求，表现为生新、反常、不凡乃至险怪僻涩的审美趋向；自宋至明诗学

---

① 张晶：《中国古代诗学中"偶然"论的审美价值意义》，《文学评论》2013 年第 4 期。

以"平淡""自然"矫"奇"之弊，导致相互紧张关系的消解。[①]

　　一些学者对古代文论的研究做了批判性反思。刘方喜和杜书瀛两位学者在对学术史的梳理中反思了中国古代文论的一些问题。刘方喜以魏晋南北朝美学史研究为例，反思了中国美学史研究的格局性偏失，对将"诗文评"作为中国古代美学理论的全部提出批评，认为以作为"经学"的诗学为中心的朝廷美学、体例认知、文献格局、文化地理空间等因素需要在思考中国美学思想整体格局时被考虑进去，从而减少研究偏失。[②]杜书瀛细致考察了"诗文评"的发展脉络，从学术论著、专业从事者、研究对象和内容、学科术语和语码系统、从事者、实践活动和成果的数量观照"诗文评"产生的表征，然后从审美的自觉和文论的自觉考察"诗文评"产生的前提条件，认为审美意识的泛化及对文艺审美特点的认知为"诗文评"学科的产生提供了关键的依据。[③]杜书瀛还从清代众多文论家中拈出叶燮、金圣叹、李渔三位具有代表性的理论家，分别从诗论、小说评点和曲论三个方面对清代"诗文评"之集大成的特点予以系统论述。[④]刘文勇批评了中国文论研究中好议论而轻实证、喜从比较视野入手谈当代价值而忽略传统小学功夫的现象，指出要解决学术"残疾"的问题，

---

① 侯文学：《"奇"范畴的生成演变及其诗学内涵》，《文学评论》2013 年第 5 期。
② 刘方喜：《格局性偏失：魏晋南北朝美学史研究的初步反思》，《文艺争鸣》2013 年第 1 期。
③ 杜书瀛：《魏晋南北朝"诗文评"学科的诞生》，《中山大学学报》（社会科学版）2013 年第 3 期。
④ 杜书瀛：《清代"诗文评"之集大成》，《南都学坛》2013 年第 2 期。

需要重新通过培养对中国文化传统的体认，确立学科规范，并规避学界急功近利的风气。①高宏洲指出，当代文学创作普遍缺乏传统文论资源的根基，造成这一段缺席的是近代以来文化传统的断裂和社会生活、语言方式、学科变化等因素的合力作用。而古代文论事实上是有着丰富的可供汲取的创作养料的，要重新接续古代文论思想，"滋润式"的策略是一个可供参考的方法。②胡疆锋则以嘉庆壬戌年会试为引子，辨析了传统知识制度和中国古代文论的关系，认为传统知识制度中，权力渗透到整个知识生产过程当中，对学术自由和学术独立造成了限制；而晚近由中国社会结构变迁带来的西方知识制度的进入，使现代知识制度得以建立，这对中国文学理论的建立有保障和制约的双重作用。要保持学术自由，既要防止文学与权力的合谋，又要规避学术制度化职业化带来的学术市场化机制。③姜勇、张锡坤从社会文化角度对中国古代文论资源进行反思，他们回溯了文史哲合一的轴心时代的"大文论"传统："文"观念的形成与泛化对大文格局的形成有着哲学本体论的建构意义；"道""虚气""性感"等范畴构成了中国传统文学批评的文论母体和理念基础；诠释学范式的建立则为后世诗学的价值倾向提供了模本；"象思维"直

---

① 刘文勇：《中国文化与文论研究的困境及其相关性问题——以〈文心雕龙〉为研究中心》，《西南大学学报》（社会科学版）2013年第1期。
② 高宏洲：《中国古代文论之于当代文学创作——缺席与入场》，《江西社会科学》2013年第7期。
③ 胡疆锋：《知识制度与中国文论生产——从嘉庆壬戌年会试事件说起》，《文学评论》2013年第2期。

接规定了中国文学的审美旨趣。"大文论"种种不同于西方文学理论以及当代学科化的文论研究的自身特色，对中国文论解决理论困境有着强大的召唤力。[①]

从西方到东方：理论的旅行

2013 年度的西方文论研究呈现多元化态势，在注重文化语境精读原典的同时，还揭示了西方文论之于中国文论建设的借鉴意义。

吴子林、周娆重读了柏拉图《理想国》，指出柏拉图针对当时文学创作的种种弊端将一部分诗人驱逐出理想国，实际上是强调诗性正义以迎回他心目中的理想诗人。"诗性正义"根源于诗人那颗悲天悯人的心，以一种反省性的艺术方式来反映社会现实，追求着"至真"（真实）、"至善"（正义）与"至美"（艺术）的统一，并最终将作用于人的心灵，实现其生发于人的内心的教育作用。[②]

周宪分析了福柯话语理论的诸多问题，认为表征对在场的替换、对制度层面着眼点的局限，直接导致了福柯话语理论建构中宏观制度和微观制度缺乏内在的衔接，遮蔽了制度对话语的制约和对主体的轻视，缺乏反抗策略；而话语论的流行与学院制度的相适应，与

---

① 姜勇、张锡坤：《中国古代文论与"轴心时代"——"大文论"范式的初创》，《吉林大学社会科学学报》2013 年第 5 期。
② 吴子林、周娆：《诗性正义：重返理想国之路》，《中国文学研究》2013 年第 3 期。

当时法国社会的文化环境以及知识分子的角色转换分不开。福柯话语论的内在矛盾使其理论本身失去解释权，对于话语论的研究需要联系社会物质实践活动，强调话语和主体的双向互动，并借鉴其他学科的方法论进行修补和矫正。[①]

王鸿生回溯了尼采等中西方众多学者对"虚无"的理解，指出"虚无主义"和"虚无"的区别在于前者是对后者的具体化，分析了现代怀疑论和虚无主义的生成机制，并针对德里达的延异理论做出了语言与意义关系的理论探索，认为德里达的许多观点都体现出一种"元理论气质"。[②]

陆扬比较性重读了"耶鲁学派"的学术思想：布鲁姆的学术着眼点在批评，针对"影响的焦虑"提出创造性误读，对解构主义显示出一种对抗姿态；米勒则对德里达的解构主义理论推崇备至；德曼强调语言的修辞；而哈特曼思考的是文学批评本身的定位问题。可见，"耶鲁学派"能否被称为具有共同学术主张和学术思想立场的学术流派是一件值得考虑的事情。[③]陆扬还研究了伯明翰学派文化研究的三个主要范式：文化主义、结构主义和葛兰西霸权主义。从理查·霍加特、雷蒙·威廉斯和 E.P. 汤普森的"人类学和历史主义"的文化研究方法中可以看到，文化唯物主义对利维斯主义的精英文化传统和对马克思主义的经济决定论的机械理解的突破；阿尔都塞

---

① 周宪：《福柯话语理论批判》，《文艺理论研究》2013 年第 1 期。
② 王鸿生：《元伦理气质：虚无、延异与幽灵学》，《文艺理论研究》2013 年第 1 期。
③ 陆扬：《重读"耶鲁学派"》，《文艺争鸣》2013 年第 5 期。

的意识形态国家机器理论则强调物质经验影响，使文化研究开始偏离整体性描述而重视差异；霍尔的编码和解码理论体现了阿尔都塞使文化研究从文化主义转换到结构主义的影响；葛兰西霸权主义理论用"霸权"替代"政治"，以阐释现代社会诸种文化现象，但随着文化研究的深入，出现后劲不足之态。因此，霍尔借鉴后马克思主义的"连接"概念，创造了新的文化研究范式。①

曾军多年潜心于巴赫金的研究，他探究了克里斯蒂娃接受巴赫金思想影响的"多元逻辑"特点，以 1970 年和 2002 年为界，将克里斯蒂娃的学术思想分为三个阶段：（1）1966—1970 年间，以《词语、对话和小说》《封闭的文本》《诗学的毁灭》等为代表，克里斯蒂娃介绍了巴赫金的复调、对话、狂欢和意识形态符号学理论，并创造性地提出了互文性理论，克服了结构主义对历史和主体的忽视，实现了后结构主义的理论转向。（2）1970 年之后，克里斯蒂娃从符号学家发展为精神分析学家和女性主义理论家，其"过程主体"的思想是与巴赫金有关联的理论创造；她还创造性地发展了巴赫金的复调和时空体理论，提出以"多元逻辑"和"边界 / 门坎"为代表的带有后现代主义气息的文学和文化理论。（3）2002 年的《"我们俩"或互文性的故事（历史）》一文成为克里斯蒂娃对自己接受巴赫金思想的理论总结。②

---

① 陆扬：《文化研究的三个范式》，《华中师范大学学报》（人文社会科学版）2013 年第 1 期。
② 曾军：《克里斯蒂娃接受巴赫金思想的多元逻辑》，《文学评论》2013 年第 4 期。

马大康将奥斯汀的言语行为理论与文学阐释学相结合，探讨话语行为在建构作品和读者相互关系中的作用，指出当研究者将关注焦点从话语表述转向话语行为时，势必导致研究方法的根本转变：从认识论转向存在论。于是，话语的行为方式也就成为人的存在方式，话语构建的世界则成为人的精神家园，对话语及其话语所构建的世界的理解恰恰成为对人自身生存可能性的探访。[①]

姚文放指出，乔纳森·卡勒在 20 世纪 90 年代经历了从文学理论走向"理论"，又从"理论"回归文学理论的循环。如果说一个时期以来人们从卡勒的阐释中更多看到的是"理论"对文学理论的疏离的话，那么人们可能忽略了另一面：卡勒恰恰也在力图把握一种可能性，即"理论"对文学理论的回归。卡勒在《文学理论》以及一系列论著中显示了对文学理论与"理论"之间相互激励和推助作用的肯定，对"理论"中的文学性的开掘，对文学研究与文化研究的平衡机制的探讨，对"理论"与文学理论相互联姻的可行性求索——这一切都不乏"后理论"的意味。卡勒以其对"理论"的反思和对文学理论的还乡，成为"后理论"转向的风向标。[②]

杨俊蕾分别从功能、选本和态度三个方面讨论了西方文论话语对中国文论的影响，以及在这一影响下中国文论的自身焦虑与理论建构的发展状况，认为中国文论对西方理论话语的接受需要进入其

---

① 马大康：《话语行为与文学阐释》，《文学评论》2013 年第 6 期。
② 姚文放：《从理论回归文学理论——以乔纳森·卡勒的"后理论"转向为例》，《文学评论》2013 年第 4 期。

内部进行消化，并立足于本土，以平视的态度进行思考。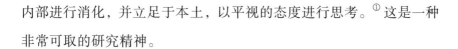这是一种非常可取的研究精神。

美学研究的深化与拓展

2013 年是著名美学家黄药眠先生 110 周年诞辰，蒋孔阳先生 90 周年诞辰，北京、上海都分别举办了学术纪念会或研讨会，深切缅怀了两位美学家的学术成就和人格魅力。

20 世纪 50 年代的美学大讨论进入人们的视野。童庆炳认为，1956 年开始的美学问题大讨论，最初仍然是批判胡适资产阶级唯心主义思想的一部分，是在意识形态的笼罩之下进行的，并非纯粹的学术讨论；不过，其中的一些学术内涵不容忽视。1957 年 6 月 3 日黄药眠先生发表了著名的美学讲演《美是审美评价：不得不说的话》，它超越了当时局限于认识论的所谓"四派"，将美学理论从认识论转向了价值论的视域。黄药眠先生的价值论美学提出了三大命题：（1）美是人类社会生活现象；（2）美作为人类社会生活现象是历史地生成的；（3）"美学评价"在人的"情感态度"诸条件中才能实现。在黄药眠先生看来，美学对象具有价值性，而人则对此价值性做出美学评价或情感评价。就"真""善""美"而言，认识论

---

① 杨俊蕾：《中国当代文论的西化焦虑与进阶分析》，《南京社会科学》2013 年第 1 期。

求"真"，而"美""善"则分别是一种价值，体现了人的需要，其中的问题更多地要由价值论来解决。可以说，黄药眠先生开启了现代价值论美学。[1] 李圣传认为，李泽厚的"积淀说"先后经历了"积累—沉淀—积淀"这一漫长的理论求索历程才最终面世，而其"积累"的思想资源就直接发源于"美学大讨论"时期黄药眠所提出的"积累说"。他梳理了李泽厚"积淀说"和黄药眠"积累说"的美学思想逻辑发展脉络，指出从"积累说"到"积淀说"，两者不但在中国学术语境中一脉相承，而且在理论实质上也内在契合，体现了当代美学的进步与发展。[2] 曾繁仁从学术史的角度考察了 20 世纪 50 年代美学大讨论的性质，并对朱光潜美学思想做出了评估。他在肯定对朱光潜思想"主客观统一"的判断的基础上，讨论了其美学研究方法上的创新点和学术思想的局限。而对美学大讨论的反思，他指出了学术讨论要避免用政治话语暴力遮蔽学术话语的重要性。[3]

朱光潜的美学思想也是人们关注的中心。代迅从朱光潜本人对西方表现主义美学的接受以及中国古典美学的表现论特征对朱光潜学术思想的影响，论证了朱光潜对中西美学的融会贯通。他通过梳理再现论美学和表现论美学的理论线索，指出以克罗齐为代表的表

---

[1] 童庆炳：《中国 20 世纪 50 年代美学大讨论的第一学派——为纪念黄药眠先生诞辰 110 周年而作》，《北京师范大学学报》（社会科学版）2013 年第 6 期。

[2] 李圣传：《从"积累说"到"积淀说"——李泽厚对黄药眠文艺美学思想的承继与发展》，《文学评论》2013 年第 6 期。

[3] 曾繁仁：《关于朱光潜美学思想与我国的美学大讨论——兼答〈清华大学学报〉编辑部信》，《清华大学学报》（哲学社会科学版）2013 年第 3 期。

现论美学对艺术独立性的强调和非理性因素与朱光潜魏晋情结的契合是他走上表现论美学之路的内在动因。[1]唐艺嘉、裴萱的《朱光潜对克罗齐的美学反拨：美学经验论与唯理论的选择》认为，朱光潜对克罗齐的界定、对直觉美学的反驳，以及态度上的矛盾，体现了朱光潜接受西方美学思想中本土美学经验的反作用，而这促使他在美学倾向上最终走上了经验论的道路并由此对克罗齐美学唯理论展开了突破。[2]

前些年的实践存在论美学论争仍有余响。王元骧认为，从实践观的历史演变来看，尽管西方许多思想家都对实践的内涵做出解释，但中间的差异明显。马克思实践观主要来源于黑格尔，汲取和改造了黑格尔的"劳动说"，从而形成了实践观的理论基础。而朱立元则强调"实践"和"存在"本体论上的同一，认为海德格尔的"此在"就是"社会的人"。针对这一观点，王元骧引证了海德格尔本人的学术观点，并佐以国内外其他学者对海德格尔"此在"内涵的论述，论据充分地说明了海德格尔的"此在"实质上是和他人对立的个体的人。因此，将海德格尔的存在论嫁接到实践论美学中去，被忽视的将是审美关系中历史的、社会的因素和历史唯物主义实践观的指导地位。[3]

---

[1] 代迅：《朱光潜与表现论：中西美学融通的另一条逻辑线索》，《文艺理论研究》2013 年第 2 期。
[2] 唐艺嘉、裴萱：《朱光潜对克罗齐的美学反拨：美学经验论与唯理论的选择》，《文艺理论与批评》2013 年第 5 期。
[3] 王元骧：《再谈"实践存在论美学"》，《中山大学学报》（社会科学版）2013 年第 3 期。

生态美学的研究仍是美学界热点之一。曾繁仁从中国戏曲的美学追求、虚实相依的表演方式、演员与观众的互动、线性结构及大团圆结局几个部分来论述中国戏曲蕴涵的中国古代"中和"的美学理念，并认为中西方戏剧存在诸多差异，不宜轻率地用西方戏剧理论观念否定中国戏曲的特点。①高建平以城市的建设为案例，从生态美学和实践美学入手谈美学的救赎，指出实践在逻辑上先于认识，美形成于实践但在一定程度上超越了实践的功利性。同时实践应当包含着创造，体现着人与环境的共存关系。这种圆融的、生态的观念将美和生活绑在一起，使审美成为感受性的、体验性的活动。而实践美学将"实践"引入哲学美学，体现在"城市"景观上的表现是对城市个性和生命体征的思考。因此生态美学需要的是"实践美学"和"美学的实践"，美学的救赎则需要在"日常生活审美化"的今天呼唤趣味，从生活实际出发谈论我们所需要的美。②刘悦笛以泰勒的《无声的进化》为例，从艺术与自然、艺术与环境的互动以及艺术与生态平衡的关系三个方面论述了日常生态美学对开启新型的人与自然关系积极的、介入的美学的启示意义。③高小康则从"非遗"的美学特点出发，指出传统艺术审美经验和经典美学之间的龃龉。认为作为集体记忆的、活态的、带有即兴特点的传统艺术往往被经

① 曾繁仁：《中国古代生命论美学的舞台呈现——试论中国戏曲所包含的生态生命论美学意蕴》，《山东社会科学》2013年第5期。
② 高建平：《生态、城市与美学救赎》，《探索与争鸣》2013年第3期。
③ 刘悦笛：《〈无声的进化〉的日常生态美学》，《公共艺术》2013年第3期。

典美学认为是粗糙的。因此经典美学研究的标准不能在传统艺术被文本化、意识形态化、高雅化之后再用于对其进行评估。而面对当代美学要建立具有中国特色的美学体系的命题，需要关注文化的多样复杂，从不同的审美体验中发现新的审美观念和研究方法。[1]苏宏斌从自然、乡村、城市三个维度考察了从农业文明到生态文明时代人们不同的审美观念和三者之间的相互关系，认为在生态文明逐渐取代工业文明之时，人与自然的关系将出现全新的面貌。[2]

　　面对新媒体开启的"阅文化"时代，欧阳友权通过数字媒体的图像表意和视觉消费之间的相互关系，讨论了技术审美和图像文化产品带来的审美观念、审美方式和文化结构的变化。视觉消费和大众文化互为助力，使审美和日常生活联系更为紧密，但与此同时，视觉文化的负面影响是需要警惕的。[3]陈奇佳则研究了梅洛－庞蒂、拉康的凝视理论，指出现代视觉技术造就了凝视法则的真实性、复制性和多元性。他指出，现代视觉技术改造了艺术主体的凝视法则，这使得主体对经验对象在先的凝视自发地转向了强调真实性、复制性和多元性，这就造成了凝视法则的改变。艺术主体由此形成了新型的价值判断与拣选机制，其具体的表现形态之一，即形成了一种轻悲剧重娱乐的文体偏向。但现有的艺术实践本身尚不足以说明此

---

① 高小康：《传统艺术活态保护与当代美学建设》，《文艺研究》2013年第7期。
② 苏宏斌：《自然·乡村·城市——生态美学三维》，《鄱阳湖学刊》2013年第1期。
③ 欧阳友权：《新媒体的技术审美与视觉消费》，《中州学刊》2013年第2期。

种改变的必然性与合理性。[1]

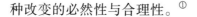

新媒介时代的文论研究

文学与图像的关系。金惠敏考察了韦尔施、波德里亚、费瑟斯通和波兹曼关于审美化的理论，并梳理了海德格尔等人的论述后指出，韦尔施试图从"现代化"语境中探讨审美化图景，波德里亚则更关注审美化与图像化的关系，费瑟斯通将图像增殖看作日常生活审美化的一个表现，波兹曼以"娱乐化"取代"审美化"，做了更为通俗的演绎。这些理论家的思想共性在于，揭示了图像增殖对审美泛化的推动作用，并引向了商品与审美的内在关联。[2]刘巍则考察了文学图像接受的形态、生成机制以及对文学意义流转的影响，指出文学语言本身所具备的视觉转化、视觉延续、视觉意象形态为文学的图像接受提供了前提和条件，但图像（特别是电影）的繁盛却改变了传统的文学阅读方式，它在综合性、技术性、普适性上的优势使图像接受成为这个时代的审美风尚。图像接受因画面、影像的加盟使文学意义在接受上遭遇解构与转向，图像接受滤过了文学的诗意境界，应答了文本的召唤结构，也遁形了文本的多重理意。图像接受只能无限接近文本的本真意义却无法将其彻底理解并表述出

---

① 陈奇佳：《凝视法则的改造与悲剧的式微——现代美学旨趣的技术之维》，《文学评论》2013 年第 1 期。
② 金惠敏：《图像增殖与审美泛化》，《燕赵学术》2013 年第 1 期。

来，图像所进行的仅是建立在原始文本基础之上并无法超越文本的部分"转述"而已。①

　　媒介对文学生产、传播、消费的影响。赵毅衡从媒介构成入手分析演示叙述和记录叙述、梦叙述的区别，指出以身体、实物等作为符号媒介的演示叙述，可分为表演型、竞赛型、游戏型三种类型，它们有"展示""即兴""观者参与""非特制媒介"等特点，显示了演示叙述超越于其他叙述方式的、与人性更为契合的参与性及身体性。②季欣借鉴巴赫金的狂欢理论和大众文化理论，引用大量的网络造句语料，分析了网络造句和"狂欢"的异同点，并探讨了不同学科研究方法对阐释"网络造句"现象的理论意义，认为"网络造句"的后现代特征蕴涵的是政治、经济、文化等多重社会因素的嬗变。对于这一现象的研究，有利于对当下社会人类生存方式的考量以及对未来文艺走向的预设。③贺滟波借鉴德勒兹在《千高原》中采用的隐喻性概念，分析了新旧媒体对文艺生产消费模式的影响，指出媒体为文艺生产带来的不只是促进其传播，更是全面参与到文艺生产消费过程中，改变了从作者群体、创作模式到读者的阅读模式乃至整个社会文化特征。④单小曦指出，手工制作时代、机械复制

---

① 刘巍：《文学的图像接受及其意义之流转》，《文学评论》2013 年第 3 期。

② 赵毅衡：《演示叙述：一个符号学分析》，《文学评论》2013 年第 1 期。

③ 季欣：《"网络造句"与狂欢的中国——对当前文化心理、文艺走向和深层社会图景的分析》，《北京社会科学》2013 年第 4 期。

④ 贺滟波：《新媒介与文艺生产消费的转型》，《鲁东大学学报》（哲学社会科学版）2013 年第 2 期。

时代及新媒介产生后的数字虚拟时代中分别出现"静观""震惊"和"融入"三种不同审美经验，进而探讨了三个不同时代媒介学成因与审美范式之间的关系及其文化表征。①欧阳友权思考了新媒体语境中文艺理论批评的发展问题，他首先对新媒体所引发的文艺理论变局做出整体梳理，认为多样化、跨学科和媒体意识形态的理论建构是其主要特征；其次，在面对如何疏导理论转向的问题上，他分析了文学存在场、生产场和知识场的转换对理论转向的影响；最后从学理逻辑切入，分析了新媒体时代文艺理论转向的位移过程和内蕴指向。②王宁通过梳理"后理论时代"特征和理论走向，分析了"后人文主义"在此学术背景下对传统人文主义的"妥协"和"超越"，并从人机合一关系现象延伸到对文学与机器关系的思考，认为在人机合一关系下尽管机器对人们的阅读和创作模式有着不可逆转的影响，学界借助机器的手段进行对文学的研究时，依然需要坚持扎实的阅读实践。③

消费文化下审美活动的考察。高建平认为，机器和资本带来的雇佣制以及消费观念的变化，造成生产和消费的对立，劳动和审美、享受的对立。审美从生产劳动中剥离出来，艺术生产和手工业生产的分离，导致艺术和生活的脱节。现代美学观念中审美无功利性理

① 单小曦：《静观·震惊·融入——新媒介生产论视野中审美经验的范式变革》，《中国人民大学学报》（哲学社会科学版）2013 年第 5 期。
② 欧阳友权：《新媒体与中国文艺学的转向》，《文学评论》2013 年第 4 期。
③ 王宁：《"后理论时代"的后人文研究：兼论文学与机器的关系》，《外国文学》2013 年第 2 期。

论的提出又使艺术被崇高化。艺术和生活的复杂关系在消费时代出现新的变化，即"日常生活审美化"。其中"艺术的产业化"和"产业的艺术化"为其表征。这一趋势，将成为消解艺术和生活的距离，以审美深入劳动获得人的全面发展的一条途径。①蒋述卓从流行文艺与主流价值观的互动中考察流行文艺的优势和弊端，指出主流文艺乃至主流价值观可以在对流行文艺大众化特点和市场营销手段的借鉴中形成良性互动。②南帆认为，消费时代大众文化的娱乐性质一方面和 20 世纪 80 年代之前高度意识形态的文化约束相比，意味着欲望的释放和自我宽容的心态，体现了一种新的历史文化风格；另一方面大众文化中的快感机制和市场主导下的类型化、机械复制使得娱乐带来了自我麻痹的危险。他在面对大众文化的娱乐性时，保有一种不偏不倚的辩证态度，将重心引向了选择而非单纯的乐观或批判。③赵凯对陶东风的大众文化批评做了系统评估，一方面认为陶东风批评国内学界借法兰克福学派理论研究中国大众文化的语境错位具有启发性和说服力；另一方面指出陶东风将大众文化的批评向度局限在娱乐性、消费性上过于武断，大众文化批评不能忽视其审美维度和历史维度，需要注意当下语境中大众文化与精英文化在距离之外的融合渗透。④面对消费性审美话语的生成问题，范玉刚认为，

① 高建平：《消费主义时代的生产主义》，《读书》2013 年第 3 期。
② 蒋述卓：《流行文艺与主流价值观关系初议》，《文学评论》2013 年第 6 期。
③ 南帆：《娱乐与大众的两副面孔》，《东南学术》2013 年第 2 期。
④ 赵凯：《大众文化的定位与批评尺度——兼与陶东风商榷》，《文艺研究》2013 年第 6 期。

文化消费、技术和快感、受市场逻辑主导的文化产业导致了消费性审美话语的流行，标签化、术语化、复数化是当下审美话语重构的表征，由网络技术带来的社会性的审美化趋向在日常生活审美化的基础上带来了新的美学问题，一方面使审美流于享乐和符号性炫耀，另一方面把人的自由状态进行了尽可能的提升。因此，对消费型审美话语的批判，需要坚持马克思主义的自由观和人文价值导向，对艺术和美进行去蔽，从而使消费具有"意义"。[①]

文艺理论研究的可能路径

现代文艺理论如何建构，在当下如何自处，未来走向何方，许多学者从不同的视角做了深入的理论探索。

人们试图从历史的发展动态中把握文论的整体格局。尤西林提出，元理论是现代学术前提性理论，也是反思中国现代文学理论的首要环节。中国文学理论现代性演进受制于科学主义、意识形态与人文科学三种元理论。科学主义模式奠定了文学理论的知识学结构，其价值判断的缺失导致专制型意识形态对文学理论的政治化塑造。形象思维论成为连接科学主义与意识形态的美学基础，同时成为意识形态文学理论分裂冲突的矛盾焦点。中国现代化转型使人文科学

[①] 范玉刚：《消费性审美话语的生成及其马克思主义立场的批判》，《文学评论》2013 年第 5 期。

取代了专制型意识形态的元理论地位，文学理论开始成为现代学术的人文学科。马克思人文主义理想的终极价值在超越科学主义的非价值立场的同时超越专制意识形态价值规范，成为凝聚文学理论并抵御价值虚无主义的核心，也成为引导提升文学经验的基点。人文科学不脱离人文经验的特性要求文学理论与文学批评相结合，并从静态的知识论转向包含描述、参与、理解与体验的阐释学。[①] 高楠从文学本质论、文学功用或功能论、文学发展论、批评的具体化四个方面分析了现实主义成为中国 20 世纪 90 年代之前文学理论研究方法论核心的必然性，指出现实主义淡出当下文论跟 20 世纪 80 年代学界对政治决定论的质疑、西方文论的译介和接受、大众文化的兴起有关。高楠通过对理论建构自身规定性和现实规定性的分析，雄辩地提出现实主义理论和中国文学批评特点的适应，现实主义应当是当下中国文学理论发展过程中不可忽视的问题。[②]

　　不少学者主张文艺理论研究应在与文学创作实践的互动中展开，使理论研究真正落到实处。肖学周指出，在五四新诗人群中，闻一多是最重视诗歌语言的诗人之一。他生活在一个诗歌语言急剧变革的时代，在形式焦虑的催逼下，闻一多经历了从放弃旧诗到走向新诗，然后主张新格律体诗，最终中断写诗的复杂过程。在其诗学探索过程中，闻一多诗学语言观念大致经历了"四原素"说（即幻象、感情、音节、绘藻）、"杂语"式诗歌语言（包括"三美"说和"弹性"说）

---

① 尤西林：《中国文学理论元理论百年嬗变》，《文学评论》2013 年第 2 期。
② 高楠 ：《现实主义淡出当下文论的体系性思考》，《文学评论》2013 年第 1 期。

和"鼓点"式诗歌语言三个阶段，这不仅显示了他从"纯诗"转向"杂诗"的过程，也大体上对应着他不同时期的文学观念：唯美主义、象征主义和现实主义。①罗义华指出，系统性与交叉性是新格律诗的发生研究领域应重点把握的两个原则，他系统考察了新格律诗得以发生的主要条件：中国文学反动之反动的历史规律是它的内在动因；英美新诗运动尤其是意象派的影响是它的外部诱因；初期新诗作格律元素的显著存在为新格律诗的发生预留了空间；初期新诗的理论探索构成了新格律诗的理论出发点；新月同人的格律实验与理论探讨为新诗格律理论的最终成型奠定了基础；闻一多对新诗形式质素的高度敏感和理论自觉是不可或缺的主体条件。新格律诗的历史经验对当下新诗诗体建设有着理性制约和重要的启示作用。②吴子林则借用了柏拉图重回叙拉古的政治隐喻，通过对莫言小说创作及其理论的阐释与理解，对其"超轶政治"的文学创作做出较为深入的理论阐释与思想解析，并在此基础上重新考量文学与政治的复杂关系，强调"文学发端事件但又超越事件，关心政治又大于政治"的重要性，指出文学的真正态度不是问题的决断，而是发现问题，不是斥责和批判，而是理解和宽恕。莫言的创作实践是在"避开政治的限度上过问政治"（契诃夫语），即从代表道义原则的"元政治"出发，对现实中的党派政治实践予以伦理评估，在文学自律的立场上为解

① 肖学周：《诗论闻一多的诗学语言观念及其发展轨迹》，《文学评论》2013年第1期。
② 罗义华：《新格律诗何以成为可能》，《文学评论》2013年第2期。

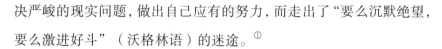

决严峻的现实问题，做出自己应有的努力，而走出了"要么沉默绝望，要么激进好斗"（沃格林语）的迷途。①

对新时期以来文论发展格局的把握，也是思考当代文论出路的题中之义。杜书瀛对新时期以来中国文艺理论的发展脉络做出大致的梳理，认为现代文艺理论是在西方文论资源占优势的情况下较之于传统"诗文评"有质的不同的"混血儿"。面对现代学术范型和当下文论的困境，中国文艺理论的建构既要返回社会历史的语境中考察种种影响因素，又要能够合理地择取继承中外文论资源。②肖明华、周云颖借用了童庆炳"大文学理论"的概念，从研究对象、研究者身份认同、价值取向等角度考察了 20 世纪 90 年代以来文学理论研究的格局变化，指出对文学理论转型的认知关系到对当代文学理论的正确评估、对未来文论走向的选择以及学术作用的实现。③王一川从"涵濡"视角思考中国现代文学理论，指出中国文艺理论的发展要从历史全局把握种种内外因素，由此可将文艺理论和文化联系起来；中国文论的发展是在与外来他者的层累涵濡中不断生成的，由此中国文论常常显示出两种状态，即单向适应和反向适应；中国文论未来的建设仍需坚持以中化西、以今活古，处理好个体 / 群体、雅 / 俗、物质 / 趣味、形式 / 思想以及知识制度 / 学术发展等诸多关

① 吴子林：《"重回叙拉古？"——论文学超轶政治之可能》，《小说评论》2013年第 3 期。
② 杜书瀛：《理论的脚步——新时期文艺学乱弹》，《文艺争鸣》2013 年第 5 期。
③ 肖明华、周云颖：《"大文学理论"的转型——20 世纪 90 年代以来当代文学理论发展走向的考察》，《海南大学学报》（人文社会科学版）2013 年第 4 期。

系。^①张永刚以西南边疆少数民族文学为例，探讨了"他者"视野中少数民族文学的存在与发展方式，指出全球化时代少数民族文学实践出现了主动展示自我、民族自立和文化自觉等特点，在社会结构并未真正进入后现代之下的少数民族文化观念的转变及其文学实践，一方面是自觉接受后现代力量推动的结果，另一方面带来的潜在危险则是民族文学写作的平庸化，折射出了中国现代文学进程中传统与现代、现代与后现代交错的复杂景观。^②顾祖钊回溯了新时期以来的文学理论，并对文学理论的未来形式做出考量，认为文化诗学以其民族特色和对承接传统、应对国际学术潮流的姿态走在文学理论未来发展的众望所归处，中国文化诗学理论创新的意义可从文化和审美文化视角、文化身份、他者理论的角度进行阐述。文化和审美文化视角有利于文学批评挖掘作品的文化内涵，更好地贴近题旨和艺术本质；文化身份和他者理论则为中国文论"失语症"提供了解决途径。在应对国际学术思潮和进行中国文论重构上，文化诗学有着令人乐观的前景。^③

（与陈浩文合撰，载《上海大学学报》（社会科学版）2014 年第 2 期）

---

① 王一川：《层累涵濡的现代性——中国现代文艺理论演变》，《文艺争鸣》2013 年第 7 期。
② 张永刚：《"他者"视野中少数民族文学的存在与发展方式》，《文学评论》2013 年第 6 期。
③ 顾祖钊：《文学理论的未来与中国文化诗学》，《社会科学辑刊》2013 年第 4 期。

开拓　重构　超越

——2014 年度文艺学前沿问题研究报告

2014 年度的文艺学研究，包括马克思主义文论、文学基础理论、西方文论、中西美学，以及中国古代文论和文学批评等等，都面对着同样日趋复杂的现实状况；为持续保持理论的活力和解决实际问题的能力，研究者们立足于现实社会与文艺实践，致力于理论的研究与创新，提出了颇多值得重视的理论创见，体现了文艺学研究的独立品格和批判精神。

日渐夯实的文学基础理论

文艺理论研究界表面一片扰攘，其实存在的问题不少。学者们似乎普遍缺乏常性，总是像陀螺一样被各种思潮转昏，很难持之以恒地关注、研究一些最为基本的理论问题，致使我们自身的精神历史和知识谱系缺乏一个连贯性与相对的稳定性。面对日趋复杂的文学生态，文艺理论必须始终与中国问题、中国文学建立对话关系，才能切实地将理论研究落到实处，"深邃壮大"国人的"精神生活"（鲁迅语）。

文学与历史的关系值得深究。[①]一些秉持后现代主义历史观的作家将历史看成"语言的虚构"，对历史进行解构与否定，表现出一种历史虚无主义的态度。张江认为，文学"虚无"历史，是对历史与现实之间连续性的否定，这会颠覆以历史为载体的文化价值体系，而一个民族能作为共同体稳定存在，恰恰在于内在价值认同的维系。作家必须树立正确的历史观，理性、客观地去表现历史。商金林将文学"虚无"历史的原因归结于文学创作者对文学与历史内在的相互规约性的忽视，建议加强市场规范，为严肃的文学创作者创造有利的环境。王尧指出，文学对历史的处理总有其意识形态性，在消费主义意识形态语境中，文学讲述历史的困境在于，创作与批评都没能有效整合革命价值观与现代价值。

文学与伦理的关系，是文学批评必须审思的问题。[②]聂珍钊认为，从文学的教诲功能和社会功利性上看，文学从来都不是非伦理的。他认为，在市场竞争法则主导的时代，作家和批评家尤其需要坚守

---

① 相关文章有《文学不能"虚无"历史》（张江）、《文学的边界和本质》（商金林）、《当代文学中的"历史"沉浮》（王尧），《文学评论》2014 年第 2 期。
② 相关文章有《谈文学的伦理价值和教诲功能》（聂珍钊）、《文学的道德批评》（高楠）、《文学中的伦理：可贵的细节》（陆建德），《文学评论》2014 年第 2 期。

自身底线。高楠指出：新世纪以来，文学批评对不道德的书写呈现出群体性的淡漠，究其原因，在于批评的超越之维和超越精神的匮乏；建立对文学的道德批评，既要坚守道德传统，又要具备道德灵活敞开的建构意识。陆建德认为，伦理不是抽象的语言，而是动态地生发在一定的历史过程和社会场域之中的，文学要体现伦理价值，需要从细节出发，促使伦理价值内化为行为的动力。

　　文学与生活的关系再度受人关注。[①]孟繁华指出："生活"概念曾一度被阶级化、狭隘化和公式化；改革开放后，按生活本来面目反映生活的追求取代了对生活本质化的理解，使文学创作得以解放。历史的经验表明，文学创作不能离开现实生活、精神生活而孤立进行。白烨认为，如何处理文学与生活的关系，跟文学创作者自身的观察力、知识储备等方面的素质有关。从"十七年"到新时期，文学能在政治化社会语境中依然取得斐然成绩，离不开作家对生活的深刻体验与严肃表达。新世纪以降，与时代相匹配的作品却不多，这跟作家主体的缺失无不关系。陈晓明则认为，在生活方式多元化的今天，没有理由对作家之于生活的书写进行类型上的规定，乡土和底层叙事并不是评价一部文学作品优劣的唯一标准。更重要的是，作家如何保持与生活的密切联系，并在对生活的体验中审察人心。

---

① 相关文章有《"生活"：当代文学的关键词》（孟繁华）、《文学之根在生活》（白烨）、《信息化的时代如何写作》（陈晓明），《文学评论》2014年第3期。

在新形势下，有必要重新理解文学的功能。①贺绍俊提出，文学最根本的功用在于以"真善美"抚慰人的心灵，带给人们面对生活的积极态度。西方现代主义思潮尤其是审丑观的引进，使一些作家在创作上走向偏狭，甚至出现反美学的倾向。对此，文学批评必须坚持以"真善美"的价值标准予以辨别。蒋承勇指出：20世纪90年代以来，一些作家以及网络写手热衷于文字游戏；文学的娱乐功能是合理的存在，但不能将读者带入平庸的、纯感官的、虚无主义的阅读趣味当中去。文学创作要以理性为基础，坚持人文精神，在"游戏"中引导人追求生命的意义与理想，承担时代责任，体现"人类的良知"。陆建德则从中国古典文学的"失意之言"谈起，指出"怨调"传统反映的是一种汲汲于个人飞黄腾达的价值诉求，怨愤诗与中国诗学的温柔敦厚之旨是否相符有待考察，从读者接受的角度评价这类作品，需要慎之又慎。

如何处理文学与市场的关系，这是一个重要的理论问题。②高建平指出：作家向市场妥协还是进行自由的精神生产，体现了文学超功利性与市场化生产之间的矛盾；当代社会市场的多元化发展，使文学与市场的关系更加复杂。但不管矛盾衍生出多少种形态，关键

---

①相关文章有《重提文学的真善美》(贺绍俊)、《感性与理性娱乐与良知——文学"能量"说》(蒋承勇)、《"不得志"的背后》(陆建德)，《文学评论》2014年第3期。

②相关文章有《文学在市场中的生存之道》(高建平)、《文学与市场，或文人与商人》(程巍)、《重视文艺与市场的价值冲突与协调》(刘方喜)、《学科视野下的文学与市场》(赵炎秋)，《文学评论》2014年第6期。

的是文学创作要能把握好"自由的精神创造"这一美学原则，而不至于让市场淹没了文学。程巍认为，文学与市场的对立是欧洲浪漫主义精神遗留的反资本主义市场的姿态，总体而言，自由竞争机制下的文学市场是令人乐观的；在探讨文学与市场关系问题时，与其把责任全推到市场一方，不如让作家们认真思索如何面对自己所处时代的文学常规和道德规范。刘方喜把正视、协调文艺与市场的价值冲突放在了重要的位置，认为解决文艺与市场的价值冲突问题，需要文艺创作者在全面、辩证、历史地认识市场之后，树立起正确的价值观。赵炎秋认为，以学科结构论，具备经典素质的文学作品跟通俗文学、低俗文学相比，受众面少，其学科内部的评价机制也十分复杂；从文学评判方式的发展历史看，市场难以成为评价文学价值的标准。面对当下在文学活动占据话语权高地而可能带来文学创作质量下降的危机，文学评判需要在反对市场决定论的同时提高学科评判的影响。

文学及其公共性是颇受人们关注的话题之一。[①]黄梅从《傲慢与偏见》的"骄傲"母题出发，思考一个讲述浪漫爱情的文本如何通过对人物心理和群体行为的展示，介入金钱世界中对人际关系的考量，从而使叙事深入一种伦理关怀之中。赵勇则借助余华的《兄弟》与《第七天》在国内引起的公共事件反思了文学公共性的跨国旅行。

---

① 相关文章有《〈傲慢与偏见〉：书名的提示》（黄梅）、《文学公共性的跨国旅行？》（赵勇）、《"公共性"与中国文学经验》（李建军），《文学评论》2014 年第 6 期。

他指出，本土"文化批判"公众的缺席与国外公共尊重的获得，为重建中国文学公共性带来了难题，同时中国在西方他者化的身份，很有可能将自身置于又一次的"看"与"被看"的境地。李建军则从中国古典文学经验出发，对古典文学的公共性与新文学以来建立的公共性进行比照，指出中国文学不应急于"走出去"，而应当在对传统文学"公共性"品质的接续中，达到与人类经验相通的普遍性和世界性。

吴子林探讨了信仰与文学质地的关系，以及中国文学信仰叙事的内在难度等问题。① 他认为，信仰与文学是对"生命如何可能"命题的不同形式的回应。缺乏信仰的支撑，文学沉迷于对事实的模拟和俗世的福利，在精神品质和审美质素上往往显得苍白平庸。然而，中国人的自然信仰传统是非人格化的，认清基督教自我本身及其本真，把握其独立及独特之处，体认其带来的新意和启示，并在此基础上进行不同文化的反思、对照、交流、互补或会通，是一项重要的工作。中国现当代文学信仰叙事所呈现的内在难度，是中西文化交接形成的重负，也是由古典转变到现代、后现代所形成的重负。史铁生的神性写作是启示性的艺术创造，而不是归化式的宗教代言；它以犹如生命般若、心魂真如的文字，"继承、预识和朗显"了生命的意义，启示性地提出存在的终极问题，为克服信仰叙事的内在

---

① 相关文章有《信仰与写作的质地》《信仰叙事的内在难度》，《小说评论》2014年第2期、第3期。

难度提供了某种借鉴。

古代文论研究的不断拓进

本年度的古代文论研究，一方面注重从古代文论资源中挖掘、阐发其现代价值，另一方面则通过对海外汉学研究的整理与反思，探讨中西理论思维的差异，展开多角度、多层次的对话。

杜书瀛考察了先秦时期儒、墨、法、道四家对诗的不同态度，认为儒家"爱"诗与墨家、法家"恨"诗都是出于"实用"立场，道家"贬"诗，则是出于崇尚自然、清净无为的思想倾向。儒、墨、法、道四家对诗的看法，都不是单纯地从艺术审美角度生成，而是代表了不同阶层和人群的利益。[①]

吴子林由古代"修身立其诚"的思想出发，系统考察了"诚"之哲学思想的嬗变与演进。在孔子那里，"诚"只是一种道德品格。到了孟子则将"诚"扩大到"天道"："诚者，天之道也；思诚者，人之道也。"《大学》强调济世以修身为本，修身以诚意为要。到了《中庸》，"诚"不再止于真诚、诚实、忠诚、诚信等伦理道德意义，而是被提升到了与物之生、成、形、灭相始终的位置，并展开而为本体论即工夫论的哲学性言说。"诚"的目标在于"成己"（成就

[①]杜书瀛：《"爱""恨""贬"之对立：儒、墨、法、道对诗的不同态度》，《社会科学辑刊》2014年第1期。

自我）、"成物"（成就世界），既是向内的自我完成，又是向外的不断深化与拓展。这是一个不断深化的主体性建构过程。祈向圣境的"中庸"之道强调集小诚而推及宇宙万物，物我相通，由小我到大我，从有限到无限，个体的社会价值和人类的宏伟抱负才能实现。同样，作家、艺术家要实现"参天地、赞化育"，开启至乐的自由境界，必须拥有至诚的心灵，一个创造性转化的伟大源泉，不断打开自我、接纳他人及其世界。然而，由于"忠恕"之道的失落，当代作家过多地被自我中心论所控制，"修辞"而无"立其诚"，一味地将心智败泄在世俗人际关系上，实利成癖，虚荣入骨，唯独不见卓尔不群、颇具精神高度的艺术创造。艺术境界的显现，以"心匠自得为高"（米芾语）。重建文学主体性，重建"诚"的文学，任重而道远。①

时隔十年，童庆炳以西方现代心理学思想为参照，再次探讨了刘勰《文心雕龙·原道》的"道心神理"说。鲁迅曾批评刘勰将"天文""地文"和"人文"相并列做出了"其说汗漫，不可审理"的批评，此后，又有人批评刘勰对心、物关系的理解为"客观唯心主义"或"历史唯心主义"。童庆炳认为，只有在中华文化的语境中，又在西方理论的"照亮"下，才能理解刘勰的"原道"说。刘勰的"原道"说是对先秦时的"兴"论、《周易》的"观""取""通""类"说、"君子比德"说等前代创作和理论的总结，刘勰用"中道"思维关注自然与文章的相互关系，体现了中国历史传统中的人文主义

———
① 吴子林：《重建"诚"的文学》，《小说评论》2014 年第 5 期。

倾向。刘勰的"原道"是"天文""地文"和"人文"的内在统一，作为自然的"道"，在宇宙之"力"的支配下，通过"异质同构"，由外在的自然衍化为内在的情感，天文、地文才被提升为人文。①

李春青研究了汉魏之际知识阶层文人与士大夫两种身份冲突及其话语表征，指出东汉以来儒道互渗的思想趋向使文章由实用走向审美，文人开始关注个体生命价值，在诗文创作上注重个人情趣，崇尚文质并举的批评标准，文学风格变为梗概多气，但经学的国家意识形态地位带来的士大夫在政治、文化上的双重身份使得知识阶层无法抛却强烈的入世之心。这种身份冲突其实反映了这一时期知识阶层的普遍焦虑，而他们的诗文创作则是双重身份及其内在冲突的话语表征。②

用典被当作诗歌创作的一种方法盛行于六朝。从文体的发展看，诗歌的用典源于"笔"的用典；从历史逻辑的范围考察，用典始于讲史传统、"善士"之"尚友"传统以及文学创作知识化的趋势；从功能上看，用典创造出了历史意象，在抒情主人公与历史人物事件的比附中，使诗歌情感具备更大的普遍性，从而加强了诗歌的抒情力度。诗人通过用典，使诗歌抒情主人公具备个人与集体的双重身份。通过对用典的历史逻辑和文体学背景的考察，胡大雷为用典

---

① 童庆炳：《〈文心雕龙〉"道心神理"说新探》，《文学评论》2014 年第 4 期。
② 李春青：《汉魏之际"文人"身份冲突及其文学表征》，《北京师范大学学报》（社会科学版）2014 年第 2 期。

在诗歌创作中的内在合理性做出了阐释。①

王国维在中国诗词、戏曲、小说方面的评论历来为学界称道，以《红楼梦评论》与《宋元戏曲考》为例，后辈学者多认为这两部著作在观点、方法上都是开创性的。祁晓明将王国维的两部著述与日本明治时期诸多学者的相关研究进行比照，认为《红楼梦评论》在以叔本华哲学阐释《红楼梦》的方法、对小说的普遍性悲剧意义以及超越利害关系的美学价值判定上分别沿袭了笹川临风、田冈岭云等人的学术观点；《宋元戏曲考》在对元曲文学价值、元曲形式与南北曲之异同以及戏曲史的考证等方面对日本明治时期学者的研究成果也有所吸收。因此，视王国维两部文学批评著作为其独创成果的观点并不恰当。②

罗钢深入研究了《人间词话》的经典化历程，指出辛亥革命前后学界的集体沉默、20世纪唐圭璋等学者的批驳，以及20世纪80年代万云骏的评价，都反映了《人间词话》与传统词学的断裂；但这并没有阻止《人间词话》被抬高为传统诗学的代表性著作，其中原因在于，受西方文论体系的冲击，在文化民族主义心态的支配中，中国知识分子亟须一种可以解决因中西文化冲突而产生的焦虑的方法；同时，20世纪50年代以来一种以认识论哲学为基础的理论主

---

① 胡大雷：《六朝诗歌用典论——兼论"诗言志"与集体无意识》，《文学评论》2014年第5期。
② 祁晓明：《王国维与日本明治时期的文学批评——以〈红楼梦评论〉、〈宋元戏曲考〉为例》，《文学评论》2014年第3期。

体通过意识形态国家机器被建构起来，与此同源的《人间词话》便为学界提供了将中国古代诗学传统翻译为现代文论话语的范本。这意味着当代中国学人重建的传统是一种由西方思想塑造的意识形态幻象，这不仅没有解决中西文化的二元对立问题，反而让冲突由公开走向隐蔽。这种改变不但不能接续传统，甚至终将埋葬传统。①

　　闫月珍借助现代认知语言学中的"认知图式"概念，讨论了中国文学批评中以容器喻文的现象。容器隐喻赋予文以空间、重量、味道、形状，其中，中国文学批评中多以金属和玉石容器喻文，和上古器物观念有直接关系。容器集礼乐、政治、艺术功能于一身，通过文器并置的方式，容器隐喻为文学的合法性及文学技巧的合理性提供了依据。在对形式美的描述上，"错金镂彩"的观念产生于制器领域向文学理论领域的概念转移；而器文相通，在于实用性与形式美的交汇。②

　　与古代文论研究相关的是海外汉学研究。

　　徐宝锋考察了北美汉学家的中国文论研究，认为北美的中国诗学研究在理论路径和批评方法上基本上传承了新文化史的学术理路，呈现出多方位、多层次的特点。北美汉学家的文化批评视角在中国本土文论研究的基础上注重对文论传统意义的阐释和审美论、语言论视角的引进。以刘若愚、宇文所安、孙康宜等人的文化还原立场

---

① 罗钢：《"被发明的传统"——〈人间词话〉是如何成为国学经典的》，《南京大学学报》（哲学社会科学版）2014年第3期。
② 闫月珍：《容器之喻——中国文学批评的一个特点》，《文学评论》2014年第4期。

为例，可以看到北美汉学家试图通过不同文化视野，借助诗人心灵外望中国诗学的人文价值的精神取向的学术追求。这种研究方法规避了汉学界原有的模式化批评话语和套板反映，在文化与文学的互动中刷新了对中国诗学的理解。①

刘毅青研究了宇文所安汉学的诗学建构。在西方诗学理论体系中，诗与哲学之争是一个历史久远的话题，从柏拉图建构的模仿论、理念论到黑格尔的艺术终结论，将诗与哲学置于一种二元对立的模式之中，令诗总处于要为自身合法性辩护的尴尬之中。宇文所安借助中国诗歌的诗学经验，在中西诗歌的交互中对西方诗学传统展开反思；他将非虚构的解释学作为中国文学研究的实践途径，认为中国诗学中世间性的审美标准表现出了诗与哲学的共生关系。尽管这与西方艺术观念存在本质上的差异，却为诗歌合法性的辩护提供一条新的理据。②

黄卓越则从学术史的梳理入手，将英美汉诗形态研究设定为一个三段论式的过程。以"汉字诗律说"为研究路向，19世纪的英国汉学研究以建立在印欧语系基础上的语言学学科为理论背景，肯定汉语语言表达的丰富性与独特美感，但同时存在因理论预设造成的对汉语与汉诗形态的贬抑态度；美国的意象主义运动虽然仍以对语言形态的探索为前提，却打破了早期英国汉学家的殖民话语意识，

① 徐宝锋：《北美汉学中的中国文论研究的文化批评视角》，《河北学刊》2014年第3期。
② 刘毅青：《"为诗辩护"：宇文所安汉学的诗学建构》，《文学评论》2014年第5期。

重新认识了汉语的具象表达以及汉诗的语法、声律规则，使汉诗研究开始进入注重汉字表意形态的解释方向。20世纪60年代，北美汉学家对"意象"的兴趣激起了各方话题的讨论，令汉语诗学重建的思路更趋多元，也重启了一度被忽视的声律句法研究。在黄卓越看来，英美汉诗形态研究的理论轨迹，反映了不同时期西方学术与批评模式，以及对中国文化的整体态度。①

与时俱进的马克思主义文论

当代中国正在发生令世人瞩目的巨变，马克思主义文艺理论的建设怎样才能得到发展以保持其活力，这是一个非常重要的理论命题。

正如张永清所指出的，对马克思主义文艺理论基本特征与内核问题的讨论，需要回到对"何谓马克思主义"及马克思主义真精神的理解上。从国内外已有的研究成果来看，对马克思主义的理解，包含了马克思本人的思想体系，马、恩共同创立的理论体系，第二国际的马克思主义，列宁主义，西方马克思主义等五个层面的意涵，贯穿其中的是马克思主义的真精神。它们给我们的启示是：建立马克思主义文论的问题框架，需要从现实需求出发寻找共同的理论资

---

① 黄卓越：《"汉字诗律说"：英美汉诗形态研究的理论轨迹》，《北京大学学报》（哲学社会科学版）2014年第1期。

源，并在这一基础上进行创新，然后才能进一步展开理论思考。^①显然，在与现实社会、文化语境的对接，有效地架构自己的问题框架，贯彻马克思主义真精神等方面，我们做得还远远不够，庸俗社会学或教条主义的遗风尚未完全肃清。

"一战"后崛起的文化马克思主义，主要致力于分析社会上层建筑中的诸种文化形式，其议题的丰富性，对大众文化经验的重视，以及对文化在社会结构中的作用的张扬等，在理论视野、观念方法等方面做了有益的开拓。党圣元认为，无论是早期以卢卡契等人为代表的文化反思，还是欧美各国迥异的文化马克思主义理论形态，在理论框架和方法论意义上，对中国当代文论和美学建设以及文化研究与文化产业发展都有着重要的启示作用。文化马克思主义将文化视为社会结构一部分的态度，或可扭转中国文学研究中的"庸俗社会学"思维。在吸收文化马克思主义思想资源时，中国马克思主义文化研究和文学批评要注意规避已有的问题和教训，尊重多元文化生态，致力于思想解放和政治权利、文化共识和价值共享的实现。^②

受传统认识论美学、文论的影响，马克思主义文学批评容易忽视其实践性、审美性和艺术性，沦落为概念的演绎或是意识形态斗争的工具。张玉能细致梳理了"实践转向"的学术史，指出肇始于马克思主义的实践转向，由意识形态分析转向实践分析、文化艺术

---

① 张永清：《理论基石与问题框架》，《文艺理论与批评》2014 年第 5 期。
② 党圣元：《文化马克思主义的历史和启示》，《江海学刊》2014 年第 5 期。

及其产品本身，甚至精神生产分析和话语生产分析；由反映论转向社会本体论，关注艺术家的构思实践过程、文化艺术及其产品的符号存在的本原和存在方式，将实践分析与理论分析、意识形态分析与美学分析相统一，实现审美价值与意识形态价值的统一——这种实践转向对中国化马克思主义文学批评乃至当代文学批评，具有重要的意义。张玉能还指出，后现代实践转向在大方向上和马克思主义文学批评是一致的，它实现了不同时期理论的汇合，这为当代中国马克思主义文学批评的转向提供了重要契机和理论资源。①

西方马克思主义理论家及其经典文本的重新解读，是本年度的热点之一。

马克思主义的历史分析常被视为偏向内容的政治分析，形式的政治性一直是棘手的问题。形式主义者往往据此反对文学的政治性。通过对卢卡契《叙述与描写》一文的细读，张开焱指出，卢卡契洞察到各时代的文学叙事手法与美学、社会学存在内在的对应性关系，而将小说的形象图式与世界观相联系，认为不同的叙事方式总在无意识地映射某种特定的世界观。这一洞见远远超过了形式主义者，然而，叙事形式的政治性问题迄今仍未完全解决。②

关于历史小说的理论问题也是纠缠马克思主义文论的核心问题之一。马克思主义历史小说理论是否具有存在的合理性？历史意识

---

① 张玉能：《实践转向与文学批评》，《文学评论》2014 年第 1 期。
② 张开焱：《卢卡契叙事形式政治分析潜逻辑的洞见与困难——〈叙述与描写〉评析》，《文学评论》2014 年第 6 期。

和审美形式的当代融合如何可能？历史小说会走向终结吗？傅其林探讨了赫勒的新人道主义的后马克思主义历史小说理论，分析了赫勒对这些重要理论问题的回应，指出赫勒整合了解构主义小说时间观与卢卡契晚年的思想，将历史批评与文学伦理批评相联系，在对当代历史小说的理论建构中显示出后现代历史意识与审美形式融合的特征，这为中国当代历史小说理论对创作的跟进有着借鉴意义；但是，赫勒的理论所适用的对象有其时代局限性，而为学界展示了理论推进的复杂。①

陶国山重新分析了罗莎·卢森堡的马克思主义文艺思想，指出其文艺思想是在历史唯物主义的理论框架下形成的。卢森堡反对对艺术家进行阶级划分，主张形式与内容的统一，并从创作主体、文学人物、文学功能等方面论述文学如何面向现实。通过文学这一重要文化形式，卢森堡努力唤醒人们争取权利的斗争意识；与此同时，又在文学领域坚持一种自由和民主的审慎态度，表现了对无产阶级专政和集权的某种疑虑。卢森堡批判的马克思主义文艺思想，正是对"最广泛的民主和公共意见"的强烈诉求。②

传统悲剧一直是高贵而成熟的艺术形态。由于现代社会生活条件与文体形态的变化，关注个体和日常的悲剧体验，取代了崇高、悲壮的传统悲剧的审美经验。西方马克思主义者（如雷蒙·威廉斯

---

① 傅其林：《后现代历史意识与审美形式》，《文学评论》2014 年第 6 期。
② 陶国山：《罗莎·卢森堡：批判的马克思主义文艺思想》，《文学评论》2014 年第 6 期。

和伊格尔顿）试图从情感结构等方面找出更为贴近现代社会的悲剧言说方式，但如何有效地阐释现代悲剧经验的书写依然是个问题。韩玉清以余华《第七天》的悲剧书写印证了悲剧观念的现代转向，认为小说中群体性悲剧的展示，秩序与无序的冲突造就的悲剧处境，以及死亡意义的转变等，突破了传统悲剧的固有范式，反映了现代悲剧观向大众文化的靠拢。小说文本对现代悲剧观的呼应，是作为小说体例的悲剧书写与英国马克思主义现代悲剧理论、中国经验与西方当代理论话语的对话。①

丁国旗则分析了马尔库塞艺术"异化"观的嬗变，指出在其早期文艺思想中，"异化"被置于艺术与生活统一的原则之下，所指涉的是艺术与艺术家对生活的背离，是需要批评甚至"教育"的。到了后期，马尔库塞认为，艺术的形式、自律与真理相统一，成全了艺术的"异在"，使艺术得以可能疗救现实；其"异化"观的内涵发生了转变，更倾向于阐释艺术的本质属性，以期挖掘艺术的政治潜能，而对艺术的"异化"持肯定态度。②

陆贵山宏观地指出，建设当代形态的马克思主义文艺理论必须展开经典马克思主义文艺理论与西方现当代文论的对话。对话的重要话题包括文学的自然生态研究、社会历史研究和人文研究的关系、

---

① 韩玉清：《现代悲剧经验如何书写——从〈第七天〉看英国马克思主义悲剧理论的阐释力》，《文学评论》2014 年第 6 期。
② 丁国旗：《"异在"对"异化"的拯救——马尔库塞的艺术"异化"观解读》，《文学评论》2014 年第 6 期。

文学客体性研究和主体性研究的关系、文学内部规律研究和外部规律研究的关系、文学的科学研究和诗学研究的关系等等。在陆贵山看来，西方现当代文论有其自身优势，但也存在高度自我、过度的语言崇拜、沉迷审美幻想、非理性等问题。与西方文论的对话，需要宏观地、辩证地、综合地、创新地整合西方文论，攫取有效资源丰富马克思主义文论弱势、缺失的部分，从而使马克思主义文论发生结构性的、新质性的变革。①

重新解读马克思主义文论的经典文本，清醒反思马克思主义文论的优势与不足，深入研究社会主义文化实践中涌现的问题，开放兼容，在中西对话、整合中实现中国当代马克思主义文论的建设与创新，这可能是永远"未完成"的工作。

美学研究新思维

曾繁仁在回顾了中国现代美学史后，认为中国美学与文学理论的学术"失语"是一个被夸大了的问题。现代学人经过几代的努力已经初步建构了中国本土化的理论话语，其中尤以宗白华的"气本论生态—生命美学"思想独树一帜。宗白华从中国现实艺术出发，着力于中国的艺术实践，在西方生命哲学与美学的理论背景下，运

---

① 陆贵山：《对话与重构——建设当代形态的马克思主义文艺理论的重要理路》，《中国人民大学学报》（哲学社会科学版）2014 年第 2 期。

用中国古代的气本论生命观进行中西比较对话。宗白华阐释了阴阳对比的呼吸之美、虚实相生的生命之美、线文流动的动态之美、以大观小的全景之美、芙蓉出水的白贲之美等论题，凸显了"气本论生态—生命美学"的基本内涵。关于国画、书法、建筑、戏曲、舞蹈、音乐、诗歌等艺术形式的研究，则是宗白华美学思想的艺术呈现。宗白华美学思想的意义在于，发现了植根于中国民族文化传统的东方美学形态，促进了中国古代美学学科化合话语体系的形成，在当代美学发展中具有持续的理论活力和世界意义，并在研究路径上予以学界诸多启示。①

　　以辩证唯物主义认识论为基础的蔡仪美学在认知哲学转向的阶段具有怎样的学术价值？胡俊指出：蔡仪用马克思主义认识论的美学方法指导美学研究，首先保证了美学思想方法论上的一致性；其次，从客观对象自身出发，蔡仪注重对审美思维活动过程的探索，把具象概念作为审美活动的起点，以意象概念作为审美思维过程的判断阶段，将美的观念的形成放在影响美感形成以及美的艺术作品之创造的重要位置；最后，蔡仪对美感真理性的肯定、对马克思主义认识论与心理学研究美学有机统一的支持以及其通向科学美学的逻辑出口，在脑科学得到快速发展的时代，对深化科学化路向的审美认知研究有着重要的指导意义。②

―――――――――

① 曾繁仁：《"气本论生态—生命美学"的发现及其重要意义——宗白华美学思想试释》，《文学评论》2014 年第 1 期。
② 胡俊：《蔡仪美学与辩证唯物主义认识论》，《文学评论》2014 年第 3 期。

形式观念是理解 20 世纪中国美学文艺学传统的重要线索之一。张旭曙研究了 20 世纪中国学人对形式的理论思考与艺术实践，指出王国维以"古雅"解读和改造康德美学，开辟出了"第二形式"之美，以嫁接中西的方式立下在中国倡导美之无功利性的首创之功，但是经验之美与先验之美得以在同一框架中深究的前提却被王国维回避了；朱光潜立足心理学对克罗齐的学说进行改造，突出语言因素，更以心物关系来阐释"直觉"说，为中国现代美学注入"新质"，但认识论的主客关系缺乏主源性的说明，在理论普遍性必然性上缺少先验原则的支撑；李泽厚则从人类本体论看待感性重建的问题，在经验与先验之间取中间立场，为中国传统的诗性智慧如何在西方理性精神冲击下获得新生的问题建构了眼光独到的范式，不过在价值判断权衡上，李泽厚显示出明显的矛盾犹疑；梁宗岱、林风眠、宗白华等人则从艺术实践或在中西文化比较中探本究源，或在引进西方艺术形式的同时注重挖掘民族传统。总之，中国现代形式论在德国学统影响下表现出的彷徨犹豫，实质上反映了先验形式在中国现代语境中如何可能这一课题的悬而未决。[①]

新媒介文化的发展改变了传统的审美方式，美学需要解决的理论问题日趋复杂，"超越美学"的呼吁愈加强烈。

高建平指出，"超越美学"的"超越"，是打破对美学的既有理解，走出传统美学的边界，建立一种"杂美学"；"杂美学"之"杂"，

---

① 张旭曙：《20 世纪中国美学文艺学的形式概念》，《文学评论》2014 年第 3 期。

在于对生活实践、社会文化、自然生态的关注。与此同时，由当代社会新媒体发展带来的艺术审美活动等方面的巨变，存在着取消美学之功能的危险。在这种情况下，美学在超越之后的"回归"显得尤为重要。所谓美学的"回归"，就是要在无美学的时期承认带有功利性目的的美学基础上，致力于建构一种新美学，其目的是要建立新感性，重新阐释艺术的审美意义，重构文化研究、生态研究等领域的美学，这也是当下学术发展的现实归趋。^①

　　徐岱认为，"空虚时代"所倡导的"无痛伦理观"意味着"后责任时代"和"后道德时代"的来临，这以"后现代冷漠"的"心理人"和"娱乐至上主义"为表征，消解了伦理与美学。面对这一现实问题，以"审美正义"之名对伦理学与审美学进行学科重构势在必行。经过对两门学科的源流梳理，他指出，审美正义的实质是跨越了伦理学和审美学的伦理美学，其要义在于以抽象的理论思辨为起点，最终进入美育实践，落实审美存在的价值。因此，审美学与伦理学的殊途同归，是"空虚时代"对抗平庸，重拾生命意识的唯一路径。^②

　　周宪研究了艺术现代建构的文化逻辑，指出"美学的命名"以及专业化的社会分工对艺术的现代建构有着重要意义。在他看来，现代艺术话语、公共领域的形成，以及美学原则和艺术价值观的确立，

---

①高建平：《美学的超越与回归》，《上海大学学报》（社会科学版）2014年第1期。

②徐岱：《审美正义性与伦理美学》，《文学评论》2014年第2期。

使现代艺术的分化得以实现。在艺术的现代建构中,艺术的分化不仅是外部的,整个现代艺术系统内部也在不断衍生、分化。面对现代艺术,人们一方面注意到了这种内部的分化,另一方面又努力论证各门艺术的总体性。事实上,现代艺术的整合和分立是相互依存的,关于这两方面的理论论证,具有描述性功能和规范性功能。①

王德胜思考了后现代中国美学价值的建构问题。他认为,"微时代"的符号化生产方式造就了以同质化为取向的"文化共同体",以移动互联网络为媒介,信息传播呈现出去历史化的特征;文化生产与消费的内在联系被切割为一种破碎的、非连续性的具体征象的同时,也带来了草根性的文化民主。"微时代"的文化景观带动社会生活的审美叙事向日常生活的审美性回归,并放大日常生活片段为生活的总体感性呈现,使其审美功能绝对化,从而占领了人们所有的生活感受;而碎片化的文化风格,广泛性、开放性的信息交互消弭了意义深度,这在肯定集体经验的共享价值的同时,进一步强化了意义的"微化"效应。②

王亚芹认为,美学的最终指向是要通过日常生活指导生活实践,以期达到提高生活质量的目的。目前国内的身体美学讨论,存在着混用和误解的问题,主要表现为将身体美学等同于大众文化和消费主义中的身体现象,以及脱离实用主义哲学背景和舒斯特曼的学术

---

① 周宪:《艺术现代建构的文化逻辑》,《文学评论》2014年第5期。
② 王德胜:《"微时代"的美学》,《社会科学辑刊》2014年第5期。

经历，而将身体美学理论化、学科化。因此，建构中国语境下的身体美学，不仅需要澄清舒斯特曼理论的主旨，还需要挖掘中国古典美学资源，联系当下中国前沿问题，历时地在共时性的异质文化之间展开对话。①

秦勇从多维立体电影的发展中看到了美学身体化转型的可能。迥异于以视听为主、非功利为目的的传统美学，多维立体电影构建的是一种调动人们所有感官，无限缩短生活与审美之间距离的艺术现实。以"造境"为特征，多维立体电影通过对观众感知的、行动的、从属身体意识的参与要求，力图恢复身体感知的全面性，而为身体的真正解放提供了一种有效方式。②

现代视觉文化张扬感性，迎合了批判理性主义的思想潮流，由于消费霸权专制、技术理性的束缚，以及超感性精神维度的匮乏，其缺陷日益彰显。肖建华指出，听觉文化的表现形态，对世界和他者的包容心态，以及其动态生发性的本体属性，一一弥补了视觉文化的不足。在他看来，视觉文化与倾听美学是西方现代美学的两次转向，超越感性化、欲望化的视觉文化霸权，走向强调理解和对话的倾听美学，是历史和逻辑的必然。③

① 王亚芹：《"身体美学"在中国》，《社会科学辑刊》2014 年第 3 期。
② 秦勇：《多维立体电影：重构美学的身体之维》，《文艺研究》2014 年第 11 期。
③ 肖建华：《倾听：视觉文化之后》，《文艺研究》2014 年第 10 期。

有待突破的西方文论研究

20 世纪西方文论的两次转向都离不开语言学的发展。在话语理论的建构过程中，最值得注意的是法国学者福柯。福柯的话语理论研究注重社会、历史、地理等外部因素与话语形成、运用之间的关系，并将"权力"概念移植到话语理论之中，试图促使话语理论从形式主义转向历史主义。在姚文放看来，福柯的话语理论是构成主义的。中国话语理论在"失语症"和"话语重建"的问题上一直争论不断，但都未能涉及话语权力问题层面。纵观近代以来中国文论重建自身话语系统的努力，可以看到种种权力关系的博弈在其中的回响。以"关键词批评"为例。"关键词"作为文学理论话语，在晚近以来的发展与中西方体用方法的嫁接并无太大关系，其成长是一个在社会、政治、经济结构中演变，在各种权力关系的博弈中被形塑的动态过程。可见，福柯的话语理论不同于传统的反映论与表现论，更能从文化转向上为文学理论研究提供一条突破性的研究途径。[①]

"话语"是索绪尔《普通语言学教程》中的重要概念，通过对索绪尔手稿的整理研究，屠友祥指出，索绪尔的共时态包括横组合理论和联想理论。话语属于前者，并且在横组合关系中呈现出线性特征，在功能上呈现出组合性和连接性；词属于后者，是心智单位，并独立于句子和话语，但又能够和句子汇聚于话语之中。在对语言

[①] 姚文放：《话语转向：文学理论的历史主义归趋》，《文学评论》2014 年第 5 期。

单位进行区分时，需要看到，语言构成机制的横向轴和纵向轴不可
离析。言说者凭借区别性特征确定意义，又凭借意义确定单位。而
单位的存在不是预先固定的，这一特点为话语诗学理论的展开提供
了可能。①

　　文学地理学作为一种批评方法自兴起以来得到学界的持续关注。
钟仕伦认为，文学地理学并非中国本土的学科，而是一个源于康德《自
然地理学》，经由梁启超引进的概念。他考察了文学地理学在东西
方批评传统中的发展历程，指出这门学科中文学与地理的交叉主要
体现在作品与地理、作家与地理，以及文学流派、审美趣味、读者
接受的审美观念与地理等关系中。康德的地域美学思想与赫特纳的
"区域—比较方法"则为文学地理学的学科建设分别提供了理论基
础与方法启示。②

　　20 世纪 80 年代兴起的"新文本主义"，以新文献学方法论与文
学自律性观念为基础，是对经典文本主义、结构主义做根本反思之
后的产物；以文学文本的形式媒介为源头，以文学的文本阐释为鹄的，
通过突出文本的再生产与流传演布要素来扩展文本的原初意涵，是
"新文本主义"理论的基本特征。谷鹏飞指出：由"文本"走向"作品"
的"新文本主义"研究，不是一种单纯的外在式社会学、历史学探究，
而是文学作品的内在批评本身；在方法论上，"新文本主义"从确定"文

---

① 屠友祥：《索绪尔话语理论诠解》，《文学评论》2014 年第 4 期。
② 钟仕伦：《概念、学科与方法：文学地理学略论》，《文学评论》2014 年第 4 期。

本的原始要素"（作者、参与生产者、材料、手段、模式等）到确定"文本生产与再生产的次级要素"（作者生前、身后作品再生产的诸要素），再到确定"文本批评的最直接要素"（批评活动本身所包含的技术性要素，如对文本文献、编辑、词汇、评论等的专业性具体分析），这在文学本体问题、文学创作活动、文学阐释空间、文学批评标准、文学存在形态等方面引发了观念上的重要变革。"新文本主义"不仅适应于作为自律性的文学学科诞生之前的文本分析，更适应于今日文学因媒介革命而走向"大文学"学科时代的文本分析。当文学与其他文化形态弥散一体时，"新文本主义"更有其用武之地。①

冯庆回溯了德里达与赛尔关于言语行为理论的一段著名论争，试图解释这段论争背后体现的伦理政治意图。德里达在对奥斯汀理论的解读中显示了他对德国浪漫派哲学传统的继承和反理学倾向，以"伦理—政治"先行的作风解构了奥斯汀的言语行为理论。在赛尔看来，德里达不仅在概念使用上缺乏精确定义，而且语言哲学常识匮乏。事实上，奥斯汀的理论并无"伦理—政治"意味，德里达实质上是用认识论的问题替换了本体论的问题。对于中国学者来说，德里达与赛尔的论争留下的启示恐怕在于，理论的途径取决于政治意识形态的选择，因此，从学理层面讲，理论工作者需要保持更为审慎节制的态度。②

---

① 谷鹏飞：《文本的死亡与作品的复活——"新文本主义"文学观念及其方法意义》，《文学评论》2014年第4期。
② 冯庆：《理论的节制：重审德里达与赛尔之争》，《文艺理论研究》2014年第5期。

　　张江对当代西方文论话语做了批判性反思，试图探寻中国文论发展的新出路。他指出，当代西方文论的基本特征和根本缺陷之一是"强制阐释"，即将各种生发于文学场外的理论或科学原理予以征用，或以前置的立场裁定文本意义和价值，或以非逻辑论证和反序认识的方式强行阐释经典文本，或以词语贴近附和和硬性镶嵌的方式重构文本。这种"强制阐释"的理论往往表现为实践与理论的颠倒、具体与抽象的错位，以及局部与全局的分裂，并从根本上抹杀了文学理论及批评的本体特征，导引文论偏离了文学。当代西方文论当前所呈现的危机表明，文学理论如果不能从文学实践出发，站在全局性的高度对历史上的有益成果进行吸收转化，协调理论系统内部各个方向的学说，就无法提高自身创造力，发展出一个成熟的、系统的、全面的理论体系。张江呼吁，当代文学理论话语的建构必须坚持系统发育的原则，在吸纳进步因素的基础上，融合理论内部各个方向和各个层面，建构出符合文学实践的新理论系统。①

　　钱中文纵观全局，高屋建瓴地讨论了现代性与后现代性、建构与解构的相互关系等若干重要话题。他指出，人文科学中的现代性常被混同于自然科学中的现代性，被视为凝固的、需要被替代的概念。实际上，人文学科理论建设的特质决定了现代性作为一种现代文化精神，本身具有自我反思、自我批判的功能，既讲究继承传统，又注重超越创新，具有历史指向性，是一个绵长的发展过程。后现代主义尽管对文化建设有参考作用，但这并不意味着现代性发展就此

---

① 张江：《强制阐释论》，《文学评论》2014 年第 6 期。

终止。轻率地追捧后现代主义，可能造成思想的混乱，泛文化批评热潮之下的理论论争就是典型。至于解构与建构，二者是相伴而行的，在理论建设过程中，解构应当在有问题追问的建构中进行，否则理论研究中提出的新思想将会沦为平面化、碎片化的知识堆积。①

朱立元反思了新时期以来西方后现代文论的消极影响：其一，西方后现代文论对宏大叙事的消解否定了唯物史观，而这恰恰是中国文论建构的理论基石；其二，后现代文论的反本质策略在中国引发了对文学与文艺学边界问题的探讨，对本质主义的过度消解，使学术讨论容易走向虚无主义的陷阱；其三，后现代文论对非理性主义的强化，使文学艺术的审美特性让位于感官化的娱乐；其四，后现代文论反人道主义的倾向，产生了文学创作的人文精神危机；其五，后现代文论反对阐释的理论立场，存在着价值虚无的危害……总之，在当代文艺学、美学的理论建构与创新中，需要对后现代文论持一种客观公正的态度，规避其对中国当代文论的消极影响。②

张江、钱中文、朱立元等人对西方理论的批判性反思是及时的、深刻的，让人想起了鲁迅先生当年的"拿来主义"。正如陈晓明所言，有效的民族性是敞开的，能不断在与世界沟通中完成自我更新，而不是在封闭的语境中展开对世界的想象。以"世界文学"的倡导来审视民族性与世界性，中国文学在即将来临的又一次变革中需要坚

---

① 钱中文：《文学理论研究中的几个问题》，《文史知识》2014 年第 11 期。
② 朱立元：《对西方后现代主义文论消极影响的反思性批判》，《文艺研究》2014 年第 1 期。

持民族性的有限性，理解、借鉴全球化经验，从而获得在世界文学场域中的创作的自由。① 殷国明指出，"文学中国"的提出，反映了现代性浪潮中中国经验与西方话语的冲突。在文学理论与批评领域，思考"文学中国"的合法性，首先不能将"中国"符号化。文学理论与批评的目的在于发现、唤醒文学之于人的文化支撑力和亲近感，理论与批评要做的不是以观念、话语的成规去约束、规训文学，而是从中国人既有的生活方式、生命情态中去体认中国文学的流动性和独特生命力。② 因此，学习西方理论是必要的，更重要的是从西方文化中汲取营养，并在参与现实的改造与进步的实践中融会贯通，身心俱进地提出原创性的理论或思想。实现这种理论自觉，要求理论工作者深入历史与现实，勇于担当社会责任，敢于直面文艺理论的分歧，在解决分歧中推动文学理论的发展，磨砺文学批评的锋芒。③

总体上看，我们对西方文论的研究大体还停留在引进、评述、阐释和运用的层面。胡适先生在 20 世纪 20 年代便呼吁："早早脱离稗贩学术的时代，早早进入创造学术的时代！"看来，一切都还在路上。

（与陈浩文合撰，载《文艺争鸣》2015 年第 4 期）

---

① 陈晓明：《乡土中国、现代主义与世界性——对 80 年代以来乡土叙事转向的反思》，《文艺争鸣》2014 年第 7 期。
② 殷国明：《让"文学"回到中国——关于当下文学理论与批评的随想录》，《文艺争鸣》2014 年第 3 期。
③ 杨和平、熊元义：《文学批评的理论自觉》，《文艺争鸣》2014 年第 10 期。

多元 对话 整合

——2015年度文艺学前沿问题研究报告

　　2015年度文艺学研究在马克思主义文论、古代文论、文学基础理论、新媒介与大众文化、美学研究和西方文论等方面，都取得了程度不等的进展，总体上呈现出综合创新的特点。诸多领域的研究多重视本土文学与文化经验，切实从当代中国文学艺术实际出发，展开传统与现代、中国与西方之间的互鉴、对话与整合，在反思以往理论研究、批评实践的基础上，提出了颇多建设性的见地，力图建构一个丰富世界文学、文化思想体系，有效介入现实社会生活，具有中国特色的文艺理论话语体系。

马克思主义文论的研究路径

　　在当代中国多元、复杂的文化语境中，如何保持中国马克思主义文艺理论的生命力，这是一个亟待解决的重大问题。本年度马克思主义文论研究在重读经典、整合东西方马克思主义文论资源、推进马克思主义理论批评等方面做了一些探索性思考。

"文艺起源于劳动"是人们耳熟能详的论说，聂珍钊对此做了学案式的严谨考证，指出这一理论主要出于一些学者对马克思主义原著观点的推理归纳，依据是"劳动创造了美"和"劳动创造了人本身"两个命题。返回马克思提出这一观点的伦理语境，"劳动产生美"只是一个经济学意义上的命题而不是美学命题；把"劳动创造了人"看作"艺术起源于劳动"的前提，则混淆了恩格斯有关劳动、人以及艺术之间的逻辑关系。从根本上讲，"文艺起源于劳动"的论说忽略了人在劳动和艺术创造中的主体性。[①]

陈飞龙则从马克思青年时代的诗歌创作中看到了马克思早期文学创作与《巴黎手稿》中艺术、美学思想的重要渊源关系。在早期诗歌中，作为一种拟人化的实体，马克思提出的"世界精神"概念，在《巴黎手稿》中得到了理论化的阐释，并与"自然主义""人道主义"等一同成为抵达共产主义境界的路径。马克思的文学实践，为《巴黎手稿》中的艺术、美学思想积累了深厚的文化底蕴。对马克思早期文艺思想问题的研究，有助于对"艺术生产"这一重要论题研究的深化。[②]

---

① 聂珍钊：《"文艺起源于劳动"是对马克思恩格斯观点的误读》，《文学评论》2015 年第 3 期。
② 陈飞龙：《马克思早期艺术思想的形成》，《文艺理论与批评》2015 年第 5 期。

　　"审美意识形态论"是新时期以来中国马克思主义文论研究中最富于原创性的理论之一，是建构当代中国文艺理论的坚实基点。李春青认为，对于这一论说的理解不应该停留在对概念含义的辨析上，而应转向文学艺术与意识形态的关系问题，特别是这一关系中的"中介"问题。马克思和恩格斯提供了两种审视文学艺术的维度，即物质与精神维度、社会存在与社会意识维度，并以社会结构理论对文学艺术做出阐释。从普列汉诺夫的"社会心理"、阿尔都塞的"意识形态的物质性"到布迪厄的"惯习""趣味"等理论资源，它们不断深化了马克思主义的意识形态研究。文学艺术属于意识形态范畴，又能将意识形态作为对象予以处理，同时，作为"趣味"的话语表征，文学艺术还呈现出特定时代、阶级和社会集团的生活方式和生活经验。①

　　西方马克思主义的发展与其他流派理论之间有着密切的关系，其中的挑战与应战可为当代中国马克思主义文论的发展提供某些借鉴或经验。

　　汪正龙指出，对历史的解释，福柯明显受到马克思对意识、概念发生的历史条件或社会事件动力因素的分析的启发，但是与马克思注重历史的整体性、过程性、实践性相比，福柯更倾向于历史的偶然及权力与解释的关系。对权力问题的关注，尽管福柯在方法上

---

① 李春青：《在趣味与意识形态之间——马克思后学对文艺作为人类精神生活之特性的思考》，《中国语言文学研究》2015 年第 1 期。

受到马克思的影响，在具体问题的分析中，二者形成的对话关系却是反向的。这种反向体现为福柯将权力和社会生产问题从生产低级层面剥离，从微观视角考察权力的运行策略。作为致力于颠覆西方思想传统的学者，福柯对马克思理论在借鉴中又不断修正反叛，这一现象根源可能在于福柯的相对主义与虚无主义倾向。[①]

　　作为西方文学批评理论的两个重要思潮，形式主义和马克思主义经历了一个从理论对抗、融通到对话的过程。杨建刚指出，作为马克思主义和形式主义对话史上最重要的理论家之一，詹姆逊的马克思主义文艺理论有明显的结构主义特征。他建构起以"辩证思维"为基础的马克思主义阐释学，提出回归历史语境，依托政治形态，使文学和语言回归意义层面的"元批评"。这种历史、意识形态、形式三位一体的方法论，解决了理论研究中重形式与重内容两种观念之间的矛盾，弥补了形式主义困于"语言牢笼"的缺陷，在应用于对文学作品和文化现象的阐释时，发现隐含的政治无意识。中国当代马克思主义文学理论与批评的影响力日益减弱，其原因之一是对艺术形式的忽略。詹姆逊"形式的意识形态"的批评实践，对中国马克思主义文论如何在不同理论之间予以综合创新有重要的启发意义。[②]

---

① 汪正龙：《福柯与马克思：一个思想史的考察》，《安徽师范大学学报》（人文社会科学版）2015 年第 3 期。
② 杨建刚：《马克思主义对形式主义的吸收和借鉴——弗雷德里克·詹姆逊文学批评的理论、方法与实践》，《文艺理论研究》2015 年第 1 期。

傅其林研究了后现代语境中马克思主义的发展境遇。后现代主义思潮面对马克思主义的姿态既是对峙的，又是对话的。其中，德里达、福柯的理论以反理性的面貌试图解构马克思主义，却无法回避马克思主义这一理论资源；伊格尔顿、詹姆逊等马克思主义理论家则分别从政治权力、经济结构的力量等视角透视后现代主义的先锋姿态、历史社会根源，以及其理论成长中与马克思主义构成的复杂关系。面对后现代主义的挑战，马克思主义的回应既是批判的，又在一定程度上容纳了这一理论思潮，充分显示了马克思主义强大的理论生命力和广阔的发展前景。①

那么，当代中国马克思主义理论批评应如何处理当下多元共存的理论现实，以怎样的方式去面对中国的文学、文化现象，保持强劲的理论生命力呢？

陈士部认为，理论的革新必须要依托传统才能超越传统。中国传统文化是不能忽视的思想资源，而马克思主义文论对中国古代文论的相关范畴具备一定的理论阐释力，它们都注重文艺的社会意识形态功能，并在文艺史论、文艺继承上有着趋近的理论观念，甚至在理论文本的话语表达上也有一定的相通性。当下建构兼具中国气派和普遍价值的马克思主义文论，不仅要发掘中国古代文论的启示意义，还要与西方文艺思潮进行对话、比较，通过"视界融合"实

---

① 傅其林：《后现代语境中的马克思主义》，《中国图书评论》2015 年第 8 期。

现理论的会通、创新。①

　　魏天无指出，对"中国经验"解读的先在权威性，对东西方差异的预设，研究思路的惯性和话语方式的陈旧，表面繁荣却缺乏批评实绩的现实，是当下中国马克思主义文学批评所存在的问题，其中的主要原因在于批评主体的创造性缺失。马克思主义文学批评之中国形态的建立，必须与"中国经验"互为一体，批评主体发现、思考问题都必须立足于本土和时代，从马克思主义的视域面对复杂的文学现象，真正介入具体的批评和创作实践，积淀丰厚的"中国经验"。②

　　段吉方探索了中国马克思主义文学批评的理论范式及其学理建设，指出中国马克思主义文学批评在理论形态上更多地具备"政治诗学"的特征，其学理建设面对的主要问题是以怎样的理论形式深入把握当下审美文化经验的现实，并在此过程中展现自身稳定的理论形态与特征。其中，"文艺大众化"依然是中国马克思主义文学批评理论范式建立过程中需要把握的理论精神。面对中国当下多元的理论话语现实，以及当代西方文论的冲击，当代中国马克思主义文学批评的理论范式建设不能延续单一的文学理论书写，需要在反思中整合西方文论资源，把握中国文学发展的新趋势，从而实现理

---

①陈士部：《优秀传统文化与当代中国马克思主义文论的建构》，《文艺理论与批评》2015 年第 3 期。
②魏天无：《"中国经验"与马克思主义文学批评的中国形态》，《中外文化与文论》2015 年第 2 期。

论的超越。①

古代文论的现代阐释

毫无疑问，在建构当代中国文学理论的过程中，古代文论是不可或缺的重要理论资源之一。古代文论以何种方式进入当代？古代文论的现代转化面临哪些理论困境？怎样才能使古代文论真正焕发出应有的活力？

党圣元认为，从传统文论、美学资源中获取精神支持，是当代中国文论思想、话语体系建构实现文化身份认同、重建民族美学自信的需要。挖掘传统文论的"当代性"价值，一则致力于消除经济全球化文化语境中传统文论研究领域的误区，二则是要促进传统文论与当代文论的相互融通。发现传统文论的"当代性"价值，需要秉持国学视野和"大文论"眼光，尊重古代文论文史哲合一的学术传统，在还原的基础上进行现代性阐释，并打通马克思主义文论与传统文论、儒家思想精华的对话路径，做到既能"返本"，又能"开新"。②

朱立元指出，目前中国存在现当代文论传统与古代文论传统两

---

① 段吉方：《中国马克思主义文学批评的理论范式及其学理建设》，《南京社会科学》2015 年第 8 期。
② 党圣元：《传统文论的当代价值与民族美学自信的重建》，《中国文化研究》2015 年第 3 期。

种不同"质"的文论传统，古代文论传统必须经过整理改造，才得以进入现当代文论传统。但是，古代文论传统与现代学术研究在存在形态、话语方式上有着严重的脱节。纵观已有的研究成果，古代文论的现代阐释在如何理解"现代"，如何借鉴西方文论，如何进行"古为今用"，对古代文论体系予以理论化、层次化、体系化，挖掘古代文论中对当代思想文化具有引领启示作用的部分等方面，仍然有比较大的拓展空间。[①]

王耘则回顾了 20 世纪 80 年代至今的中国传统文论研究现状，力图把握隐含于其中的文化取向。20 世纪八九十年代的古代文论研究，呈现出从体系建构到具体理论话题和理论范畴细节研究的转变趋势，这实质上是一种对理论原始文化形态的回归和对宏大体系的解构。20 世纪末至今，古代文论的现代转换逐步成为热点，并形成了多元的、跨学科的、对话的面貌。尽管不同学者对传统文论的现代转换如何走出理论困境的构想不一，但对种种构想的理论来源的梳理，是推动它们往前发展的前提。[②]

本年度对古代文论的理论范畴和理论命题的研究，更注重不同文论资源之间的对话及其学术体系、学术史的整体把握。

童庆炳先生二十余年来矢志于《文心雕龙》重要理论命题的研究，2015 年 6 月 14 日因心脏病突发遽然离去，留下了重要著作《〈文

---

① 朱立元：《关于中国古代文论现代转换的再思考》，《中国社会科学》2015 年第 4 期。
② 王耘：《古代文论之现代转换的出路选择》，《文艺理论研究》2015 年第 2 期。

心雕龙〉三十说》，收入十卷本《童庆炳文集》（北京师范大学出版社 2016 年 1 月版）的第 8 卷。对刘勰的文体观念的研究，学界一直存在不同的见解，童庆炳在评述了若干不同意见后，运用现实的、历史的、逻辑的综合研究方法，提出刘勰文体观念的出现有其现实针对性，以及特定的社会文化根源和内涵，并且具备一定的系统性。具体而言，刘勰的文体观念可分为体制、体要、体性和体貌四个层次；其中，体制为基础，体要为内容实在，体性为个性风格，体貌为审美印象；四者之间有着复杂的联系，体制有基本的制约性，体要和体性彼此曲折反射，体貌则在这三者的基础上生成一种由内而外的整体性的美。体制、体要、体性和体貌之间的关系，在一定程度上反映了刘勰文体观念的丰富性。[①]

"情志"是儒家诗学中的一个重要范畴，以往的文学批评史和美学史研究的阐释意识形态色彩过于强烈。张晶另辟蹊径，从诗歌发生的动力学意义的视角，并借助西方现象学的意向性理论重新阐释，指出"情志"在诗歌创作中以非理性的形态存在，之所以能成为诗歌的动力源，在于语言的审美构形。"情志"作为内在意志为诗歌表象的充盈注满了动力，使诗歌的艺术感染力得以强化。[②]

"文笔论"是六朝时期文学批评的重要论题。周兴陆对"文笔论"的内涵在清中期到民国之间的嬗变做了学术史的梳理，认为阮元的

---

① 童庆炳：《〈文心雕龙〉"文体"四层面说》，《天津社会科学》2015 年第 5 期。
② 张晶：《情志与意向——中国诗学的审美感悟之三》，《北京大学学报》（哲学社会科学版）2015 年第 4 期。

"文笔之辩"是为骈文立法的一种"骈散之争"的概念偷换。在新的时代背景中，刘师培、章太炎、黄侃等人对"文笔之辩"做出了不同的回应。郭绍虞对阮元、刘师培二人的观点加以辨正，将"文笔之辩"的内涵从文章体制之异转换为"文章性质之异"，将"文笔之辩"上溯到"文学""文章"之辨，通过旧学与西学的对接，区分纯文学与杂文学，将"文笔之分"阐释为"文用之分"。这种现代学术眼光值得肯定，但也要看到，郭绍虞的诠释与阮元的"骈散之争"一样，都是"六经注我"式的过度发挥。①

刘锋杰、赵学存研究了"文以载道"的几种典型研究范式，指出朱自清提出的"把中国还给中国"修正了周作人言志载道对立论，而且，不同于钱锺书的以旧释旧、郭绍虞的以新释旧，作为一种防新释旧的思路，"将中国还给中国"意在认识和还原中国古代文学批评的独特性和复杂性的基础上，解决强行以今释古、以西释中的问题。朱自清等学者为后辈学人建立既能体现原则态度，又具备实践性的阐释模型提供了方法论上的启示。只有具备独立的文化态度，与西方文论形成参照系，回到中国文化生成的文化语境，进行批评的阐释、历史的阐释、生成的阐释和抽象的阐释，才能在回到根源之后，使中国的文论传统真正介入当下，走向世界。②

钟仕伦研究了中国诗学观念及其研究范式，指出与西方诗学指

① 周兴陆：《"文笔论"之重释与近现代纯杂文学论》，《文学评论》2015 年第 5 期。
② 刘锋杰、赵学存：《"把中国还给中国"——朱自清等人阐释"文以载道"的方法论意义》，《文艺争鸣》2015 年第 1 期。

向"文艺理论"的研究范式不同，中国诗学经历了从"诗文之学"到《诗经》之学""诗歌之学"的观念演变，以"言志""纪事""缘情"为基础,在概念、范畴、命题和规律形态上,形成一套独特的话语体系。这一话语体系可划分为"诗本""诗用""诗思""诗式""诗事""诗评""诗史""诗礼""诗乐"九个门类，它们既是"诗言志"与"诗缘情"的具体表现，又是对文史哲、音乐、舞蹈等领域中诗学理论的集中。从文化诗学的视域看，这九个门类所把握的不同理论形态间的内在关系可被称为"泛诗学"，以此为研究范式来整理和研究古代诗学，可以摆脱西方文论的"强制阐释"，还中国诗学以本来的历史面目。①

罗钢、刘凯与祁晓明展开对话，围绕日本明治时期文学批评与王国维诗学的关系问题，他们认为，就影响的全面性、系统性而言，田冈岭云并不如祁晓明所认为的那样，超过叔本华等人在王国维学术思想中的地位。从王国维的记述中可以看到，田冈岭云所扮演的角色是促使王国维进入德国哲学的中介，二者都直接受到了叔本华的影响，并各自在本民族文化背景和时代语境中不同程度地吸收和改造了叔本华的思想，王国维所吸纳的叔本华思想并非一种经由田冈岭云转译的、重释的理论。这主要表现为二者对写实主义的立场差异，以及"境界"在二者诗学体系中不同的位置与作用。"影响的神话"之所以会产生，主要在于对不同思想家的拼贴式比较，我

---

① 钟仕伦：《中国诗学观念与诗学研究范式》，《文艺理论研究》2015 年第 4 期。

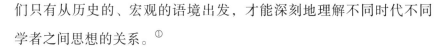

们只有从历史的、宏观的语境出发，才能深刻地理解不同时代不同学者之间思想的关系。①

罗钢在王国维诗学研究上孜孜不倦，将王国维诗学置于跨文化的历史语境中进行考察，积十年之功出版了《传统的幻象：跨文化语境中的王国维诗学》。该著通过扎实的文献搜集，逐一梳理、考辨王国维所采用的中西思想资源，指出王国维诗学并非植根于中国古代诗学传统或是中西诗学融合的典范，而是西方近代美学的中国变体。在此基础上，罗钢反思了 20 世纪以来在中国思想和学术发展进程中占据主流地位的"传统现代化"的研究范式，并提出了"重寻传统"的命题。童庆炳先生在该书序言里概括了罗钢这一学案研究的五种方法，即揭示"学说的神话""思想探源""症候阅读""对位阅读"和高度历史语境化，指出该著研究的意义在于，"找出新的证据，写出新鲜有力的文字，注入新的学术元素，形成新的学术趋势，从而给现代文学理论发展校正航标，拨正航路"②。

从中国古代文学批评中发现独异于西方文学批评理论形态之处，对于推进当代文学批评理论及其实践有着重要意义。

吴建民从语言批评、文体批评、结构批评三个维度讨论了中国古代文学形式批评的体系建构问题，指出：语言批评经历了从实用

① 罗钢、刘凯：《影响的神话——关于"田冈岭云文论对王国维'意境说'的影响"之辨析》，《清华大学学报》（哲学社会科学版）2015 年第 4 期。
② 童庆炳：《文学理论发展的新趋势》（代序），见罗钢：《传统的幻象：跨文化语境中的王国维诗学》，人民文学出版社 2015 年版，第 1—11 页。

到审美的转向，主要从语言在文学活动中的作用以及语言的审美要求两方面展开；文体批评包括文体内涵、文体规范、文体确立与创作、不同文体的生成流变等内容；结构批评则包括功能、原则、方法三方面的内容。语言批评、文体批评和结构批评共同构成了中国古代文学形式批评的理论体系，又各自独立，自成系统。从整体上看，中国古代文学形式批评对内容予以充分肯定，迥异于西方文论的纯形式研究，具有鲜明的民族特色。①

孙郁回顾了 20 世纪以降文学批评实践中古代文论传统的余绪与失落：新文化运动初期，是白话与文言都未处理好的文学批评的尴尬期；20 年代末开始，则出现了对西方文论的模仿和晚清书话延伸两种发展趋势，批评家对中西方文论资源的运用趋向复杂；20 世纪五六十年代随着苏联式批评成为主流，传统文论精神从文学批评实践中退场。古代文论成为研究对象而不再是当代文学批评的参照，造成当今文学批评缺乏母语的美质。对于当下的文学批评实践而言，古代文论的价值亟待召唤并恢复其活力。②

南帆指出，经历近现代以来社会结构的转型、现代教育学科体制的建立以及苏联模式的洗礼，中国文学理论面临着传统文论对当代文学文化阐释的无力以及西方话语中心的压力。重建中国文学理论系统，意味着摆脱西方话语模式，建立本土叙事。这是全球化时

---

① 吴建民：《中国古代文学形式批评理论体系建构的三个维度》，《中国文学研究》2015 年第 1 期。
② 孙郁：《我们应如何运用古代文论的遗产》，《文艺争鸣》2015 年第 8 期。

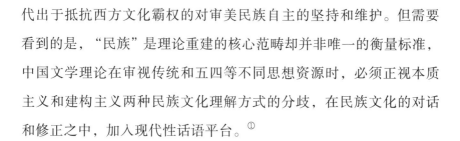

代出于抵抗西方文化霸权的对审美民族自主的坚持和维护。但需要看到的是，"民族"是理论重建的核心范畴却并非唯一的衡量标准，中国文学理论在审视传统和五四等不同思想资源时，必须正视本质主义和建构主义两种民族文化理解方式的分歧，在民族文化的对话和修正之中，加入现代性话语平台。[①]

文学基础理论研究的深化

面对时代的剧变和纷繁复杂的社会文化现实，文学基础理论研究必须不断检视自身的问题范式、思想传统，探索未来的学术方向，建构具有现实阐释力、原创性的中国文学理论话语体系。

高建平认为，建立文学研究中的中国话语，关键是要以当代中国的文学实践为出发点，选择性地引入西方话语，展开不同话语间的对话。建构中国文论体系需要坚持复数性和可沟通性原则，看到文学自身的有机生长状态，以及不同民族的文化、文学之间相互交流、补充、丰富的可能。从理论、创作和批评实践之间的关系来看，文学理论的建构需要以解决文学和生活的现实问题为"体"，广泛地攫取古今中外的文学文化资源，纠正唯传统论和唯西方论两种错误倾向，激活当代中国文论的生命。[②]

---

① 南帆：《中国文学理论的重建：环境与资源》，《中国社会科学》2015 年第 4 期。
② 高建平：《从当下实践出发建立文学研究的中国话语》，《中国社会科学》2015 年第 4 期。

周宪从专业化的"业余化"、批判理性和"大叙事"三个方面讨论了"过渡期"本土文学理论的原创性焦虑。现代知识生产制度之下，中国文学理论的学科化、专门化和技术化，虽然代表了学科的进步和完善，但是，研究者视野的局限、对专业体制的依赖，容易造成"价值理性"的失落。文学理论作为凸显价值关怀和意义阐释的人文科学，需要研究者努力阐明自身取向，关注纯粹信仰，这就要求文学理论工作者自觉保持与体制之间的距离，在本土学界形成良好的批评论辩氛围，培育批判理性，进行关于意义、价值、伦理的"大叙事"理论创新，从而在现代性转型过程中，重建本土文化自信，完成全球化意义的理论融合创新。[①]

阎嘉从现行大学教育体制和学术体制下的文学理论知识生产语境出发，反思了当下文学理论诸问题，提出当前文学理论研究的"价值中立""审美主义"倾向是需要反思的问题。文学理论作为一种知识建构，离不开价值评判及其与社会政治、经济结构的关联。单纯的描述性研究，或以"审美"规避文学理论的社会性质，既造成了理论研究的浅化，又导致了历史性的后退。此外，西方文学理论传统是一种多元文化的混合体，面对外来文化，了解其中的差异性、独特性和不可替代性，在中西文化的碰撞中，追问传统的主体，关注在本土语境中不断生成和发展的"新传统"是必要的。[②]

[①] 周宪：《文学理论的创新问题》，《中国社会科学》2015 年第 4 期。
[②] 阎嘉：《对当下文学理论诸问题的反思》，《文艺报》2015 年 8 月 26 日第 3 版。

　　杨杰指出：审美主义对廓清以往文艺研究的误区，深入阐释文艺属性有积极意义，但近年来文艺审美主义理论的唯美主义走向，无限扩大了文艺的审美性，割裂了文艺与社会的必然联系；对人性问题界定的偏差，则过度张扬了人的感性欲望和动物本能，将人性内涵抽空为精神符号，制约了社会历史客观性；文艺研究中"史学的观点"的偏差，表现为以"书写的历史"代替"客观的史实"，走向历史相对主义和历史虚无主义。当代中国文论的建设，理论创新是大势所趋，但不能为创新而抛弃科学的辩证的方法论，在匡正旧的弊端之时陷入新的泥淖。①

　　针对中国文学批评的"文学性程度研究"缺乏、中国传统"生生"哲学的制约以及经典问题缺乏本土文学经验论证等问题，吴炫提出，文学理论和批评界有必要建立独创性文学批评观念和方法，在理解作品、分析作品、评价作品上形成逻辑关系上的递进。理解作品更加注重对作品完整的结构性理解，强调对作品人物关系、情节结构等多层次、多意味的深度把握；分析作品则关注作品诸要素的发生机制以及表层结构意蕴与深层结构意蕴的成因与差异，更具有理性化特点；评价作品则是基于理解作品和分析作品的，具有全面空间意识的，从历史性、哲学性理解方面对同类型、同立意的文艺作品进行的独创性甄别。②

---

① 杨杰：《近年文艺研究的方法论反思》，《文艺理论与批评》2015 年第 4 期。
② 吴炫：《以独创性为坐标的文学批评方法》，《文学评论》2015 年第 2 期。

中国叙事学是文学基础理论研究的重要生长点之一。一些学者从不同的角度对中国古代叙事传统进行反思与解读，探讨其文化意义和美学意义。

彭亚非研究了上古历史叙事对中国古代俗文学艺术特性与美学面貌的影响，指出中国历史叙事的道统从一开始就隐含着某种超越实事常态的叙事意识与叙事追求。而司马迁确立的"笔补造化"的叙事理念，以基于事实的想象性创造将史实写作诗意化，提供了超越常态意识的文学审美化追求。志怪存疑的传统则以"惊骇"为自觉追求，显示了口传文学中好异的群体审美意识。传奇与志怪的产生与发展，推动中国古代俗文学中"好奇尚异"的审美追求。这种对非常态审美内容的推崇，实际上是一种内视审美需求，即超越自身束缚，探求生命无限性诗意的渴望，这与纯文学贴近人情人性的审美需求其实是相类似的。[①]

钟志翔考察了中国叙事观念的萌发机制，提出叙事是行为与意义的分化与统一。在对世界起源的认识中，分化通过天地剖析的宏大叙事表述出来，"绝地通天"的宗教事件作为与之相对应的历史内容，为"叙天地"的出现提供了背景。作为叙事思维的原初呈现和"叙事"构词的原始表形，"叙天地"的深层含义其实就是人事的秩序化和意义化。基于"叙天地"的叙事思维，叙事由政教系统

---

① 彭亚非：《笔补造化与好异重幻的超常态审美追求——中国叙事文学的传奇意识初探》，《贵州社会科学》2015 年第 9 期。

之内的行为呈现出来，范围广泛，可以说是"叙天地"的逻辑推演和具体化，在结构上二者同质；同时，行为叙事为文本叙事间接提供了书写基础与参照，从这些意义上看，"叙天地"正是中国叙事观念的萌芽。[①]

徐宝锋梳理了北美汉学界对中国叙事学的研究，指出北美汉学家的中国传统叙事研究体现了一种明确的文化研究与文化批评意识。他们对因不同逻辑起点和理论基础差异生成的中西叙事理论边界与范畴予以厘定，关注中国小说与诗文传统之间的雅俗界限的模糊与消弭，对中国叙事传统中史实与虚构之间的区别与联系予以辨识，发现中国的叙事传统以"道"为统摄，偏重史实，真实与虚构浑融一体；而中国小说中的价值诉求、抒情主义和历史主义的存在使得对小说的雅俗分界并不可取；中国古代叙事中实录与虚构、道德叙事与文学叙事的相互演进则需要谨慎地对待小说中的历史与虚构。总之，北美汉学家的中国传统叙事研究成果对重塑国内学界对中国叙事传统的理解有着重要的意义。[②]

穿透西方理论影响的迷雾，回望自身弥足珍贵的叙事传统，傅修延积二十余年叙事研究之功出版了《中国叙事学》（中国社会科学出版社 2015 年版）。该著分"初始篇""器物篇""经典篇""视听篇""乡土篇"五个部分，分别探讨初始叙事对后世的影响，考

---

① 钟志翔：《"叙天地"与中国叙事观念的萌生》，《中国文学研究》2015 年第 1 期。
② 徐宝锋：《北美汉学的中国传统叙事研究》，《中国文学研究》2015 年第 2 期。

察青铜器上的前叙事以及陶瓷在中国文化"意义之网"中的位置，重新阐释四大古典小说、四大民间传说，揭示赋体文学在叙事演进中的贡献，研究视觉叙事中外貌描写的叙事语义，探究听觉叙事的表现形态、研究工具和任务，最后以两则地方性叙事具体展示了中国叙事的本土形态与其来有自。全书理论建构令人耳目一新，理论阐述与个案剖析相得益彰，是当代中国叙事学研究的重要创获之一。

文学基础埋论研究虽取得相当的实绩，但也存在着危机，主要表现为文学理论、文学批评与文学经验之间的离心。尤西林指出，在西方林林总总的文学新论的引导下，当代中国文学理论走向了理论的自我生产和相互依赖，脱离本土文学经验，无法为批评实践提供养分，而缺乏理论引导的批评不能承担起连接文学经验与文学理论的枢纽功能。当下文论危机讨论的若干视角，如"失语症"、文化研究的越界、理论爆炸、"理论之后"等，都可以通过对"文学理论—文学批评—文学经验"这一文学活动本体性结构的症候诊断，获得与以往理论范畴中古今中西论争不同的理解。①

童庆炳先生通过研究社会文化对文学修辞（如声律、对偶和用典等）的影响，指出文学修辞不是一种孤立的现象，它的产生与特定时期的文化有密切的关系，有社会文化的根由；文学修辞一旦产生后，必然渗透进社会文化，反过来对社会文化也会产生影响与作用。文学修辞与社会文化之间是互动又互构的，不能截然分割，所

---

① 尤西林：《以文学批评为枢纽的文学理论建构》，《文艺理论研究》2015 年第 3 期。

谓"内部研究"与"外部研究"的区隔并不可取,文学理论迫切需要整体综合的研究。①

　　童庆炳先生五十余年的学术研究,从审美诗学起步,经过心理诗学、文体诗学和比较诗学的跋涉,最后抵达文化诗学。自 20 世纪 90 年代始,童庆炳先生提出了"文化诗学"的理论主张,并在具体的教学与研究实践中身体力行,其《文化诗学:理论与实践》(北京大学出版社 2015 年版)重点分析了文化诗学的理论前提、学术背景、现实依据、基本构想、精神价值、实践路径及其与社会文化的互动,可谓文化诗学研究的集大成之作。作为一种新的文学研究范式,文化诗学从中国的文学理论实际出发,充分考虑到了文学批评和文学理论的整体性和平衡性。文化诗学从语言、审美和历史文化三个维度理解、研究文学,认为文学的基本价值在历史、人文与审美的张力之上,渐渐形成了自己的一套概念和范畴。作为新时期文艺学研究的延伸与超越,文化诗学日渐深入人心,必将深刻影响着未来的文学研究。

新媒介与大众文化研究

　　新媒介对当代中国文学、文化的影响已不容小觑,对传统的文

---

① 童庆炳:《社会文化对文学修辞的影响》,《华中师范大学学报》(人文社会科学版)2015 年第 4 期。

艺理论与批评带来了一定的挑战。赵炎秋认为，对于媒介和文学的关系，需要做不同层面的区分。媒介作为表达和交流的工具，存在不同形式，在和文学发生联系时，会产生不同的影响。从物质的角度看，随着媒体技术的发展，图像媒介对文学的表达有着越来越大的影响；从感知的角度看，文学的媒介，即语言的能指与其他视听混合媒介的差异，决定了文学与其他艺术门类不同的形象构建方式、内在规律和技巧；从载体的角度看，文学媒介经历了口耳载体、平面载体和网络载体等几次变革，其中，网络时代带来的文学媒介的革新，使文学阅读与创作、内容与形式都发生巨大的变化。①

在赵宪章看来，文学和图像的关系研究，虽然是一门新学问，但它以语言和图像的符号关系作为研究对象和哲学根基，我们需要看到其自身的思想渊源。语言和图像作为人类两种主要的表意符号，长期处于互文纠结的境地。在 20 世纪的西方学术史上，语图关系是一个惯常话题，在中国学术的发展史上，却被长期搁置。当代图像符号的强势崛起及其对表意的严重影响，使"文学与图像"有成为文学研究母题的可能。基于这样的事实，"文学图像论"在文学与图像关系领域践行凸显"语图符号学"的理念是势在必行的。②

王林生分析了图像观看、批评范式出场的历史机制和理论构成。

---

① 赵炎秋：《媒介的三种存在形式及其与文学的关系》，《深圳大学学报》（人文社会科学版）2015 年第 2 期。
② 赵宪章：《语图符号学研究大有可为——"文学图像论"及其符号学方法》，《中国社会科学报》2015 年 10 月 8 日第 6 版。

图像批评范式的发展史，就是向图像提问的演进史，依据的是在一定历史条件下的话语范式和"游戏"规则。以观者的观看接受为提问的维度，是在大众文化兴起、视觉文化流行的背景下，对图像文本中心论和作者中心论的理论实际的反思，并在理论践行之中形成了观看批评的范式话语共同体和核心命题，使观看在本体论、接受史、批评策略及效果等方面成为图像批评的重心。从本质上讲，观者在图像批评中地位的确立，并非新旧范式的更替，而是图像批评机制根据实践条件的改变对其内部各要素做出的调节，这种"背景—突前"要素关系的发生，揭示了图像批评范式多元性的可能。①

赵勇从"荒诞"一词的语义出发，分析了大众文化盛行的时代，中国荒诞文学与文化荒诞性之间的落差。他指出，荒诞是一种随非理性主义、极权主义等因素而来的，面向人与世界关系问题的现代意识，互联网时代的到来加剧了荒诞现实的确认和碎片化演绎，但作家、艺术家面对荒诞的现实缺乏相应的艺术感受力和表现力。真正的荒诞文学，不在于足以让人眼花缭乱的社会表象，而在于作家处理、反思这种表象时作为支柱的写作理念。②

郝学华梳理了"新媒介文学"的诸多研究成果，指出研究者的分歧主要表现在对其概念内涵的把握、形态类型、研究原则及思路

---

① 王林生：《图像观看批评范式的历史性出场及其理论构成》，《内蒙古社会科学》（汉文版）2015 年第 5 期。
② 赵勇：《荒诞的处境与不那么荒诞的文学——"日常与荒诞"之我见》，《文艺争鸣》2015 年第 1 期。

和方法等方面。新媒介文学的研究，需要有文学观念和理论范式的革新，其中，媒介性话语形式理论、文学性审美文化理论与跨媒介文学理论是理解新媒介文学的极具张力的理论范式。与传统文学形态相比，新媒介文学呈现出的表达自由性、话语整合性、即时互动性、虚拟体验性、动态建构性等新特质也在呼唤着能够对当下文学生产实践加以有效阐释和引导的新媒介文学批评。[1]

在张文东看来，作为"泛文学"甚至"泛审美"的新媒体时代中最显著的文学现象，网络文学是一种新的、大众化的文学形态，其接受机制有虚拟性、开放性、共享性、个人性和消费性等特点，而目前的网络文学批评面对这一崭新的文学形态，却以传统的文学标准要求网络文学，专业文学批评与批评主体鱼龙混杂，话语参差不齐，"圈内"与"圈外"文学批评互不干涉甚至两相对立，造成了批评的自我束缚。面对新媒体时代的文学现实，建立面向大众、适合大众并为大众接受的"新批评"是必要的。这种"新批评"要真正介入文学实践，必须从中国古代文学批评传统中寻求诗性精神的支撑，结合"微批评"的形式，不失为一条有效的路径。[2]

曹成竹、王兴永归纳总结了网络文艺批评的特征，指出"自发—交互性""微缩—精简性""展示—娱乐性"等特征分别对应于网络文艺批评的运作机制、呈现形式和展示效果。"自发"主要指网

---

[1] 郝学华：《论新媒介文学的界定及其内涵》，《百家评论》2015年第3期。
[2] 张文东：《新媒体与新批评：网络文学批评的"诗性"理解》，《当代文坛》2015年第6期。

络文艺批评的公众性和多元性，"交互"则指向作者和读者之间的相互影响；"微缩—精简性"是出于当代网络读者对语言魅力的诉求，以及面向大众的文艺批评拒绝内容深奥和形式臃肿的需要；"展示—娱乐性"则互为表里，展示旨在娱乐，娱乐加强展示。当然，网络文艺批评容易走向个人化、碎片化、肤浅化，为此，网络文艺批评既要继续发挥自由和大众化的优势，又需要对后现代文化景观中全民狂欢之下隐含的犬儒主义和虚无主义保持审慎的态度。[①]

姚文放对法兰克福学派的大众文化批判理论进行了"症候解读"，指出法兰克福学派将大众文化批判纳入反法西斯范畴，将大众文化视为极权主义的温床，是阐释过度的"症候"；在对文化工业批判性潜力阐述中留下的空白，则对当下中国文化产业和大众文化进行正面估价有着重要的启示意义。20 世纪 90 年代以来，中国学界对法兰克福学派理论的译介和借鉴，存在浅表化解读和概念混淆的问题。对法兰克福学派批判理论的症候解读，其意义在于促使中国文学理论话语建构面向文学创作和作品现象，并符合中国学术话语的通用规范。[②]

陶东风试图借助阿伦特与哈贝马斯的世俗化理论来解读中国当代社会大众文化的变迁。哈贝马斯在阿伦特的理论基础上提出"公共领域"概念，考察了两种结构转型，即公民社会的出现和大众传

---

① 曹成竹、王兴永：《网络文艺批评特征简析》，《山东社会科学》2015 年第 2 期。
② 姚文放：《大众文化批判的"症候解读"对当代中国文论重建的启示》，《中国社会科学》2015 年第 4 期。

媒时代公共世界的死亡。以此为借鉴，可以看到，20世纪80年代的中国第一波世俗化浪潮是对"文革"式以"公"灭"私"的极权文化的祛魅，并建立了新的公民参与方式，促进了世俗公共世界的建构；20世纪90年代世俗文化则以去政治化、去公共化、犬儒主义、消费主义和享乐主义深度结合为突出特征，本质上是权力运作方式的转型与西方资本主义后期的消费主义影响共同促成的结果。要克服这种世俗化的畸变，只能接续20世纪80年代的公共参与精神，加快公民社会的建设。[①]

与大众传媒时代相伴而来的艺术公赏力问题，在王一川看来，从根本上体现的是现代中国自我与社会语境之间的矛盾。讨论艺术公赏力的动力问题，需要将其置于问题链中，分析特定社会语境中相互作用的机制。艺术公赏力的动力模式主要有公而高式、公而低式、公而平式三种模式，它们本质上是作为表现现代中国自我在社会语境中的微妙处境的修辞性面具而存在的，在现代大众传媒作用下的社会语境中，个群、我他、公私之间的关系问题作为焦点不断凸显，当无法寻找更为合适的调节渠道时，艺术便以一种替代性的方式出现了。[②]

欧阳友权则讨论了新媒体时代文化产业和文艺理论学科互渗的可能性。在实践层面上，文化市场产业逻辑的进取，文学、文化、技术、

---

① 陶东风：《畸变的世俗化与当代大众文化》，《文学评论》2015年第4期。
② 王一川：《艺术公赏力的动力》，《天津社会科学》2015年第2期。

产业之间的融合，为文学艺术的"扩容"和理论的"越界"提供了佐证，为学科之间的交叉、学术嬗变和学理拓展提供了基础。当下许多文化产品成为焦点学术话题的现实，也说明了学科分化和重组的趋势，文艺理论处于文化产业"大举入侵"的语境之中。这要求文艺理论研究要顺时通变，主动将文化产业的观念和知识范畴纳入学术视野，增强回应现实的能力。①

现代美学研究的历史与现实

中国现代美学学科发展一百多年了，如何整合中西方美学思想资源，面向鲜活的、具体的文艺现实和美学现象，建构有中国特色的原创性美学理论体系，是美学研究工作者关注的重心所在。

杜书瀛回溯了文艺美学学科在 20 世纪 80 年代兴起的历史文化机缘。文艺美学产生于对主流政治文化凌驾一切学术活动予以反拨的历史氛围，是文艺学研究"向内转"的重要表现。从文艺理论自身发展的学术理路上看，文艺美学学科的兴起又有其内在依据，既是文艺与审美活动相互关系的催动，又是文艺学与美学学科精细化和深化的要求。在"全球化"的大环境中，生活与审美、生活与艺术的关系正经历着剧烈的变动，面对新形势，文艺美学研究者需要

---

① 欧阳友权：《文艺理论与文化产业的学科互渗及其知识创新》，《深圳大学学报》（人文社会科学版）2015 年第 2 期。

做的工作不是盲从艺术和审美终结的论调，而是要面向当下的文艺现象，做出理论的深度阐释，并最终在实践中谋求新的发展。[①]

王元骧认为，对美学、文艺学中的"实践"概念，需要做一番深入的辨析，解决以往因这一概念在西方哲学史上的多重含义所引发的认知混乱问题。具言之，"实践"可以从本体论、认识论、伦理学、创制学等方面进行不同的理解。"实践"的理论源于包括伦理学和创制学的行为科学，在被引入本体论和认识论研究之后，"实践"的具体含义也在不断发生变化。马克思主义的实践观是社会历史本体论意义上的，这为中国实践论美学维护美学的社会性、科学性提供了理论基础；将实践的观点与近代认识论哲学有机结合，则超越了主客二分的二元对立，达到辩证统一，为后代学人全面理解文学的性质提供了一个科学的哲学基础，以更加清晰地理解认识主体与实践主体的关系，使得文艺理论的建设更趋完善。[②]

高建平从"美学是感性的还是理性的"这一本质问题入手，讨论了在市场经济和信息技术的影响下当代社会生活感性充盈、美学何为的问题。现代美学的传统在于鲍姆加登对感性独立性的完善，但现代美学的发展却呈现出从各个角度批判鲍姆加登的倾向。其中，对理性主义的张扬，使美学学科理性化不断增强，甚至变成与感性无关的学问。在消费主义盛行的当代，理论的加强只会造成美学和

---

①杜书瀛：《文艺美学的兴起与思想解放运动及其他》，《文学评论》2015年第6期。
②王元骧：《关于美学文艺学中"实践"的概念》，《文学评论》2015年第2期。

现实的进一步疏离，以文化研究等其他研究思潮代替美学，实质上是对美学学科的摒弃，只能造成方向的迷失。高建平提出，回到美学，增强美学对现实的阐释力，实现美学的振兴，需要改变人类中心主义的思路，肯定人的感性活动，拯救健康的感性，以新的感性来对抗美的泛化。①

章启群指出，中国学界到目前为止有关美学的基本原理和导论性的话语基本上是西方学术的延伸，尽管如此，"美学与中国美学"依然可以成为一个合法命题。美学与中国美学是普遍与特殊的关系，分别指向逻辑层面和经验层面；这两个层面的区分，为美学原理的讨论从"人为什么追求美"这一本源性问题跨入"人如何追求美"这一民族国家美学的核心问题提供了更为广阔的视域。中国的民族美感形态、美的观念以及对美的价值认识都与西方存在着巨大差异，要建立属于中国的原创性的美学理论体系，必须介入中国人的美感形态中，扎根"四部之学"，通过美学史的修补，完善中国美学学科的建设。②

顾祖钊以20世纪50年代美学大讨论中出现的四个美学流派为例，分析了中华人民共和国成立以来中国现代美学研究忽视的主要问题。对西方主流美学研究模式的延续，导致中国现代美学缺乏民族文化主体意识，忽视中国古代美学资源，成为一种预设性的、一

① 高建平：《新感性与美学的转型》，《社会科学战线》2015年第8期。
② 章启群：《美学与中国美学：范式、问题和史料》，《文艺争鸣》2015年第8期。

元论的美学。审美是人特有的生命现象，因此美感与生命的关系，无论在西方的美学体系，还是在中国传统美学资源中，都是不可规避的一环。中国现代美学研究缺少的恰恰是对美学生命元素的重视，以及对中国古代美学思想中审美活动双向性论述的吸纳。顾祖钊指出，中国现代美学的建设，一方面需要重新审视古代美学"生命本体""主体间性"等思想精髓，另一方面也要看到美与文艺的多元存在，必须从多元论研究美学，一以贯之，最终达到对美学学科更为理性和系统的把握。①

王建疆讨论了中国审美形态这一中国美学研究中的新课题。中国古代文论、画论、诗论中存在大量关于审美形态的论述，但国内主流审美形态研究却长时间忽视中国传统学术体系中审美形态范畴的存在，甚至套用西方的标准和方法，混同审美范畴与审美形态。造成这些问题的原因，既有古代文论在审美形态论述上学理性的欠缺，也有国内审美形态研究者美学史常识的匮乏。对中国审美形态的理论建构，需要确定其内涵和外延，根据其性质和特点确立功能性和层次性标准，明晰构成方式，进行种类的划分，使审美形态研究更加学理化、学科化。②

对于中国现代美学的建立与发展深受西方美学影响，并因此造成本土美学学术文化断裂的论断，一些学者提出疑问。杜卫从中国

---

① 顾祖钊：《论被中国现代美学忽视的几个问题——由此推论中国古代文论的现代美学意义》，《文艺理论研究》2015 年第 2 期。
② 王建疆：《中国审美形态的划分标准和种类》，《贵州社会科学》2015 年第 1 期。

现代美育理论入手，通过考察 20 世纪初中国第一批美学家对西方现代美学理论的译介，比较王国维、蔡元培、梁启超、朱光潜等美学大家的美育理论与康德"审美无利害性"命题、席勒美育理论等西方现代美学理论之间的异同，发现中国现代美学思想偏重审美功能，重视国民性改造，是具有本土问题意识的"审美功利主义"。这是西方现代思想和中国传统文化"视界融合"的结果，与重视道德人格塑造的儒家心性之学一脉相承。以"审美功利主义"为特征的中国现代美学可以称为"心性美学"，这种美学的创立，从学术态度和价值定位上确立了中国美学传统的现代学理基础，也为当代美学寻求本土意义的发展提供了重要的借鉴意义。[①]

　　"生态"与"环境"之辩是我国生态美学建设过程中的一个本体问题，也是中西方文化碰撞之下产生的对话问题。曾繁仁对生态美学与环境美学的关系问题做了回顾：从词源、哲学根基等方面分析，"生态"是一个打破主客对立的关系性概念，它具有后现代人文色彩，反映了人类对工具理性思维的反思和超越；与"环境"这一对象性的词语相比，"生态"体现了人类中心主义向生态整体论转变的哲学立场。此外，使用"生态"而非"环境"对这类美学形态进行命名，更能体现生态文化资源的多样性和包容性。从生态美

---

① 杜卫：《论中国现代美学与儒家心性之学的内在联系》，《文学评论》2015 年第 4 期。

学及生态文化的长远发展看，使用"生态"一词更为恰当。[①]

那么，生态的审美如何成为可能呢？在周维山看来，关键在于实践。尽管生态学为生态美学理论建构提供了重要的理论基础，但是生态并非审美的必要前提。生态存在于人类的实践活动之中，是历史的、现实的、具体的，而人与自然的生态审美关系，也植根于实践关系之中。建立于实践基础上的生态审美，不同于传统实践美学将审美等同于实践。生态与实践的结合还带有存在论的维度，生态审美之所以可能，恰恰在于这种审美的本质是基于实践之上的对人的生存的体验。[②]

王德胜指出，在理性一元论价值立场受到普遍质疑，传统知识基础丧失的当下文化语境中，美学成为理解现实的媒介。要实现对理性话语的功能性把握，就不能回避感性存在的问题。作为"自我环境"的人的身体，是意识主体和主体意识的统一。消费文化的张扬，使消费伦理成为人自省意识的核心，彰显了身体意识的重要性。美学只有恢复"身体的自觉"，才有可能在非知识化的生活—文化实践领域建立走向日常生活的美学批评话语。要完成美学学科更大范围地介入现实生活实践的改造，需要确立独立性的身体感受性话语，突出非知识化美学批评能力的建构，重视人的感性实践的合理结构，

---

① 曾繁仁：《关于"生态"与"环境"之辩——对于生态美学建设的一种回顾》，《求是学刊》2015 年第 1 期。
② 周维山：《生态审美如何可能——中国当代生态美学的理论困境探析》，《文艺理论与批评》2015 年第 3 期。

积极实现"世俗化"的价值合法性。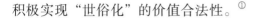[1]

西方文论的反思与融通

　　全球化背景下，如何处理中西方文学理论资源，以及中西文化价值观之间的冲突，始终是文艺学界的焦点问题之一。金惠敏试图通过对民族主义、世界主义等概念的辨析汲取各自学术思想的合理性，寻找出超越二元对立的理论可能性。他认为，民族主义的合理性在于以观念性的表述、认同来连接、承诺切实的利益，世界主义则以消除他者的方式、自我牺牲的精神来描绘囊括全人类利益的想象共同体；在价值上，民族主义和世界主义是星星与星丛的关系，在世界主义的"照亮"下，民族主义价值与其他价值对话，所指涉的利益与其他利益共存。西方文化的引介和应用并非以西代中，而是连接中西价值，从而生成适应现实需求的新价值。[2]

　　为了应对"全球化"问题和比较文学危机，作为一个被广泛谈论却缺乏清晰定义的概念，"世界文学"重新进入学术视野。郝岚指出，当前关于"世界文学"的理论言说带有系统论的倾向，特别是受到了沃勒斯坦世界体系理论的影响。这种研究趋势代表了一种超越现代主义和后现代主义范式的努力，展示了突破文学性缺失、

----

① 王德胜：《身体意识与美学的可能性》，《求是学刊》2015 年第 2 期。
② 金惠敏：《价值星丛——超越中西二元对立思维的一种理论出路》，《探索与争鸣》2015 年第 7 期。

价值与意义失落的努力。有别于现代主义时期西方中心主义的统一性，在郝岚看来，当今对"世界文学"整体性的关注和理论概括的系统性倾向，在重新接续被现代主义阻断的人文主义血脉上有着重要的理论意义，为打破未来世界文学体系的不平等提供了某种可能。①

钱翰指出，人们对"互文性"概念主要有两种理解与发展的方向：其一，继续沿着克里斯蒂娃和巴尔特等人的文本性理论道路发展的解构批评；其二，走向以热奈特和里法泰尔为代表的诗学和修辞学。对后者而言，"互文性"被作为文学研究工具而非克里斯蒂娃出于反对阐释意图提出的文学性概念，其本质上是渊源批评的一种延展。尽管这两种"互文性"关心的都是文本间的联系，但在联系方向上有着离心和向心的区别。"互文性"概念从革命性向工具性的转变，虽然是大学文学研究体制作用的结果，却也从侧面证明了先锋理论去作者中心化的观念。②

幽灵批评是西方近二十年来出现的一种批评理论或批评方法，其源头在布朗肖的阅读理论，指向与文本发生联系的不确定基质。从这个意义上看，幽灵批评略等于解构批评。曾艳兵认为，幽灵批评与后殖民主义也有紧密的联系，主要在于后现代的解读中，文本的互文性和历史的幻影，决定了它们的幽灵性质；而后殖民主义与

---

① 郝岚：《当今世界文学理论的系统论倾向》，《文艺理论研究》2015 年第 3 期。
② 钱翰：《论两种截然不同的互文性》，《学术论坛》2015 年第 2 期。

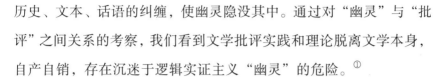

历史、文本、话语的纠缠，使幽灵隐没其中。通过对"幽灵"与"批评"之间关系的考察，我们看到文学批评实践和理论脱离文学本身，自产自销，存在沉迷于逻辑实证主义"幽灵"的危险。①

苗福光讨论了后殖民生态批评的理论渊源和指归。以后殖民主义和生态批评为理论基础的后殖民生态批评，尽管存在解构性、跨学科性和复杂性等特质，其理论归宿依然在后殖民主义。作为方兴未艾的文化／文学批评理论，后殖民生态批评意在阐释文本中的动物书写、环境书写，为生态开启环境想象之门；通过探寻种族主义和物种主义之间的联系，可以寻找到全球生态环境恶化的西方文化霸权主义根源。这对于当下中国生态环境和经济之间的平衡发展有着重要的启示意义。②

曾军指出，托多洛夫对巴赫金的接受从结构主义转向对话主义。以《米哈伊尔·巴赫金：对话原则》为标志，托多洛夫对巴赫金的思想论述呈现出一种整体性，并在重申对话主义、与巴赫金进行平等对话的基础上，提出超越具体学科界限，以对话为本质的"对话批评"。这是巴赫金思想研究的深化及其"对话主义"理论的升华，它直接导致托多洛夫对结构主义的颠覆以及向文学外部研究的回归。③

孙士聪指出，学科化与非学科化的论争隐含着普遍主义、情景

---

① 曾艳兵：《关于"幽灵批评"的批评》，《文艺理论研究》2015 年第 1 期。
② 苗福光：《后殖民生态批评：后殖民研究的绿色》，《文艺理论研究》2015 年第 2 期。
③ 曾军：《超越文学：托多洛夫的对话主义转向》，《学习与探索》2015 年第 6 期。

主义、忧郁政治学和焦虑情绪。文化研究学科化的反思，使文化研究与文艺研究之关系、文艺批评实践与文化理论之关系、文化研究理论范式的本土化等问题得到了不同程度的厘清；此外，论争也显示着文化研究的介入性、批判性等政治品格被遮蔽乃至被遗忘的危险。超越与扬弃文化研究学科化和非学科化对立的有效途径，在于文化研究的"再政治化"，即坚持理论与批评的伦理维度、揭示真实的日常生活经验、张扬文化研究的政治想象力。①

张瑞卿考察了利维斯的英国前文化研究与霍加特、威廉斯的文化研究之间在承转过程中的复杂性、矛盾性和斗争性，指出利维斯的批评思想始终致力于诊断文学语言所折射的人类生活品质，秉持文化悲观主义的历史逻辑和精英主义立场；霍加特对工人阶级文化的肯定在一定意义上实现了对利维斯精英文化观的超越，但他用以评判大众文化的传统道德和审美标准，体现了文化观的矛盾性；威廉斯以利维斯的"文化激进主义"为理论起点，借鉴马克思的"社会主义文化立场"推导出"文化唯物论"，创造性地提出"共同文化"和"感觉结构"两个概念，实现了对利维斯主义的超越，为文化研究的新范式提供了理论基础。②

"介入"是托尼·本尼特批评理论所持的立场，目的在于加强文学艺术与生活、文化与社会之间的联系，突出批评的独立性和社

---

① 孙士聪：《文化研究：学科化与再政治化》，《南京社会科学》2015 年第 9 期。
② 张瑞卿：《F.R. 利维斯与文化研究——从利维斯到霍加特，再到威廉斯》，《文艺理论研究》2015 年第 1 期。

会公用性。曲师认为,介入式批评使托尼·本尼特的研究抹平了形式主义和马克思主义的鸿沟,并从一种传播模式转向一种实践理论,为文化研究提供了将分析对象语境化的方法。在促进文艺对现实的建构方面,介入式批评以文化批判和哲学思辨意识深入具体的艺术展示和接受的个案,并站在伯明翰学派大众文化研究的传统之上,试图激活知识分子的社会功能,表现出强烈的人文关怀与社会批判意识,有着十分重要的理论现实意义。①

金永兵、张庆雄探讨了伯明翰学派和英国"文化—文明"传统的理论渊源,认为在研究视野上"文化—文明"传统尽管加强了文学与社会文化之间的联系,但仍然属于文学批评范畴,而伯明翰学派则实现了从文学批评向日常生活批评的转移;在学术立场上,伯明翰学派与"文化—文明"传统存在平民立场与精英主义的对峙;在理论方法上,伯明翰学派突破了"文化—文明"传统对文学批评范式的固守,呈现出跨学科和多元主义的特征。因此,伯明翰学派的文化研究和"文化—文明"传统的文化批评是两个完全不同的概念。从本质上看,二者的理论渊源代表了早期文化研究在批评方法和理论视域上的共同经验,其理论断层则彰显了伯明翰学派的自我开拓意识。②

---

① 曲师:《批评理论与社会介入——托尼·本尼特的批评理论何为》,《文艺争鸣》2015 年第 7 期。
② 金永兵、 张庆雄:《伯明翰学派与英国"文化—文明"传统的比较》,《湖南社会科学》2015 年第 1 期。

张江"强制阐释论"提出后，其所涉及的西方文论诸多层面的具体问题，引发了学界热烈的讨论，形成系列笔谈在《文艺研究》《清华大学学报》《北京师范大学学报》《文艺争鸣》《探索与争鸣》《学术研究》《社会科学战线》《学术月刊》等学术刊物发表，一定程度上深化了人们对西方文论的理解与认识。吴子林认为，对西方文论的缺陷及其有效性的考察，不能脱离对中西方文化思维差异的辨析。概言之，西方的思维方式主要体现为一种"逻辑的可能性"，属于"思辨的智慧"；中国的思维方式则更多体现为"现实的可能性"，属于"存在的智慧"。中西方两种思维方式存在各自的缺陷，彼此是互补而非完全对立的关系，应进行融合、会通以汲取各自精华，跳出其窠臼。"钢琴诗人"傅聪杰出的艺术实践，以及国际汉学家叶嘉莹成功的学术创造进一步表明，研究者只有将自身民族文化之根扎深、扎稳，才能与世界上最优秀的灵魂对话，才能站在中西文化交汇的高度，"中西互证、古今沟通"，以中国概念重新诠释中国思想传统，衍生、创造出丰富世界思想的现代中国文学理论体系，真正"深邃壮大"国人的"精神生活"。①

建构中西会通的当代中国文艺理论体系，无疑是一项浩大的工程，需要人们长期不懈的努力。毋庸讳言，当下理论研究过于一板一眼，叠床架屋，没有真正的 spirit（艺术心灵）。若不适时改弦更张，

---

① 吴子林：《走向中西会通的中国文论——兼论张江教授"强制阐释论"》，《文艺争鸣》2015 年第 9 期。

便如林语堂所言，"检阅现在而冀获未来之光明与了解是困难的"；只有将书本知识、创作与批评实践和生命体验等贯通起来，与现实社会始终保持密切、生动的联系，我们才能真正怀有"坚强的现实主义"与"明眼的智慧"①，走上直抵理想彼岸的坦途！

（与陈浩文合撰，载《文艺争鸣》2016 年第 4 期）

---

① 林语堂：《中国人》，郝赤东、沈益洪译，学林出版社 2007 年版，第 437 页。

深入历史　回归当下
——2016 年度文艺学前沿问题研究报告

2016 年度文艺学研究在马克思主义文论、文学基础理论、古代文论、新媒介与网络文学研究、美学研究和西方文论等方面，做了许多富于前沿性的探究，无论是深入历史语境，还是回归当下现实，都取得了一定的进展与突破，呈现出较为丰富的理论景观。这些研究大多在批判性地反思以往理论研究、批评实践的基础上，或立足理论文本，或正视文学现实，剖析了诸多理论范畴与命题，提出了接地气、有新意的许多见地，自觉汇入了中国特色的文艺理论体系话语的创构中。

建构中国马克思主义文论

努力构建中国的马克思主义文艺理论，打造蕴含中国特色和中国文化特质的理论话语，一直是马克思主义文论研究的重点。这一方面需要对马克思主义经典理论著作及其思想的发展史予以深入的研究，另一方面则需要结合中国实际，结合本民族特点，将马克思主义理论予以"本土化"，创造属于自己的意义系统，成为中国学术思想体系的有机组成部分。

对马克思主义批评理论的解读，是本年度马克思主义文论研究的热点之一。

张永清从人们往往忽视的"外部"问题入手，重新梳理了马克思主义批评理论研究的整体形态，呼吁加强研究马克思主义批评的"前史形态"和"初始形态"，指出当前问题意识的缺乏，是构建马克思主义批评理论"中国形态"的症结所在。①

钟仕伦发现，地域批判思想是马克思主义批评理论研究中"被遮蔽的空间"。实际上，"自然规定性"和"历史想象力"是马克思地域批评思想的主要内容，它们蕴涵在马克思对经济学和哲学的研究中，体现在以社会的物质经济生产为基础的形态表征中，是马克思主义批评理论中不可或缺、极具理论价值却又隐而不显的重要组成部分。②

赵利民认为，马克思、恩格斯的民间文学思想也是研究中相对薄弱的环节；资本主义生产状态下，文学艺术与实践的"异化"倾向，

①张永清：《时代境遇中的马克思主义批评理论》，《文学评论》2016年第5期。
②钟仕伦：《被遮蔽的空间：马克思文学地域批评思想初探》，《文学评论》2016年第5期。

使得民间文学以其"原始丰富性"成为马克思和恩格斯探索艺术发展的理想途径，也是他们理想中人与自然最和谐的生存状态。①

魏小萍指出，马克思早期的批判观念是在与各派思想家、国民经济学家的论辩中形成雏形的：马克思通过对产生贫富分化的现实的分析，推翻了资产阶级民主派对经济体制自由与平等理念的论证。马克思透过现象分析本质，揭露出交换主体客体化，劳动力的商品化，劳动投入与获得工资之间的差距，成为剩余价值的来源；形式上的平等，蕴含着实际行为的不平等，这是资本主义"理念与现实悖论的根源"。②

安启念认为，阿尔都塞所谓马克思主义哲学思想的"认识论断裂"，即从断裂前的费尔巴哈式的人道历史唯心主义者，到断裂后建立科学的历史唯物主义和辩证哲学观，这一论断并不符合事实；不同于费尔巴哈对抽象的人的崇拜，将人类的本质概括为"理性、意志、爱"，马克思在使用"人的本质""类"等费尔巴哈术语时赋予了其完全不同的理论思想，劳动实践在马克思的历史唯物主义中占有重要地位，是马克思构建科学世界观的基础。③

王建刚研究了巴赫金思想中浓厚的马克思主义成分，指出十月革命后苏联马克思文艺思想研究存在着"客观主义""简单化"的

---

① 赵利民：《马克思恩格斯民间文学思想的再阐释》，《文学评论》2016年第5期。
② 魏小萍：《马克思早期批判思路的形成路径——自由与平等、公平与正义：理念与现实的悖论》，《中国人民大学学报》（哲学社会科学版）2016年第3期。
③ 安启念：《阿尔都塞马克思哲学思想"认识论断裂说"批判》，《北京大学学报》（哲学社会科学版）2016年第1期。

庸俗社会学倾向，巴赫金在普列汉诺夫"社会心理"的基础上，提出了"意识形态环境"和"社会学诗学"；巴赫金对马克思主义的阐释引发了不少论争，深化了当时学界对马克思主义的研究。^①

王庆卫反思了西方马克思主义文学批评形态，认为用"范式转换"有违"西马"与经典马克思主义之间的关系："范式"指一个研究群体所认同的"世界观和行为方式"，不同的"范式"之间有"不可通约性"；用"范式转换"来形容西方马克思主义文论和经典马克思主义之间的关系，忽略了两者之间的传承和理论积累；而"批评形态"把批评活动看作一个整体，内部呈现有机的系统性，相比之下，无疑更适合两者之间关系的陈述。^②

张进指出，把文本与作者和读者当作一个正在形成的事件，一个随时变动的张力关系网，以实践为其主要特征的"文学事件论"，将文本的内部和外部连接起来，力图勾勒出文本作为行为话语的认知特性；作为历史文化事件对历史的背景和前景内容的融合，作为社会能量在社会历史过程中内化为集体记忆，"文学事件论"把人们的认知视点纳入了一个个不断发展的文本中。^③

姚文放回溯了阿尔都塞、马舍雷、乔纳森·卡勒等人"症候解读"思想的发展历程，指出"症候解读"是衔接 "艺术生产"和"艺术

① 王建刚：《巴赫金文艺思想中的马克思主义》，《文艺研究》2016 年第 5 期。
② 王庆卫：《理论旅行中的批评意识——西方马克思主义文学批评形态刍议》，《文学评论》2016 年第 5 期。
③ 张进：《马克思主义批评视域中的文学事件论》，《中国人民大学学报》（哲学社会科学版）2016 年第 3 期。

消费"的中间环节，它对阅读和批评生产性的凸显，是马克思所开创的"艺术生产"论的重大发展，为文学批评迎来了开阔的理论阐述空间。①

阎嘉梳理了戴维·哈维的空间批评体系。哈维将空间分为物质空间、体验空间和表达空间：物质空间的变化很大程度上取决于人类物质生产实践的变迁；而空间体验中则包含着物质性、历史想象和现实关怀，同时直接影响着艺术家的创作；对空间体验的艺术表达是通过媒介将艺术家的感觉固化、物质性地呈现出来，往往也成为社会历史状况的表征；后现代艺术的进展，反映了地域资本主义历史—地理状况的变化。②

毋庸讳言，在文艺理论界与批评界，马克思主义文论"本土化"的工作多止于呐喊、誓师的空谈，真正有中国问题和中国视角，自觉运用马克思主义理论深度阐释文艺，富于建设性地解决所面对难题的学术成果并不多见。

不断深化的文学基础理论

文学可以定义吗？如何定义？杜书瀛认为，坚持文学不可定义的相对性和坚持文学本质主义的绝对性一样，都会使得文学进入僵

---

① 姚文放：《症候解读：文学批评作为艺术生产》，《文学评论》2016 年第 3 期。
② 阎嘉：《空间体验与艺术表达：以历史—地理唯物主义为视角》，《文艺理论研究》2016 年第 2 期。

化；文学在历史的发展过程中，虽然有不同的表现形式，但是文学的本质并非不可认识、不可掌握的，它有客观的自身规定性；在杜书瀛看来，"文学是以语言文字为基本媒介而进行的人类审美情志之创造、传达和接受"。①南帆、王伟指出：没有亘古不变的文学，文学的发展处于一种建构状态，文学的多重性质处于稳定平等地位，种种交叉比较构成一张复杂的关系网络；文学的各种元素处于相对的"博弈"关系状态中，在相互衡量之中显现自身的特征；文学关系的"博弈"论述，避免了某种元素的独断地位，在相互斗争的关系中，每一种话语可能在某个时段处于主体地位，话语系统却始终处于没有终结的发展演变之中。②

艺术作品有没有统一的本体存在？艺术的本体论在"心"还是在"物"？高建平认为，不同的艺术有不同的本体形式，艺术本体既不能从物性上找，也不能从主观的心上找，关键是将"物"与"心"结合起来。"艺术是一个事件"，是心身一体的活动，既具有精神性，又具有物质性和可操作性，是内外一致的活动，艺术的本体就是在"心"与"物"之间的实践上。③

张炯质疑了单一的文学艺术"劳动起源说"，指出文学艺术的起源应是多种因素综合，是主客体相统一的产物：原始生活的劳动

---

① 杜书瀛：《文学可以定义吗？如何定义？——兼论南帆、陶东风文学理论教材的功过是非》，《文艺争鸣》2016 年第 6 期。

② 南帆、王伟：《文学可以定义吗？——关于"文学本质论"问题的通信》，《文艺争鸣》2016 年第 8 期。

③ 高建平：《艺术作品的"本体"在哪里？》，《当代文坛》2016 年第 2 期。

中创造人本身、繁衍种族的性生活中产生审美萌芽、战争中形成对英勇和威猛的崇拜，此三项作为原始生活中不可缺少的部分，同时是审美意识形成的重要来源。审美意识是产生文学艺术的前提，没有审美意识就难以产生艺术；人的本质力量对象化促使人类在历史实践过程中，按照人类的需要来认识客体的同时改造客体。而最初艺术品的创造，往往是不自觉的，在感觉到美后，人类进一步自觉起来，产生对美的需求和创造。在主观能动性的支配下创造出超越使用价值、不同于自然的艺术美。艺术的产生与人类的审美意识相互促进，艺术美的创造培养人们的审美需求，而需求又推进艺术美的创造。①

朱立元重读了"文学终结论"，认为中国学界对"文学终结论"存在一定程度上的误读。在他看来，"文学终结论"是指依赖印刷技术生存的文学在新媒体技术化时代面临着终结的危险，此处的"终结"实质上指一种话语向另一种话语的建构；"文学终结论"在中国的旅行，是中国学者围绕此论题对文学理论在新世纪的走向、对图像影视的挑战，以及对文化研究等问题的焦虑，也是学界对自身境遇的一种反思和审视。②

20 世纪 80 年代，余宝琳认为，隐喻和寓言将具体的意象与抽象的观念结合起来，体现了西方形而上的哲学意味；而中国的比兴意

---

① 张炯：《文学艺术起源新探》，《文学评论》2016 年第 3 期。
② 朱立元：《"文学终结论"的中国之旅》，《中国文学批评》2016 年第 1 期。

象所指的是具体的物象或者历史情境，不能称作西方意义上的隐喻和寓言。张隆溪认为，这种夸大二者差异，以达到相互阐释的途径，有以偏概全之嫌。吴伏生引述了张隆溪的观点，力图矫正中西比较文学研究中可能出现的片面性、简单化倾向。吴伏生指出，中西比较文学的研究应在加深对各自文学文化传统认识的基础上，揭示出不同文化的特色，以达到相互阐发的目的，这才是比较文学的意义所在。[①]

时胜勋指出，文学批评的现实性困境体现为三个方面：学院批评的不作为；文学批评的边缘化；社会批评鱼龙混杂，难当重任。要改变这种状况，首先学院派批评要从"故纸堆"里抬起头来，回应当前面对的现实问题，在保持学院批评的独立性的同时，结合现实的有效性问题，回应社会的期待；作为批评团体的各流派、社会批评媒介也应该明确作为批评者的主体意识，提高理论素养的同时坚持批评伦理，建构批评话语重塑文学批评的新形象。[②]

文学进入"理论之后"，吴秀明认为，中国文学研究应回到"文献的及物"及"文本的及物"路径上，在"文献史料"和"文学文本"基础之上对现实做出实事求是的解析。"文献的及物"通过实证研究还原文学周边，借助文献返回历史现场，将研究对象放入历史进程中给予评价。"文本的及物"以文学作品为中心，通过文本细读

---

① 吴伏生：《隐喻、寓言与中西比较文学》，《文学评论》2016 年第 2 期。
② 时胜勋：《文学批评的现实性诉求及其困境》，《文艺评论》2016 年第 1 期。

进入文学内部，把握其本质，挖掘"文本潜结构"，重返文学现场。当代文学研究应超越文本与文献的二元对立，文献的外部研究与文本细读的内部研究相结合，使文献与文本处于一种语义关系中，致力于当代文学研究回归实事求是的原点。①

2016 年 10 月 28 日"文化诗学与童庆炳学术思想研讨会"在童庆炳先生的家乡福建省连城县召开，文化诗学是童庆炳先生在 20 世纪 90 年代，面对经济发展带来的道德滑坡、精神文化缺失等现象提出的诗学理论话语。文化诗学以现实生活为指归，意在通过对文学文本和文化现象的解析，提倡深度的精神文化和人文关怀。

李春青对"审美诗学"和"文化诗学"的理论背景和理论话语做了发展脉络的梳理，指出审美诗学以"审美"为中心，是个体的审美经验对构成文本的基本要素进行解读；审美诗学赋予审美因素以某种超越性和神圣性，是资产阶级精英文学脱离现实扰攘的审美乌托邦。文化诗学与理论的"后现代性"相关联，是在审美诗学基础上的理论延伸和文学反思，它关注文本背后审美活动与社会文化的关联和互动问题，是对元理论话语的反问和审诘，旨在揭示文学观念、文本形式、审美趣味等现象形成过程中起作用的社会环境因素，进而对这些审美现象所表征的政治性、意识形态性予以阐释。文化诗学在对审美诗学反思的过程中，汲取了审美诗学的理论建构方法，进行政治意识、社会因素理论话语的深度挖掘。审美诗学与文化诗

---

① 吴秀明：《当代文学研究应该与如何"及物"》，《文学评论》2016 年第 6 期。

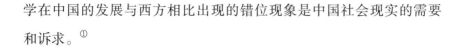

学在中国的发展与西方相比出现的错位现象是中国社会现实的需要和诉求。①

回到历史语境的古代文论研究

古代文论是建构中国文学理论及其批评话语体系的主要理论资源之一。返回到具体的历史语境，考察、解读、阐发古代文论中的重要范畴或命题，是让古代文论焕发勃勃生机、融入当代文艺理论之中的重要途径。

顾祖钊考察了"意象"的来源，指出"意象"由汉代王充首次提出，取义为"立意于象"和"示义取名"，这与《周易》的"立象以尽意"以及中国古老的象征性思维习惯有关；在《文心雕龙》中"窥意象而运斤"已经内化为创作者胸中的构思之象，将"为情造文"的情感论发展为一个完整的体系，适应了时代的理论需要。不过，刘勰对"意象"的重新释义忽视了王充的意象观，囿于抒情视角，窄化了其中所蕴含的哲理和象征文化传统。刘勰有意识的"删述"行为值得学界深思，学术研究应尊重文学艺术的多元性，正视意象范畴的多样性，没必要自束手脚。②

---

① 李春青：《论文化诗学与审美诗学的差异与关联》，《北京师范大学学报》（社会科学版）2016 年第 5 期。
② 顾祖钊：《窥意象而运斤——评刘勰对意象范畴的创新性理解及其局限》，《兰州学刊》2016 年第 6 期。

姚爱斌发现，刘勰《文心雕龙》赋予了"骨"不同的内涵，研究者的不同选择和偏重，直接影响了对"风骨"内涵的理解。具言之，就内在的精神气韵而言，"骨"外在于整体结构；就外在肌肤而言，"骨"则处于内在的结构，用刘勰的话说，"必以情志为神明，事义为骨髓，辞采为肌肤"。此外，"骨"还喻指文章的根本特性和优秀品质，如"极文章之骨髓者"；还有与人物品评相似的用法，如"陈琳之《檄豫州》，壮有骨鲠"。总的说来，《风骨》篇因自身的复杂性和模糊性，存在许多易迷失方向的"岔口"，对其内涵的层层辨析和审慎选择，是走出"迷宫"的唯一途径。①

刘运好研究了"文外之旨"的意义流变，指出其最早源于东晋的佛教经论，强调在佛经的翻译中超越文本的限制，侧重对佛学整体义理的领悟；对局部意理的把握则重在"微言之妙"和"象外之谈"，善于越过语言的表层义而直达深层的佛学体验；在美学意义的传达上，"微言之妙""象外之谈"和"文外之旨"交叠融合，构成了佛教"韵外之致"的审美境界。"文外之旨"从佛学向美学的学理意义的转换，始于刘勰《文心雕龙·隐秀》以"文外之重旨"论述"隐"的文学之美；皎然、司空图在此基础上，将"文外之旨"作为诗歌意境的构成因素，完成了"文外之旨"从佛学向意境说的

---

① 姚爱斌：《生命之"骨"的特殊位置与刘勰"风骨"论的特殊内涵》，《文艺理论研究》2016 年第 1 期。

最终意义转换。①

　　蒋寅对"格调"做了返本探源的考察，指出"格调"一词在唐宋指意格与声调，意高则格高；至明代论诗，"格调"已不再是中性概念，而是作为复合词出现，它独立于情感表现之外，有特定的风格取向，其具体内容则包括"气派之雄、称说之繁、文辞之古及相应的声调和修辞"。清代沈德潜以"宗旨、体裁、音节、神韵"为诗学核心，融入了王渔洋的"神韵"，在内容方面突出伦理性要求，秉持儒家的折中观念，兼容并包，弥补了明代"格调"派在音律上的荏弱，而在美学的高度论述阐释诗学原理问题。②

　　党圣元从多层面论析了"体认"功夫论的内涵，指出"体认"是中国文学批评实践与传统思想内涵演化而成的重要文论范畴，是一种自我领悟、升华的认知过程；不同于西方逻辑推理性的思辨认知，"体认"重了悟而不重论证，表现在文学创作中，不仅要体贴人情，更要体贴物理，"体物得神"，传神自如地表达对象；在文学接受、鉴赏中，"体认"要求读者"披文入情"，设身处地进入作品提供的艺术情境，揣摩、体悟以消除与对象之间的边界，达到精神交融；在读书之法上，"体认"则体现为"涵泳"，沉浸其中，身临其境，与物同游。以"体认"为特征的中国审美，是向内的一

① 刘运好：《"文外之旨"：从佛学到诗学的意义转换》，《文学评论》2016 年第 5 期。
② 蒋寅：《"正宗"的气象和蕴含——沈德潜新格调诗学的理论品位》，《文艺研究》2016 年第 10 期。

种返身性，是工夫之学，是客体与主体相统一。①

刘锋杰对钱锺书的"文以载道"论做了还原式研究，指出钱锺书从文学价值层面出发，认为后起的文学作品并不一定比先前的有更多的审美价值，文学的价值不是进化论提倡的一元取代式，而是多元共存的状态；作为一种理念本体，"文以载道"之"道"并不囿于某个具体的存在物或者某一流派的思想观点，而是具有超越时间和空间的恒存性；"道"并不随着圣贤思想所生所灭，圣贤思想是对道德的传承，而不是作为本体的"道"本身，将"文以载道"理解为文学为政治服务实为无稽之谈。现代文学观将"言志"与"载物"相对立，在钱锺书看来，只是强调了文学内容，没有注意到文学形式的重要性，没有真正认识到文艺的自身价值。②

王怀义反思了陈世骧的"抒情传统说"，指出它忽视了一个重要的由汉诗"缘事而发"为脉络的"诗缘事"传统。"诗缘事"源自上古时期的"事""史"合一的思想倾向，在中国的诗学传统中，作为主体行动表现出来的"事"，以"史"的方式在存在中显现自身。"诗言志"与"诗缘情"被认为是中国诗学的两大传统，而"诗"所言之"志"是外在的社会习俗、礼仪制度所赋予的伦理之志，没有涉及诗的本质层面；所缘之"情"也不会凭空而生，它往往是个体在与人事自

---

① 党圣元：《中国传统文学批评中的"体认"功夫论》，《学术研究》2016年第10期。
② 刘锋杰：《"还其本来面目"——钱锺书的"文以载道"论》，《文学评论》2016年第4期。

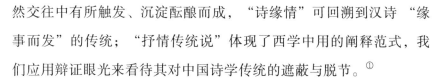

然交往中有所触发、沉淀酝酿而成，"诗缘情"可回溯到汉诗"缘事而发"的传统；"抒情传统说"体现了西学中用的阐释范式，我们应用辩证眼光来看待其对中国诗学传统的遮蔽与脱节。①

古代文论的转化大致有三种途径：第一种是用西方的理论话语策略构建系统的中国文学概念和命题；第二种是立足中国传统语境，运用现代话语阐释，志在焕发其活力；第三种则是直接阐发中国古代文学研究的概念与命题所蕴含的深厚而丰富的传统意义，揭示其普适性和共同性内涵。如何在用现代术语诠释的同时保持原意，并融入世界文化体系呢？

郭英德指出：首先，外来观念是用来参考验证的材料，而不是观念先行的指导；其次，在古今中外的对接中，体察和明晰中国古代文学中独特的心理内涵和哲学价值观，建构蕴含中国价值的文学研究理论与方法，体现出中华文化的学术话语和叙述方式。②

张晶认为，古代文论的阐释是在当下现实性思维基础上的综合与重构，而不是对历史的某种修补；在某一主题下的文献综合，或某种理论视角下的重构，要求研究者具备一定的知识储备和甄别选择能力，才能发现文本的价值空间；此外，研究主体和客体文本的主体间性也为理解、阐释提供了张力。在尊重古代文论文本的基础上，从文化学、哲学等视角诠释其文本构成要素，有助于拓展古代文论

---

① 王怀义：《汉诗"缘事而发"的诠释界域与中国诗学传统——对"中国抒情传统"观的一个检讨》，《文学评论》2016 年第 4 期。
② 郭英德：《中国古代文学研究的文化担当》，《文学遗产》2016 年第 5 期。

的研究空间。[①]

新媒介与网络文学研究

技术的发展和媒体的普及，使得中国已进入技术导向型社会，其特征表现为技术的进步给生活带来各种目的明确的装置，装置范式成为当前生活中的重要内容。周宪探讨了装置范式对主体建构的影响，指出装置范式的突出特征表现为装置目的的显而易见与装置技术的隐而不露。多样繁杂的技术隐藏在标准化和同质化的装置范式背后，要求使用主体符合装置范式所要求的同一化或标准型，取消了主体在使用过程中的参与性与思辨性。技术装置的便捷带来信息的高效传播和沟通表达的即时性，使人们的注意力迅速被多样而刺激性的信息所吸引，缺乏持久的注意力和关注度，形成"超级注意力"的认知模式，高度同质性、碎片化的信息在无形中消解了使用主体思维的概括性与复杂性。于是，要求获得即时满足的技术（目的）理性成为技术导向社会中人们普遍的思维方式。如何对抗装置范式带来的消极影响呢？周宪认为，应该重建和坚持价值理性来抵御技术（目的）理性的侵蚀，保持对伦理的、宗教的或者美学的信仰来反抗技术异化。[②]

---

① 张晶：《中国古代文论阐释的多元向度与价值判断》，《甘肃社会科学》2016年第1期。
② 周宪：《技术导向型社会的批判理性建构》，《南海学刊》2016年第3期。

通过分析增强现实与位置叙事之间的关系，黄鸣奋指出：作为技术的增强现实，以自然环境和社会现实为依托，涉及的是人与自然环境之间的关系，通过虚拟再现，致力于实现区域间社会文化的变迁与传承；作为幻术的增强现实，主要涉及人与心理环境的关系，建构某种心理幻想，体验现实变为虚幻的可能性，给主体带来感官的愉快享受；而作为艺术的增强现实，涉及的是人与社会环境的关系，给艺术发展带来新突破。增强现实应用于当下的文学发展现状，不仅有助于网络文学与地域文学的融合，而且增强主体的创作体验，加深历史文化积淀，应成为媒介艺术新的关注点和应用区域。[1]

在当前开放性的大众传媒时代，王一川借助不同美学家的理论分析指出，中国文化心灵在其本性上是艺术的，而这种艺术本性同时在不同的艺术类型之间实现贯通。在此意义上，中国艺术精神是中国文化特有的艺术性积淀，而这种中国式艺术心灵会在艺术中获得超越具体的象征形式。中国艺术公心是中国艺术精神与当前公共性时代相结合的产物，是中国艺术在文化与艺术之间、不同艺术类型之间、人的心灵与艺术之间、艺术与异质文化之间具备的公共性品格。因此，在当今时代全球多元发展的对话环境中，中国艺术应当为全球文化公共性建设做出独特的艺术贡献。[2]

---

[1] 黄鸣奋：《增强现实与位置叙事：移动互联时代的技术、幻术和艺术》，《中国文艺评论》2016 年第 6 期。
[2] 王一川：《论中国艺术公心——中国艺术精神问题新探》，《艺术百家》2016 年第 1 期。

　　欧阳友权对媒介文艺学的发展脉络和成果做了全面梳理，认为数字化媒介是文艺学发展的机遇，是文艺理论研究结合时代现场的生长点。因此，拓宽研究领域，建构理论体系已成迫在眉睫之势。网络文学作为数字化文艺中关注度最高、发展最快的焦点，对其学理的诠释应成为探究媒介文艺学理论建构可行性的试点。对文艺学框架内媒介作用的重估，网络文学中审美独立性缺失的思考及质疑，应成为体系建构中要把握的重要维度。在探寻媒介文艺学数字化的过程中对网络文学进行合理定位，把握网络文学的发展态势，推进媒介文艺学的理论建构。①

　　单小曦认为，21 世纪的媒介文艺学转向是对语言论文论的发展和改造。从媒介文艺学的视点出发，语言论文论所构建的"人—语言—世界"认知模式，存在着以语言为本体的认知模式局限，忽略了语言是人与世界关系的一种媒介而不是全部，媒介作为载体实际上早于语言存在。语言作为生产意义的一种方式，必须依托一定的物质基础而存在，因此，文学不仅仅是语言呈现出的结构，更是媒介参与建构的结果。媒介文艺学"人—媒介—世界"的认知模式是更具普遍性的概括。②

　　肖永亮认为，数字艺术作为一门不同于传统艺术批评体系的新兴艺术，应有属于自己的独立批评体系。首先，数字艺术不同于传

---

① 欧阳友权：《媒介文艺学的数字化探寻》，《文艺理论研究》2016 年第 5 期。
② 单小曦：《媒介文艺学对语言论文论的改造》，《文艺理论研究》2016 年第 5 期。

统的艺术，如油画或雕塑，作品完成后将固定地呈现自身；数字艺术则通过互联网和数据操作，在不同的终端呈现出不同的美学样式，变化无常而逾越了固定批评话语的适用范围。其次，传统艺术的批评鉴赏要求鉴赏主体具备相应的理论知识与文化积淀；数字艺术则依赖电脑技术的合成加工、技术的处理，因而对数字艺术的鉴赏，在依赖审美的同时要求批评主体能从特效技术入手进行美学的分析和批判。新的艺术话语批评体系应用于实践检验的过程中，需要不断演化创新，进而内化为艺术史的发展范畴。[①]

马季描述了网络文艺的发展状况，指出网络文学发展是政府、资金、市场共同推进的成果，网络文学以"读者的阅读喜好"为取向，呈现出"故事设置更随意"的特点，促使都市言情和幻想类题材成为网络文学作品的主要类型。网络文艺发展呈现出旺盛的生命力，表现为大批新型文学网站陆续加入、相应的理论研究和批评体系建构也初见成效。而网络文学的文化价值，以及网络文学的发展前景则成为值得思考的问题。[②]

许苗苗从网络文学的历史穿越类小说入手探索网络文学作品如何实现内在规范。网络文学面对的内在规范主要体现为文学网站的体制监管、专家意见和产业需求。回归当下网络环境，作为热门题材之一的历史穿越小说，为规避专家或学者对可能出现的历史知识

① 肖永亮：《数字艺术应有独有的批评体系》，《中国文艺评论》2016 年第 6 期。
② 马季：《网络文艺的主流化与新格局》，《中国文艺评论》2016 年第 6 期。

错误的指责，将"架空历史"的创作变为常态，在满足读者阅读趋向之际也不免面临着丧失人文情怀和文学独立精神的指责。而在网络文学内部，以交流为功能的帖子从简单的挑错到理性评论的出现，体现着网络文学内部自我修正的倾向和自觉的价值追求，助力网络文学的自我完善和发展。^①

当代美学研究新进展

美学的研究呈现出多维度、多层面、不同进度的发展境况。无论是对审美理论的研究，还是对西方现代美学思想的探索，以及对中华美学精神的建构，都有所推进。

美学研究的核心究竟是"美"还是"审美"？赖大仁认为，对美学研究对象的探讨，有助于将当代美学研究进一步深化；美学研究的分歧实质上是两种不同美学观的分歧，归源于两种不同的美学传统：一个是来源于柏拉图的古典美学传统，将美的本质特性作为美学研究的根本问题；另一个来源则是鲍姆加登的现代美学传统，以感性的"审美"为美学研究的中心。实质上，"美"与"审美"是同一个事实的两个方面，殊途同归。透过对美学研究方法的探析，各种美学研究方法都可以而且应该在大的研究视域中相互讨论、相

---

① 许苗苗：《从"穿越"到"穿越指南"：网络文学如何实现内在规范》，《探索与争鸣》2016 年第 3 期。

互融合，推进学科的发展。[①]

王元骧探讨了马克思主义审美反映论与实践层面的关系，认为传统的反映论文艺观虽认识到文学是对生活的反映，但由于受机械直观论和唯智主义观的影响，忽视了反映过程中主体的主观能动性和情感因素。从康德经黑格尔到费尔巴哈，德国古典美学虽克服了主客体二分的倾向，却将理论局限在思辨框架内，陷入抽象的形而上学；而马克思主义审美反映论则将反映主体看作"从事实际活动""知情意"合一的人，将反映论置于实践论的框架之上，审美主体与客体在实践的维度上相互统一起来，以主体的感觉（情感活动）与客体建立了联系。[②]

尤西林认为，审美本质是审美基于劳动并超越劳动的自由形式。审美作为目的是与规律相统一的自由形式，自由形式是积极协调、整合统一规律与目的的实践性中介功能机制；也就是说，自由形式不仅是工具积淀的结果，而且是工具活动得以运行的前提条件。作为自由形式，审美的本源形态是以劳动为原型的人类实践活动的中介方式。更通俗地说，原初的审美其实就是人感受到超越实用性的自由生活方式。规律与目的相统一是一个对立统一的动态平衡过程。这也是审美形态及其范畴多样差异性的根源结构。[③]

---

① 赖大仁：《当代美学研究的观念与方法问题》，《人文杂志》2016 年第 6 期。
② 王元骧：《论审美反映的实践论视界》，《文学评论》2016 年第 3 期。
③ 尤西林：《马克思"美的规律"思想与审美本质》，《陕西师范大学学报》（哲学社会科学版）2016 年第 6 期。

周宪从审美论的回归之路入手，指出以解构为特征的后结构主义是一种反传统的思潮，它致力于颠覆理性主义话语，挖掘话语背后共谋的权利意识形态；作为精英话语和统治阶级意识形态的审美论因此遭到颠覆，文学的审美特性荡然无存。解构发展进入极端，晚近的审美论以补救方式进入文学场域中心，在倡导多元意识形态的基础上，对文学艺术的本质进行重新探讨，融合新形式主义，回归文学的审美性研究。[①]

徐岱概括了杜威"艺术即经验论"的美学观：在实用主义美学看来，经验同时也意味着艺术，以往把审美艺术经验与日常生活经验分离开来完全是人为分割的、不合理的；经验的产生来自实际生活，在此意义上，经验是多元性的，是个人经验生活的一个集合。从实用美学的角度出发，经验或者艺术自身并不是价值所在，美的"有用"性是在场的审美主体所产生的具有价值的美感意识，而审美得以发生是以身体对美的经验和感受为前提的。杜威的实用主义美学准确、深入地阐释了艺术必须从日常生活着手，它不仅仅局限于艺术家的创造性活动，同样涉及整个人类文明的发展，从而开辟了一个新的理论视野，使美学成为靠近生活的"生活诗学"。[②]

杨春时从现象学的角度切入，对美的性质进行分析。他回溯了美的主客观说，指出审美现象学建立的基础在于审美是一种现象还

---

① 周宪：《审美论回归之路》，《文艺研究》2016 年第 1 期。
② 徐岱：《杜威的艺术即经验论》，《美育学刊》2016 年第 2 期。

原活动。审美现象学认为，审美意识具有充分的意向性，与审美现象是同一的，故美即是美感；此外，审美意识是充分的非自觉意识，不受自觉意识的控制，从而克服了主客观意识的对立，使对象在存在中完整地显示自身。在此意义上，审美作为意向性行为，构成了审美对象本身。审美现象学在存在论的基础上克服了主客体对立，审美主体构成了审美客体，审美客体也构成了审美主体，审美意向性的主体间性解决了美的主客观的关系问题。①

面对生态环境如何实现审美？赵奎英指出：首先，应该跳出康德美学主客体二元对立的架构，将主体作为观光者、欣赏者，以能愉悦人的自然形式为美的"审美利己主义"；其次，深化和拓展审美观念，不是把环境作为客观存在的对象，而是人类赖以存在、栖居其中的家园，关注自然的整体、完善；最后，把自我作为自然的"栖居者"，参与、深入自然中，与自然发生观照，超越日常居住所产生的实用功利感觉，实现真正的生态审美。②

程相占梳理了环境美学的发展思路。环境美学的提出者赫伯恩指出，环境美学之不同于自然美学，在于其超越了传统自然美学的主客二元框架，审美主体处于审美客体的自然之中，融入其中成为自然的一部分，在欣赏的同时，也审美地体验自身的存在。卡尔森将环境审美视为一个动态的过程，认为在环境从作为日常生活背景

①杨春时：《审美现象学视域中的美》，《江西师范大学学报》（哲学社会科学版）2016 年第 3 期。
②赵奎英：《论自然生态审美的三大观念转变》，《文学评论》2016 年第 1 期。

的模糊体验到逐步欣赏的审美体验过程中，发挥决定作用的是对环境性质的认识，而对特定环境之认识是适当欣赏和审美把握的前提。不同于前两者强调自然欣赏和艺术欣赏的差异，柏林特主张超越传统的一系列二元对立，强调欣赏者与欣赏对象之间的相似性，达到前者与后者之间总体的、多感官的连续性。环境美学只有准确把握住发展路向，确认与自然美学、生态美学之间的联系和区别，才能凸显独特的理论贡献。[①]

继承与弘扬中华美学精神，是建构中国现代美学的题中之义。朱志荣梳理了中国古代尚象观念中所蕴含的美学精神，指出尚象是中国古人在体验自然和感悟人生世事的过程中，比类取象的诗性思维方式。尚象的美学精神不仅体现在上古的器物制造、文字、音乐、绘画中，还表现为以象为喻的文学表达，蕴含着中国美学的独特创造精神。[②]陈望衡指出，在民族国家形成的初期，就已孕育美学萌芽，体现为"民为邦本的'国风'传统"、忠君爱国的"楚骚传统"、"尊王攘夷"的国家意识形态以及对自然环境的家国情怀。[③]刘成纪分析了中华美学精神在中国文化中的位置，指出中华美学精神的宽度和深度体现在先民对其所处的时间和空间，从外感形式到内在生命本质的审美体认中，以所在为感知，构造出有规律节奏的诗性生活意味；

---

① 程相占：《环境美学的理论思路及其关键词论析》，《山东社会科学》2016 年第 9 期。
② 朱志荣：《论中华美学的尚象精神》，《文学评论》2016 年第 3 期。
③ 陈望衡：《中国美学的国家意识》，《文学评论》2016 年第 3 期。

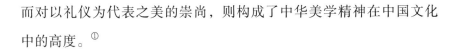

而对以礼仪为代表之美的崇尚，则构成了中华美学精神在中国文化中的高度。①

西方文论研究及其反思

本年度西方文论研究集中在对关键词、命题的考辨，以及对西方文化的反思上。

钱翰梳理了福柯的"谱系学"概念，发现福柯对西方近代以来的形而上学历史观做了强烈的批判，拒绝承认其对历史做出的连续性和继承性归纳，强调历史的过程是充满断裂和偶然性变迁的；在此基础上提出的谱系学概念，并不能说明某种概念或话语是如何继承和衍变过来的，而是强调其是"如何在源头出现的"；在此意义上的"谱系学"类似于"出生学"或"出身学"，它致力于挖掘事件如何在历史中发生，进而分析其背后的意义。然而，福柯的谱系学概念在向中国引介过程中出现了概念的混乱。我们对福柯谱系学的研讨，应在所提供的语境中把握其概念和学理内涵，强调谱系学对事件发生的考察与源头考察之间的叙述断裂。②

"可能世界"理论是在西方哲学中兴起，继而应用到叙事文学研究的理论话语。赵炎秋指出，可能世界与现实世界的区别在于：

---

① 刘成纪：《中华美学精神在中国文化中的位置》，《文学评论》2016 年第 3 期。
② 钱翰：《福柯的谱系学究竟何指》，《学术研究》2016 年第 3 期。

可能世界包含着现实世界，而现实世界是可能世界中获得了"现实化"的一部分。从现代可能世界理论出发，叙事虚构世界也作为一种特殊的可能世界而存在，只是精神产品的叙事虚构世界没有成为现实的可能性；现代可能世界理论承认叙事虚构世界的本体存在，而从与现实关系的角度来看，叙事虚构世界的真实性体现在反映现实世界是否真实的问题上，作为衡量的标准则是现实世界的可然率和必然率。可能世界理论话语的出现，为叙事虚构世界的研究提供了新的思考维度和新的研究视野。[1]

作为学术研究对象的"叙事"，在晚近逐渐成为学术研究的一种话语理论。刘阳认为，引起变化的历史原因在于，西方的语言论的转向，事物性质被看作是语言及其背后的权力言说方式所建构出来的，叙事成为解码文学语言深层符码的一种方式；逻辑原因在于，叙述者的在场感受与离场反思在叙事活动中得到有机统一，语言与场面在叙述中实现调整融合，从而构造真实生动的情境，是理论的形而上学重归生活现场的重要方法；现实原因则在于叙事作为一种伦理活动，与人的本体性存在发生关联，在想象叙事中贯通人作为存在的内外之思，推动着人文学科对人存在及世界本质的研究。[2]

王汶成探究了文学话语作为"言语行为"的论说。文学话语中的言语行为，包括作品中叙述人视角的微观言语行为，以及作者通

---

[1] 赵炎秋：《可能世界理论与叙事虚构世界》，《文艺争鸣》2016 年第 1 期。
[2] 刘阳：《叙事成为晚近研究方式的三重原因》，《文学评论》2016 年第 2 期。

过作品所传达出来的宏观言语行为；言语行为理论的创始人奥斯汀认为，文学作品的话语属于作者虚构的情境，因此不在研究范畴之内，将之归类为不恰当的言语行为。王汶成指出，奥斯汀只看到作品内微观言语行为的虚构性就否定整个言语行为，具有很大的片面性。作为宏观言语行为，文学作品是作者的现实创作；作者通过文本创造将一个个虚构的微观言语行为，诉诸一个可供感知的、充满艺术幻想的审美世界，来传达作者间接的言语行为；而读者以作品为媒介，在阅读过程中得到某种感悟或意会，代表着言语交际的完成，与日常言语行为交流并无二异。[①]

赵勇考察了阿多诺"奥斯威辛之后"命题的由来，指出不能在产生暴力野蛮的文化基础上进行文化重建，这是阿多诺反思文化批评的起点；在阿多诺看来，文化已经丧失独立作用退化为意识形态，文化批评与文化相勾结，卷入体制内成为宣传工具。因此，必须通过辩证法、否定性和内在批评去改造文化批评；在此基础上，文化批评才能成为批评家手中戳穿现实的利器。[②]

金惠敏从全球化的发展视角提出"对话即差异"的命题，指出反全球化的差异化也是一种对话，将差异纳入对话的理论探讨范围，进行深入的分析和研究，是寻求一种新理论走出困境的第一步。作为后现代话语指向的"差异"，表现为以批判的态度拒绝理性和普

---

① 王汶成：《作为言语行为的文学话语》，《文学评论》2016年第2期。
② 赵勇：《文化批评的破与立——兼谈阿多诺"奥斯威辛之后"命题的由来》，《北京师范大学学报》（社会科学版）2016年第1期。

遍性的同化；而"运动政治"中高举"差异"，则是以获得认同为目的。诉之于理论层面，则任何对差异的言说即是将差异纳入对话。差异对话并不意味着主张同化放弃差异，而是将差异放入对话的语境；作为理论性话语差异，也是对话存在的本体。全球化的推动使得差异性话语的存在渐趋边缘地带，进展艰难，而将差异转入对话则是改变困境的一种缓和策略。①

如何拓宽文艺理论的研究路径，刘俐俐借助让·皮亚杰的综合研究立场，以对文学经典、故事、方法论三个理论范畴的深度问题的汇合转换为案例，探讨了综合研究范式在人文学科内部的可能性与创新性。刘俐俐指出，汇合是对现实与理论问题发展的判断与回应的结果，是一个问题与范畴转换到另一个问题与范畴的机制，两个问题汇合后转换为新的问题。深度问题的汇合转换研究，有助于新的研究平台的搭建；通过对相关范畴的汇合转换，有助于对范畴与时态的考察，发现此前未被发现的问题，获得价值判断的逻辑路径，实现人文学科研究方法论的创新。②

（与李晓波合撰，载《文艺争鸣》2017 年第 5 期）

---

① 金惠敏：《差异即对话：一份研究纲领》，《中国比较文学》2016 年第 4 期。
② 刘俐俐：《人文科学内部深度问题汇合转换研究范式的原理与意义——以文学经典、故事和方法论等深度问题的汇合转换为中心》，《文艺理论研究》2016 年第 3 期。

反思 重建 创新

——2017年度文艺学前沿问题研究报告

2017年度文艺学研究在马克思主义文论、文学基本理论、古代文论、西方文论、美学研究以及新媒介研究等领域都取得了不同程度的进展，整体上呈现出反思、重建和创新的精神脉络，显示出力争有所新创、永葆理论生机与活力的雄心。兹择其要述评如下。

马克思主义文论研究的内在张力

本年度马克思主义文论研究主要集中在以下两个方面。

其一，介绍、阐释、借鉴国外马克思主义文学理论、美学思想。

宋伟回溯了后马克思主义文化理论出场的历史语境：1968年的"布拉格之春"和"五月风暴"是一个重大的历史节点，此前流行的结构主义与马克思主义因之受到广泛质疑；结构主义在1968年之后被后结构主义所取代，后现代主义文化思潮顺势而生，西方马克思主义内部发生分歧，对马克思主义的理解陷入危机之中。部分马克思主义研究者选择了"脱轨",转向后现代主义;而另一些人则致力于缝合后现代主义与马克思主义的学理,后马克思主义由此产生。可以说,后马克思主义实为马克思主义与后现代主义的一股"合流",是西方左翼思想进行现代性批判的一种变体形式。①

范永康、刘锋杰研究了后马克思主义审美意识形态理论的哲学基础、理论内涵、理论特征和理论价值,发现了国内审美意识形态理论与后马克思主义审美意识形态理论的差异:前者依据的哲学基础是历史唯物主义,后者则依据文化唯物主义和语言建构主义;前者秉持反映论、观念论的理论路径,后者则是建构论、实践论。此外,后马克思主义视域下的审美意识形态与日常生活、社会现实融为一体,寄生于"机构/制度"之内,是形上因素、物质载体和实践效果的统一;后马克思主义的着眼点落在后工业时代的社会文化批判上,它更加强调审美意识形态的社会功能:政治干预、文化治理和社会区隔。为此,范永康、刘锋杰提出在当代文化实践中建构起"日常生活审美意识形态"理论,以契合发达经济社会的审美文化情境。②

围绕当代西方马克思主义美学的"生产转向",段吉方介绍了布尔迪厄、郎西埃和居依·德波等人关于后工业时代文化批判的思想,指出审美资本主义的到来使生产不可避免地具有了审美性,审美性

① 宋伟:《后马克思主义文化理论出场的历史语境》,《南京社会科学》2017 年第 1 期。
② 范永康、刘锋杰:《后马克思主义的审美意识形态论》,《文艺理论研究》2017 年第 1 期。

构成了资本主义文化的统治力量。当代西方马克思主义美学的生产转向，预示着"当代美学研究应进一步关注文化与资本、体验与经济、美学与时代的关系及其呈现出的理论问题"，我们必须重视当代美学研究的生产语境与文化语境，重视"审美文化、文化趣味与文化资本高度融合后所产生的一种文化生活现实"。[①]

卢卡契被誉为西方马克思主义鼻祖，同时是西方马克思主义文艺理论的杰出代表。卢卡契认为，文学与社会现实并不是直接对应的，其间有"作家世界观"和"文类"两个必要环节。通过对卢卡契文类理论的深入研究，陈军认为卢卡契的文类是作家世界观影响文学的中介，同时体现了作家个人的创作自觉。卢卡契的文学艺术形式观、文类观带有席勒、黑格尔、克罗齐乃至萨特等人美学思想的痕迹，但他以社会历史因素弥补唯心主义之不足；卢卡契包括文类思想在内的整个文艺、美学思想，都带有其浓厚的个人倾向——对古典的崇拜。[②]

英国艺术批评家 T. J. 克拉克并非严格的马克思主义者，但他的马克思主义艺术批评方法论却颇有特色。韩清玉从"艺术生产与场景重构""意识形态与艺术风格""阶级与现代性"三个方面，研究了克拉克的艺术批评方法，指出其批评实践将"艺术生产""意

---

① 段吉方：《当代西方马克思主义美学的生产转向及其理论意义》，《文学评论》2017 年第 5 期。
② 陈军：《文类：世界观影响文学的中介——卢卡契文类理论研究》，《文学评论》2017 年第 6 期。

识形态""阶级"等核心范畴与艺术风格、作品结构的分析结合起来，试图实现马克思主义与形式主义的融合，彰显了马克思主义作为文艺研究方法的生命力。这本身折射出马克思主义中国化进程中当代学术话语的"短板"：我们对马克思主义与形式主义关系的探析仍停留在理论话语层面，在批评实践维度上鲜有问津，也就无法为当代文学批评提供有力参照。①

其二，梳理、研究、阐释中国当代马克思主义文论及其批评实践。

《文学评论》2017年第5期推出了一组"纪念毛泽东《在延安文艺座谈会上的讲话》发表75周年笔谈"的专栏文章。李云雷将毛泽东1942年《在延安文艺座谈会上的讲话》（以下简称"《讲话》"）同习近平总书记2014年在北京召开的文艺工作座谈会上的重要讲话进行了细致的对比，指出二者具有一脉相承的历史逻辑，习近平总书记的重要讲话立足于历史新视野，是新时代中国文艺发展的纲领性文件。②高远东提出，毛泽东的《讲话》有其重要的历史背景，我们应当从具体的历史背景去理解《讲话》的精神，切不可教条地将《讲话》照搬于当下的文艺实践，必须活学活用，把我们当代最大的政治，如中华文明的伟大腾飞等，跟我们的文学艺术的发展和创造的目标结合起来。③程凯基本赞同高远东对《讲话》理解中的"经权之辨"，

---

① 韩清玉：《马克思主义对文艺研究方法论的启示——论 T. J. 克拉克的艺术批评》，《文学评论》2017年第5期。
② 李云雷：《历史新视野中的两个〈讲话〉》，《文学评论》2017年第5期。
③ 高远东：《经与权的辩证法》，《文学评论》2017年第5期。

他从胡乔木在 1991 年到 1992 年围绕《讲话》进行的详谈出发，为大家更好地理解《讲话》提供了重要的背景资源。①

范玉刚研究了习近平总书记近年来关于文艺的系列讲话，指出它们进一步丰富了以人民为本位的马克思主义文艺思想。在当前日益复杂的历史文化语境下，习近平总书记关于文艺的系列讲话不仅明确了社会主义文艺的人民性本质，阐述了文艺与人民的内在关系，重申了文艺创作的人民性取向，重新定位了文艺发展的人民坐标，还发展了马克思主义文论的人民性内涵，为当代文艺发展指明了道路。②

高楠指出，出于历史原因，我国文论总体状况是缺乏批判性，而这一点在马克思主义文论中尤为突出。一方面中国文论缺乏批判性传统，另一方面对西方文论的非批判性接受，造成了中国文论的主体性危机。因此，如何让中国马克思主义文论具有面对现实文学环境的批评效力，已成为理论与实践的双重需要。实践批判属性是马克思主义所固有的特质，唯有在当下的历史环境中，恢复马克思主义文论的实践批判能力，才能更好地应对复杂的文学现实，在多元化的理论资源中保持主体地位。③

孙士聪批评了学界关于马克思主义文论批判精神的三种不当态

---

① 程凯：《政治与文艺的再理解——从胡乔木讲话反观〈在延安文艺座谈会上的讲话〉》，《文学评论》2017 年第 5 期。
② 范玉刚：《"以人民为中心的创作导向"——习近平文艺思想的人民性研究》，《文学评论》2017 年第 4 期。
③ 高楠：《建构中国马克思主义文学理论的批判理性》，《文学评论》2017 年第 4 期。

度，即"过时论""本土无用论""激进论"，提出"批判精神已成为一个当代性的问题"。孙士聪认为，重申马克思主义文论的批判精神有助于关注当代人的生存状态，为马克思主义文论敞开更为广阔的理论空间。同时，批判的马克思主义文论研究将高度警惕微文学艺术的研究流于被知识普遍主义野心所奴役的危险，充分尊重微文化艺术的具体性、丰富性、复杂性以及当下性。[①]

不难发现，研究国外马克思主义文论的学者，能与国外马克思主义者进行全方位、实质性的对话，但通常推重空疏的普遍性，满足于翻译、介绍和诠释国外马克思主义文艺理论家们所倡导的普遍理论观念，对于中国社会和文化实践的特殊性以及中国特色社会主义文艺理论体系，大多缺乏认真的调查、考察和探究，仿佛只有国外的马克思主义文论才是真正的马克思主义，而中国马克思主义文论什么也不是，或者至多不过是一种意识形态。而研究马克思主义文论中国化的学者，始终关注如何把马克思主义文论的普遍原理与中国的具体国情结合起来，其关注的起点和重点落在中国社会和实践的特殊性上，但对马克思主义文论的普遍性原理缺乏全面、深入的反思。两个研究领域之间处于隔绝状态，存在着普遍性与特殊性的分离。实际上，只有全面、深入地把握中国特色社会主义文艺理论体系的内涵和实质，才能更好地对经典马克思主义文论及其当代

[①]孙士聪：《马克思主义文论批判精神的当代反思》，《中国文学批评》2017年第3期。

形态——国外马克思主义文论的观念和思想遗产做出与现代性价值取向相契合的理解和阐释，而创造性地运用马克思主义的普遍真理，使中国社会和思想文化沿着健康的轨道向前发展。中国马克思主义文论研究者任重道远。

"理论之后"的文学基本理论研究

"理论之后"如何重建中国当代文论？本年度文学基本理论研究深入反思了文学本质问题以及童庆炳所倡导的"文化诗学"研究路径。

王元骧对"反映论文艺观"加以新的学理拓展，认为我国如今的文坛很少出现与时代相匹配的文学是因为受一些片面的文艺观误导，无视甚至从根本上否定了文学的现实根源，不再强调作家深入生活、扎根生活，与生活保持血肉的联系，仅望文生义地把反映论文艺观当作日常的用语，而未做任何学理上的分析；要深入挖掘这一文学理论就不能仅仅从作家创作、从存在向意识转化的一维来看问题，而且还应该从读者阅读，以及文学对于读者的实际意义和作用的一维来看问题，从"体""用"统一的观点来看，才能充分揭示它的性质，确立评价其优劣的客观标准。①

赖大仁梳理了新时期以来文学本质观念的历史嬗变，指出文学

① 王元骧：《反映论文艺观——我的选择和反思》，《中国文学批评》2017年第2期。

本质论的观念之争意味着对文学本质特性的认识进入更为自觉的阶段；文学本质观念有其历史性和时代性，对文学本质论问题及其观念嬗变的反思，在帮助我们获得经验教训或历史启示的同时，也促使我们思考当代文论所面临的困境和问题，主要表现为文学阐释对象的"泛化"、文学理论问题的迷失，以及文学理论信念与价值立场的迷失。①

邢建昌认为，作为"知识累积性"的学科，文艺学追问"文学是什么"是在特定知识背景下问题的呈现，是意义寻觅的过程；从"文学是什么"到"文学的本质是什么"提问方式的转变，标志着文学研究知识型的一次转换；"本质论思维"是西方知识论传统影响下的产物，限定文学的唯一性和恒定性对文学理论研究有百害而无一利；在具体的实践中，我们需要将"文学是什么"与"什么是文学"结合起来，实现对文学问题历史的与逻辑的透视，为观测"文学"或"文学性"提供路径与方法。②

张大为指出：对"文学是什么"的追问暗含着对文学进行某种边界性的探寻，回归到问题提出的情境；在"现代性"与"后现代性"境遇中，对文学问题与边界的研究，实际意味着"自动放弃整全性的文学心智与文学的全面文化本质"，是文学在传统的现代性转向过程中"割裂和扭曲自然视野"，以及文学修辞与生活世界的

---

① 赖大仁：《文学本质观念的历史嬗变及其反思》，《文艺理论研究》2017年第1期。
② 邢建昌：《文学是什么——关于文学提问方式之学术路径的反思》，《社会科学战线》2016年第12期。

自然整体性被双重误读的结果；文学所需要的不仅仅是审美性的、艺术性的体验，更重要的是恢复文学修辞对世界的生存性、肯定性、内涵性把握的基元性格局，同时保有将自身对生活的理性认识与价值筹划变成现实的勇气，重建文学心智及其文化本质的自然整全性，以"一种诗性的、肯定性的方式"打开与世界沟通的意义渠道。①

那么，文学理论能够关注什么呢？南帆指出，文学正是在与多种学科话语的抗衡、比较、角逐之中显示出独特性质的。他概括了文学与社会历史的三种关系：首先是"古老的想象"中的文学以局外人身份居高临下地"观察、描述、再现和动员大众支持革命"；其次是将文学看作是社会历史的一部分，文学的内容是社会历史的一面"镜子"；最后则是在现代性带来的知识重组下，将文学看作以意义生产的方式介入社会历史。文学理论不能仅仅关注已然的文学事实，以追根溯源的"起源神话"谱系论证一个学科在当今的文化功能，更应该聚焦于文学作为一个学科如何置身于共时的文化结构空间，并且在文化结构多重压力的敦促之下不断地从事自我调整。②

童庆炳的学术历程从审美诗学起步，经过心理诗学、文体诗学和比较诗学的跋涉，最后走向了文化诗学。程正民指出：童庆炳所倡导、北京师范大学文艺学研究中心所致力的文化诗学，是对新时期文艺学的反思和超越，是对新时期文艺学发展的重要理论贡献；

---

① 张大为：《文学的"问题"与"边界"》，《文艺评论》2017年第4期。
② 南帆：《文学理论能够关注什么》，《文艺争鸣》2017年第8期。

文化诗学所坚持的"一个中心、两个基本点",体现了一种人文情怀和一种科学精神的融合。在程正民看来,文化诗学的进一步拓展和深入,有两个问题值得关注:(1)文化是民族的魂魄、血脉和基因,民族文学和文论是树,民族文化是根,文化诗学应十分重视文学和文论同民族文化精神的血肉联系的研究。(2)文学的形式如何折射历史文化,历史文化如何内化为文学的形式,最终达到内容和形式的结合、历史和结构的融合、外部和内部的贯通——这是文化诗学从理论上和时间上需要深入研究的重要课题。①

在赵勇看来,童庆炳文化诗学话语的核心理念是"一个中心,两个基本点,一种呼吁",其中审美中心论既是文化诗学之根,也是其所有诗学活动中的第一存在;审美中心论成型于20世纪80年代,是"美学热"的精神遗产,也是童庆炳本人累积而成的思想财富,把它移植至文化诗学,此为继承与发展"旧说"(审美诗学)。在世纪之交以来的学术论争中,童庆炳又挺身而出,对话"文学终结论",批驳"日常生活审美化",反思"文艺学边界",此为与"新说"(文化研究)交战与斗争,其意图之一是要保卫"旧说",强化自己的"新说"(文化诗学)。然而,由于童庆炳看重高雅文学,强调诗情画意,其文学观与审美观也就偏向古典主义与人文主义;它固然纯正典雅,却也在很大程度上关闭了与文学、文化现实交往互动的通道,所谓

---

① 程正民:《拓展文化诗学的理论空间》,《文化与诗学》2016年第2辑,华东师范大学出版社2017年版。

的"关怀现实"与"介入现实"很难落到实处。赵勇提出，拓展文化诗学的可能方案之一是把"审美中心论"的单维结构变为"审美／非审美"的矛盾组合（二律背反），这样才能既刷新我们对它的认识，又使它面向复杂现实。因此，文化诗学的前景与生长点很可能在纯文学与大众文化的"结合部"，在文学研究与文化研究之间。①

在童庆炳文化诗学思想的基础上，马大康重新阐释了"文学活动论"。他认为，人类文化活动就建立在言语行为与行为语言相互协作的基础上；文学主要是关于人的一种学问，是通过言语行为来描述人的行为语言及其特征，而言语行为本身就关联着行为语言，召唤着行为语言，文学性、诗性，就生成于两种行为（语言）协作和融合的过程中；语言中心主义与理性中心主义的逻辑包围中，西方学者往往致力于形而上精神世界的构筑，而忽略人的本真生活所在，无视行为语言的重要性及其意义；只有将文学研究的逻辑起点重置于"活动"，才能为人文学科研究提供一个新的基础。②

---

① 赵勇：《从"审美中心论"到"审美／非审美"矛盾论——童庆炳文化诗学话语的反思与拓展》，《北京师范大学学报》（社会科学版）2017 年第 6 期。
② 马大康：《理论转向——从活动到行为》，《文艺争鸣》2017 年第 9 期。

比较视域中的古代文论研究

本年度古代文论研究侧重于整体性地研究、把握一些重要的理论范畴和理论命题，强调在比较视域中激活古代文论的思想资源。

《文心雕龙》的文体观一直备受关注，以西方文论的框架予以诠释，彰显了中西文体观念的相通部分，亦在某种程度上遮蔽了刘勰文体观念之独特性。为此，张健重释了《文心雕龙》的文体观，指出刘勰是立足于汉代"文体解散"的现实而力图"重建文体秩序"；刘勰以物体比喻文体，认为文体与物体一样都是由众多元素组合而成的有序整体，而详尽地论述了文体的组成要素及其功能；刘勰对文章体裁、风格以及个性问题的讨论也都是以此组合观念为基础，只有洞悉部分与整体的关系，才能真正把握《文心雕龙》文体论的特色所在。①

《文心雕龙》专设《铭箴》篇，是中国铭文化研究的早期专论。吴中胜对铭文的源流、功能和文体特征做了全面的阐释，指出铭文常出现在青铜铸造的宗庙之器上，而青铜器是用来祭祀神灵的礼器，这就决定了铭文从一开始就具有沟通天地神灵的诗性特性；在"三不朽"思想的影响下，铭记功德成为铭文的重要功能，赋予所铭记之人物以神性是早期铭文的重要特征；特殊的功用决定了铭文的文

---

① 张健：《〈文心雕龙〉的组合式文体理论》，《北京大学学报》（哲学社会科学版）2017 年第 3 期。

体要有"圆润大气"的风格即"体贵弘润",以及思想内容上的"核以辨"、语言文字上的"简而深"。刘勰的《铭箴》篇是对前人思想的综括,它全面深入地论述了铭文的重要文体特征,堪称中国早期铭文理论形态的集中呈现。[①]

陈士部认为,对意象的研究,应遵循历史还原与理论阐释相统一的学术原则,与此同时,重视中西美学比较辨析的新思想、新方法,秉持中国立场。他以现象学美学的方法为参照,对"意象"的审美内涵及其学术生长意义做了回溯式研究。他指出:不同于现象学的"悬置"学识,意象的审美生成需要渊博的学识与虚静的胸怀作为内在驱动力,从而避开了现象学可能导向的神秘主义与虚无主义;以及,意象是神与物、心与物、目与心等"两相间性融合的衍生物",是超越主客体二分的主体间性存在。[②]

李裕政指出,郭绍虞的文笔论研究可分"文革"前和"文革"后两个时期。在早期研究中,郭绍虞将"文笔作为观念来谈,不涉及社会实践",衡量文学观念的标准是纯文学观念,即是否讲究情感,与之相反的则是杂文学,"偏于情而不谈形";后期谈"文笔"问题时,受"阶级斗争、形式主义之说"等时代环境影响,将理论的重点放在了形式之上,"偏于形而忽于情"。无论是前期的"纯文学与杂

---

① 吴中胜:《〈文心雕龙〉与中国铭文理论的早期形态》,《文学评论》2017 年第 2 期。
② 陈士部:《论〈文心雕龙〉的"意象"观》,《古代文学理论研究(第四十四辑)》2017 年第 1 期。

文学"之分，还是后期的"文学与非文学之分"，郭绍虞都是从西方文学观念出发来研究古代文论，忽略了文章的整体性，也忽略了古代文论所具有的独立性。①

唐芸芸则试图还原文笔说。她指出："辞藻华美并不是纯文学的必然因素，只有抒情主体开始自由抒发内心之志，才能视为文学独立的一种有效追求"，而这些并不蕴含在"文""笔"之中；文笔说的产生与骈体的写作方式涵盖各种文体有关，后来文笔说的衰落也与骈体的式微有关；对于讲究声律的骈体而言，句末是否押韵是显而易见的标准，因而它并不是以文章的功用或问题的审美价值来区分，不能将其主观地提升为对文学概念的探讨，夸大整个文笔说的意义。②

朱立元认为，中西关键词的比较研究是建构有中国特色的当代文论话语体系的一项基础性工程；中西文论关键词的比较研究，首先要把握准中西关键词各自的历史语境和本来语义，其次要考察相关语词、概念、范畴群并予以综合、融汇地理解和阐释，最后是对中西关键词内涵、外延的历史演变做精细的考察，在关键处、要害处进行比较研究，真正得出有用的结论。③

李春青指出：不是任何一个关键词都具有可比性，中西文论关

---

① 李裕政：《郭绍虞文笔说的再解读》，《文艺争鸣》2017 年第 8 期。
② 唐芸芸：《从"笔"之病犯论南朝"文笔说"》，《文艺理论研究》2017 年第 2 期。
③ 朱立元：《构建有中国特色的当代文论话语体系的基础工程》，《文艺争鸣》2017 年第 1 期。

键词的比较研究必须有所甄别；进行比较的关键词应属于同一类属、同一层级，同时彼此的意涵要有一定的交集，整体上呈现某种相似性；只有在差异性与相似性共存并保持某种平衡的情况下，关键词的比较研究才是可行的、有意义的；中西文论关键词的比较研究还必须深入各自文论系统之文化底蕴的研究，揭示其所蕴含的价值取向和思维方式，对构建当下文论提供可靠的借鉴。①

王一川认为，中国民族艺术理论传统命题与西方主导的艺术理论之间的对话关系可以多样化，既可以因相近而对话，也可以因差异而对话。而正是在多样的对话中，中国民族艺术理论可以彰显出自身的世界性品格来。在知识型上，中国艺术学理论需要在现代性知识型框架中激活文史哲整合的传统知识型的元素；在学科范式上，需要将传统诗画一律观与现代艺术学概念打通；在命题系统上，"诗言志""心声心画""感兴"和人物品藻等传统命题依然具有生命活力；在本土品格上，需要让"中国艺术心灵"在当今全球化世界重新树立自身的中国风格和中国气派。②

李春青研讨了中西文论思维方式的差异与趋同，指出与西方传统哲学那种主客体二分模式的、对象性和概念形而上学的思维方式不同，中国古代学术呈现为一种心物交融、物我一体的，具有直觉性、类比性的"关联性思维"的运思方式，这种"体认认知"的思维方

---

① 李春青：《浅谈中西文论关键词比较的意义与方法》，《文艺争鸣》2017年第1期。
② 王一川：《民族艺术理论传统的世界性意义》，《文艺争鸣》2017年第1期。

式与西方传统哲学的"认识"或"认知"大异其趣；19世纪后期以来，西方哲学从不同角度、以不同方式反思自己的传统，对传统的形而上学思维方式不满，相继提出体验、存在之领悟、默会认知等概念，力求在身心统一中寻找人类思维的奥秘；在某种意义上，这一反思的学术旨趣与中国传统思维方式具有了相通性，这就提供了一种对话的可能，也让人们在中西两大文化传统的这种"接近"或"趋同"中看到了未来学术的走向与希望。[①]

在王岳川看来，传统思想对当代思想是一种规范和砥砺，而当代文化思想定位则是对传统文化精神的审视和选择的一种深化。新世纪西方知识界将目光转向东方，必将给西方中心主义的思维模式和社科认识模式以新思维，并将给被西方中心主义边缘化的东方知识界带来重新估算一切价值的勇气和重新寻求人类未来文化新价值的文化契机。通过对季羡林多元文化理论观（"河东河西"论、"四大文化体系"论、天人合一与生态文化观等）的剖析，王岳川指出：中西文化和哲学思想，都只能在自由精神的拓展和生命意识的弘扬这一文化内核层面上反思自己的文化，发现自己和重新确证自己的文化身份，开创自己民族精神的新维度；未来文化只能是多元互动的文化，一种对话的生态主义文化。这一语境将使新世纪中国文化

[①] 李春青：《在"体认"与"默会"之间——论中西文论思维方式的差异与趋同》，《社会科学战线》2017年第1期。

出现全新的发展空间和普遍性价值。^①

西方文论的反思性研究

对西方文论的梳理、考辨，是本土思维理论对话、发展的重要路径。对西方文论的反思是本年度西方文论研究的重点所在。

张进、王垚梳理了新世纪文论从文本间性到事物间性的发展方向，指出文本主义将文化中的一切都视为文本，用文学的方式分析一切，最终导致理论走向了符号的、语言的、话语的层面，与现实世界隔离；而向事物研究的转向则是对"主体 / 客体、心 / 身、语言 / 事实、人 / 非人"二元对立观念的弥合，是文论家在困境中对被排除在理论之外的事物的重新审视；"物"并不仅仅局限于实体存在的物，更多的是"互相关联的关系中的存在物"，"事物间性"并不是寻求人与真实世界的重新联系，而是确立联系的世界，强调事物之间的"连通性"，将文学的内核与外围多维联结，为我们提供跨学科的新型方法论视野。^②

诗与哲学之争在西方由来已久，诗与哲学的分离所导致的精神危害却并未能引起足够的重视。为此，蒋洪生爬梳了当代思想家阿

---

① 王岳川：《文化自信：季羡林论东西方文化互动》，《新疆师范大学学报》（哲学社会科学版）2017 年第 2 期。

② 张进、王垚：《新世纪文论：从文本间性到事物间性》，《兰州大学学报》（社会科学版）2017 年第 3 期。

甘本的理论思想。在阿甘本看来，"诗与哲学之间的分裂是欧洲文化中的一个根本性分裂"，是以"诗歌（愉悦）和哲学（认知）、语言和思想"为表征的非理性和理性知识之间的分裂。在这种隔绝中，诗歌与知识和真理无缘，哲学则无法拥有一种表达愉悦的适当语言，主体无法经历"我们人性的完整性"。由此出发，阿甘本反对"主流的对诗歌和哲学的学科性区划"，认为诗歌和哲学都通往对方，并没有流俗所划定的传统疆界——这同时也是阿甘本所追求的理想写作方式：处于两者"界域"空间的一种本雅明式的、消解批评与创造两者相对立之俗见的创造性批评。①

　　林精华探讨了冷战或苏联文论对西方文学理论的影响。他认为，文学理论学科在战后西方突然兴盛起来，是因为西方人文学界同样必须面对西方政界所言的冷战危局，而通过学院制度和大学教育体系进行科学化的理论创新，由此发展成庞大的学科体系，促使西方社会科学、人文科学等各种理论普遍繁荣；结构主义、解构主义、后殖民批评、文化研究等之所以成为西方文论的主体部分，客观上也因其具有颠覆苏联文学理论将文学意识形态化的功效；与西方所希望的建构普遍理论的大势相一致，依托学院制度抵抗苏联理论，产生了背离文学审美的特性，构成了文学理论学科的特色，面对不断出现的问题和遭遇的指责，西方学术机制使这种批评不是纠缠于

_____

① 蒋洪生：《阿甘本文论视野中的诗与哲学之争》，《文艺理论研究》2017 年第 2 期。

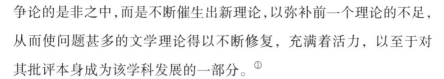

争论的是非之中，而是不断催生出新理论，以弥补前一个理论的不足，从而使问题甚多的文学理论得以不断修复，充满着活力，以至于对其批评本身成为该学科发展的一部分。[①]

《亲历法兰克福学派：从"同一"到"独异"》一文，是赵勇与塞缪尔·韦伯的访谈录。在此次访谈中，塞缪尔·韦伯生动回顾了 20 世纪 60 年代跟随阿多诺学习的经历，呈现了阿多诺思想中目的论倾向和"非同一"观念交织的特征。结合阿多诺的真实处境和"非同一"观念的局限，访谈探讨了法兰克福学派社会批判理论和政治行动规划之间难以逾越的间隙，指出在"非同一"观念的基础上，韦伯汲取了克尔凯郭尔、本雅明、德里达等人的思想，进一步发展了"重复""独异"这些聚焦于具体事物的观念。访谈还从"奥斯维辛之后写诗是野蛮的"引出了"异域词语"问题和阿多诺的身份问题。从词源和义理的角度出发，韦伯谈到"Essay"这一"异域词语"的翻译问题：Essay 的原初意思是尝试的、未终结的，但绝非散漫的；在阿多诺那里，Essay 有自身连贯性，但不是成系统的整体，汉语将它对译为"随笔""散文""论说文"等并不十分准确。[②]

还有一些学者对西方叙事学、中国叙事学的发生与发展做了反思性研究。

---

① 林精华：《文学理论学科在西方的兴盛与危机：来自冷战或苏联文论的影响》，《文学评论》2017 年第 6 期。
② 赵勇、塞缪尔·韦伯：《亲历法兰克福学派：从"同一"到"独异"——塞缪尔·韦伯访谈录》，《文艺理论研究》2017 年第 4 期。

徐亮分析了叙事学与结构主义、解构主义之间复杂的关系，指出罗兰·巴尔特在肯定叙事在意义建构方面的可行性时，没有意识到情节与意义合而为一的"整体性逻辑"其实并不存在，"结构性的裂痕实际上布满叙事框架"；保罗·德曼揭示了语言与意义本质上的不适配性，否定了意义建构的可能性，并以一种修辞阅读的方法抵制理论的建构，实际上，这种修辞阅读的效果是可预测的，因为一种致力于解构的理论自身具有建构性，这是理论话语本身的逻辑陷阱和悖论；莎士比亚和福音书的非理论写作中所蕴含的叙事，既解构又建构的双重运作方式，则揭示了在文本阅读中只有意愿可以成为意义建构的决定性推动力。①

江守义对结构主义叙事学进行了反思，指出结构主义叙事学以索绪尔的语言学成果为根基，以普罗普的故事形态学分析为出发点，关注叙事作品的话语问题、结构问题，这导致结构主义叙事学有较强的针对性，也导致它有一定适用范围；叙事学从文本的话语出发，对文本的分析以文本为界限，割断了文本与作者、文本与社会生活之间鲜活的联系。②

程光炜以陈平原的《中国小说叙事模式的转变》与杨义的《中国叙事学》为例证，对叙事学理论在中国的接受过程进行分析评述，指出与西方"纯形式的叙事学研究"不同，陈平原将纯形式叙事研

---

① 徐亮：《叙事的建构作用与解构作用——罗兰·巴尔特、保罗·德曼、莎士比亚和福音书》，《文学评论》2017 年第 1 期。
② 江守义：《结构主义叙事学之反思》，《文艺理论研究》2017 年第 6 期。

究与小说社会学研究相结合，分析中国小说叙述模式的转变，而杨义则借助叙事学的功能结构来分析中国小说叙事中"天人合一"的矛盾，侧重叙事学理论的内容，建构以人为中心的叙事学。20 世纪90 年代以后的叙事学研究，则多以作品形式分析代替作品内容批评意图，以"叙述"代替"作者"。叙事学在中国现代研究中的一系列变异，是与中国特殊的历史语境和不同的理解视角分不开的。①

周启超反思了当代中国对外国文论的引介，指出当代中国对国外文论的接受与研究格局大体上是"三十年河东"，言必称希腊，"三十年河西"，言必称罗马——这意味着我们的"外国文论"研究是相当粗放的。基于"在梳理中反思问题，在反思中探索战略"的建设性动机，周启超倡导在当代中国的外国文论引介方面，研究者应立足国内文论的当下生态，多方位吸纳，有深度开采，有针对性地反思轴心问题，积极有效地介入当代中国的文论建构，参与当代中国的文化建设；其中有一个大前提是：对我们自身的社会文化语境有充分的自省，对我们自身的社会文化结构有自知之明。②

美学研究的返本与开新

本年度美学研究热点体现在对中华美学思想的现代阐释，以及

---

① 程光炜：《叙事：中西不同的理解视角》，《学术研究》2017 年第 1 期。
② 周启超：《超越"简化"，摈弃"放大"——关于当代中国的外国文论引介的一点反思与探索》，《人文杂志》2017 年第 4 期。

20 世纪美学研究的反思上。

陈望衡爬梳了中华美学的基本概念体系与中华民族"家—国"意识之间的关系，指出"家—国"意识促使着"美、妙、阳刚之美、阴柔之美"等孕育于家庭的美学术语走向社会，形成中华民族审美的概念系统；由"家—国"意识还导出了爱民、忠君、恋乡三位一体的家国理念，产生了"兴亡母题""气节母题""羁旅母题""江山母题"等诸多文学母题。①

杨春时从中华美学"问题的提出方式"及"论说方式"入手探讨中华美学"理论形态"的成因，指出"美学问题的提出方式，决定了美学思想的性质"；中华美学的提出是从"整体的社会文化建设"出发，根源于"社会变革的实际需要"，因而它注重美学的价值而非本质；实用理性的思维方式也决定了它的回答方式"直接依据社会需要和审美经验"而非哲学思辨，从具体的审美现象的描述来规定美，在具体的使用语境中把握美的本质，礼乐文化的一体性使得中华美学的基本概念具有含混性、多义性。②

高建平对中华美学精神的概念体系做了梳理，指出中华美学精神是依据现代学科观念，对分散在典籍中的材料的选择和提炼，继而形成的对学科历史的追溯；在研究方法上，"从古到今""由今及古"是不可或缺的双向互动操作，与此同时还要借鉴西方成熟的

---

①陈望衡：《中华美学的"家—国"意识》，《文学评论》2017 年第 5 期。
②杨春时：《中华美学思想的建构探源》，《文艺争鸣》2017 年第 8 期。

美学概念体系和研究方法，将研究的重心放在当代和实践这两个方面。①

朱志荣探讨了中国传统美学的现代性问题，指出在中国传统美学的独特系统中，也包含着现代性的因子，这些因子是我们自主创新的基础。中国传统美学的现代性特征具体表现为独创性、开放性、与时俱进和面向世界等，这是在学习西方美学观念和方法，适应当代审美实践，保留自身特点的基础上形成的，符合全球化时代审美实践和理论建构的需要。②

为了"通过对话达到相容互补，从而深化中国美学研究和发展现代美学"，《学术月刊》2017年第6期设置了"现象学与中华意象美学"的专题讨论。杨春时提出，中华美学天生就是审美现象学，它把审美作为体道的方式，使体道在审美体验中作为意象显现；不同于西方现象学不涉及情感态度的认知范畴还原，中华美学还原的审美意识是情感体验与情感直观，是对所处世界的感悟，以情的方式体道。③仲霞从中西审美现象学的还原路径出发，指出审美现象学的实质"是如何克服现实时空的障碍回归本源时空"，在对本源意义的把握上，中西审美现象学呈现出不同路径：西方审美现象学通过对现实时间的超越而领会存在的意义，中华审美现象学倾向于通

① 高建平：《关于中华美学精神建设的思考》，《社会科学战线》2017年第2期。
② 朱志荣：《论中国传统美学的现代性》，《文艺争鸣》2017年第7期。
③ 杨春时：《现象学与中华意象美学》，《学术月刊》2017年第6期。

过对现实空间的超越而把握道之本体。① 毛宣国梳理了叶朗、张祥龙、杨春时三人在运用现象学观念阐释传统美学上的贡献，同时指出他们对"意象"的现象学阐释主要是以存在论现象学为依据，而忽略了对身体现象学的解读，身心一体、物我同一是中国艺术与审美的重要特征。②

李圣传辨析了苏联美学对新中国美学的影响，指出 20 世纪五六十年代发生在中苏两国的美学大讨论，无论是从流派形态、理论模式还是知识范型来看，都呈现同理同源、一脉相承的态势；中苏之间美学研究的模式平移与话语传递，是中华人民共和国成立后"以苏联为师"导向的必然性结果；"苏式美学模式"作为中国美学发展的样本和参照，不仅为新中国美学的建构提供了"体制原型"和"理论原型"，更为美学大讨论的发生预设了以马列主义为指导的政治前提和师承苏联的学术前提，这种状态直到 20 世纪 80 年代解放思潮的出现才有所突破。③

陈雪虎反思了文艺美学的生成逻辑以及在当代面临的问题，指出在 20 世纪七八十年代以胡经之为代表的学者将"艺术形象"问题的讨论由意识形态转向美学领域，强调审美在文学活动中的基础性和重要性，使文学研究从狭窄固化的"形象"论中解放出来，有效

---

① 仲霞：《中西审美现象学的时空结构差异》，《学术月刊》2017 年第 6 期。
② 毛宣国：《"意象"与中国当代美学的现象学阐释——以叶朗、张祥龙、杨春时的美学研究为例》，《学术月刊》2017 年第 6 期。
③ 李圣传：《苏联经验与新中国美学发生的史与思——以 20 世纪五六十年代中苏美学讨论为中心》，《文学评论》2017 年第 5 期。

复苏了近百年来文学研究领域内的美学成果；然而，在追问审美特性，构建文艺美学的过程中，依然没有摆脱西方美学传统对精神科学思路的过多倚重，致使文学艺术脱离具体的生活土壤和历史际遇。反之，王国维的"古雅"说融会贯通中西学术思想，积极应对现实，开启了中国近代学人对西方理论窠臼的突破，使文艺美学与现实生活相沟通。①

近年来美学研究外观上貌似繁荣，各个领域的研究都有了，但思想内涵上却相当贫乏，没有生命、激情、思想和灵魂。为什么会这样呢？

传统的美学研究将美学分解为本质论和美感论进行研究，王元骧指出，这种思维方式虽然促进了美学学科的建设，但都是离开人的生存的具体的现实关系、环境和条件，对人做抽象的理解，不能圆满解释现实生活中的审美关系。只有把审美主体看作是感性与理性、自然性与文化性、个人性和社会性相统一的从事实际活动的实体，方能改变美学研究的科学化倾向，落实到对个体生存的人文关怀上来，而这恰好是"人生论美学"的应有之义。从人生论的观点进行美学研究，使得学界对审美价值的理解由以往的"情—理"维度向"情—志"维度推进一步，把审美精神与人的生存活动联系起来，改变了传统美学分解研究的纯理论路径，是美学回归现实人生意义

---

① 陈雪虎：《试谈"文艺美学"的生成逻辑与当代问题》，《文艺争鸣》2017 年第 1 期。

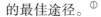

的最佳途径。①

　　美学研究趋同的背后，是缺乏对其同一哲学基础（以"认识论"为"核心"的"知识论哲学"）的批判性反思。赵奎英指出：美学研究的新路向不仅仅是研究对象的转变，从根基上看是哲学思维的转变；认识论将人与世界作为对象性的审美关系，不仅难以解释现代化过程中应运而生的自然生态审美、日常生活审美等高度介入性的艺术活动，同时有可能引向过分强调主体性的人类中心主义；美学理论的重建应建立在中西方美学界研究转向的基础上，以审美活动作为美学研究的对象和起点，针对美学研究现实中存在的问题，建构一种更具有整合性，能解释当下各种审美活动，又具有批评性和生成性的美学基本理论。②

新媒介与视听觉文化研究

　　新媒介技术的发展深刻影响、改变了当代中国文学的生产、发展与传播，新媒介文学写作消解了经典文学所特有的诗性智慧与审美意味，人们对此展开了思考。

　　马汉广探讨了微媒体形式的文学性问题，认为当代文学研究已经实现了从"文学是什么"到大文学的方向性转变，而微媒体形式

①王元骧：《关于推进"人生论美学"研究的思考》，《学术月刊》2017年第11期。
②赵奎英：《美学的对象与美学的重建》，《厦门大学学报》（哲学社会科学版）2017年第4期。

下的许多文本是在作者和读者相互作用中建构的某种情境、意味，也是一种含有文学性的文本形式；微媒体形式的文学性并非文本自身的某种属性，它存在于文本、世界、参与者之间，是一种间性存在；所有人都以平等的身份参与其中，作者和读者之间没有明确的区分，文本和世界之间互为潜在文本，微媒体形式的文学性就在这一间性活动中产生，共同完成了一种话语建构。①

陈定家赞成王安忆将网络文学写作者比喻为"发烧友"的说法，认为相比单纯的文学写作爱好者，"发烧友"更注重的是"对器材技术精读和功能的崇拜"，而不是"对图像或声音本身所蕴含的人的能力的关注"；具体到新媒介文化批评领域，这一"发烧友"趋向更容易催生"技术批评模式"，即善于通过理性眼光和技术性的手段来分析网络现象，缺失对人文和审美的关注；与此同时，还诱导着网络审美价值从"社会认同"向"愉悦自我"转变，割裂了网络文学对语言的诗情画意追求。②

胡友峰认为，电子媒介时代文学的审美范式经历了从古典阶段以"形象"为审美对象到现代以"影像"为审美对象，继而到后现代以"拟像"为审美对象的演变过程，其中与文学相关联的文学形态、文学功能、文学趣味与文学理想都逐渐走向衰弱，引发了文学的异变和文学审美空间的变化。为了摆脱这一困境，首先，文学要摆脱

---

① 马汉广：《微媒体形式的文学性》，《学习与探索》2017 年第 7 期。
② 陈定家：《试论新媒介文化的批评标准与叙事逻辑》，《中州学刊》2017 年第 3 期。

媒介的形式偏好，恢复文学与现实的联系，回应现实问题，其次，增强文学的想象和形而上学功能，呼唤一种"尊灵魂"的文学创作原则，将文学的创作与欣赏看作情感交流和共鸣的体验。①

关于网络文学的评价标准，主要有"普遍文学标准说""通俗文学标准说"和"综合多维标准说"三种观点。单小曦主张网络文学评价标准的建构应多维综合，在历史性和语境化的原则观照下，凸显作为网络文学存在依据的媒介要素，将传统的文学四要素提升为涵盖媒介要素在内的文学五要素，提倡一种更大契合度的"媒体存在论"批评模式。这种批评模式由"网络生成性尺度""技术性—艺术性—商业性融合尺度""跨媒介及跨艺类尺度""'虚拟世界'开拓尺度""主体网络间性与合作生产尺度""'数字此在'对存在意义领悟尺度"等多尺度的系统整体构成。②

随着现代社会的视觉文化转向，语言文字作为文学阐释的媒介遭遇了视觉符号系统的压力和挑战，视听觉文化研究引起了人们的普遍关注。

周宪从视觉建构、视觉表征与视觉性三个层面分析了视觉文化的发生、发展逻辑及其理论构成，指出视觉文化实质上是一个在视觉符号表征系统内展开的视觉表意实践，蕴含了许多隐而不显的体制、行为、意识和形态观念等。其中视觉建构是视觉文化的功能性

---

① 胡友峰：《电子媒介时代审美范式转型与文学镜像》，《浙江社会科学》2017年第1期。
② 单小曦：《网络文学评价标准问题反思及新探》，《文学评论》2017年第2期。

表述，它一方面再生产出现有的社会结构和社会关系，另一方面又对现存的社会结构和社会关系进行反思和批判，即社会领域的视觉建构和视觉领域的社会建构；视觉表征涉及从实在的人与物到概念再到符号的系列转换，是视觉的编码和解码过程，充满了不确定性和差异性；视觉性不只是视觉本身，它关系着主体性及交互主体性的建构，决定着我们的"看之方式"——视觉建构、视觉表征与视觉性三者的互动构成为研究当代中国的视觉文化提供了方法论路径。①

张伟以文学阐释的视觉转向为切入点探究视觉批评的理论架构。他认为，以视觉影像展开的文学文本实质上是"图—文"对抗下文学阐释与文学批评在图像时代衍生出的审美新范式和文本阐释形态。视觉批评在延续传统文学主体批评特征的同时，延展了文本之外的审美内涵，催生了文本意义的定格，引发了阐释者身份主体的嬗变，营造出文学批评视觉化的新型景观。这一批评范式的形成得益于商业社会以消费意识为主导的价值表征，以及日常生活审美化等多元文化因素的现实滋养。作为一种新的批评范式，现代视觉批评也面临着"一元化"书写、文学批评商业化等难以回避的表意缺陷。②

傅修延研究了叙事中的幻听、灵听与偶听三类不确定的听觉感知，指出叙事作品中的幻听、灵听和偶听源于听觉感知的不确定性，

---

①周宪：《视觉建构、视觉表征与视觉性——视觉文化三个核心概念的考察》，《文学评论》2017 年第 3 期。
②张伟：《视觉批评何以可能——图像时代文学阐释的视觉转向与审美创构》，《河南社会科学》2017 年第 3 期。

这三类不确定的"听"分别处在真实性、可能性与完整性的对立面上：幻听的不真实在于信息内容的虚假，灵听的不可能是由于信息交流的渠道过于离奇，偶听的不完整缘于信息的碎片化。就不确定的程度而言，幻听甚于灵听，而灵听又甚于偶听。感知的不确定必定造成表达的不确定，但迷离恍惚的听觉事件往往能使文本内涵变得更加摇曳多姿，带给读者更大的想象空间和更多的咀嚼意趣。不仅如此，这类不确定的"听"还能为故事的始发、展开和转向提供动力，对人物性格的凸显与作品题旨的彰明亦有画龙点睛般的贡献。对幻听、灵听和偶听做一番系统的梳理辨析，有助于我们更深刻地认识讲故事艺术的丰富与微妙。[①]

回顾本年度的文艺学研究，不难发现，研究视域的更新刻不容缓。我们知道，"元问题"比普通问题更进一层，文艺学的"元问题"涉及文学的知识论和本体论，探讨的是文艺学的研究对象，以及如何可能等根基性问题，它直接代表着人们对理论的认知，同时决定着文艺理论研究的范围和发展方向。因此，我们不能不探究文艺学研究的"元问题"。譬如，把"什么是文学"或"文学是什么"，"什么是美"或"美是什么"，作为文艺学的"元问题"是恰当的吗？这种知识型的询问方式，把"文学"或"美"当作已然存在的东西（就像我们周围的桌子、茶杯一样），疏忽了人们对"文学"或"美""为什么会产生""为什么需要"这么一类问题的思考，导致以往的文

[①] 傅修延：《幻听、灵听与偶听——试论叙事中三类不确定的听觉感知》，《思想战线》2017 年第 3 期。

艺学研究将文学（美学）认识论化、伦理化或意识形态化，文学（美学）始终处于知识论的框架，成了认识论、伦理学、意识形态的附庸。我们的思考与研究走向了学院化、实证化和知识化，而与文学（美学）所要体悟之道、体验之美失之交臂。

为此，吴子林在跨文化的视域提出了"毕达哥拉斯文体"的理论构想。他指出，学术研究在本质上是一门研究的艺术，是个体学术思考、人生经验的融会呈现，而如今学界对理论的盲目迷信与偏执致使文学研究陷入概念僵化和体系空洞的局面，本质上则是思想与生活的隔绝、"言"与"思"的断裂，其表征则是"述学文体"意识的普遍匮乏，诸多论著千人一面、了无兴味。通过对维特根斯坦与钱锺书的互文式研读，吴子林发现，他们走出了"黑格尔主义"的藩篱，着力于恢复事物的存在性与完整性；他们的述学文体，彻底改变了"讲理论的态度"，由对象化之思转为有我之思，由"知性智慧"转为"诗性智慧"，走向了学术思想的夐夐独造；在以语言思考的过程中，维特根斯坦与钱锺书自觉打通古今中西，打通人文各学科，动态地立体呈现独创性灼见和个人化风格：这种述学文体可命名为"毕达哥拉斯文体"，可谓对古代道说传统的深切回望。①

让·斯坦洛宾斯基说得好："文学是'内在经验'的见证，想象和情感的力量的见证，这种东西是客观的知识所不能掌握的；它是特殊的领域，感情和认识的明显性有权利使'个人的'真理占有

---

① 吴子林：《"毕达哥拉斯文体"——维特根斯坦与钱锺书的对话》，《清华大学学报》（哲学社会科学版）2017 年第 3 期。

优势。"① 如此看来，文艺学的研究视域很有必要从知识论转化到生存论、本体论，返回到人的生存状态中，返回到生活世界；也就是说，从生存论、本体论出发，将"为什么人们需要文学"作为文艺学的"元问题"，探讨文学与人的生存活动的意义关系，领悟时代精神的真正的脉搏。只有这样，我们才能将前人遗留下来的问题意识、个体的问题意识和时代的问题意识三者自觉贯通起来，才可能真正揭示出"文学"或"美"的秘密所在，文艺学研究也才可能有新的突破，始终焕发出理论的生机与活力。这正如维特根斯坦所言：

> 一旦新的思想方式被建立起来，许多旧的问题就会消失。确实，这些问题会变得难以理解。因为，这些问题与我们表达我们自己的方式一同发展。如果我们自己选择了一种新的表达方式，这些旧的问题就会与旧的外衣一同被遗弃。②

（与李晓波合撰，载《南方文坛》2018 年第 4 期）

---

① 转引自郭宏安：《从阅读到批评》，商务印书馆 2007 年版，第 262 页。
② 维特根斯坦：《文化和价值》，黄正东、唐少杰译，译林出版社 2014 年版，第 67 页。

新时代文艺理论的"破"与"立"

——2018年度文艺学前沿问题研究报告

2018年时值我国改革开放四十周年，又是马克思诞生二百周年、《共产党宣言》发表一百七十周年。围绕这一重要的时间节点，在马克思主义文论、文学基本理论、古代文论、西方文论和中西美学等方面，文艺理论界开辟了新的论域，推出了诸多有分量的研究成果，显示了多维视野中文艺学的勃勃生机与活力，但"破"中待"立"，存在亟待解决的一些问题。

国际视野中的马克思主义文论研究

谭好哲将马克思主义文论的发展划分为三个阶段：从19世纪40年代马克思主义理论初创到1895年恩格斯逝世为创立阶段，其经典形态为马恩本人关于文艺的论说；从19世纪末到20世纪上半叶为进一步发展阶段，主要代表人物有梅林、普列汉诺夫、列宁、葛兰西、卢卡契、毛泽东等马克思主义文论的经典作家或正统传承者；20世纪下半叶至今为当代建设时期，主要包括马克思主义文论中国化和西方马克思主义文论与美学思潮。谭好哲认为，马克思主义文论的历史形态与理论形态联系紧密又相互区别，我国在发展当代马克思主义文艺理论时应重视其历史形态并就原则问题达成共识，结合新的时代语境，创造出能够成为经典的新成果。此外，他还指出，当代马克思主义文论建构应处理好领导人讲话与专业研究之间的关系，理论研究者的思想应与领导人思想"同构共建、交相融聚"。①

段吉方认为，马克思主义经典文艺思想中国化经过了五个阶段：五四时期与20世纪二三十年代"左联"时期为"选择、接受"阶段；20世纪40年代毛泽东《在延安文艺座谈会上的讲话》时期为"融合、发展"阶段；20世纪六七十年代为"艰难前行"阶段；20世纪八九十年代为"阐释、创新"阶段；21世纪以来为"综合、超越"阶段。尽管取得了一定的实绩，但在马克思主义文艺理论当代化，积极应对国外学者对马克思主义经典文艺思想的不同阐释，以及介入当下中国文艺批评实践等方面，仍存在诸多问题，有待突破。②

刘方喜指出，习近平创新性地发展了马克思主义社会理论和中

---

① 谭好哲：《论马克思主义文艺理论的历史形态与理论形态》，《山东社会科学》2018年第1期。
② 段吉方：《从经典形态到当代发展——近年来马克思主义经典文艺思想中国化当代化研究路径》，《文艺争鸣》2018年第7期。

华优秀传统文化以"和"为理念的"家—国—天下"的三层结构论：在"家"层面提出重视家庭和睦、家风建设等问题，在"国"层面提出构建"中华民族命运共同体"，在"天下"层面提出构建"人类命运共同体"，其基本理论内涵体现了"五位一体"总体布局等理念由国家而世界的拓展；从社会价值论看，又体现了"五大发展新理念"尤其"共享"理念等由内而外的拓展，为我们超越西方建立在社会达尔文主义过度竞争、过度逐利基础上的文明冲突论，在顺应全球发展进步大势中推进新时代中国特色社会主义文化战略学建构，提供了理论遵循和价值制高点。①

谁是马克思主义文学批评的真正奠基者？通过剖析国内外研究马克思、恩格斯本人的文学言论的三种观点（意见说、连贯说、体系说），张永清指出，马克思、恩格斯才是马克思主义文学批评的真正奠基者，我们应以马克思主义文学批评的"初始形态"来称谓马克思、恩格斯本人的文学活动和文学批评。这"初始形态"以历史唯物主义为思想内核，以具体的文学批评实践为血肉，虽然并非完备的理论体系，但已然彰显马克思主义文学理论的轮廓。②

汪正龙从历史哲学、戏剧学和美学三个不同维度来把握和理解马克思的悲剧观与喜剧观，指出悲剧和喜剧是马克思对社会进行文

---

① 刘方喜：《论人类命运共同体与共享理念的文化战略学意义》，《学术论坛》2018 年第 3 期。

② 张永清：《马克思主义批评理论的初始形态——试论马克思恩格斯 1844—1895 年的批评理论》，《中国人民大学学报》（哲学社会科学版）2018 年第 2 期。

化批判的有效范式，历史哲学、戏剧、美学分别构成了马克思探究悲剧和喜剧的切入点、观察点、引申点。马克思眼中的悲剧与喜剧不是作为美学范畴而出现的，而是历史朝向自由的实现过程中的某些辩证的环节，它们带有特定的历史哲学含义，并且是以戏剧化的方式来呈现的。不过，马克思在具体的论述过程中并没能真正做到将三者相互关联，在放大历史哲学维度时不经意间造成了对戏剧学维度和美学维度的遮蔽。[①]

傅其林研究了东欧马克思主义美学的各种理论形态，发现其充满了理论的活力，如：认同马克思主义经典文本，重视马克思主义的人道主义和批判精神；追求理论的相对自律性，具有强大的话语逻辑；坚持在开放的话语环境中与西方展开直接对话；等等。而其显著特征则是深深植根于民族传统和现实土壤。不过，东欧马克思主义美学也存在着制度化、理论腐化、合法性危机等问题，呈现了苏联式的正统马克思主义文论与富于创新的"地方特色"马克思主义文论之间的微妙关系。[②]

王庆卫考察了西方马克思主义文学批评中的意识形态批评，评述了西方马克思主义关于意识形态批评的不同理论形态及其内在差异，指出无论是"人本学的马克思主义"，还是"科学主义的马克

---

① 汪正龙：《马克思论悲剧与喜剧——历史哲学、戏剧学与美学的三重透视》，《中国人民大学学报》（哲学社会科学版）2018 年第 2 期。
② 傅其林：《东欧马克思主义美学的理论形态及其启示》，《文学评论》2018 年第 1 期。

思主义",其弊病在于未能坚持历史唯物主义立场。不过,西方马克思主义文学批评针对资本主义意识形态的种种批判或能开拓我国马克思主义文论的建构思路。①

在东亚无产阶级运动史上,中日韩三国关系密切。金艳通过对20世纪上半叶发生的"文艺大众化"论争进行分析和横向比较,发现:与日本、韩国相比,中国的"文艺大众化"论争,其范围、参与度以及涉及的角度、方面都更加广泛;而日本、韩国的"文艺大众化"论争,由于迅速地"布尔什维克化",未能进一步深入;不过,中日韩三国"文艺大众化"的理论都没能在文学创作中得到充分的实践。②

在研究马克思主义文艺思想中国化时,泓峻注意到早期中国马克思主义文论家的传统教育背景及其对左翼文论的影响。鲁迅、茅盾、瞿秋白等人深受传统教育熏陶,在最初理解、接受马克思主义文论时存在着马克思主义文艺思想与中国传统文艺思想的"视域融合",这成了马克思主义文论中国化的基础。先辈们在马克思主义文论中国化中的角色和行动,细化、深化了马克思主义文论中国化问题的研究。③

---

① 王庆卫:《西方马克思主义文学批评中的意识形态批评探析》,《文学评论》2018年第5期。
② 金艳:《从中日韩"文艺大众化"论争看马克思主义文艺理论的本土化》,《文学评论》2018年第5期。
③ 泓峻:《早期中国马克思主义文论家的传统教育背景及其对"左翼"文论的影响》,《四川大学学报》(哲学社会科学版)2018年第1期。

刘锋杰从人本视域思考了马克思主义文论中国化的问题，指出马克思主义文论中国化就是人本化，这是大归，正大之归；马克思主义文论中国化从革命化阶段转向人本化阶段，更能体现马克思主义文论中国化的逻辑完整性与实践创新性，实现与中国传统文化的深度关联——这得益于全社会形成了以人为本的思想共识。马克思主义文论中国化就是以人为本，反对物本主义与神本主义，创造出以人为本的人民大众的文学，满足人民大众的日益增长的审美需求，追求人的自由而全面的发展。①

曾军深入研究了西方左翼思潮中的毛泽东美学。作为马克思主义文论中国化的一大成果，在 20 世纪 60 年代后，毛泽东文艺思想对西方左翼思想产生了不小的影响，西方同人称之为"毛泽东美学"。然而，毛泽东文艺思想在西方的"旅行"不可避免地遭遇话语迁移，"毛泽东美学"实属西方左翼思想中的美学范畴，与毛泽东文艺思想判然有别，我国学人也长期将其视为毛泽东文艺思想的异类。曾军对"毛泽东美学"与毛泽东文艺思想做了细致的比较研究，剖析了西方左翼对毛泽东文艺思想的若干误读，凸显了毛泽东文艺思想中"极为独特的声音"。②

谷鹏飞指出，马克思的美学解释学是以"时间性—实践性"为轴心展开的现代美学解释学，它在本质上内在于西方现代解释学的

---

① 刘锋杰：《马克思主义文论中国化的人本视域》，《东岳论丛》2018 年第 6 期。
② 曾军：《西方左翼思潮中的毛泽东美学》，《文学评论》2018 年第 1 期。

传统，并有创新发展。"时间性"与"实践性"作为马克思美学解释学的意义生成逻辑，贯穿于从解释文本到解释方法的整个解释过程。马克思以"时间性—实践性"为核心筹建的美学解释学，其主要意义在于，它既为现代资本宰制下人与文本及世界的意义生成做了辩护，又为处于现代性多元时间观念中的解释活动向人的自由生成提供了可能。①

由于现实品格的自我遗忘而至"自我放逐"，当代马克思主义文学批评面临"被边缘化""不及物""休眠化""失语化""理论化""娱乐化"等种种遭际。为此，孙士聪呼吁强化新时代马克思主义文学批评的现实品格，指出在文学实践面前故步自封于与现实化相对立的狭隘"学术化"，既割裂了文学批评与马克思主义的内在统一性，也使文学批评退缩为疏离于文学现实的"文学研究"。马克思主义文学批评批判种种"非现实化"，"文学的马克思主义"为其当代形式。回到马克思关于"向现实本身去寻求思想"的深刻思考，立足社会主要矛盾发生重大变化的新时代语境，重铸马克思主义文学批评的现实品格，恰当其时。②

2018年党的十九大报告做出了中国特色社会主义进入新时代等重大政治论断。如何铸就中华民族伟大复兴时代的文艺高峰，成为人们热议的话题。王一川指出，文艺高峰作为一个理论命题，它首

① 谷鹏飞：《时间性与实践性：马克思美学解释学的生成逻辑》，《中国人民大学学报》（哲学社会科学版）2018年第2期。
② 孙士聪：《新时代马克思主义文学批评的现实品格》，《文学评论》2018年第3期。

先是一个由国家最高领导人推动的国家构想，有助于增强文艺界创作杰出作品的自觉，推进国民文化自信建设。其次，我国文艺高峰的实现需要"一种民族而世界的开阔深厚的扎实建构"。细致分析了马克思主义经典作家和中西文艺史上有关文艺高峰的论述之后，王一川认为，建设新时代的文艺高峰需要营造如下条件：国家体制和管理上的自由环境、艺术家和相关社会各界的思维方式的自由、艺术家的社会使命感、对本土传统和全球文化有取舍的汲取、优秀的文艺批评家。①

文学基本理论研究的稳步推进

赖大仁高度评价了新时期以来当代文论所取得的成绩和经验，同时指出当代文论的主体精神有所弱化甚至迷失；推进新时代中国文论的积极建构与创新发展，需要重建理论自觉自信，重铸主体精神。首先，文学理论必须以文学文本为中心，而不能落于理论空构；其次，文学理论就其功能而言不单是自为的，也是他为的，当代文论的建构必须二者兼顾；最后，当代文论的理论建构应立足于文学的本体阐释，注重整合各种文论资源。②

文学审美论是改革开放四十年来取得的重要成果之一。谢慧英

---

① 王一川：《中外文艺高峰观及其当代启示》，《文艺争鸣》2018 年第 6 期。
② 赖大仁：《重铸新时代中国文论主体精神》，《文学评论》2018 年第 3 期。

回溯文学审美论产生的历史文化语境，清晰梳理其四种形态（审美反映论、审美形式论、审美意识形态论和审美超越论）的学理脉络，充分肯定了文学审美论的理论意义：（1）打破理论僵局，恢复学术理性；（2）批判继承五四传统，凸显中国文论现代品格；（3）深入探讨文学与意识形态的关系，开阔文学原理的研究视野；（4）密切关注社会现实，秉持人文关怀精神。在当下历史情境中，文学审美论依然有望发展为应对审美泛化和文化消费主义的理论先锋。①

金永兵指出，我们当下正处于"后文化"时代。在这个"后文化"时代中，审美自律性被解构了，审美主体、审美理想等都面临着消失的险境，甚至审美都已被纳入资本逻辑之中，无力对现实进行反思和批判。审美话语如果要不使自己的理论脱离当代现实文艺实践，沦为空谈，就必须重建与现实生活和文化艺术生产之间的密切联系。当代的文艺理论面临着对文艺实践现状"失语"的困境，唯一的出路就是深入地去认识并理解现实。②李青春认为，当下文学理论研究走向了稳健与成熟，但仍需注意三个方面：其一，"审美派"与"文化派"的和谐共存；其二，坚持以文本研究为中心，从文本研究中生发出理论建构；其三，通过对我国古往今来的文学经验加以理论概括、升华，提炼出中国文论的"标识性概念"。③

---

① 谢慧英：《新时期以来文学审美论的多元建构与中国现代文论的建设》，《文学评论》2018 年第 6 期。

② 金永兵：《"后文化"时代审美还能诗意地批判与拯救现实吗？》，《当代文坛》2018 年第 4 期。

③ 李春青：《文学理论亟待突破的三个问题》，《中国文艺评论》2018 年第 5 期。

文学是语言的艺术，形象是文学的主体，那么，文字与形象，文字的能指与所指同形象中的具象与思想的关系是怎样的呢？赵炎秋指出，在构建形象的过程中，文字的能指与所指必须一起转化为具象，但这种转化存在不完全性。其中缘由，从文字的角度看，一是文字是一个独立运作的有意义的符号系统，二是文字与思想有天然联系，三是形象中存在着一定的提示性、交代性的文字。从形象的角度看，则与具象本身的形成方式有关。另外，转化的不完全性与读者也有一定的关系。在形象中，文字的词义与形象的思想之间的关系比较复杂。在视觉性形象中，文字转化为具象比较完全，一般不参与思想的建构。在非视觉性形象中，则存在三种情况：文字直接进入思想的构建，文字参与思想的构建，文字不参与思想的构建。①

赵毅衡回顾了符号学在我国四十年来的发展历程，指出符号学正渗入文化研究的各个领域，中国叙述学也在蓬勃发展之中，作为形式文化理论的符号学研究有助于我们理解人类的意义世界，把握人类的共同命运。中国符号学摆脱了索绪尔语言符号学的有机系统观，转而以皮尔斯原理为基础，吸取巴赫金、洛特曼等人的成果，在中国符号思想基础上，重新定义并改造了符号学。②

---

① 赵炎秋：《文字和文学中的具象与思想——艺术视野下的文字与图像关系研究》，《文学评论》2018 年第 3 期。
② 赵毅衡：《符号学作为一种形式文化理论：四十年发展回顾》，《文学评论》2018 年第 6 期。

行为语言和言语行为是人类最原初、最基本的符号系统，文化就建立在它们协同作用的基础之上，文学则是二者的深度合作与融合。马大康认为，行为语言与言语行为相互关联的整体结构及倾向性决定着一个民族的文化特征和思维习惯，决定着文学及文论的独特性。在分析了柏拉图的"理念"与老庄的"道"背后的象征符号活动模式，以及文论与象征符号系统之间的关系之后，马大康指出，中西文论的差异性就隐含在象征符号活动整体结构的复杂性和倾向性中，隐含在言语行为、行为语言及其相互关系的历史性、可变性中，抓住这个关键才能破解文学的"斯芬克斯之谜"，文论建设才有明确的方向。①

"世界文学"是当代文论的一个重要理论范畴，然而其内涵常被人们误解。蒋承勇旗帜鲜明地指出，"世界文学"不是文学的"世界主义"。所谓文学的"世界主义"是指少数强国凭借自身实力助推其文学的全球化。在这种视角下，"世界文学"就是少数强国的文学。蒋承勇辨析了歌德、马克思提出"世界文学"的历史背景和具体内涵，认为"世界文学"的根本内涵不是数量意义上的民族文学的叠加与汇总，而是其超民族、跨文化、国际性的影响力以及跨时空的经典性意义。一体化、同质化、整一性的大一统的人类文学不会出现，"网络化—全球化"不等于文化的"一体化"，经济发

---

① 马大康：《中西文论分歧的符号学根源以及融合重建的机制和路径》，《上海文化》2018 年第 4 期。

展规律与文化发展规律终究有别，旨在沟通不同国族文学的比较文学研究天然地拒斥着文学的"世界主义"。[①]

欧洲科学院院士弗拉基米尔·比蒂和上海交通大学副教授林玉珍在合作的《世界主义的历时演绎》一文中提出，现代的世界主义理论应当秉持"歧见政治"（politics），保有其民主特征，而不应当滥用为"意见一致的政策体"（policing）。他们详细考辨了"世界主义"在历史进程中的三重关系：古希腊世界主义与古罗马世界主义的关系、法国启蒙世界主义和德国浪漫世界主义的关系，以及文学理论之世界主义和文学史之民族主义的关系。在梳理"世界主义"与文学研究的内在关联后，他们指出，文学研究中的世界主义与欧洲众多文学理论家的流亡命运密切相关。[②]

范昀研究了"艺术乌托邦"和"艺术正义论"这两种不同的艺术关怀现实的倾向，他认为：追求完美主义的"艺术乌托邦"有其价值，但也容易陷入歧途；而"艺术正义论"则实现了"现实"与"自我"的平衡，因为正义的世界不同于完美的世界，艺术家所追求的是一个能够通过改进而趋向更好的社会。范昀支持"艺术正义论"的态度，他坚信直面不完美现实的艺术才是更加真实、更有勇气的，因为我们所拥有的只是这个不完美的世界，而完美的乌托邦并不存在。[③]

---

① 蒋承勇：《"世界文学"不是文学的"世界主义"》，《文学评论》2018 年第 3 期。
② 弗拉基米尔·比蒂、林玉珍：《世界主义的历时演绎》，《上海交通大学学报》（哲学社会科学版）2018 年第 1 期。
③ 范昀：《"种植我们自己的花园"：艺术如何面对不完美的世界》，《文艺理论研究》2018 年第 2 期。

申丹发现，在不少叙事作品中，存在双重叙事运动，即在情节发展背后，还存在一股齐头并进、贯穿文本始终的叙事暗流——"隐性进程"（covert progression）；这一明一暗、并列前行的两种叙事运动互为对照，互为排斥，互为补充。通过对西方文学诸多名家名篇的分析，申丹在宏观层次解答了以下重要问题：情节发展与隐性进程之间存在哪些不同种类的互动关系？它们会以哪些不同方式影响读者阐释，改变作者、叙述者和读者之间的互动？发掘双重叙事动力对理解经典作品的内涵有何意义？究竟有哪些原因造成经典作品的双重叙事运动长期以来被忽略？[①]

傅修延从群体维系角度看叙事的功能与本质，指出国内叙事学在西方影响下偏于形式论，一些人甚至把研究对象当成解剖桌上冰冷的尸体，然而叙事本身是有温度的，为此需要借鉴人类学的相关理论与观点，把叙事的起点提到语言尚未正式形成之前，听取人类学家对早期讲故事行为的种种解释，看到叙事从本质上说是一种抱团取暖的行为。群体感慨表现为对自己人的认同与接纳，又包括对异己的排斥与抵制，语音因此成为识别敌我友的利器，在用声音统一自己的民族上，许多伟大的故事讲述人都做出了自己的贡献。进入文明社会之后，人类许多行为都和群体维系着复杂的内在关联，

---

① 申丹：《叙事的双重动力：不同互动关系以及被忽略的原因》，《北京大学学报》（哲学社会科学版）2018 年第 2 期。

只有牢牢地把握住这种关联,我们今天的研究才不会迷失方向。[①]

欧阳友权提出,网络文学的快速发展把网络文学批评史的建设问题推到学术前沿,但网络文学批评在修史中该怎样"述史"却不得不面临三大难题:其一,怎样处理网络文学历史短促与学术成果积淀不足造成的资源掣肘?其二,如何规避网络文学多元创作下"批评定制"的述史风险?其三,怎样处理文学史元典传承与网络时代观念新变的语境选择?欧阳友权认为,摆脱第一个难题需要从网络文学批评现状中清理已有的学术资源,抽绎出批评史的学理观念;破解"批评定制"述史风险的关键在于把握文学变与不变、文学批评变与不变,以及网络文学批评史变与不变的历史辩证法;消解第三个难题则需要在"原典规制"与"网络文学批评"现实对接之间找到最大公约数,通过"选点"和"定格",找准网络文学批评史实与史论、史料与史观之间的逻辑关联。[②]

单小曦指出,后人类主体话语是在反思、批判现代性主体话语过程中和背景下形成的。可以把"赛博格"主体话语、信息主义主体话语和"普遍生命力"主体话语看成西方后人类主体话语的代表形态。在反思唯我论、自律论、占有性现代性主体问题上,后人类主体话语取得了一定成效,但存在着固守实体性主体观念、默认主客对立关系、残留人类中心主义等局限。媒介性主体性话语以媒介

① 傅修延:《人类为什么要讲故事——从群体维系角度看叙事的功能与本质》,《天津社会科学》2018 年第 4 期。
② 欧阳友权:《网络文学批评的述史之辨》,《文学评论》2018 年第 3 期。

化赛博格的生命形态为物质基础，媒介化赛博格以"个体（肉体—意识）—媒介—身份"为基本结构。媒介性主体性具体呈现为主动连接、邀请、聚集、容纳、谋和世界、与之联结和交融的活动性质。媒介性主体性为主体与世界交融共生的主体存在方式提供了现实可能。①

古代文论研究新创获

孔子有云："不学诗，无以言。"郭鹏认为，我国传统的"诗学"跟孔子的"学诗"紧密相关。他梳理、分析了"学诗"从"研习《诗经》"到"学习诗歌的创作和批评"的含义变迁史，发现宋金之后"学诗"已成诗歌创作的"专门之学"，但《诗经》依然对后代的"诗学"起着远程驭控作用：后代诗学无不奉《诗经》为正宗，《诗经》的"六义"成为后代诗学的核心范畴，《诗经》作品也被尊为诗歌美学的典范。由"学诗"而"诗学"，这是我国古代诗学甚至文学理论的内在发展与演进轨迹，也是古代诗学学理的根底与基础。②

"以意逆志"语出《孟子·万章上》，徐楠提出，孟子语境下的"意"是"浩然之气"所涵养出的人格正"意"，"志"乃是作诗人关乎

①单小曦：《媒介性主体性——后人类主体话语反思及其新释》，《文艺理论研究》2018年第5期。
②郭鹏：《从"学诗"到"诗学"——中国古代诗学的学理转换与特色生成》，《文学评论》2018年第2期。

政教之"志"。孟子的"以意逆志"和今日所说的"回归作者意图"存在差异。后世学者理解"以意逆志"之内涵时,预设了种种条件,如孟子的"知人论世"、刘勰的"博观"和朱熹的"虚心",这些条件均存在学理破绽。其实文学作品不一定有明确的作者意图,作为一种心理状态它无法准确还原,而读者前见不可避免。不过,无论古人对"逆志"普遍有效性的追求是否合理,再现真相的执着信念,会令其重视再现真相的条件问题。[①]

宇宙本体论之所以重要,是因为它是人类解释现实事物规律的根基。中国古代有关宇宙本体论的论说有"道""理""气""心"等范畴。桂昕翔对《乐记》中的气论加以分析,发现气论以"以天地阴阳之气"为逻辑起点构建了"天、地、人、文"一气化生的乐学思想体系。他又以"血气"论深入地探讨了艺术活动主体的特性,对艺术创作和鉴赏的规律做了一定的抉发。[②]

中国传统有无自身阐释体系?刘成纪认为,中国古典阐释学虽然涉及古代经典的方方面面,但以儒家经学为主导。自西汉以降《易经》被推为群经之首,相应也使"河图洛书"成为阐释原型。作为原型图像,"河图洛书"追求整体、主从、一元、连续,对重新认识中国古典阐释学的解释原则和体系架构具有重要价值。作为一种诠释模式,"河图洛书"既解释历史也被历史解释,具有本体论和

---

① 徐楠:《"以意逆志"在古代文论语境中的限度及相关问题——以考察古人为落实该法而预设之条件为中心》,《河北学刊》2018 年第 2 期。
② 桂昕翔:《〈乐记〉气论初探》,《中国文学研究》2018 年第 3 期。

方法论的双重意义。中国文明进程则表现为向这一述史模式不断回溯又不断放大其解释边界的过程。据此，抓住了"河图洛书"，也就抓住了中国古典阐释学体系的关键，同时可以借此为中国人文科学的整体进展理出一条纵贯的轴线。[①]

朱志荣研究了严羽《沧浪诗话》里的诗史观，指出严羽以"悟""气象"和"词、理、意兴"等审美范畴作为不同朝代诗歌的品评标准，以汉魏晋盛唐诗歌为典范。严羽要求"辨体制"，阐述了诗体的起源与流变规律。他重视以楚辞为本的"起"，辨析汉魏晋的诗体源流，又强调体制的"变"，阐明了汉魏晋诗歌在开创诗体中的重要作用，目的在于正本清源；其"五唐分期"说、"以盛唐为法"、"扬唐抑宋"的宗唐观，对明清产生了重要影响。严羽在诗歌正变观的基础上，还体现了辩证意识，他以朝代评诗只是大体而言的。对于宋代王安石的《胡笳十八拍》等，他也能给予肯定。中唐的柳宗元也因他的肯定而确立了诗史地位。[②]

刘锋杰对王国维与钱锺书的"诗史说"做了比较研究，认为钱锺书否定"诗史说"而提出的"区别即本质"有若干不周之处：其一，"诗史"概念只是文学与历史关系的一种独特概括，并非用来说明文学没有审美规律；其二，如果没有认识到文学形式在文学之所以是文学的规定中具有决定作用，只把"诗史"之作变成"押韵

---

① 刘成纪：《中国古典阐释学的"河图洛书"模式》，《哲学研究》2018 年第 3 期。
② 朱志荣：《论严羽〈沧浪诗话〉的诗史观》，《中国文学研究》2018 年第 4 期。

的历史文件"，当然算不得文学；其三，"历史"不等于"历史学"，钱锺书所说的"历史"只是"表面的迹象"；其四，没有认识到"诗史"与"以诗证史"的准确内涵；其五，用批评"诗史"来削弱文学反映论的权威性，未必能够奏效。王国维在诗与历史关系的论述上相当通达，并近乎提出了"曲史"概念，丰富了"诗史"传统，或可弥补一二。王国维反对传统的政教文学思想，强调文学不能受制于政治而失去自主性，其"诗史说"是一种介入现实政治的诗学，又是一种创造人类理想生活的诗学。"诗史"所体现的是一种审美精神，所表示的是"历史成诗"，而不是简单化的"诗载历史"。①

作为古代文论元范畴，"体"有着极为丰富的意涵。李立追溯并揭示了"体"的深层含义，即"体"表示"礼"之义，强调"合礼""得体"的规范性。"体"蔓延到文学领域，与"文"渐相复合，便形成了"文体"范畴。"体势"是对某一体裁所使用语体的规范和要求，表明"体要"（法于、合于要点）之义。人们对"体势"的首次关注发生于魏晋南北朝时期，其时"文学的自觉"表现之一便是"返礼"，探寻每一种体裁的规范所在。对于具体作家作品而言，只有经由"体势"这一中间层次的过渡与推进，文学作品才可能从客观的"文类"跃升为具有艺术性的个人化风格，而形成了"文体"的三个层级：体裁（文类）—体势（规范）—体貌（风格）。②

---

① 刘锋杰：《"诗史说"：钱锺书的"弃"与王国维的"续"》，《社会科学辑刊》2018 年第 1 期。
② 李立：《"體"之"禮"——论"文体"的"体势"层次及其规范性》，《文化与诗学》2017 年第 1 辑，华东师范大学出版社 2018 年版。

如何整理极其丰富的古代文体思想呢？贾奋然融合福柯、维特根斯坦、余英时等人的理论成果，提出有两个相互关联的基本维度：其一，重返中国文体和文体思想的自身谱系和内在理路，在文史哲贯通的学术视野中，将特定文体思想观念还原为特殊"事件"，揭示其发生演化的内在文化基因和外在诸多条件，重建文体思想的具体、生动、完整的历史形态；其二，将文体思想史视为历史性的事件序列，以重要"事件"为链条进行回溯性、后展性研究，阐发事件序列相依、承接、断裂、悖立关系，探寻思想史演化的思维路径，依照事件的关联性和普遍性连贯统合成整体性的文体思想史演化脉络。贾奋然指出，在历史研究与逻辑演绎双重维度的交织中，重建具体的历史文化语境，进行古今中西的对话，是建构古代文体思想史的可行路径。[①]

彭锋将近年来出现的"意境说"分为"正统说""西来说""突变说""渐变说"四种学说，并分别予以批评。在他看来，意境是中国传统绘画和诗歌特有的艺术特征，中国现代意境理论并没有离开这种艺术特征，有些意境理论借助西方美学的概念来说明这种特征，可以被视为意境理论的发展。由于吸收了西方现代美学的某些思想和方法，现代意境理论较传统意境理论显得更加丰满，更有条理和体系化。[②]

[①]贾奋然：《中国古代文体思想史研究的双重维度》，《文化与诗学》2017年第2辑，华东师范大学出版社2018年版。
[②]彭锋：《现代意境辨析》，《北京大学学报》（哲学社会科学版）2018年第1期。

罗钢从"意境说"与西方美学的关系、"意境说"与中国传统思想的关系两个层面，回应了彭锋的观点。首先，彭锋将论争中的"意境说"分为四说是混乱的，其中存在不少交叉重叠，比较牵强；这种话语分类其实是话语控制的一种策略，即通过对"正统说""西来说""突变说"的批评、否定，肯定其所持的"渐变说"，将反对者的观点以"现代意境说"加以掩盖和收编，而抹杀了论争的实质。其次，对彭锋所谓的"西来说"以及现代意境说主体思想源于中国传统美学等做了辩证的分析，指出其在捍卫"意境说"时诉诸西方解释学理论，不仅曲解了解释学，其观点也经不起"解释传统"的检验。①

黄键辨析了王国维"境界说"中的叔本华、席勒美学和中国传统的道家思想，发现王国维"境界说"并不全合叔本华、席勒的美学，其"观物"之真与"言情"之真相统一、虚静与真情相融合的观点与叔本华、席勒美学相抵牾，却能在由庄子开启的"自然论"与"感应论"的中国传统诗学中得以理解，并较好地阐释了中国传统诗词。王国维的"境界说"脱西方美学之胎，而换中国文心为骨，这种兼取中西、以我为主的理论高度只有在清楚认识到中西文论的长短之后方可达到。②

---

① 罗钢：《关于"意境说"的若干问题》，《清华大学学报》（哲学社会科学版）2018 年第 5 期。
② 黄键：《还原"间距"——王国维"境界"说的文化身份辨析》，《文学评论》2018 年第 2 期。

赵黎明则对"境界"传统在中国新诗学中的现状与潜在价值进行了思考。他认为,中国传统诗学中的"境界"并未在新诗坛完全退场,新诗学界仍对"境界"的一些核心元素(如情感本位、情景交融等)有着碎片化的接受,但新诗学系统中的"境界"也经历了变异,例如语象化、事象化、理象化和虚境化。赵黎明指出,新诗学使用的固然是西方现代诗学话语,但西方现代诗学话语却也不无与"境界"传统的可通约之处,诸如"兴"与"象征"、"悟"与"表现"、"意象"与"客观对应物"等。传统"境界"诗学与新诗创作实践的融通,是一个很有意义的论题。①

黄霖追溯了"话"这一传统文论形态由故事戏谈而臻理论化的历史源流,并依照诗话的界定标准,指出"小说话"的主要表现形态为笔记体、随笔体和漫谈式。他认为,中国古代的"小说话"有即目散评、形散神完的特点,看似散漫,实则围绕一核心见解,其总体风貌就是其具象性与抒情性、叙事性、说理性相统一,因此使文学批评本身也可以作为文学作品来读。黄霖将《少室山房笔丛》视为"小说话"的发轫之作,并将历代的"小说话"分为六类,指出近代"小说话"颇多贡献,体现在"小说界革命"和新文化运动中,以及与新派小说家的关系中。"小说话"对当代的文论建设也不乏启发之处。②

---

① 赵黎明:《"境界"传统与中国新诗学的建构》,《文学评论》2018 年第 5 期。
② 黄霖:《关于中国小说话》,《中国文学研究》2018 年第 2 期。

金圣叹是我国古代小说评点的集大成者，他对《水浒传》的评点已成经典，提出了许多深刻的小说评点概念，其批评方式也值得深入研究。余岱宗认为，金圣叹的小说评点作为一种旁白式的评点，往往能创造性地再造文本情境、调整文本意义，为读者的阅读打开更广阔的想象空间。随着现代小说艺术观念和小说文本创作的转型，小说文本也由"故事体验型文本"转变为"故事认识型文本"，罗兰·巴特在《恋人絮语》中对《少年维特之烦恼》这一"故事认识型文本"的经典评析，正可与充满艺术感悟力的金圣叹小说评点相互映衬。由此，余岱宗为金圣叹的小说评点提供了当代"转译"的可能性。①

作为古代文学批评形式之一，"比附"是文学批评家在类比思维与仿古意识的惯性下对作家、作品、文体等进行比较基础上的攀附、依附。袁志成指出，"比附"由本体、附体和比附词等基本要素构成，本体和附体之间形成低高关系。他还分析了"比附"的四种基本类型，并追溯其哲学、史学和法律史的渊源，厘清了比附与比兴、比喻、比较、类比和并称等概念的学理关系，揭示了"比附"批评的学术意义。②

党圣元运用西方现代诠释学的"视界融合"理论，分析了目前学界在古代文论研究中"食洋不化"的缺陷，倡导回到古代文论研究的学术史、文学史和价值论的具体历史语境，发掘古代文论的理论内涵，并打破当代文论的"西方中心主义"，使古今文论展开对话，

---

① 余岱宗：《小说批评话语："转译"与"转型"》，《文艺争鸣》2018年第9期。
② 袁志成：《比附：一种跨文体的文学批评》，《文学评论》2018年第6期。

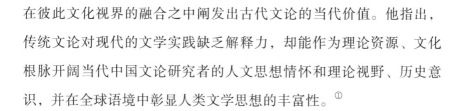

在彼此文化视界的融合之中阐发出古代文论的当代价值。他指出，传统文论对现代的文学实践缺乏解释力，却能作为理论资源、文化根脉开阔当代中国文论研究者的人文思想情怀和理论视野、历史意识，并在全球语境中彰显人类文学思想的丰富性。[①]

西方文论研究的深化

学界一般认为，俄国形式主义文论具有鲜明的科学主义特征，偏重对文本的技术性分析而缺乏人文关怀。其实，这只是一种笼统的认知，并不符合实情。杨燕指出，俄国形式主义奠基人什克洛夫斯基的诗学就充满了人文主义因子。真正影响到什克洛夫斯基的语言学家不是索绪尔而是库尔德内，库尔德内强调语言结构中历时因素的绝对作用，这促成了什克洛夫斯基诗学的人文主义倾向。什克洛夫斯基的"陌生化"理论富含人文主义倾向，因为"陌生化"重视读者的感受，强调人们对艺术的自由欣赏。什克洛夫斯基将读者的美感效应视作衡量艺术方法是否具有独创性的"唯一标准"，认为艺术可以通过"陌生化"阻滞读者的体验，由此读者跃出"断裂的生活"，"恢复自己完整的精神生命"。[②]

与什克洛夫斯基一样，雅各布森也上过库尔德内的语言学课。

[①] 党圣元：《重回原点：再论传统文论诠释中的视界融合问题》，《云南师范大学学报》（哲学社会科学版）2018年第1期。
[②] 杨燕：《俄国形式主义文论的人文主义因子》，《江汉论坛》2018年第4期。

作为俄国形式主义文论的代表人物，雅各布森最先提出"文学性"范畴，冯巍回溯了这一诗学范畴的语言学渊源：雅各布森认为语言具有一种动态共时的结构，有六种功能，诗性功能是其中之一；"文学性"并不是仅仅等同于"诗性"，而是"诗性功能"在语言的多功能结构中占据"主导"的、语言六大功能同时都具备并彼此相生互动的语言艺术的特质。重思雅各布森的"文学性"范畴，有助于我们重新认识"什么是文学性"，乃至"什么是文学"。①

赵雪梅梳理了巴赫金理论与后现代文论之间的概念渊源，发现巴赫金理论中的"不确定性""对话""狂欢"等概念本身就具有后现代特征。克里斯蒂娃译介的巴赫金理论在法国大受欢迎，克里斯蒂娃对罗兰·巴特和德里达均有不小的理论影响，罗兰·巴特曾多次直言克里斯蒂娃对他的"帮助"，而德里达的"播撒""延异"等概念更是与克里斯蒂娃的"互文性"等概念有着直接联系。可以说，克里斯蒂娃在法国后现代文论的建构中发挥了关键作用，其发展自巴赫金对话理论的"互文性"理论奠定了其作为后结构主义文论开拓者的地位。②

谈到罗兰·巴特，他与萨特的理论之争也颇引人注目。一般认为，罗兰·巴特《写作的零度》乃是对萨特《什么是文学？》一文的尖锐批驳。金松林还原了《写作的零度》中思想的起源，认为《写作

---

① 冯巍：《回到雅各布森：关于"文学性"范畴的语言学溯源》，《文艺理论研究》2018 年第 3 期。
② 赵雪梅：《克里斯蒂娃与后现代文论之发生》，《文艺理论研究》2018 年第 1 期。

的零度》并非为驳斥《什么是文学？》而作。罗兰·巴特在1942年《论纪德和他的日记》中便已显露其"零度写作"的思想一角，并在之后逐渐成熟；关于《什么是文学？》的争论不过促成了《写作的零度》的成型，而《写作的零度》得以风行还得等他在与拉辛研究专家雷蒙·皮卡尔的论战中成名之后。[①]

吴娱玉探究了萨义德的"东方主义"理论内核，分析了"东方主义"在中国的理论旅行。她认为，"东方主义"其实并不完全符合中国的特殊情况，却催生了詹姆逊的"第三世界"理论和顾明栋的"汉学主义"；与"东方主义"和"第三世界"理论不同，"汉学主义"弱化了政治性和对抗性，淡化了民族差异，而更加强调文化交融。中国问题对"东方主义"的挑战，使后殖民理论进入中国语境时经历了从以"西方理论"为中心到以"中国问题"为出发点、从外部视域到内部视域的多重转变。坚持以中国问题"挑战"外部理论，并形成新理论，有利于创造出中国当代的理论模式。[②]

以詹姆逊及其理论在中国的传播与接受为中心，刘康全面反思了西方理论在中国的命运。詹姆逊在20世纪80年代中期便已造访中国，但所谓詹姆逊主义在中国流行是在2000年之后。其实，中国学人所秉持的詹姆逊主义和詹姆逊的理论颇多错位。中国詹姆逊主

---

① 金松林：《介入与否：罗兰·巴尔特与萨特的理论分歧》，《文艺理论研究》2018年第2期。
② 吴娱玉：《中国问题对"东方主义"的挑战及其理论潜能》，《文艺争鸣》2018年第7期。

义遵循了中国接受西方理论的一般规律：一是奉行实用主义至上原则，服务眼前、顾及当下；二是学术上缺少穷其源流、究其真意的求索精神；三是忽视西方理论自身的历史脉络和背景。这样的理论运用凸显了中国学界"以西人之话语，议中国之问题"的理论特色。当下文艺理论界看似热闹，实则理论资源是缺乏的；当下的中国正处于历史转型的时期，找准中国独特的问题意识、合理发掘西方理论的内涵虽难必行。①

朱立元、张蕴贤研究了"新审美主义"，认为这一后理论时代西方文论中的新趋向呈现出如下特征：其一，重新思考了文学特性，集中探讨文学性理论的弥散，并从述行、事件角度对文学性做出新的概括；其二，反思了"新形式"，集中在对细读的强调、对形式与内容的调和以及形式对历史的开放几个方面；其三，提出"新审美"，意在打通古典美学与现代、后现代艺术，重建与政治相包容的审美维度。②

陈奇佳对伊格尔顿的悲剧观念做了锐利的剖析，指出其核心在于对资本主义自由观念的批评：伊格尔顿不赞同威廉斯的"自由悲剧"观点，认为"自由"本身的逻辑就无法自洽，并不能带来人的自由解放；"魔性"观念意在警惕社会精神的平庸化；"他者"是

---

① 刘康：《西方理论在中国的命运——詹姆逊与詹姆逊主义》，《文艺理论研究》2018 年第 1 期。

② 朱立元、张蕴贤：《新审美主义初探——透视后理论时代西方文论的一个面相》，《学术月刊》2018 年第 1 期。

自由理论所内蕴的与主体相对的存在，意味着个人与个人之间的隔膜；作为悲剧的主角，"替罪羊"在现代的表现形象就是穷人。陈奇佳认为，伊格尔顿的悲剧观念虽然并不完善，但对现代悲剧理论做出了重要拓展，有力地回击了所谓的"悲剧消亡论"的诸多论调，针对当代精神文化实际为现代悲剧艺术展示了多种可能的新进路。[①]

"可能世界"理论近年来备受关注，有较大的理论发展空间。张瑜认为，"可能世界"最早见于莱布尼茨的著述，鲍姆加登则第一个将其用于诗学和美学之中。通过"可能世界"理论，鲍姆加登成功地辩护了文学的虚构性，他提出虚构事物存在于现实世界之外的另一个可能世界，因此不能以现实世界的标准去衡量，进而为作者们自由的文学创造打开大门，并最终为文学的独立性奠定理论基础。[②]在文学地理学研究的语境中，颜红菲也谈到了"可能世界"理论，她认为"可能世界"理论突破了传统的模仿论，使文学中的虚构世界获得了和现实世界同等的地位，为文学话语提供了理论上的"合法"依据。"可能世界"理论有助于使文学虚构进入人类的日常生活实践中，参与到对现实世界的认知和改造过程中。[③]

生命政治问题是当下意识形态研究的热点问题，阿甘本的生命政治理论以例外状态、赤裸生命为核心关键词，建构起了围绕国家

① 陈奇佳：《自由之病：伊格尔顿的悲剧观念》，《文学评论》2018 年第 4 期。
② 张瑜：《鲍姆加登与可能世界理论》，《美学与艺术评论》2018 年第 1 期。
③ 颜红菲：《地理学想象、可能世界理论与文学地理学》，《美学与艺术评论》2018 年第 1 期。

主权、个体生命、法秩序以及奥斯威辛集中营的重新阐释。成红舞的研究揭示了福柯对阿甘本的影响：福柯对现代生命政治的科学技术、医学技术与人口组织控制的关注发展了现代权力的技术控制一面，阿甘本则从福柯晚年对生命政治权力的分类中看到了国家主权权力仍然显性地存在于当下的生命政治当中，并随时可以悬置法律秩序，因此对个体生命的控制将由技术控制转向例外状态的强制力控制，从而产生了赤裸生命。阿甘本延伸化发展了福柯的生命政治，使得现代生命政治理论出现了多面向、多元化及现实批判性等鲜明特点。[①]

通过对法兰克福学派的中国之旅的分析，朱国华指出，中西方学者都聚焦于批判理论之于中国的跨语境挪用潜力。对有些西方学者来说，批判理论的欧洲中心主义值得批判性反思，而对于中国学者来说，值得注意的是法兰克福学派理论在解释中国某些文化实践时必然出现错位。双方在强调批判理论的工具价值的时候，都无意识遮蔽了批判理论作为一种科学理论的知识学意义。实际上，中国注重实践智慧，而缺乏追求真理的传统。中国在开始追求现代性的过程中，在科学技术领域中已经取得了一些成就，但是诸多证据表明，中国的人文社会科学还处在相当初步的层级中。中国学术的未来辉煌，取决于坚持不懈地继续奉行"拿来主义"的长期战略，这需要

---

① 成红舞：《阿甘本思想探源之一种：福柯对阿甘本的影响》，《文化与诗学》2017 年第 1 辑，华东师范大学出版社 2018 年版。

决心和耐心，也是合乎中国实际的另一种文化政治正确。[①]

多向度的中西美学研究

陈伯海认为，传统审美与艺术活动的本原可归结为"外师造化，中得心源"，其运作方式可概括为"入乎其内，出乎其外"，其生成的美感对象（意象）的性能可解说为"立象尽意""境生象外"，而审美的终极目标则在于"美善相乐""尽善尽美"。中国古人与西方人对生命本真意义的理解不同，西方传统侧重个人的主体性，中国传统则侧重世界的整体性，由此造成审美主体与其对象世界关系上的不同，进而影响到审美体验把握方式上的区别。不过，二者有不少相交集、可沟通之处。中国传统美学既重视现实生命感受，又坚持超越性追求的基本路向，值得今人借鉴，阐扬其中思想资源，与西方美学和当代理论相参照，有益于新时代华夏美学的发展。[②]

章启群提出，"《庄子》美学"是个悖论。它之所以难以成立原因有三：其一，《庄子》中作为世界本体的"道"与美丑无关；其二，《庄子》在认识论上持怀疑论态度，消解了美丑判断；其三，从伦理学价值论来看，《庄子》关注养生全性，而拒绝追求"五音""五色""五位"等美好事物。考察《庄子》文本中"美"和"大美"

① 朱国华：《文化政治之外的政治：重思法兰克福学派中国之旅》，《兰州大学学报》（哲学社会科学版）2018 年第 1 期。
② 陈伯海：《华夏传统审美精神探略》，《学术月刊》2018 年第 8 期。

的词义,它们并不具备美学意涵,仅仅从这些个别词语立论,再把《庄子》的一些个别、零星的句子串联起来,来论证"《庄子》美学",这在方法论上就走向了只见树木不见森林的歧途。尽管如此,章启群认为《庄子》美学研究对中国艺术形态和精神还是产生了深远影响。^①

贺昌盛考察了我国"美学"学科的确立过程,指出其既有赖西方"审美"观念的传入,又离不开我国传统中积累的"感性经验":晚清"词章学"的分化和转换为"美学"学科的确立奠定了学术类别基础,西式"知识"的引介则建构起了"美学"学科的理论构架,而中国传统的"感性经验"则为这一新兴学科注入了可资推进的充足活力资源。^②

刘成纪研究了蔡元培"以美育代宗教说"的历史语境及其现代价值。从清末民初的历史看,蔡元培之所以提倡以美育代替宗教,除了宗教与封建专制及迷信具有天然的共生关系外,还在于两者之间存在类似性。蔡元培的贡献在于:一方面将"纯粹之美育"从宗教中剥离出来,另一方面则成功保留了美育之于人类精神的神圣价值。同时,蔡元培反宗教并不必然意味着反传统。相反,他正是通过对孔教的批判,将真正意义上的中国传统纳入现代美育体系之中。据此,理解蔡元培"以美育代宗教说"的现代价值,两个长期被忽

---

① 章启群:《作为悖论的"〈庄子〉美学"》,《文艺争鸣》2018年第2期。
② 贺昌盛:《现代中国"美学"学科的确立——从"词章"到"美术/美学"》,《中国文学批评》2018年第2期。

视的维度也就彰显了出来：一是他赋予了美感神圣性，二是他使中国传统美育具有了现代性。[①]

张郁乎梳理了朱光潜美学思想的发展历程，发现朱光潜前期的美学思想有一个突破康德—克罗齐美学的过程。朱光潜在《克罗齐哲学述评》中修正了之前他在《文艺心理学》对克罗齐的误会，并发现了克罗齐美学中的错误根源——混淆了一般意义上的直觉（知觉）和艺术的直觉（想象）。朱光潜通过深入的学理研究，发现了康德—克罗齐唯心主义美学的缺陷，这种求真务实的学风，值得我们学习。[②]

赵奎英指出，艺术本质上不是一种再现的不在场符号，而是一种显现的出场符号。艺术作为出场符号，不是对某个不在场对象的代替，而是对自身存在及相关意义的显现，是在特定时间和场所中发生的有意义或意味的符号实践。符号、存在和意义是同时出场、不可分割、一体生成的。"出场符号"概念的提出，有助于更好地理解艺术符号的本质、艺术活动的本体，更深入直观地理解艺术符号与"人物""出场"活动相关相类的物质性、动作性、展示性、具身性和场域性等特征，从而使艺术符号学及艺术基本理论研究得到真正推进。[③]

---

① 刘成纪：《蔡元培"以美育代宗教说"的历史语境和现代价值》，《美术》2018年第1期。
② 张郁乎：《朱光潜前期对康德 - 克罗齐美学的批评——从〈文艺心理学〉到〈克罗齐哲学述评〉》，《中国文学批评》2018年第2期。
③ 赵奎英：《试论艺术作为出场符号》，《文学评论》2018年第4期。

苏宏斌从现象学美学视角阐释了印象派绘画，指出印象派绘画之所以成了现代艺术的开端，是因为这派画家把握住了现代生活的特质——变易性。对变易性的追求导致了印象派画家时间意识的觉醒，他们把刻画事物的瞬间影像作为绘画的主题，从而把时间维度引入了绘画之中。为了捕捉事物的瞬间影像，印象派画家重视感知而排斥回忆和想象，因为在完整的时间意识中，感知能够获得当下的原初印象，回忆和想象则只能把握过去和未来。印象派绘画过分专注于事物的变易之美而忽视了其永恒之美，这导致其在开启现代绘画的同时，也迅速被后继的现代画派所取代。[①]

审美和艺术是建构文化身份的重要途径，所谓华夏美学实际上也着意通过确立美学的中国特质以确证我们的文化身份。尹庆红指出，艺术生产和审美实践只有表达地方性的审美经验才能起到审美认同的功能，通过表现一民族的地方性审美经验，就能够唤起该民族人民的共鸣，从而促进身份认同，超越"自我他者化"和"民族情调"这两种与民族群众现实生活脱节的认知模式。[②]

周才庶对我国 20 世纪 80 年代至今的"审美经验"概念做了一番知识社会学研究，指出 20 世纪 80 年代的"审美经验"主要是从审美心理学的角度来谈的，20 世纪 90 年代以后的"审美经验"则为西方的现象学、解释学、生活美学等理论话语所裹挟，与本土经

① 苏宏斌：《时间意识的觉醒与现代艺术的开端——印象派绘画的现象学阐释》，《文艺理论研究》2018 年第 1 期。
② 尹庆红：《审美认同与身份表征》，《上海文化》2018 年第 6 期。

验隔着距离。"审美经验"这一概念现已广泛应用于哲学、美学、文学、喜剧电影、美术书法等各个人文科学领域，呈现出泛化的意义使用样态，其中有时事变迁的深层社会历史原因，而当务之急在于使"审美经验"与中国传统文化更加紧密地衔接起来。[①]

李春青指出，在人类历史上，占主导地位的审美趣味总是与在文化上占主导地位的知识阶层紧密关联。如果不算上古时期的巫觋、部落酋长或祭司，广义的知识分子经历了"贵族知识分子""传统知识分子""现代知识分子"等阶段，今天则处于向着"大众知识分子"转换的过程之中。不同身份的知识分子代表着不同的审美趣味：贵族、传统以及现代知识分子都是社会精英阶层，代表着一种排斥与区隔社会大众的审美趣味；大众知识分子则是社会大众的一员，他们对社会大众的审美趣味有着深刻的"了解之同情"，他们与社会大众其他成员唯一不同的是专业上的特殊造诣，而这正是他们介入大众审美文化的主要资本。他们通过努力可以成为大众文化的"批评者""中介者"与"对话者"。[②]

王德胜从重建美学与生活的关系出发，探讨了当下生活的"审美干预"问题。王德胜指出：当下生活的各种事实，包括审美活动总是动态发生的，美学关于对象的认知活动及其具体认知应该是生

---

① 周才庶：《中国"审美经验"的知识社会学考察——兼论新时代文艺美学的一种转向》，《文学评论》2018 年第 4 期。
② 李春青：《论大众知识分子与审美——兼谈当下文学理论建构的主体依据问题》，《河南社会科学》2018 年第 10 期。

动具体的生活感知及其感知形态；当下生活及其认知活动的共时性关系，决定了美学只有具体地回到当下生活，具体经历生活的当下展开，才能真正感知和发现生活存在，也才可能真正显现美学自身的存在。作为"审美干预"的美学权力的实现，需要重新将自身实践前景置于当下生活"可感性"塑造的具体认知之中——不是把生活当下的经验加以概念化甄别，而是从外部指令"内转"为生活当下的直接感受，通过生活且在生活中进行具体认知，突出人的当下生活"可感性"的认知形式，这必将成为美学在今天有效行使日常生活"审美干预"的基本要素。①

改革开放四十年来，中国文论经历了三个不同的阶段：走出"文革"和解放思想的"新时期"，学科建设和与世界接轨的"新世纪"，脚踏实地和自主创新的"新时代"。从 2018 年度文艺学前沿问题研究报告可以看到，我们在取得很大成绩的同时，也存在着亟待解决的问题。

正如朱国华所指出的，在某种意义上，我们今天之所谓人文学科，其问题意识、方法论基础、推论过程，甚至其功能与意义，很大程度上并不是中国传统学术的接续，而更多的是对西方人文学科的横向移植。其结果，研究古代文论者仿佛置身古代说着古代的事，与当代文化生活并不相干；研究西方文论者，仿佛置身外国说着外国的事，或与中国文学实践毫无关系，或只是削足适履的"强制阐释"；

————————

① 王德胜：《当下生活的"审美干预"——从重建美学与生活的关系出发》，《社会科学辑刊》2018 年第 1 期。

构建文艺理论系统者，在一些领域里尽管有所推进，但其影响范围没有超出汉语学界。①

难道不是这样吗？

诸多文艺理论研究成果不仅影响力没有超出汉语学界，甚至连文艺理论界都没能超出；它们只是栖身于图书馆、办公室的书架上，其中的思想在互联网、艺术、电影、电视、建筑、文学创作、电子游戏、视觉艺术、政治思想等诸多领域近乎暗哑无声，怎么可能建立起理论与创造实践之间富有成效的联系？反观那些真正有原创性的思想家，他们总是有一个自己无法绕开的作家、艺术家，如，果戈理之于别林斯基，达·芬奇之于弗洛伊德，荷尔德林之于海德格尔，波德莱尔之于本雅明，陀思妥耶夫斯基之于巴赫金，塞尚之于梅洛－庞蒂，海明威之于埃德蒙·威尔逊，法兰西斯·培根之于德勒兹，卡夫卡之于布朗肖，鲁迅之于竹内好，村上春树之于小森阳一……思想家的哲思与这些作家、艺术家的思考创作状态贴心贴肉，彼此为敏感的神经相互感发，而向外迸发出了"生产性"（productive）的思想，逸出并辐射向其他学科领域，催生出跟哲学产生共鸣的不朽之作。

高建平提出，当下我们最重要的工作是要克服理论脱离实际之风，倡导理论与创作、理论与批评的结合，包括美学研究与文论研究的结合，针对文学实践中出现的文艺与人民、文艺与市场、文艺

① 朱国华：《本土化文论体系何以可能》，《浙江社会科学》2018 年第 10 期。

与科技之间的关系，以及文艺批评提出的新问题，进行切实的理论探索，形成文论研究的深度发展，以推动文学艺术的繁荣，提高全民族的审美水平。[1]

路径何在？

早在 20 世纪初，王国维有云："余谓中西二学，盛则俱盛，衰则俱衰，风气既开，互相推助。且居今日之世，讲今日之学。未有西学不兴，而中学能兴之者；亦未有中学不兴，而西学能兴之者。"[2] 梁启超亦云："舍西学而言中学者，其中学必为无用；舍中学而言西学者，其西学必为无本。"[3] 熊十力一语中的："吾国学术，夙尚体认而轻辨智，其所长在是，而短亦伏焉。""玄学决不可反对理智，而必由理智的走到超理智的境地。"[4] 这是智者之言！

"逻辑是我们这个时代的哲学的独特标志。"[5] 在西方，"转喻"作用占主导地位，并以理性的、因果的抽象思维形式表现出来，述学文体多为"演绎"型；而"隐喻"活动则支配了中国的关联方式，并以诗性的、类推的非形式化方式表现出来，述学文体多为"隐喻"型。置身文化断层的时代，中国传统的"隐喻"型言说已然被置换

---

①高建平：《新时期、新世纪、新时代——改革开放 40 年与中国文论的发展》，《文艺争鸣》2018 年第 12 期。

②王国维：《国学丛刊序》，见胡道静编：《国学大师论国学》，东方出版中心 1998 年版，第 42—43 页。

③梁启超：《读西学书法》，见《梁启超选集》，上海人民出版社 1984 年版，第 38 页。

④熊十力：《十力语要》，上海书店出版社 2007 年版，第 171、118 页。

⑤冯·赖特：《知识之树》，陈波等译，生活·读书·新知三联书店 2003 年版，第 158 页。

为西式的"演绎"型言说,即注重逻辑思维的归纳性、演绎性言说,它从某种外在的、现成的、一般的观念入手来理解生命与艺术——这是对生命与艺术之独特性的双重漠视。

盲目接受或拒斥西方,挟洋自重或自轻,都无济于事。除非我们的文艺理论是一种"生产性"理论,一种可以激发创造性思维的理论。吴子林提出,文艺理论思维与言说方式的革新刻不容缓,其可能路径是融合中西方思维模式,创构"隐喻"型与"演绎"型合而为一的述学文体——"毕达哥拉斯文体":由对象化之思转为有我之思,由"知性智慧"转为"诗性智慧",由线性的、封闭式结构转为圆形的、开放式结构;在"断片"写作中,打通古今中西,打通人文各学科,动态呈现个人化创见与风格。创构"毕达哥拉斯文体"的内在机制,则是"以美启真",即始于"负的方法"("悟证"或"体认"),终于"正的方法"("逻辑分析的方法"或"形式主义的方法"),从"论证"走向"证悟"(运用逻辑、辨析、论证的方法诠释、发展"悟证"之所得),以轻驭重,最终走出同质化、言不及物之"语言的牢笼"。[①]"毕达哥拉斯文体"的创构,将促使我们从"生活世界"出发,直接面对实事本身,融合中西文化智慧,在"生活世界"高悬的画布上描绘所洞察的意义,治愈以多种样态呈现的"时代病",使中国文艺理论研究真正走向中西会通的创造境域。

(与陈加合撰,载《南方文坛》2019 年第 4 期)

---

① 吴子林:《"走出语言":从"论证"到"证悟"——创构"毕达哥拉斯文体"的内在机制》,《清华大学学报》(哲学社会科学版)2018 年第 5 期。

融合创新　走向未来

——2019 年度文艺学前沿问题研究报告

　　2019 年正值五四运动一百周年，又是中华人民共和国七十华诞。在这个颇具历史意义的重要时刻，文艺学界在马克思主义文论、中国古代文论、西方文论、美学研究以及文学理论体系建构等论域，推出许多让人耳目一新、分量厚重的研究成果，提出了不少体现原创性、时代性的思想灼见。一个融合创新、臻于成熟、走向未来创境的中国文艺理论体系已然呼之欲出。

马克思主义文论中国化的历史与现实

　　以历史的眼光来看，马克思主义文论的中国化经历了一个不断深化的历程。段吉方研究了五四前后中国的文学文化经验，指出马克思主义中国化具有"文艺先行"的特点。五四时期马克思主义在中国开始广泛传播，当时虽然尚未明确提出马克思主义中国化的概念，但从事文艺研究的现代知识分子已然展开了马克思主义文艺理论中国化的进程，其理论路径有二，即"取道日本"和"以俄为师"。马克思主义在中国的传播与接受不仅有外在因素的促发，还有立足于国情国势的理论自觉。马克思主义让五四新文化具有不同以往的文化特征，五四新文化运动则是马克思主义在中国有效传播的重大契机，二者相互促进。五四时期马克思主义文艺理论的中国化奠定了中国马克思主义美学的理论起点，具有不同于欧洲马克思主义的鲜明特点：革命性、思想性和人民性。[①]

20世纪20年代，马克思主义文艺理论在中国的传播主要是由身处文学社团之中的理论家完成的。泓峻指出，20世纪初的文学社团继承了中国古代文人结社的传统，置身社团中的文艺理论家们为了辩护该集体的文学主张，对马克思主义文艺理论进行了有选择的宣扬。这从客观上促进了马克思主义文艺理论在中国的传播和中国化，其论战性的理论姿态也增强了马克思主义文艺理论的魅力，具有极强的现实意义。不过，文人相轻与各取所需不利于对马克思主义文艺理论的完整把握和研究。30年代，以社团为主的马克思主义文艺理论传播形式得到改变，然而其影响仍然深远。[②]

---

① 段吉方：《"五四"文学文化经验与马克思主义文艺理论中国化的历史背景》，《华南师范大学学报》（社会科学版）2019年第3期。
② 泓峻：《社团传播对中国早期马克思主义文论品格的影响》，《文史哲》2019年第2期。

1940 年前后，大批受到先进思想熏陶的文化人来到延安。为了尽快将他们纳入革命队伍，中国共产党开展了文艺体制建设。刘卓深入研究了延安时期的文艺体制，指出延安时期的文艺体制着眼于文化人的自我改造和成长，重心在于思想、立场的一致；延安文艺体制的组织性源于同时期共产党的党建经验，通过将作家与党的关系转变为作家与群众的关系，作家们自觉成为无产阶级自己的"有机知识分子"。群众在作家的改造过程中具有重要作用，是延安时期文艺体制的关键理论装置，作家与群众的关系构成了延安文艺体制的"非制度性"基础。[①]

李圣传追溯了我国国民经济调整期（1960—1962 年）文学理论的话语建设，指出以周恩来为代表的中央领导人的系列报告、讲话为当时极端教条化、政治化的文艺氛围松了绑，勉力营造出了较为健康的政治局面，为周扬领导"总结中国经验"的全国高等学校文科教材编写工作提供了历史机遇。该时期我国文科教材努力突破"苏联模式"，创造符合我国国情、具有中国特色的理论教材，产生了一批有代表性的学术成果。尽管未能彻底摆脱"苏联模式"，且随后由于国际国内形势突变，这一探索进程也戛然中止，但仍然为新时期以来的文艺理论、人文科学的健康发展开启了方向。[②]

---

① 刘卓：《"群众的位置"——谈延安时期文艺体制的"非制度性"基础》，《陕西师范大学学报》（哲学社会科学版）2019 年第 1 期。
② 李圣传：《经济调整期文学理论话语的突破和重建》，《中国文学批评》2019年第 3 期。

　　刘方喜提出，新中国成立七十年来的文论话语经历了三个问题域：以前三十年为代表的"文艺与政治关系问题域"，理论焦点聚于文学艺术的意识形态性；改革开放后凸显的"文艺与市场关系问题域"，主要反思市场经济冲击下的文学生产；21世纪以来逐渐呈现的"文艺与技术关系问题域"，因应于互联网与人工智能对文艺生产—消费过程的巨大影响。这三大问题域具有鲜明的时代特点，但并不"代谢"，而是在当下交织并存着。这三大问题域都具有马克思主义的话语空间，立足于马克思的生产工艺学批判理论，在理论建构中整合这三大问题域，将是中国马克思主义文论的重大创新点。①

　　赵炎秋系统分析了中国马克思主义文艺思想不同发展时期中"人民"的内涵，指出中国共产党领导人的"人民"观念是其核心内容。在马克思主义传播早期，陈独秀、李大钊等人的"人民"侧重于工人，影响及于文艺界，遂提倡无产阶级文艺；毛泽东成为中国共产党实际领导人后，其"人民"明确为"工农兵"，具有极强的政治属性；新时期，邓小平的"人民"实际上就是全民，他将知识分子也划入了工人阶级；进入新时代，习近平继承了邓小平的"人民"观念，但在内部构成上有了新的创见，其"人民"是由不同群体和个人组成的，这一"人民"观念还具有高远的国际视野。习近平的"人民"

---

① 刘方喜：《文艺与政治、经济、技术：七十年文论问题域的演进》，《中国文学批评》2019年第3期。

观念必将对新时代中国文学产生重大影响。^①

胡亚敏从马克思主义文学批评的视域重新审视了文学与政治的关系，指出当下政治的内涵正从阶级政治走向人民政治、从宏观政治走向微观政治、从显性政治走向隐性政治，以往学者将文学与政治的关系视为外部关系是不准确的。事实上，政治（或意识形态）因素构成了文学文本及其审美特征的有机组成部分，展开文学与政治的内部研究十分必要。20 世纪末以来文学批评的重新政治化不是政治的简单回归，而是政治与审美的融合，它通过重新塑造人的感觉和精神世界的方式来介入现实社会，治愈现代社会的顽疾。^②

时胜勋探析了中国当代政治文论的概念内涵、理论再生产机制与文化归宿，指出中国当代政治文论就是与现实政治实践密切联系并彰显主流意识形态价值的文论。他将中国当代政治文论的生产主体分为政党领袖、文宣管理干部、学者型马克思主义文论家和学者型文论家四类予以阐述，指出中国当代政治文论的再生产机制大体有三个方面：一是吸收马克思主义文艺思想的历史遗产，二是在积极应对社会现实中理解、把握当前的文化文艺现象，三是吸收、借鉴古典文论和西方文论等有益资源。当前我国政治文论的最大困境在于政治的符号化与学术的薄弱，中国当代政治文论应处理好自身

① 赵炎秋：《"人民"内涵的变化及其对文学的影响》，《中国文学批评》2019年第 2 期。
② 胡亚敏：《中国马克思主义文学批评中的文学与政治新探》，《文学评论》2019年第 3 期。

与时代的关系，凭借自身特色与其他中国当代文论共同促进文艺发展，最终归宿为中华文化精神传统。①

阎嘉爬梳了生产性文学批评理论的基本发展趋势，指出其中有三个重要的关注点：文艺作品的生产者及其创作活动，文艺文本生产过程中的艺术生产力或艺术技巧，以及文艺生产与各种社会因素、社会意识形态之间错综复杂的联系。阎嘉分析了西方现当代文学批评的发展演变过程，对生产性文学批评理论做了历时性研究。这一考察有助于在新的历史语境下深化马克思主义文学批评理论，把握19世纪至今西方文学创作和批评实践的整体情况，为中国特色的马克思主义文学生产批评理论建设提供重要参照。②

张炯比较系统地阐述了习近平文艺思想的理论背景和历史渊源，指出习近平的文艺思想萃取了中外文论的精华，既继承了中国共产党的文艺理论传统，又针对性地回答了时代提出的问题，是对马克思主义文论的丰富和发展。习近平的文艺思想囊括了文艺与时代、文艺与人民、文艺与真善美、文艺的思想性和艺术性与中国精神、党与文艺等诸多关系的重要内涵，具有非常重大的历史意义。第一，习近平文艺思想从多方面发展了马克思主义文艺理论，具有普遍的指导意义；第二，习近平文艺思想密切结合我国古今文艺实践，特

---

① 时胜勋：《试论中国当代政治文论的概念、机制与归宿》，《澳门理工大学学报》（人文社会科学版）2019 年第 1 期。
② 阎嘉：《当代西方生产性文学批评理论的缘起与问题》，《社会科学辑刊》2019 年第 2 期。

别注意继承、发扬中国优良传统，讲好中国故事；第三，习近平文艺思想具有中华民族伟大复兴和构建人类命运共同体的宏大视野，对当前时代提出的问题给出了正确的回答，为新时代文艺的繁荣兴盛开辟了广阔的道路，对世界各国人民文艺的发展也具有长远的启示作用。①

古代文论研究的深化与拓展

刘晓军对古代论说文体"说"做了一番历史探源，指出"说"体源于"说"祭。作为先秦祭祀祈祷的礼仪，"说"祭属于"六祈"之一，是一种以论说的方式说服神灵满足祭祷者祈求的言语行为。由于这一言语行为的记录、撰写需要，便产生了"说"体。战国诸子议论之"说"，与"说"祭联系紧密，其中："说"的语义基本相同，二者属性、功能大体一致，都是陈述、论证事实的辩词；二者的论述策略也都是以炜晔谲诳或披肝沥胆的言辞说服对方，论述逻辑也极为相似。"经说"与"小说"是"说"体的两个变种："经说"是诸子的学说，统合了概括提要之"经"与解释说明之"说"；"小说"则是名声不显的别家学说，既是一个文体概念，也是一种文献类别，不同于现代意义的"小说"。②

---

① 张炯：《论习近平关于文艺的系列论述及其历史意义》，《中国当代文学研究》2019 年第 1 期。
② 刘晓军：《"说"祭与"说"体》，《学术月刊》2019 年第 5 期。

　　朱志荣指出，中国古人的意象观念始自《周易》，《周易》中蕴藏的易象思想与审美意义上的意象思想相通。他从观物取象、立象尽意和取譬达意三个层面分别剖析了易象与意象在创构逻辑、象意关系和诗性思维三个方面的血脉联系，发现易象与意象具有如下共同特点：强调主体对客观事物的直觉领悟，在物我交融中获得审美体验、创构表意之象，以拟象和法象的方式表意，以有限之象传达无限之意，内在情意与感性物象浑然为一，体现出川流不息的生命意识。此外，爻辞与《诗经》有一定的渊源关系——部分爻辞近似于诗，且其取象表意如同诗中的"比兴"。①

　　余开亮以郭象《庄子注》的玄冥观为切口，揭示了审美意象创构的玄学理路。郭象思想中的物我关系与庄子心物关系有别：其一，庄子心物关系的展开立足于主体心性的精神境界，郭象物我关系则立足于主体的生命本性；其二，庄子的物观念表现为超越表象的本然之物，郭象的物观念则表现为各具其性的"殊物"。基于物我关系的理念，郭象玄冥观的展开就是人之本性与物之本性的直接照面，从而具有丰富的美学意蕴，导向了不同于汉魏"感物缘情"的"寓目美学"观，为东晋以来的诗歌风尚从重情志转为重物色奠定哲学基础，对山水诗的出现贡献极大。审美意象创构的玄化路径，具有摒弃感物之人情而充满物我之玄思的特点，刘勰、钟嵘调和"寓目

---

① 朱志荣：《论〈周易〉的意象观》，《学术月刊》2019 年第 2 期。

美学"和"感物缘情",催生出了"情景交融"的诗学观念。①

张岳林、杨洋深入曹丕所处的政治、历史语境,指出《典论·论文》是建立在国家意识基础上的"文章经国"话语体系。今人对《典论·论文》是否具备"文学自觉"意识存有争议,实际上,曹丕并未关注"文学自觉"或"不自觉"。从建安时代的历史语境来看,《典论·论文》是曹丕在"文章经国"的政治视野下,以"作者自觉"的论述为轴心,有意识进行的原文学批评话语建构。曹丕的文章概念包含但不限于文学概念,他意图建立新的文章话语体系和文章标准,即以实用性文章为核心,辅之以审美性文章(诗赋),而成就不朽之盛世。②

徐俪成研究了南朝士族子弟间普遍流行的"幼属文"现象,指出它源于汉末之后"以名取士"的社会风尚。晋宋之后,文章成为士人谋求进身之路的资本,然而士人们担忧年命不永,熏出以早达为高的风气。于是,士族子弟出仕时间普遍提早,其学习文章创作甚至也提至学习"五经"和史传之前,因此出现大量早熟作者,以谋功名。在这样的社会环境影响下,社会舆论更倾向于用"天才"解释文才禀赋。这些舆论也影响到刘勰、钟嵘等文论大家,最终确立了"才主学辅"的文学天才观。③

① 余开亮:《郭象玄冥观与审美意象创构的玄学理路》,《学术月刊》2019 年第 2 期。
② 张岳林、杨洋:《"文章"经国与"作者"自觉——〈典论·论文〉原文学批评的话语建构》,《文艺理论研究》2019 年第 1 期。
③ 徐俪成:《南朝士人群体"幼属文"现象的流行与文论中的"才主学辅"观念的确立》,《文艺理论研究》2019 年第 1 期。

蒋寅指出，翁方纲的"肌理"说是在深入反思王渔洋神韵诗学的基础上产生的，它既弥补了神韵说内容的空虚，又助力乾隆时期的学人诗风。"肌理"原指"皮肤纹理""肤感"，翁方纲将其延伸为诗歌的语言组织，关注字句之间的意义关联。在这个使用意义上，"笋缝"也是"肌理"说中的一个重要概念。此外，"肌理"还代表着一种新的文本分析观念，一种迫近地观察文本的方式，落实于文本中构成意义层次的语言组织形式，从句法层面考察意义表达。于是，"肌理"说便不只是写作技法，也是一种阅读技法，具备文本的内部构成和外部效果的双重意义。但在翁方纲诗学中"肌理"说并未占据核心地位，只代表其早年的诗学思想。①

颜庆余研究了古典诗学中的公私范畴。艺文所有权观念的形成始于魏晋，成熟于两宋，其间也有不少反对诗文所有权私有化的声音，试图恢复公有的理念。在诗文所有权私有化的基础上，作者们大量追求标新立异，炫己争名，力求独创。然而在求新求变的竞争潮流之余，又有以陶渊明为典型的"自得"一派，以真情淳心自成高格。在中国古典诗学中，作者处于文学四要素的中心，这是古典诗学的核心特征，也是我国诗歌"抒情传统"的基础。尽管如此，作者也不是绝对权威，在古代诗文的创作、流传过程中，作者之外的他人也常做改益，期于尽善，因而保持着既矜私又为公的诗歌共同体。②

---

① 蒋寅：《肌理：翁方纲的批评话语及其实践》，《文学遗产》2019 年第 1 期。
② 颜庆余：《中国古典诗学中公私范畴的内涵与特征——以章学诚"言公"论为中心》，《文艺理论研究》2019 年第 4 期。

耿志、寇鹏程动态地考察了王国维"境界"说的生成机制。通过仔细爬梳《人间词话》的版本差异和成书过程，他们发现，"境界"说是以西方哲学、中国传统文论和王国维的生命体验为"养分"，以其诗词创作经验和阅读体验为"母体"，以诸多子概念及其内部的逻辑关系为"血肉"和"筋脉"的有机体系。王国维依据其精神气质和生命体验的倾向，选择性地接受了中国古典文论与西方哲学，中西思想在其精神世界中融为一体，俨然自铸一家。以往研究多离析王国维"境界"说中的中西思想因素，或有"七窍成而混沌死"的危险。①

姜荣刚全面考察了"意境"概念的古今运用，发现现代"意境"的基本内涵在古代已大体具备；晚清"意境"经由中西诗学的交互格义，传统"意境"不仅在他者镜照下得以自我"发现"，同时还借此整合了中西相关文论资源，促成了意义上的增殖。王国维、朱光潜等学者更是在此基础上借助西方理论，使"意境"理论得以进一步现代化、系统化；但是，传统"意境"的理论内核并未因此而消失，作为文学艺术本质问题的认识与概括，它是普适的、常新的。从这个意义上讲，"意境"说的形成既是中国的，也是西方的，既是传统的，也是现代的，割裂这些属性只能导致理解与阐释上的混乱与悖论。②

---

① 耿志、寇鹏程：《王国维"境界"说的生成机制研究》，《文艺理论研究》2019年第2期。
② 姜荣刚：《现代"意境"说的形成：从格义到会通》，《文学评论》2019年第2期。

中国文学批评有一个象喻传统，其所取譬对象有人体自身、人文器物和自然物三类。冯晓玲指出，自然物之喻发端于汉末魏晋，壮大、成熟于唐宋元，于明清拓展到戏曲、小说等领域。自然物之喻有深厚的学理依据。首先，文学作品的发生与自然物之间具有内在联系；其次，"物象表达"符合中国美学传统和中国哲学观物取象的认识论传统；再次，自然物之喻符合中国美学的农业文明特征；最后，自然物之喻所代表的"泛宇宙生命化"批评符合中国哲学的宇宙生命观。自然物之喻有多方面的意义：联结文学世界与自然世界，拓展文学艺术的言说空间和意蕴空间；打通多种艺术批评之间的界限，形成一批中国美学中常用的自然物象批评语言；强化中国文学批评、中国美学的生命意识和抒情传统。[①]

西方文论的重读与再释

刘小枫指出，古希腊"诗学"诞生于对民主政治的哲学思考。他考察了古希腊"诗"和"诗学"的起源，发现古希腊词汇 poiētēs（诗人）和 poiēsis（诗）目前最早可见于希罗多德的《原史》。从《原史》中"诗"一词的使用入手，刘小枫研究了希罗多德关于荷马等人的诗论，并通过回到希罗多德所处的历史语境，对希罗多德的诗式史书写作加以细致的考察。古希腊人的作诗恰恰发生于雅典民主政制

① 冯晓玲：《自然物之喻与中国文学批评》，《文艺理论研究》2019 年第 3 期。

时期，此时雅典诗人们主要在其创作中思考民主政制的德性品质问题。从文本看，希罗多德的《原史》正是因应时代所作的纪事之诗，但希罗多德对民主政制的态度并不明朗，在其《原史》的写作中，他不曾观念先行。尽管人们围绕希罗多德的修辞产生了诸多议论，但希罗多德"尽量让故事本身说话"的叙事无疑极富生气。[①]

朱立元在重读黑格尔的过程中，发现应该区分《美学》中"终结"（Ende）与"解体"（Auflösung）的不同使用。对照《美学》的朱光潜译本与德文原文，该书中黑格尔对 Ende 和 Auflösung 的使用绝大部分与丹托宣扬的"艺术终结"论没有直接的意义关联，Ende 与 Auflösung 的含义也并不完全相同。黑格尔的"艺术终结"论并非预示艺术一步步走向终结、消亡的历史现实，而应从其哲学的逻辑体系中加以把握。在黑格尔看来，"美是理念的感性显现"，其划分"象征型—古典型—浪漫型"这一艺术演进历程的标准正在于理念精神性逐渐超越感性物质性的逻辑进程。依照黑格尔理念运动的逻辑理路，艺术终将为代表纯粹理性的宗教、哲学所取代，而这与历史实存中的所谓艺术"终结"并无瓜葛。[②]

张永清追溯了"白尼尔—海涅论争"的起因、经过和结果，阐发了这一文学批评历史事件的当代意义。白尔尼和海涅的论争源于"歌德论战"，其焦点在于歌德在法军入侵时期的政治不作为。白

---

① 刘小枫：《希罗多德与古希腊诗术的起源》，《文艺理论研究》2019 年第 1 期。
② 朱立元：《对黑格尔"艺术终结"论的再思考》，《西南大学学报》（社会科学版）2019 年第 2 期。

尔尼激烈批判歌德的政治态度，并批评海涅党派观念不专；海涅则对歌德持折中态度，并从艺术维度为歌德辩护。"歌德论战"和"白尔尼—海涅论争"的实质在于：如何看待诗人的政治态度？如何看待文学与革命、艺术与现实之间的关系？在当时的情境下，白尔尼获得了更多的赞誉和肯定，其社会、政治影响力远超海涅；海涅在当时则多遭批判，却在后来的岁月中文学声名愈隆。"白尔尼—海涅论争"表明，对文学批评的政治之维、审美之维等的价值评判应从社会历史语境出发，应从现实问题出发；文学批评应恪守批评的边界，真正的文学批评应是真诚的、理解的、同情的批评。[①]

卢文超从艺术事件观的视角重读了本雅明的《机械复制时代的艺术作品》。艺术事件观认为，艺术品是物性与事性的统一。本雅明在论述艺术品时也区分了艺术的物性层面和事性层面，指出艺术的本真性就在于物性和事性的统一，艺术的灵韵存在于艺术的事性之中；艺术的物性使其具有展示价值，而艺术的事性则使其具有膜拜价值。机械复制能够复制艺术的物性层面，进行大众化的生产，却无法复制艺术的事性层面而丧失其灵韵。本雅明徘徊于机械复制时代艺术的物性与事性之间，惋惜事性和灵韵的丧失，却支持机械复制的物性大众化所具有的革命潜能。卢文超认为，机械复制时代的艺术灵韵仍可失而复得，途径在于通过"讲述"赋予其新的事性。

[①]张永清：《"白尔尼—海涅论争"及其当代意义》，《西北大学学报》（哲学社会科学版）2019 年第 1 期。

当然，这随新的事性而来的新的灵韵与过去有所不同。①

马建辉、王志耕从文艺意识形态理论、文艺社会学理论和文艺人民性理论三个问题域考察了巴赫金文艺思想与马克思主义的联系。巴赫金对意识形态和文学关系的理解很有见地，他注重研究意识形态在文学创作过程中的作用和影响，认为文学创作是一种意识形态建构，但在此建构过程中，已有的意识形态环境已经成为一种功能性要素。对于文艺与社会生活的关系问题，巴赫金提出艺术内在地具有社会性，文学艺术话语与社会生活是互相依赖、互相阐明的，而且社会生活先在于文学艺术话语。巴赫金文艺思想中的人民性也十分独特，他对"人民"内涵的理解十分宽泛，注重对人民集体的参与性和人民内部的平等性，他的"狂欢化"概念带有天然的民间性和人民性，饱含民主革命色彩。②

钱翰以罗兰·巴尔特的思想发展为线索，发现"中性"一词贯穿其一生的思考，然而这个词并没有明确的定义，也缺乏严格的内涵和外延，我们应该将其视为罗兰·巴尔特用来表达其文学和生活美学风格的理论工具。在罗兰·巴尔特的文学思想中，"中性"最初指向一种纯净的文学写作，不受任何意识形态或象征符号的污染；后来"中性"不再是回归"零度的写作"，而显现为对多元现实的接纳，

---

① 卢文超：《艺术事件观下的物性与事性——重读本雅明〈机械复制时代的艺术作品〉》，《文学评论》2019 年第 4 期。
② 马建辉、王志耕：《巴赫金文艺思想与马克思主义》，《汉语言文学研究》2019 年第 3 期。

差异和杂多成为"中性"的新特点。罗兰·巴尔特认为，所谓意义、价值、意识形态都形成于人在聚合关系中的选择，"中性"意味着破除此聚合关系，从而破除价值偏执，为意识形态祛魅，最终达到自由。"中性"也是罗兰·巴尔特的生存风格，他基本不参与政治活动。但悖论是，"中性"实际上也是一种对价值的执着，罗兰·巴尔特在显示自己对政治活动的"中性"态度时，仍然无法释怀自己的政治立场。[①]

文苑仲分析了詹姆逊艺术批评的方法建构与目标设定，认为詹姆逊以历史唯物主义为根本方法论破解了当代艺术批评的困惑。面对纷繁复杂的当代艺术现象，詹姆逊把艺术作品的形式分析与社会历史分析结合起来，将当代艺术发展所处的历史阶段界定为晚期资本主义的后现代时期，从而揭示了当代艺术发展的历史局限性。为了解释当代艺术的"奇异性"，詹姆逊辩证地吸收了其他思想理论，诸如结构主义、后结构主义、精神分析、福柯时空理论等。詹姆逊将其艺术批评的目标设定为走出后现代幻象、超越全球资本主义，积极探索文化解放的可能路径，其艺术批评理论对当今中国的艺术理论与艺术批评有重要的借鉴作用。[②]

"冗余"是符号学从语言学和信息技术中借取的概念，意指符号文本或传播中的多余成分，在符号的解释过程中并不需要。艺术

---

① 钱翰：《"中性"作为罗兰·巴尔特的风格》，《文艺研究》2019 年第 2 期。
② 文苑仲：《詹姆逊当代艺术批评的方法建构与目标设定》，《文艺争鸣》2019 年第 2 期。

无冗余论滥觞于两千多年前的"艺术有机整体"论，代表人物是亚里士多德；艺术全冗余论则发端于19世纪，代表人物是控制论的奠基者维纳（Nobert Wiener）。赵毅衡对这两派理论加以分析，借用符号意义三分理论（对象意义—解释项意义—符号文本），提出：就对象意义而言，艺术文本的冗余度趋向于最大值；就解释项意义而言，艺术文本的冗余度趋向于最小值；艺术性就来自两种冗余之间的张力。[①]

张伟指出，作为视觉研究的新兴领域，图像修辞不同于传统语言修辞的第一重表征，体现为跨媒介符号建构的文本修辞实践。中国传统的"题诗画"为这一图像修辞提供了理想的范本。"题诗画"中由语、图符号构建的修辞范式形构了从符号表现形式的审美互动到符号话语意指的内在呼应，乃至语图互文与特定时代文化语境产生联动的多重逻辑，而建构了图像修辞跨媒介符号文本实践的知识模型，使得超越传统语言修辞建构图像修辞的本体理论话语体系成为可能。[②]

继"西方理论的中国命运"话题之后，刘康开启了新的话题"西方理论的中国问题"。刘康秉持"世界的中国"（China of the World）理念，认为"将中国问题作为西方理论本身、内在的问题，来思考中国在西方理论中的意义"十分必要。刘康从学术范式与方法、

---

① 赵毅衡：《艺术与冗余》，《文艺研究》2019年第10期。
② 张伟：《跨媒介的图像修辞与文本实践——"题诗画"中的语图修辞及其释义指向》，《西南民族大学学报》（人文社会科学版）2019年第7期。

批评实践等方面入手，讨论了詹姆逊、阿尔都塞如何把中国革命实践及理论成果吸纳到他们的理论范式之中，对中国问题有着怎样的理解偏差。刘康指出，巴赫金的理论可在文化转型和文艺批评实践等方面对中国提供镜鉴，他以漫谈的形式着力勾画了西方理论与中国现实、现代传统的关联，希望开辟出一个崭新的中国理论的思想空间。[①]

美学研究的返本与开新

彭锋梳理了现代美学的源流，将设定了时间、地域和类型等含义的现代美学称为狭义现代美学。狭义现代美学认为，现代美学是诞生于 18 世纪欧洲、以审美无利害性概念为核心的美学。彭锋指出，狭义现代美学的观点乃是一个经由克里斯特勒、斯托尔尼茨、盖耶等人逐步建立起来的神话，其立论基石并不牢靠，而受到诸多美学史家的质疑。彭锋提出了"普遍现代美学"的观念，其形式特征是多样性和国际化，认为中国现代美学构成了"普遍现代美学"的一种独特类型；美学的现代进程不是推行某种版本的美学，而是促进不同美学传统之间的对话，在对话过程中敞开新的理论前景。[②]

周宪将一个多世纪以来的西方美学研究分为四个阶段：（1）晚

---

① 刘康：《西方理论的中国问题——以学术范式、方法、批评实践为切入点》，《南京师范大学学报》（社会科学版）2019 年第 1 期。
② 彭锋：《现代美学神话的建构与解构》，《文艺争鸣》2019 年第 4 期。

清到民国，译介以日译本为主，缺乏系统引进；（2）民国时期，学者们开始翻译西方原著，翻译和研究较为系统；（3）新中国成立后的十七年，俄苏美学被广泛译介；（4）改革开放四十年来，开创了西方美学研究及译介的新局面。西方美学的译介也主要分三类：专著，读本或文集，单篇论文。然而，国内西方美学研究界在文献资源的建设上仍然显得不足，缺乏系统的研究规范，高质量的研究成果并不多。学界应当做好西方美学的目录学研究这一基础工作，绘制出西方美学本土接受的知识图谱，并用比较文献学的研究方法，分析出我国西方美学研究的不足，最终提升我国的西方美学研究水准。[①]

汤凌云对中唐文士阶层的赏玩之风进行了美学考察。中唐时期，禅宗南宗兴起，和老庄之学一道影响着文人士子的人生态度，"中隐"的处世哲学流行于文士阶层。在社会稳定、经济繁荣的历史条件下，文人士子们养成了悠闲自得的审美情趣，赏玩之风遂大盛。中唐文士的赏玩活动以适意为审美理想，推崇"境心相遇"的审美境界，是中唐审美风尚的重要组成部分，具有唐宋之际精神文化变革的普遍特征。此外，赏玩丑怪事物也是中唐审美风尚的一大特点。与北宋士大夫相比，中唐文士更沉迷于赏玩中的感官享乐，缺乏形而上的超越性，也缺少对民族和家国的现实关怀。[②]

---

① 周宪：《关于西方美学的比较文献学研究》，《文艺理论研究》2019年第1期。
② 汤凌云：《中唐文士阶层赏玩之风的审美意蕴——以白居易为中心的考察》，《中国文学研究》2019年第1期。

　　刘毅青分析了中国"平淡美学"在西方的"旅行"，借以开掘中国美学当代重构的跨文化路径。他指出：法国汉学家朱利安发现了中国的"平淡美学"乃是西方美学的未思之域；而德国汉学家何乏笔则通过徐复观与阿多诺的对话，揭示出"平淡美学"的内在超越性特质，从而开启了"平淡美学"的跨文化潜力。"平淡美学"突破了西方二元对立的思维方式，将有限与无限统一起来，在超越性与日常性之间建立起内在联系，因此能够在现代性社会中重构超越性维度，在世俗生活中彰显生存的意义，构成对工具理性的有力制衡。"平淡美学"在跨文化语境中的成功，彰显了中国古典美学的当代生命力，也说明了中国传统思想的当代阐发还有待于我们深入突破西方哲思的局限。①

　　赵强研究了"中国美学"在现代的出场经历，发现"中国美学"首现于1927年的巴黎，当时欧洲正兴起"汉学热"。欧洲的"汉学热"刷新了中国学者对中国传统文化的认知，促使中国学者产生了"中国美学史"的观念。20世纪60年代，中国学者开始编写中国美学史，宗白华、李泽厚等人在中国美学史的写作中担任了重要角色。然而，随着关于中国美学史的著作越来越多，中国学者们面临着新的焦虑：到底应如何叙述中国美学？从美学到中国美学，其间是从一门新学科到这门学科本土化的艰难历程。中国美学的出场突破了西方美学

---

① 刘毅青：《中国美学当代重构的跨文化路径》，《文学评论》2019 年第 2 期。

的普遍性假设，开启了美学研究和美学史叙事的"中国问题"。^①

朱国华研究了中国审美现代性中的身体表征问题。在传统中国的主流文化中，身体作为表征的对象基本是缺席的，这与西方存在着巨大的差异。在西方，裸体之所以得到绘画的表征，是因为裸体对应着形式以及完善的概念，它使得理想或本质获得了可见性。身体表征的可能性取决于两种文化所赖以成为可能的认识型。20世纪初刘海粟的"模特儿事件"——包括郁达夫小说集《沉沦》——备受争议，但都通过宣扬西方文化不言而喻的优越性，获得了最后的成功。在具体的言说策略中，传统与现代的差异置换了中西差异，而认识型的转变并不能一蹴而就，这样的成功其实是不稳定的。当现代性的某些价值被怀疑时，身体表征重新变得不可能。中国文化的自我展开尚未完结定型，未来的身体表征将会呈现何种景观，还不能盖棺论定。^②

彭立勋系统考察了朱光潜的学术历程，指出朱光潜率先引入西方近代美学的研究方法，在《文艺心理学》一书中构建了以审美经验为核心的美学研究模式。朱光潜留学欧洲时曾倾心于心理学，其博士论文《悲剧心理学》是他美学思想的起点。当朱光潜构思、写作《文艺心理学》时，他善于将西方近代哲学美学和心理学美学同

---

① 赵强：《"中国美学"的现代出场及蝉蜕轨迹———一个问题史的考察》，《文艺理论研究》2019年第4期。
② 朱国华：《身体表征的现代中国发明：以刘海粟"模特儿事件"为核心》，《文艺争鸣》2019年第4期。

中国传统美学思想结合起来，扬各家之所长，弃各家之所短，创构了具有民族特色的现代美学理论。在20世纪50年代的美学大讨论中，朱光潜又自觉运用马克思主义观点对前期理论进行了修正，并从审美经验出发进一步探索了美的本质问题。尽管朱光潜的美学思考也有不足，但并不妨碍其开路之功与参考价值。①

王一川分析了文艺美学的三次转向与当前文学的间性特征，指出文艺美学是伴随改革开放时代而兴并引发争议的学科，先后经历了三次转向：（1）文艺学的美学论转向表明文学研究范式从政治论范式向美学论范式转型；（2）文化论转向力求走出纯审美圣殿而面向文化原野开放，代表文学研究范式的文化论转型；（3）语言艺术论转向意味着重返文学作为语言艺术这个现代性原点，重建文学研究的语言艺术论范式。王一川认为，当前重建语言艺术论范式需要在若干层面同时推进：一为文归于艺和文以导艺；二为文异于艺和文先于艺；三为文入于艺、文为艺魂；四为文人文化、文导文化。此外，还需深探当前文学的间性特征，重新认识在艺成文、文为艺心及艺导文化等文学特性。今日文化更应当注重语言艺术的引导，从而更应当成为语言艺术引导的文化，也即语艺文化。②

江飞梳理了实践美学学派的形成历史与学理脉络，指出实践美学学派是以马克思主义思想为指导，以实践哲学为基础，立足于中

---

① 彭立勋：《朱光潜与中国现代审美学科建设》，《中国文学批评》2019年第1期。
② 王一川：《回到语言艺术原点——文艺美学的三次转向与当前文学的间性特征》，《文学评论》2019年第2期。

国的现实问题和美学研究自身规律，在诸多美学家的共同努力下逐渐形成的。实践美学学派内部谱系犹如多声部合唱：李泽厚奠定基本原则，朱光潜开启"整体的人"维度，王朝闻重视"审美关系"，杨恩寰综合认识论和价值论来解释审美现象的历史根源和价值，刘纲纪倡导"创造自由论"，周来祥主张"和谐论"，蒋孔阳则最终总结出了以"创造论"为核心的"创造美学"，他们都对实践美学学派做出了不可磨灭的贡献。①

张宝贵将新世纪兴起的生活美学视为 20 世纪以来的第四次美学热潮。他将生活美学分为三类：应用性生活美学——热衷于美学理论的应用，日常性生活美学——着眼于日常生活领域的审美，思辨性生活美学——致力于本体论的理论建构。它们都努力突破认识论美学的局限，共同推进我国美学研究的生活论转向。然而，由于历史积淀薄弱，我国生活美学的理论建构在现代性问题意识、理论自主意识、形而上意识、模式分析意识、生活介入意识等方面仍有缺陷。厘清当下中国最基本的生活问题，找到合乎自身语境的理论资源，消除审美与生活功利性之间的隔膜，建构真正能够解决我们生活问题的理论，是未来中国生活美学的良性发展方向。②

德国当代美学家韦尔施指出，在当今西方后现代社会，"审美化"（感性化）已广泛地渗透到日常生活和社会文化的各个领域，必须

---

① 江飞：《当代中国马克思主义实践美学学派的历史形成与多声部合唱》，《美学与艺术评论》2019 年第 1 期。
② 张宝贵：《中国生活美学的形态与问题》，《美学与艺术评论》2019 年第 1 期。

回到鲍姆加登感性学的基础上，建构一个公正对待人类全部感知领域的"超越美学的美学"。陶水平认为，韦尔施的美学重构有片面性，对康德美学、20 世纪西方思想史等多有误解，其美学重构需要再重构，应从感性学走向感兴学。中华"感兴学"之"感"包含了韦尔施感性学对感性活动的重视，而"感兴学"之"兴"更具有韦尔施感性学所不具备的审美升华和审美超越——创新和发展中华感兴学美学是一条极有希望的中国当代美学重构之路。[①]

文学理论建构的反思与重构

高建平分析了文学理论的性质及其形成学科的历史，指出文学理论至少有两种形态：一种是关于文学的零散的理论言说，作者并非职业的文学理论家；一种是关于文学理论的系统言论，作者有意识地进行文学理论建构。当代中国文学理论有五大理论资源，分别为革命根据地文学理论、俄苏文学理论、中国古代文学理论、西方文学理论和五四以来的现代中国文学理论。1949 年后的文艺学将文学艺术视为意识形态并不完全符合实际，相比之下，文学艺术更是一种社会文化现象。高建平还将文学理论分为规范性的与描述性的，倡导理论应当有助于文学创作、文学批评和文学史写作，并能够介

[①] 陶水平：《从感性学走向感兴学——"美学重构"的新路径》，《清华大学学报》（哲学社会科学版）2019 年第 5 期。

入社会问题；既要广泛采纳其他学科的方法和成果深化文学研究，又要拒斥"没有文学的文学理论"。他为当下的中国文学理论建设提示了三个关键词："拿来主义""实践检验"和"自主创新"。①

南帆深入论述了知识与文学的复杂关系，辨析了二者冲突所导致的现代性裂变，并有力回应了当下的文学创作实践。在他看来，跨入现代社会后知识的专业性质日益明显，许多知识与日常生活之间的直接联系隐没了各种专业架构背后。不过，知识并非无时无刻地压缩在学院制作的学科方格里，知识的积累、淘汰以及回旋式的更迭始终处于历史坐标的监管之下。现代性提供的历史坐标包括民族国家、启蒙与理性、阶级、个人、市场经济以及拒绝种种规训的力比多，而且这些坐标形成一个共时的网络，干预乃至决定知识的生产与消费——当然同时塑造知识生产者。由于诸多观念的交织、竞争、博弈、对话，现代性以多种形式烙印在现代知识分子的意识之中，形成了他们既相似又分歧的精神风貌。②

陶东风指出，新时期以来文学理论的范式演变与体系建构经历了五个阶段：1978年前后以"为文艺正名"为核心的"向内转"思潮，否定"文艺工具论"，同时强调文艺的语言/形式/符号属性和精神/心理/心灵属性；1992年后，后现代主义、后殖民主义等"后学"涌入，现代性成为反思对象；与"后学"几乎同时开始的文化研究及其本

---

① 高建平：《论"文学理论"》，《澳门理工大学学报》（人文社会科学版）2019年第3期。
② 南帆：《知识与文学：现代性的裂变》，《南方文坛》2019年第6期。

土化；承接文化研究进入文学理论的建构；重新审视文学与政治的关系。与此同时，陶东风坦陈了个人的学术思想历程，为我国当代文论建构提供了一例鲜活的标本。[①]

2003 年伊始的"日常生活审美化"讨论是一个影响较大的理论事件，赵勇重返历史现场，还原了童庆炳与陶东风师徒之间的论争场景，认为这是"现代型知识分子"与"后现代型知识分子"之争，是"立法者"与"阐释者"之争，是文学理论界"两条路线"之争，一如当年英国的威廉斯—利维斯之争。不过，这"两条路线"没有绝对的是非对错之分，文化诗学与文化研究之间不是"非此即彼"、你死我活的关系，而应"亦此亦彼"、并行不悖。我们可以在文学与大众文化的"结合部"展开思考，在文学研究与文化研究之间产生一种新的研究范式。[②]

颜桂堤将 20 世纪 90 年代以来我国文学研究领域学者对文化研究的态度大致分为五种：肯定性接受、激进批判、策略性接受、否定性批判和以文化研究阐释"中国问题"。颜桂堤认为，文化研究为文学批评敞开了新的阐释空间，开启了文学理论话语的性别、民族、媒介等新向度。在中国当代文论话语体系的重构中，文化研究能够激活中国文论的危机意识，提升文学理论的实践品格，促使中国当

---

① 陶东风：《新时期文学理论的范式演变与体系建构》，《文艺研究》2019 年第 11 期。
② 赵勇：《日常生活审美化与童庆炳—陶东风之争——一个理论事件的回顾与反思》，《文艺争鸣》2019 年第 1 期。

代文论话语直面"中国经验",坚持历史思维。①

肖明华认为,目前文艺学的学科反思有两个层面,一是理论逻辑层面,二是学科历史层面。现有的文艺学学科历史书写主要分为三个时段,分别为新时期以后的三十年、新中国成立以后的七十年和 20 世纪的一百年。通过对这三个时段文艺学历史书写中典型个案的分析,他指出,我们有必要将文艺学学科的历史书写纳入学科反思的问题框架中加以评述,以便明晰文艺学学科知识生产的得失、理解文艺学学科历史书写的重要性,凸显学者的学术自觉,还可为反思文艺学学科提供一个历史视角。②

在 20 世纪 80 年代中国文论转型过程中,现代主义思潮的兴起是一大标志性事件。曹谦认为,这并非仅受西方文艺思想的冲击所致,俄苏文论也在其中发挥着重要而复杂的作用。当时中国学人曾参照苏联社会主义现实主义文论表达对现代主义文学的"正统"立场,在讨论或批判现代主义的过程中颇为倚重俄苏文论,且以俄苏文论为一大参照系。而为现代主义文论张目的学者们也努力在俄苏文论内部拓展现代主义文论的生存空间,如借力于苏联当代"开放体系"的学说,提出以现实主义为评价现代主义的"标尺",提出现实主义与现代主义的"趋同—融合"论,在俄国现实主义文学经典中发

---

① 颜桂堤:《文化研究对中国当代文论话语体系的挑战与重构》,《文学评论》2019 年第 3 期。
② 肖明华:《作为学科反思的当代文学理论史书写个案》,《汉语言文学研究》2019 年第 1 期。

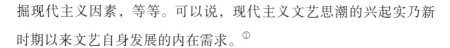

掘现代主义因素，等等。可以说，现代主义文艺思潮的兴起实乃新时期以来文艺自身发展的内在需求。①

如何有效推进新时代中国人文社会科学话语体系建设？

谭好哲指出，在目的性方面，话语体系建设必须以服务中国自身的社会发展为目的，创造既面向现实问题又能引领实践的理论话语，还要在全球化时代助力世界学术的发展，并秉持人文关怀品格，着力改善世道人心。在主体性方面，话语体系建设应由个人主体性、对象主体性和社会主体性构成，它们分别指学者个性的显现，学术研究对象在话语建构中的体现，民族特色学术传统与马克思主义理论底色的彰显。在专业性追求方面，话语体系的建设必须有理论系统性，做到思想观念、逻辑论证和表达术语三位一体，并努力提出新时代中国特色具有标识性的新概念、新范畴、新术语和新命题。②

张福贵将 20 世纪 80 年代以来中国文论的发展概括为"跟着说—对着说—自己说——起说"四个阶段，指出新时代中国文论建构合乎历史逻辑，具有充分的正当性。随着中国综合实力的日益强盛，人们的文化自信高涨，文论研究界的理论建构趋于成熟。我国人文社会科学当前正处于从"自己说"到"一起说"的历史阶段，新时代中国文论建设的核心问题就是中国化继而世界性的问题。为达成

---

① 曹谦：《1980 年代俄苏文论的译介研究与中国现代主义文艺思潮》，《文艺争鸣》2019 年第 2 期。

② 谭好哲：《新时代中国人文社会科学话语体系建设应有的三个追求——以文艺理论话语体系建构为例》，《山东社会科学》2019 年第 1 期。

中国文论的世界性，把中国文论真正建设为对全人类有重大贡献的理论话语，我们应避免陷入文化冲突的思维模式，正确看待西方文论对中国文论的历史价值和启示作用，理性认识我国文化传统。张福贵认为，文化融合是世界文化发展的最终趋势，培育我国人文学科基本理论的世界性价值，应以"人类命运共同体"意识为最重要的基本导向。①

朱立元指出，目前我国人文社科界在关注学术体系、学科体系、话语体系的建构之外，还应注意到知识体系的建构。当前知识体系问题的重提，既是出于建设中国特色哲学社会科学的需要，也有后现代西方学术思潮（如福柯的知识—权力理论）的影响。朱立元梳理了西方思想史上的知识论演变轨迹，回顾了当代中国文论界关于知识和知识生产的探讨，并特别对探讨中出现的三个重要理论分歧——"知识"概念的内涵是否有涉价值，知识与理论有何关系，知识的体系性与片段性的关系——进行了考辨。最后，朱立元认为人文学科知识体系的建设应该对上述分歧加以辩证统一。②

赵宪章明确了"知识体系"概念的内涵，即它是各种知识之间的有机联系，使不同的知识凝聚为一个有机整体，由此形成相对稳定的知识生产模式。改革开放以来，我国文学理论知识体系具有五

---

① 张福贵：《新时代中国文论建构的历史演进与价值取向》，《文学评论》2019年第6期。
② 朱立元：《试论人文学科知识体系建构的若干理论问题——以当代中国文艺学学科为例》，《文艺研究》2019年第9期。

个方面的间性结构，分别为中西学术思想互文、互鉴的中西间性，古今学术思想交替的古今间性，文学内部研究与外部研究的内外间性，文学理论形而上倾向与形而下倾向的上下间性，以及文学理论自身激进或保守的政治倾向的左右间性。明确这"五大间性"有助于我国文学理论的自觉，有利于认识我国文学理论所处的多维语境。"五大间性"形成于我国新时期以来的文学理论建设，其生命力还将延续到我国文学理论真正成熟之时。①

廖述务认为，"本体阐释"论的提出为当代文论的重建提供了一种切实的话语生成路径，其重心在于校正被颠倒的理论与实践关系，让理论皈依文学实践；不过，这一建基文学实践的理论生产与知识更新诉求，仍留下不少语义疑点与空缺。"本体阐释"提倡的是一种单向确证的认知路径，其所依托的文学实践结构带有固化、静态的特征。文学实践形构的是一种互文性环形系统，"文本"是各要素动态循环、交互影响的产物。后结构主义产生以来，文学实践形态与文本观对理论/实践关系之重构有重大影响，并为以批评实践观念为理论/实践沟通中介的阐释路径的生成提供了可能。②

西潮东渐以来，中国学术思想遭遇了急剧的范式变迁与转型。戴登云指出：从表层看，学术范式的转型即学术观念、学术方法和

---

① 赵宪章：《文学理论知识体系的间性结构——基于我国改革开放以来的学术史》，《文艺研究》2019 年第 6 期。
② 廖述务：《本体阐释视域中的理论与实践关系新诠》，《文艺争鸣》2019 年第 10 期。

学术话语体系的转型；从深层看，学术范式的转型意味着世界观念的转变、历史观念的变迁、文化整合机制的变革和表意范式的新变。这两个层面交互发生，共同演变。然而，由于普遍缺乏对后一个层面的问题的敏感，当代学界对现代中国学术的反思大都停留在极为浅表的层面。要重建当代中国人文学术的话语体系，有必要深入反思究竟什么是"现代中国学术"这一基本问题，重新彰显学术史变迁的表层和深层问题的复杂关联，以促进当代中国学界对现代中国学术史的重估自觉。我们只有把握现代中国学术跨语际书写的双重属性，才可能在中西古今学术的表意范式的差异—冲突中，找到一种新的理想的表意范式。①

刘阳思考了"理论"之后的写作问题，指出国际学界多种修补"理论"的方案未及根除"理论"的盲点，即尽管致力于拆解自明性，自身却仍不得不依托于语言，而且始终内含深层结构，使所说同样成为某种假象而待拆解，动摇了该方案得以成立的基础。"理论"之后，很自然地便需要在自控性祛魅的同时主动显示受控的一面，发展出积极兼容二者的临界写作。话题写作、事件写作、转义写作和喻说写作等，富于学理序列地展开为其具体方式；这些写作方式与我国诗性传统在是否自觉针对形而上学这点上呈现区别，在创造话语效果方面则具有联系：二者基于扬弃的融合，不失为"后理论

---

① 戴登云：《究竟该如何反思"现代中国学术"？——为纪念五四新文化运动百周年而作》，《云南大学学报》（社会科学版）2019 年第 2 期。

时代"增进民族文化自信的有益尝试。①

正如刘跃进所指出的，坚持马克思主义的指导地位，坚守中华文化立场，立足当代社会现实，这是七十年来中国文学研究学术体系建设的思想基础。遵循学术规律，整合学科优势，夯实研究基础，彰显学术特色，这是七十年来中国文学研究学术体系建设的重要收获。总结历史经验，中国文学研究学术体系建设的核心要义，就是要坚持以人民为中心，面向现代化、面向世界、面向未来，坚持走民族化、科学化、大众化的道路。只有关注时代、关注社会、关注民生，我们的研究才能更有效地实现文学研究的价值，才能更深刻地彰显学术成果的意义。②

毋庸讳言，拘囿于西方各种理论学说，学院派的文学研究或文学批评，大多从概念到概念，从逻辑到逻辑，从抽象到抽象，高谈理论而陷于空疏。这种自娱自乐或自产自销的"无本之学"，制造了诸多"美学的谎言"，无异于"对文学的犯罪"。文学研究者或批评家应不时扪心自问："我知道什么？"

近年来，吴子林在努力探索一种融通中西古今的思想与言说方式的述学文体，身体力行地倡导"毕达哥拉斯文体"的写作。其哲思路径有二：其一，返回中国文化之"本源"，通过"回向"即"深入历史语境"的"处境分析"，祛除"理障"或"知识障"，在"进"—

---

① 刘阳：《"理论"之后的新型写作及其汉语因缘》，《文学评论》2019 年第 1 期。
② 刘跃进：《70 年来中国文学研究的学术体系建构》，《文学评论》2019 年第 5 期。

"出"—"进"反复往返的研究过程中，既明"事理"又通"心理"；其二，"思即言"，一方面接续中国古代悠久的述学传统，包括五四文人之"文脉"，另一方面汲取西方"Essay"的创造性文体实践成果，融通"隐喻"型与"演绎"型两种述学文体，构建一种"没有体系的体系"，与永远处于变化之中的思维相汇合。"毕达哥拉斯文体"的写作不是彻底否定理性的反逻辑，而是力图用逻辑之外的因素弥补其缺陷与不足，这些因素包括混沌与无知、偶然与奇迹、直觉与感悟、激情与想象……它们和逻辑之间不是靠削弱对方而存在，而是相互增强、相互激活，动态地呈现个人化创见与风格，使一切如其所是。作为未来学术之"预流"，"毕达哥拉斯文体"的创构，有助于我们侧耳倾听世界发出的声响，力图站到精神领域的最前沿，回答时代提出的问题，推动具有中国特色的文艺理论体系的建构。①

（与陈加合撰，载《南方文坛》2020 年第 3 期）

---

① 吴子林：《"投入智慧女神的怀抱"——"毕达哥拉斯文体"的哲思路径及其意义》，《清华大学学报》（哲学社会科学版）2019 年第 5 期。

"却顾所来径，苍苍横翠微"

——2020 年度文艺学前沿问题研究报告

面对着日趋复杂、剧变的世界格局与社会生活，2020 年度的文艺学研究立足于历史与现实的考量，以及文艺创作与批评的实践，自觉融合古今中西的文艺理论与美学资源，围绕马克思主义文论、文学基础理论、古代文论、西方文论、中西美学以及当代文论话语体系建构等问题域，提出了不少值得重视的理论创见，呈现出永葆生机与活力的理论雄心。本文试择取一些代表性的研究成果评述如下。

启导方向：马克思主义文论的深化拓展

在当代文论中，马克思主义文论一直引领着研究的方向。本年度马克思主义文论研究主要聚焦于中国化马克思主义文论与西方马克思主义理论两个方面，取得了一些理论的重要发现与突破。

张清民比较系统地比较分析了毛泽东《在延安文艺座谈会上的讲话》和习近平《在文艺工作座谈会上的讲话》（简称《北京讲话》）之理论叙事的话语意义：两个"讲话"在叙事模式方面具有结构与修辞的家族相似，表明二者在精神上一以贯之，属于同一意义序列；两个"讲话"的阐释符码语义邻近、意义接续，但又在修辞层面意素符码有异，从中可以看出《北京讲话》在文艺目标、意义旨趣等方面发生的价值转向；两个"讲话"在人民本位下的文化自立叙事立场体现了中国知识界在话语策略上对外来强势文化所做的意识形态阻击和理论思想抵抗，这种阻击和抵抗有效防止了中国文艺沦为外来强势话语的附庸对象，对于保存中国文艺传统、巩固中华文化共同体无疑具有催化和黏合作用。①

胡亚敏主要关注马克思主义文论中的价值判断问题，指出文学批评需要价值判断，这是马克思、恩格斯构想理想社会时的应有之义。基于马克思、恩格斯的社会理想，批判、超越资本主义以及实现人的全面发展是现实与理想的结合，二者的距离需要不懈地批判与追求，其中包含着对价值判断的关注与审视。在中国社会主要矛盾转化的基础上，重建文学批评价值判断的呼声日益强烈。胡亚敏指出，价值判断具有人、社会、审美等多重维度，彼此之间相互勾连，中国形态的文学价值判断正是普遍性与特殊性的统一、共识性与差异性的统一，对一部作品做价值判断最根本的准绳是考察其是否有利

---

① 张清民：《两个文艺"讲话"的话语意义分析》，《文学评论》2020 年第 1 期。

于人的全面发展。①

　　作为一种历史科学，文学理论的主体性非常重要。围绕马克思主义文论之文化身份在中国的流动和挪移，代迅探讨了中国主体的建构实践、理论特征和逻辑线索，指出在汉译西方文论图景中，马克思主义文论居于中心的地位。从西方文论到汉译西方文论，从马克思主义文论的译介到毛泽东文艺思想中心地位的确立，无论是西方文论的接受或回避，还是马克思文论中文化身份的彰显，都体现出中国文论自身建构的强烈主体性。②

　　段吉方指出，作为当代中国文论创新发展的引领者，马克思主义文论要在哲学方法和价值观念统一的基础上解决好三个层面的问题，即理论与实践、创作与批评、外来理论与中国理论之间的关系问题。马克思主义为当代文论发展提供了方法论，必须摒弃"从观点出发研究观点"的陋习，重视中国文艺审美经验，与世界"两极相连"。作为当代文论创新发展的价值引领的重要力量，文化自信源自中华优秀传统文化、革命文化与社会主义先进文化，有助于解决当代文论创新发展的内在思想与价值观念问题。当代马克思主义文论必须全面把握当代文艺批评实践的现状与格局，立足中国文艺

---

① 胡亚敏：《马克思恩格斯的社会理想与文学批评价值判断的重建》，《福建论坛》（人文社会科学版）2020 年第 3 期。
② 代迅：《从西方文论到马列文论：文化身份挪移与中国主体建构》，《中国文学批评》2020 年第 3 期。

现实，凸显文化自信，表达中国精神。^①

金永兵、王佳明结合中国马克思主义文论自身发展的特征，呼唤一种理论逻辑的变革，即：从文艺生产论的角度将对"他者"的批判转化为对自我的批判；转变理论结构中的对立逻辑。中国马克思主义文论应恢复其内在辩证的联系，将"对立"视为一个特殊阶段而非全过程，让文学真正恢复自身完整的样态。在全球化的时代背景下，中国马克思主义文论应以融汇市场经济文化要素为全球化进路，将资本主义统摄包容在共产主义的理论框架之中，而成为可能生活的建构者和解蔽者，恢复其本应具有的生活力量和人性光辉。^②

文学理论教材体系是马克思主义文学理论本土化进程中的突出成绩，体现了新中国文学理论制度性的定位与规范。傅其林指出：以群主编的《文学的基本原理》作为一种制度性的文学理论话语文本，彰显了中国马克思主义文学理论本土化命题的推进；它从文学观念的提出与中国文学话语范畴的阐释到中国文学经验的渗透与融合，形成了文学知识体系和社会历史机制、政治意识形态的有机联系，具有历史合理性与现实意义。^③

---

① 段吉方：《论马克思主义文论对当代文论创新发展的导向作用》，《渤海大学学报》（哲学社会科学版）2020年第5期。

② 金永兵、王佳明：《中国马克思主义文论发展的辩证特征与进路》，《吉林大学学报》（社会科学版）2020年第6期。

③ 傅其林：《新中国文学理论话语体系的制度性建构——基于〈文学的基本原理〉教材体系的讨论》，《浙江社会科学》2020年第1期。

　　刘方喜指出，科学而全面地探讨人工智能及其社会影响，需要克服自然科学与人文社会科学的割裂、人文社会科学内部各学科的割裂，超越技术怀疑论与物种奇点论的二元对立。技术怀疑论忽视了人工智能的历史性成就，即人在实践上证明了关于自身思维的客观真理性和现实性力量，而人工智能物种奇点论则在本体论层面片面夸大人工智能及其物理性的价值，忽视人生物性存在的价值及人性本质的全面性，在社会学层面忽视基于资本逻辑的人的利己性、竞争性的历史性，并将这些历史性的人性赋予机器。扬弃资本逻辑与私有制，人工智能将有助于人实现自身的全面本质，成为全面发展的"完整的人"。在当今人工智能时代，重构马克思本体论与社会学高度结合的哲学批判理论，具有重要的理论和现实意义。[①]

　　郗戈研究了马克思与文学经典之间思想的对话关系，指出马克思对西方文学经典的研习与化用，内在地促进了他的思想发展与理论建构。在《资本论》及手稿中，马克思大量化用《神曲》《鲁滨孙漂流记》《浮士德》等经典的修辞风格，孕育出了哲学、政治经济学批判与文学之间跨越性对话的独特思想图景，其思想走向了一种"超学科""超文体"的思想形态。在《资本论》中，现实的总体性与差异性、理论的总体性与多环节、文本的超文体与多文类三者之间，形成了一种艺术的、整体的再现关系。[②]

---

① 刘方喜：《人工智能物种奇点论的马克思主义本体论与社会学批判》，《社会科学战线》2020 年第 1 期。
② 郗戈：《〈资本论〉与文学经典的思想对话》，《文学评论》2020 年第 1 期。

意识形态体现了权力运作的展开方式，其功能包括调和主体之间以及主体与社会之间的关系，其效应存在于感性的个体体验和规训个体的霸权话语之间的差异中。汤黎认为，文学在传达意识形态和支撑霸权秩序上起了不可替代的作用，与此同时也是逃离和超越霸权话语控制的重要途径。文学话语和文学实践均承担了审美话语和政治话语的双重功能，需要在审美功能和意识形态功能之间保持平衡，以此来寻求审美价值与文化政治的融合途径。西方文论界对审美意识形态论的持续重视表明，唯有通过深层和感性的个体经验，才能弥合个体意识与主流意识形态之间的差异，从而实现主体的权力话语，最终使主体获取心灵的解放力量。国内学界有关审美意识形态的讨论需要在注重审美和意识形态的物质性、日常生活审美化、主体建构等方面有所推进，才能在社会文化实践中具有不竭生命力。[①]

汪正龙对"介入"问题做了思想史与批评史的考察，指出关于"介入"的讨论经历了从哲学领域到文学领域，由政治、伦理含义到形式、文化含义的过程。在存在主义思想脉络中，萨特的"介入"与海德格尔的"畏"有内在的继承性，其思想在语言转型中显示出某些局限性。在文化研究与批评领域，略萨之"介入"的政治属性有别于布朗肖、罗兰·巴尔特等人。晚近以来，"介入"走向了"微观政治"，

---

① 汤黎：《文学的审美与意识形态——基于当代西方文论中"审美意识形态论"的讨论》，《文艺理论研究》2020 年第 4 期。

成了西方马克思主义争论的核心问题之一，体现了各种理论思潮与马克思主义嫁接的概念创制方式与思维特征。[①]

　　单小曦指出，文艺的媒介生产思想和文艺生产的媒介理论，蕴含在马克思、恩格斯文艺思想和 20 世纪"新马克思主义"文论、美学之中。文艺生产媒介理论涉及马克思、恩格斯的媒介生产工具思想，布莱希特、本雅明、阿多诺等人的文艺生产方式变革和文艺审美形态转换理论，威廉斯等人的文艺作为媒介化文化实践的观点；这些理论思想尽管基本上是立足于前数字媒介时代文艺发展状况的，但在数字新媒介时代仍有现实意义。20 世纪后以电子媒介工具为核心的文艺媒介生产力获得了快速发展，使文艺交往关系发生了从等级制、中心化向去等级化、去中心化模式的转变，也再生产出了"辩证意象"、震惊、分心等诸多审美新形态。在人类文化从书写—印刷范式向电子—数字范式转换这千年巨变的当今时代，继承和发展马克思主义文艺生产媒介理论有重大意义。[②]

文学问题：文学基础理论的现实关切

　　本年度的文学基础理论研究主要聚焦于文学问题，在历史、现实、

---

① 汪正龙：《论介入——一个思想史与批评史的考察》，《南京社会科学》2020年第 8 期。
② 单小曦：《文艺的媒介生产——马克思主义文艺生产媒介理论研究》，《文学评论》2020 年第 5 期。

未来之间穿梭，宏观研究与微观研究并行。这种源自实践的基础理论研究，赋予理论以现世的生命，向未来预示了一个崭新的起点，必将行之更远。

朱军指出，近现代中国的科学叙事不仅来源于启蒙的冲动，更有知识人探寻世界本源，建构新的形而上学体系的冲动。中国文人运用粗浅的科学知识，重构道器之辨与格致之学，借助"爱力"诸说论证仁学，构筑了以博爱平等为核心的启蒙哲学以及爱智互生的情感论美学。"赛先生"与"爱先生""美先生"的传承转换，从重建本体论、宇宙论进而贯通人生论，显露出对西方现代性和科学主义的批判意识，也制造了浪漫主义与现实主义思潮的多重悖论。重新认识近现代科学言说的形上之维，有助于超越"科玄论战"的二元叙事，探究浪漫主义与现实主义话语的本土源流，进而把握五四科学精神的多元内涵以及现代中华人生论美学传统的生成裂变。①

赵炎秋指出，图像的思想来源于图像表象所表征的事物本身的意义，以及艺术家主观因素的渗入。图像表象本身的规定性为图像意义的产生提供基础与依据，观众的阐释则使图像的意义从潜在成为现实。与王弼"得意忘象，得象忘言"不同，在图像中，象始终是居于主导地位的，意需要通过象才能得到，观众"得意"之后无法"忘象"。艺术家的主观因素渗入图像是一种有意识的行为，可

---

① 朱军：《"爱先生"与"赛先生"：近现代科学言说的形上之维》，《文学评论》2020 年第 2 期。

以通过突出图像所表现事物的文化内涵、适当地类型化、突出特定的语境等方法，突出图像中的某些思想。图像的表象与文字建构的形象在表达思想上的差异表现为：图像表象无法表现非视觉性的生活现象，图像无法通过其构建材料表达思想，图像表达的思想没有文学形象那么明确与清楚。①

乔国强重新思考了文学史的叙事时间问题。一般认为，文学史中的时间就是按照文学史史实的时序排列下来的时间。其实，一切的文学史都是经过文学史作者叙说而成的。这种"叙说"的特性决定了文学史的时间都是重新界定过的时间。这一新的界定不仅指出了文学史上真实发生的事件与文学史文本中排列的事件在顺序等方面的不同，而且强调了文学史文本叙事时间结构量级的差异。另外，从文学史的三重模仿互动的角度看，文学史的写作过程其实就是一种通过有意味的"文学史情节"体现出来的叙说的过程，并且寄寓于文学史的叙事进程之中。这个叙事进程不仅包括文学史本身的叙说，而且包括读者对这一叙说的理解和阐释。②

吴子林指出，童庆炳的文艺思想是立足于对时代、社会变迁的考察，联系当代中国人的生存状态特别是精神状态形成的；只有将童庆炳的文艺思想纳入"现代性"这一更为宏大的历史全景中予以研究，才能准确地阐释与判断其价值与意义。童庆炳将审美文化特

---

① 赵炎秋：《图像中的表象与思想——艺术视野下的文字与图像关系研究》，《文艺理论研究》2020 年第 1 期。
② 乔国强：《文学史叙事时间的再认识》，《文学评论》2020 年第 1 期。

别是其中的文学艺术与人的建设相联结，提出民主精神、人文主义和诗意是人的精神生活关怀之鼎，并对自己 20 世纪 80 年代初中期的审美论做了相应的修正和推进，发展为从文化的视角考察、研究文学的"文化诗学"。童庆炳将审美问题划分为四个层次予以理解和把握，以文学的"诗情画意"抗衡现代世界之"物性"，以文学促进人的全面发展，引领、提升、超越当代人"物化"之生存状态，其"审美现代性"品格赫然可见。①

黎杨全指出：人们借用了各种外来理论来分析中国网络文学的先锋性，推进了相关研究，但忽视了它在世界范围内的独特性；我们需要"回到事物本身"，梳理网络文学的中国经验。中国经验表现为四个方面：文学活动的社会化与群体性互动、文学制度的重构与探索、产业化模式的建构、文本渗透的社会无意识与媒介化写作经验。中国经验带来了文论建设的契机，新媒介文论中国话语的建构可成为摆脱中国当代文论危机的突破口，在资本、权力、媒体、技术等话语缠绕中，马克思主义成为"不可逾越的视界"，建构以草根批评与土著理论为基础的新媒介文论生产结构，实现理论话语的创新。②

林秀琴认为，后人类主义建基于技术主体性构想，通过以赛博

---

① 吴子林：《中国"现代性"困境的理性沉思——童庆炳文艺思想新解》，《当代文坛》2020 年第 1 期。
② 黎杨全：《网络文学、本土经验与新媒介文论中国话语的建构》，《文学评论》2020 年第 6 期。

格为表征的后人类主体形象重新激活主体概念，以此突进文化政治批判的理论空间。技术创生的新型主体及其实践创新了身份、认同、价值等意义生产机制，为解构传统人文主义隐含的种种霸权体制提供了强大动能。但由于后人类主义将赛博格主体进行概念化、能指化、话语化，其最终演变为了对技术神话的复写。后人类主义的局限突出地表现在"去具身性"理论预设的失焦、对技术本体异化叙事的消解和技术政治实践批判维度的缺失等方面，导致了后人类主体观批判功能的弱化及消解。后人类主义需要重返实践领域，对技术主体性和人类主体性的关系进行历史化和结构性的观察，从而建立一种辩证的后人类主体理论。[①]

刘俐俐指出，"批评家"指"实际批评家"，即"擅长对文学或艺术作品的质量和价值进行判断的人"。在文艺评论价值体系的本质规定中，批评家处于价值体系与内在各部分及外在环境的中介位置。康德的《判断力批判》的"关系契机"是对"中介位置"可予支持的多方面理论中的重要资源。价值体系要求批评必须有包含资格和品质两方面判断融合成的价值判断，由此凸显了分析问题。分析处于最终价值判断和艺术效果描述两者之间，是批评活动的枢纽所在。批评家鉴赏环节因人而异有其必然性，恰恰缘于批评家鉴赏因人而异的"缘在"和"同在"原理，批评家的素养和价值观念

---

① 林秀琴：《后人类主义、主体性重构与技术政治——人与技术的再叙事》，《文艺理论研究》2020 年第 4 期。

是深层影响其鉴赏趣味和水平，并由此影响到分析和价值判断的根本所在。①

杨守森指出，文艺作品的"审美价值"与"艺术价值"虽有内在关联，但毕竟是内涵不同的两个概念。审美价值由两个层级构成：一是作品的形式技巧，二是其中所表现的美的事物、美的情怀之类。艺术价值则有广义、狭义之分：广义的是指文艺作品的整体性、综合性价值；狭义的是专就作品的艺术性而言的价值。在文艺作品中，存在着狭义的艺术价值、由狭义艺术价值生成的审美价值、文艺作品内容的审美价值、综合性的广义艺术价值等不同价值区位。明了这些不同价值区位，有助于我们打破审美霸权，提防褊狭的审美价值崇拜，以超审美的视野去发掘与肯定相关作品震撼心灵的精神境界，亦有助于我们从不同维度进行文艺批评。②

王德胜关注文艺批评的意图化存在及其实现，认为文艺批评把解决具体作品以及围绕其上的各种意义问题当作义务，批评的最终实现则回到最初对解释的需要。它不是一种基于对象实体的事实陈述，而是体现为关于文艺诸方面事实的价值重构，其中保持并展开批评主体与对象间具有张力的情境性关系建构。回到批评对象的存在之场，呈现批评主体的在场性身份，是情境性关系建构的本质性原则。这一建构的敞开性，不仅带来批评活动中主体经验的两重性，

---

① 刘俐俐：《论"批评家位置"与"批评分析"问题——从文艺评论价值体系理论建设说开去》，《文艺论坛》2020年第3期。
② 杨守森：《文艺作品的审美价值与艺术价值辨析》，《文学评论》2020年第3期。

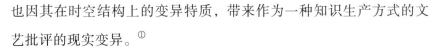

也因其在时空结构上的变异特质，带来作为一种知识生产方式的文艺批评的现实变异。①

莫其逊梳理了改革开放四十年来的文学批评史，指出 21 世纪国外批评流派存在"众声喧哗"的多元价值取向，以及"马赛克"式的零散化与构成性特征，反映出国内学界对当代西方批评思潮流派发展状况的把握。在马克思主义科学思想的引领下，中国文学批评学术史研究线索脉络坚实清晰，呈现出"新时期批评—现代批评转型—新世纪批评—新时代批评"的发展线索与结构脉络，体现出马克思主义批评的中国化与当代化的发展指向，彰显了习近平文艺思想为新时代中国文艺批评奠定科学的指导性和方向性。②

肖明华指出，依据哈贝马斯等人的公共性理论对文艺公共性进行阐发，同时结合我国当代社会文化结构的现实，理解文艺公共性在当代中国的发生、发展和走向，这是一个关乎中国文艺公共性建设的重要问题。新时期以来，文艺公共性的发生和发展并不以国家与社会的根本分离为前提，文艺公共性虽然也有私人性、批判性和公开性，但它与文艺人民性并不抵牾。目前，应该对主流文艺的公共性、精英文艺的公共性和大众文艺的公共性进行必要的区分，在维护国家与社会相对分离的社会基础上做好中国文艺公共性的独特性建构。文艺公共性之于国家和社会都有其积极意义，对于我国文

---

① 王德胜：《文艺批评的意图化存在及其实现》，《文艺研究》2020 年第 10 期。
② 莫其逊：《改革开放四十年文学批评学术史脉络研究》，《南方文坛》2020 年第 4 期。

艺和文艺批评的发展而言也有所助益。^①

激活传统：古代文论的现代阐释

本年度的古代文论研究除了对一些重要概念、范畴的细致梳理与辨析，另一亮点在于研究海外对中国古代文论的译介、传播和衍变，这些在文明互鉴、互通中的价值重估与理论重构激活了传统，充分体现了中华优秀传统文化的创造性转化和创新性发展。

"比兴"是否贯穿了中国诗学史，张节末对此表示怀疑。事实上，一部中国诗学史是长时段和阶段史的辩证统一，从中很难抽绎出一个或几个贯穿始终的核心命题或范畴。比兴的源头应当是"类"的思维模式，其运行方式是将两个相异的事物以一种并置结构出现，"比"和"兴"共同体现了一种天人合一的类比关系。比兴的"流"具体表现为断代史的比兴美学，从《周易》到先秦再到汉代结合美刺的解释学，都是其重要分流。到了魏晋，一种直感关系冲击了比兴美学，东晋玄学的兴起彻底终结了比兴传统，其"源"与"流"被彻底区分，并以"阶段性"的面貌被定位在特定时空之内。^②

袁济喜研究了作为元概念之"意"的发展及其意蕴变化，指出"意"进入文学与美学领域的重要前提在于其与文人玄远人格的融合。从

---

① 肖明华：《论中国特色的文艺公共性——文艺公共性的概念、历史和走向》，《文学评论》2020 年第 6 期。
② 张节末：《中国"比兴"美学的源与流》，《南国学术》2020 年第 2 期。

道家、儒家的"言意观"到魏晋之后意蕴的人格化，"意"逐渐向文艺领域平移，其意蕴从学理转向审美。从两汉到魏晋，人的主体功能逐渐被发觉，作为与"文气说"互补的一个概念，"意"是情感与理性的交织；作为审美情感的"意"，进入文学批评引发了古代文论的全面革新。①

韩经太指出，意象诗学原理的生成论源自中国审美文化对诗情画意的特殊追求。在"造形"艺术上，刘勰的"神思"论和"窥情风景之上"的"物色"论之间的契合，表明直觉想象是意象诗学的思维范式。王昌龄"意境说"的核心在于"物境"而非"意境"，其"了然境象"与"山水以形媚道"相似，都在追求一种"象外之象"。在诗画相生的复合性艺术思维中，王昌龄"了然境象"说与司空图"象外之象"说的统一，有助于理解唐人所谓"兴象"。宋代意象诗学偏于技法论，宋代山水画家对"真山之法"的超越，类似于诗人对"体物语"的超越，体现了在有法可循中实现否定式超越的方法创新。②

朱志荣从内涵与实象关系、功能、表现等多方面，对"象外之象"做了现代的学理分析。"象外之象"是创作者基于实象，调动想象力而弥合物我之间距离、情意交融、拓展时空的一种创造，它与物象一同达到有限性与无限性的统一；"象外之象"以实象为基础，又反作用于实象，在审美体验中二者融合为一，和谐共生；"象

---

① 袁济喜：《论六朝文论中的"意"概念》，《中国人民大学学报》（哲学社会科学版）2020年第3期。
② 韩经太：《中国意象诗学原理的生成论探询》，《北京大学学报》（哲学社会科学版）2020年第3期。

外之象"的功能贯穿于意象创构的过程中，对创作者的观取、主题的审美经验、呈现神似及意象丰富的表现力等都有影响。朱志荣还结合中国园林、绘画等艺术实践，强调艺象中的"象外之象"在整合创造力过程中的重要地位，并从接受角度提出了欣赏者的"象外之象"。①

针对王国维之"不隔"源自外译的说法，刘锋杰探寻了"不隔"在中国的思想源流，指出从费经虞的"不隔""到家"到传统文话、曲话对"不隔"的使用，以及王国维对曲话的可能性接触，表明"不隔"在中国传统文论中具有语义传统。在王国维的诗学体系中，"不隔"与诸多概念存在互释性，并被融合进传统的"意境"说，体现了与中国传统文论内涵的高度统一。"不隔"与海德格尔的"敞亮"只是词语上的对比说明而非代替，实际上，"去蔽"正是中国传统哲学对存在的反思与揭示，从道家到儒家再到禅宗无不体现了这种"去蔽"观。王国维的诗学具有鲜明的中国哲学与美学思想的特色。②

姚爱斌考察了中国古代文体观的日本接受及语义转化。传统汉语中指称文章整体存在的"文体"概念，在日语中经历了多次"文章本体的形式符号化"过程。17世纪初编撰的《日葡辞书》将"文体"释为文字、形状或绘画，相当于将"文体"概念还原为更早的"文"。在明治维新后译介西方文学理论过程中，"文体"一词又被用于对

---

① 朱志荣：《论意象创构中的象外之象》，《文艺理论研究》2020年第1期。
② 刘锋杰：《王国维"不隔说"新论》，《文艺争鸣》2020年第3期。

译西方语体学（Stylistics）的核心概念Style（语体），强化了"文体"概念的"语言形式"意味。以"语言文字形式"为实质内涵的日语"文体"一词，在日本近代"言文一致"运动中被广泛使用，成为指称和区分近代日语中存在的各种语言文字形式的核心概念。"文体"一词的日语式用法，深刻影响了中国古代文体论的现代阐释和中国现代文体观的形成。①

郭西安研究了"经"的当代英译及其跨文化视野。经学是中国古典资源的主脉，但"经"这一术语的英译在中外学界并未达成共识，其中蕴藏的文化预设、学术张力和话语壁垒也尚未获得深入检视与理论反思。作为中国古典传统在对外传播中的重要喻象，"经"的英译表征了西方对"他异性"进行话语规训的诉求及其困难，映射出的不只是两种语言文化间笼统的差异，更涉及双方知识共同体穿越时空、文化、体制而呈现的跨语际协商。翻译践言了一种特定的文化变位，召唤着对话语系统和文化语境的整体理解，也生成了对双边文化具有补充和反思意义的参鉴空间。中国经书和经学的西译绝非狭义的翻译问题，而是密切关联着中西古今之间在知识系统、意识形态和宗教思想等诸方面的差异阐释与会通可能。②

法国著名汉学家葛兰言对《诗经》之"兴"的追溯与还原鲜为人知。

---

① 姚爱斌：《从"文章整体"到"语言形式"——中国古代文体观的日本接受及语义转化》，《文学评论》2020年第3期。
② 郭西安：《变位与参鉴："经"的当代英译及其跨语际协商》，《文学评论》2020年第4期。

萧盈盈指出，当葛兰言谨慎地将"兴"翻译为不那么确定的、可选择的"寓意或比较"而不是确认的、并列的"寓意和比较"时，就已暗示了"兴"的难以把握和不可译。葛兰言认为，"兴"不单是寓意或比较，更是一种象征手法。在儒家《诗经》的注释里有一套象征逻辑，即诗歌与道德所建立的对应关系基于自然秩序和儒家所推行的政治秩序之间的对应，这种对应关系以"兴"为技巧得以体现。葛兰言将"兴"剥离这种诗为教化的诠释传统，再将它嵌入法国社会学派的理论体系里；这种"嵌入"一方面开启了以人类学和民俗学解读《诗经》的全新道路，另一方面也带出了不少误读和悖论，故同时提出了异质文化间的可译性和可理解性的问题。[①]

郭雪妮研究了《典论·论文》与9世纪初日本文学诸问题的关系。古代日本人最早接触《典论·论文》是通过李善注《文选》，这就意味着考察《典论·论文》在日本的影响首先不能忽视唐代"文选学"所起到的媒介作用。曹丕对"文"的自觉与唐人驰逐文华之风习互为明暗，共同影响了9世纪初日本接受《典论·论文》的方法——以"文章经国"为要义。《典论·论文》既是"文章经国"思想的元文本，又是中国文学批评史上第一部专论，其对"文"之自觉及论"文"范式，潜移默化地影响了9世纪初日本人对文学起源、发展及本质、功用等问题的思考。《经国集》序对中国文学所做的判断就是基于

---

① 萧盈盈：《"兴"是象征？——从葛兰言的〈诗经〉研究说起》，《文学评论》2020年第6期。

这种思考的最初成果。在这层意义上，《典论·论文》不仅是中国文论之嚆矢，亦可视为日本文论之渊薮。[1]

戴文静借助世界最大的联机书目数据库 World Cat，对五位《文心雕龙》的重要传译者进行考察，在厘清《文心雕龙》的海外英译谱系的基础上，对这些译介与研究实践以及效度问题进行具体分析，指出海外《文心雕龙》译介已经从介绍阶段进入研究阶段，并开始逐渐进入大众视野。这一过程对于中国文论"走出去"有两点启示：一是蔡宗齐译本的成功很大程度取决于比较诗学的传播视角，取决于他打通译介与研究的边界，撷取具有中西普适性意义的中国文学理论，以及对其进行编译、重写、阐释的翻译方式将其融入中西比较诗学多研究之中；二是中国文论真正"走出去"还有赖于文论的实际运用研究，扩大其在异质文化中的阐述空间。[2]

范劲研究了德语区的李杜之争问题。李杜之争在中国文学传统内部是个突出话题，德国的中国文学交流中，这个问题虽尚未被主题化，却依然有潜在的引导作用。李白式陶醉印证了欧洲人以中国精神为自然实体的哲学判断，也透露出和自然合一的诗性愿望；尊杜意味着走出合一，进入主客对立的世界结构。但是一旦意识到李杜作为中国文学符号的独立性，李杜可能同时被排斥，成为"另一种"世界文学。李杜在德语区的不同组合，暗示了中国文学进入世界文

---

① 郭雪妮：《〈典论·论文〉与九世纪初日本文学诸问题——基于"文章经国"思想的考察》，《文学评论》2020 年第 1 期。
② 戴文静：《〈文心雕龙〉海外英译及其接受研究》，《中国文学批评》2020 年第 2 期。

学的不同途径。不过，李杜的差异性让中国文学有了转化生成的腾挪空间；中国文学符号自身的复杂性，也会挑战既定认知，这尤其体现在杜甫接受上。①

他山之石：西方文论的重估延展

作为构建中国当代文论话语体系的"他山之石"，本年度的西方文论研究一方面表现为一种溯源式重估，另一方面则体现为一种面对未来的延展，理论的反思性、批判性比较突出。

西方文学或文化的源头有所谓"两希说"，曾艳兵、崔阳通过对"两希文化"相关阐述的爬梳，对"两希说"做了一个溯源式探究。早在 1930 年，茅盾在《西洋文学通论》中就提出了"两个 H"之说，即 Hebraism（希伯来主义）和 Hellenism（希腊主义）。茅盾此说源自 19 世纪英国著名学者马修·阿诺德，而阿诺德的"两希说"又源自海涅；海涅体悟到的感官论与唯灵论的对立成为"两希说"最早的历史范型，这种体悟又得益于温克尔曼、歌德等人；他们的认识又可一直往前追溯，直至源头本身。这种探寻既有利于我们认识西方文学或文化的基本精神和特征，也有助于梳理其发展轨迹和逻辑。②

黄敏研究了布克哈特对希腊精神的重估及其文化史逻辑，指出

---

① 范劲：《世界文学取径与系统需求：德语区的李杜之争》，《文学评论》2020年第 5 期。
② 曾艳兵、崔阳：《西方文学"源头说"之源头》，《学习与探索》2020 年第 8 期。

布克哈特同尼采一道翻转了德意志启蒙文化理想之下"希腊想象"的温克尔曼范式，希腊精神的主导图式从宁静和谐转向斗争和痛苦。但二者又有根本的分歧：首先，尼采的悲剧意识是酒神精神对生命意志的肯定，对叔本华的悲观主义的反抗，布克哈特的悲剧意识则在叔本华的意义上指出人类作为个体受难者的永恒本质。其次，尼采将竞赛视为酒神精神的日神化，布克哈特则为希腊赛会的竞争性意志与古典理想的合作性意志之格式塔的"图—底"关系提供了一种文化史的分析。最后，不同于尼采对艺术与政治的看法，布克哈特将艺术视为独立于文化整体但又揭示出文化本质的力量，并通过美学化、神话化的历史方法，达成了艺术史与文化史的统一。[①]

　　傅修延溯源式研究了西方的叙事传统，指出古希腊罗马叙事之所以能产生巨大深远的影响，除了位居时间长河上游的独特优势外，还在于它为未来故事讲述奠定了方法论基础。西罗马帝国覆亡之前，故事讲述人有机会在长达十五个世纪的时间内探索叙事的多种可能性，生产了一套"构成其他文本的可能性和规则"。梳理西方叙事传统的形式渊源，需从虚构化倾向、流浪汉叙事、向内转倾向以及讽刺与反讽等重要因素入手。后古典时期的叙事进程大致可分为三类：一是在前人的话语范围内另辟蹊径，此为差异化发展；二是跳出前人窠臼别开生面，此为突破式创新；三是将前人辟出的小径踩

[①] 黄敏：《布克哈特对希腊精神的重估及其文化史逻辑》，《文学评论》2020年第3期。

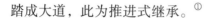

踏成大道，此为推进式继承。①

根据黑格尔所言"艺术有它自己的目的"，朱光潜判定其属于"为艺术而艺术"论者。金惠敏仔细研读了黑格尔关于情致、理念、作品思想的崇高性等方面的论述，认为朱光潜的论断值得商榷。黑格尔将情致作为艺术的中心，而情致中又以理念为主导；其所谓的"理念"超越了现象的真实而代表了一个时代最本质的内蕴，也不同于一般的道德说教、政治宣传，而成为对艺术之反映生活的最高要求。这样的艺术观绝非"为艺术而艺术"论。黑格尔亦明确要求艺术应"成为人民的教师"，黑格尔让艺术回归其自身，是为了让艺术更好地进入社会，行使其批判和引导的职能。②

李莎指出：荷尔德林在诗化小说《旭培里昂，或希腊隐士》中完整地探讨了出离自我与万有融合的灵魂转化奥秘，天文学术语"离心的轨道"全面展示了现代人在文明社会和自然状态之间来回变化的潜能；旭培里昂进入合一的情感冲突照应于《斐德若》的迷狂之视，它折射出荷尔德林以柏拉图学说重塑康德崇高经验的审美规划；同时期的哲学短章《初断与存在》与此相应，以忘怀自我的智性直观作为合一发生的契机，试图弥合先验哲学判断与客体分离的裂隙。作为构建精神共同体之中保，旭培里昂超逸自身的上升的灵魂形态深嵌于《会饮》爱若斯的神话原型之中，体现出心灵从分裂走向统

---

① 傅修延：《论西方叙事传统》，《天津社会科学》2020 年第 1 期。
② 金惠敏：《黑格尔主张"为艺术而艺术"吗？——兼论朱光潜相关之迻疏》，《天津社会科学》2020 年第 2 期。

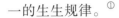

一的生生规律。^①

江宁康通过评析哈罗德·布鲁姆的后期专著《天才：一百位创造性心灵的典范》，指出哈罗德·布鲁姆后期同时表现出建构自身理论话语谱系的努力与非理性主义的倾向，在坚守自身精英主义的立场和独特的话语特征的同时，在"喀巴拉"教义影响下对朗基努斯的"崇高"概念进行"创造性"误读，展现出从"人"到"神"的思想转折。布鲁姆所谓的天才标志的"崇高性"实际上是审美力量和认知灵性的原创性结合，其后期批评思想存在无法建构理性理论架构的"知其然而不知其所以然"的困难处境。但作为一位风格独特、坚守经典且著作等身的批评家，哈罗德·布鲁姆的尊荣地位是毋庸置疑的。^②

20世纪70年代初以来，西方当代文论尤其是法国理论、北美批评、精神分析、创伤理论等领域迎来了一场"伦理转向"。王嘉军指出：法国理论的伦理转向深受哲学家列维纳斯的影响，他的"他异性"伦理学促成了结构主义向后结构主义的转变；以布斯和努斯鲍姆为代表的北美批评则强调文学在塑造良好生活上的不可取代性；精神分析则以齐泽克为代表，完成了一种结合拉康欲望伦理学和激进政治诉求的行动伦理学转向；创伤理论自20世纪80年代开始兴

---

① 李莎：《荷尔德林的"旭培里昂"：超逸的爱若斯——论诗人何以作为神圣的中保》，《文艺理论研究》2020年第4期。
② 江宁康：《崇高性：文学经典的最高审美标志——哈罗德·布鲁姆的〈天才〉及其后期批评思想评析》，《文艺争鸣》2020年第1期。

盛，尤为关注创伤的治疗、见证和叙述，共同体创伤的文化建构，等等议题。"伦理转向"既与历史现实相关，也是对形式主义、历史虚无主义和功利主义等思潮的反拨。[1]

张瑜研究了托马斯·马丁的语言文论与可能世界理论，指出托马斯·马丁运用可能世界语义学对文学定义、文学意义等问题做出新的阐释和探索，为我们展现了 21 世纪语言文论发展的新的可能图景。托马斯·马丁采用辛迪卡关于语言的两种观点——"语言作为普遍媒介"和"语言作为微积分"，分别对 20 世纪占据支配地位的语言观做了总结并提出了替代方案，即建立以可能世界为前提和框架的新语言观。新语言观揭示了语言的可能性本质，由此初步构建起与 20 世纪语言文论存在鲜明差别的新语言文论雏形，为当前处于低潮的语言文论提供了一个富有启发意义的思考。[2]

蓝江则关注到近年来哲学领域的"事件"转向，回溯了"事件"的哲学脉络，阐明"事件"何以在当今成为重要的关注对象："事件"意味着纯粹的发生，打破了必然性哲学和最高秩序；"事件"意味着占据一个新位置并对既有的言说框架提出挑战，不断构成一个又一个转折点，形成新的"事件"世界观。蓝江还进一步比较分析了柏拉图、德勒兹、齐泽克、巴迪欧等人的思想，发现在不同的"事件"定义中体现了一个共同的目的，即将"事件"视作奇点，指向面向

---

[1] 王嘉军：《当代西方文论的"伦理转向"研究》，《中国人民大学学报》2020年第2期。

[2] 张瑜：《托马斯·马丁的语言文论与可能世界理论》，《文学评论》2020年第4期。

未来的可能性，通往新的希望。①

　　曾军研究了西方后现代思潮的中国接受史，指出从 1980 年至今，后现代思潮的中国接受以"准同步"的方式已持续了四十年。中国接受后现代主义的最初渠道来源于美国，以伊哈布·哈桑的"后现代诗学"和詹明信的"晚期资本主义的文化逻辑"为代表的"美式后现代"成为中国对西方后现代主义的第一印象。20 世纪 90 年代之后，以利奥塔等的"法国理论"为代表的"法式后现代"成为对当代中国文论影响最大的"后学"思潮。后现代话语还进入中国当代文学批评领域，在引发当代文学批评中"后学"话语狂欢的同时，也在不断强化中国学者的文化身份自觉，体现出"中式后现代"的辩证法。②

　　戴宇辰指出，自 20 世纪中期伊始，"后理论"甚嚣尘上，对文本意义的"解构"似乎成为西方文艺理论界的一个"普遍共识"：文本意义的"客观性"让位于各种主观主义解读。这带来的是文本意义解读的视角主义原则的兴起。但在齐泽克看来，文本的"真理性"远没有消失不见，他始终坚称文本内在含义的"客观性"维度，即推崇对文本解读的"视差主义"原则；从视角向视差的过渡，标识出齐泽克独树一帜的文本解读路径，也体现了他对后理论视角主义解读具有原则高度的批判。③

----

① 蓝江：《面向未来的事件——当代思想家视野下的事件哲学转向》，《文艺理论研究》2020 年第 2 期。
② 曾军：《西方后现代思潮中国接受四十年：历程及其问题》，《中国文学批评》2020 年第 3 期。
③ 戴宇辰：《从视角主义到视差主义——论齐泽克的文本解读原则》，《文学评论》2020 年第 2 期。

返观前瞻：美学研究的理性沉思

本年度的美学研究重视中国美学思想传统的自觉回归，重视对西方美学资源的重新发掘，在批判性介入与反思中力图建构中国的美学思想与理论，在更新人们已有认识的同时，具有一定的前瞻性。

在重审中国美学史时，杨春时提出了"前现代性"的概念，认为在全球范围内存在"前现代性"的历史，中国古典时代的历史是空间性的历史，艺术史亦然。从根本上说，儒道思想文化之间的关系决定了中华美学的历史进程；中华美学史的空间框架，是在美与善、情与理、文与道的关系转变中构建起来的；美与善是其外部形态，情理关系是内部形态，文道关系则是中华美学的本体论问题；五四时期传统美学框架被打破之后，中国才真正有了时间性上的中国美学史。[①]

王确指出："美学"的汉字命名主要是在中日之间的跨际交流和互动中展开的，它是中国美学起源的先声；美学的多种汉字命名或在事实联系中推动着中日现代美学史的发生，或在分置的空间关系中成为中日现代美学效果史的实际能量；日本知识界借助汉字为美学命名，源于某种传统的惯性和实现现代知识本土化的需要；而中国在译介美学的过程中发挥汉字本身的潜力，在努力守望并重建民族自尊，汉字文化所确认的民族身份恰是当时国人时代进取心的

---

① 杨春时：《中华美学史的空间性》，《天津社会科学》2020 年第 4 期。

一种根基。①

　　阎嘉不满足于宗白华关于自然和雕饰两种审美风格的简单分类，认为源出于《诗经》的"衣锦褧衣"代表了古代中国的另一种美感或审美理想，即"低调的华美"，它有意遮掩令人炫目的华美和高雅，透露出一种内在的动人之美。"低调的华美"与谷崎润一郎所称颂的"阴翳的风雅"有着内在精神的联系，彰显了迥异于西方美学的独特传统；"低调的华美"包含着浑然不可离析的物质性、感受性、精神性、历史感和存在的价值感等诸多意涵，表明古代中国人的美感始终都与人的现实生存的重要关切分不开，绝非无关功利。②

　　刘成纪指出，面对溢出西方给出的既定理论框架的地理、地图概念时，中国美学史研究必须坚持中国的主体性立场，兼顾人类审美经验的普遍性和中国历史的原真和原境。刘成纪力图重述中国山水艺术的述史系统，指出中国地理、地图、山水画是一个审美的连续过程，都是美的空间展开形式。在中国美学史中，地理、地图、山水是关于世界的"一个经验"，是一个连续的系统。发现天地之美并借以遣志咏怀，是中国山水艺术的真精神。③

　　对于自然生态美学的发展，学术界有不同的声音。为了回应李泽厚"无人美学"的批评，曾繁仁回顾了自然生态美学的历史：最

<hr />

① 王确：《汉字的力量——作为学科命名的"美学"概念的跨际旅行》，《文学评论》2020年第4期。
② 阎嘉：《低调的华美与阴翳的风雅》，《文学评论》2020年第2期。
③ 刘成纪：《地理·地图·山水：中国美学空间呈现模式的递变》，《文艺争鸣》2020年第6期。

初在 20 世纪 50 年代美学大讨论中，蔡仪的自然美论坚持了马克思主义唯物主义指导，坚持自然美的客观性，批判"人化自然"的实践美学对自然美的客观性的抹杀；改革开放初期，在中西对话交流的基础上形成了以马克思主义实践存在论为指导的生态存在论美学；生态文明新时代，在美丽中国建设与绿色发展的新形势下，生态美学进入了中国话语自觉建设的新阶段，出现以"生生美学"等为代表的具有中国特色的生态美学话语，在国际自然生态美学领域占有了一席之地。①

肖建华研究了李泽厚"情本体"美学思想的儒学根基，指出："情本体"是在"文化—心理结构"与"乐感文化"两个概念中发展演变过来的，它是一种近乎先秦原典的儒学，体现了以个体和人际情感为中心的审美主义的哲学；"情本体"不满足于以牟宗三等人为代表的现代新儒学，批判某些文化基督徒企图通过引入基督教以解决中国文化所谓超越性不足的做法；"情本体"的提出，是李泽厚完善自身美学理论体系的需要，代表其"合理的"现代性文化立场，并重新定义了中国美学精神，尽管还存在很多问题，但意义仍然重大。②

周宪指出，美学的当代发展日益呈现出两种形态：一是聚焦于美学体系内部而带有自足特性的自足性美学，二是倾向于介入当下

① 曾繁仁：《我国自然生态美学的发展及其重要意义——兼答李泽厚有关生态美学是"无人美学"的批评》，《文学评论》2020 年第 3 期。
② 肖建华：《李泽厚"情本体"美学思想的儒学根基》，《中国文学研究》2020 年第 2 期。

社会文化问题的介入性美学。在美学学科日益专业化和体制化的当下，一方面是自足性美学的兴盛，另一方面则是介入性美学的相对衰落。介入性美学提供了关于社会文化重要问题的思考方式，其价值规范、宏大叙事和反学科性的特征，使得美学不断葆有锐利的反思性和批判性。面对当代世界之大变局，重构介入性美学乃是当下发展中国美学的正当而迫切的要求。①

由于非人类智能体的出现，一种超越人类场域的交互关系诞生了，后人类话语（包括后人类主义、后人类中心主义、后人类人文学科）应运而生。王晓华指出，相应的位移虽远未完成，但其影响已延伸到美学领域。后人类美学既"不局限于人类的判断"，也不"特别聚焦人类主体性"，而是注重"事物的个体性和互补性"。后人类美学倡导面向事物自身的后人类本体论，强调协调人类智能体和非人类智能体的交互性法则，其言说展示了超越传统感性学的特征：其一，它是一种涵括了人类、机器、自然存在的交互美学；其二，它是彰显人类—机器连续性的具身性美学；其三，它是涵括了机器主体的加强版的生态美学。②

刘旭光反思了审美自律问题，指出康德以自由游戏、自由愉悦为方案构建的艺术体系最终导向了道德功利性，体现了审美自律性的矛盾以及在先验论基础上处理现代艺术的局限。康德在自由游戏

① 周宪：《美学及其不满》，《文学评论》2020 年第 6 期。
② 王晓华：《人工智能与后人类美学》，《首都师范大学学报》（社会科学版）2020 年第 3 期。

与自由愉悦的基础上，构建自己的艺术体系并最终放弃"自由感"而转向对"合乎比例的情调"的追求。将"合乎比例"的先验论作为判断基础难以令人信服，并极大地缩小了人类审美活动。只有将"审美"视为一种历史演绎而非先天的规定，成为一种状态而非本质，康德的审美论才能真正获得令人信服的判断基础与广阔的应用空间。①

国内学界认为克罗齐早期著作《美学理论》建构了一种表现论美学，苏宏斌指出这其实是一种误解：该书的美学思想是改造了康德认识论中的先验感性论而形成的，与表现论之间并无关系；在此后的批评实践中克罗齐意识到艺术的抒情特征，在哲学上转向彻底的唯心主义，把情感和感受视为艺术表达的唯一对象，才转变成一个表现论者。朱光潜把《美学理论》中的核心概念 intuition 和 expression 分别译为"直觉"和"表现"，在一定程度上掩盖了它们与康德思想之间的关联，并误导人们与浪漫派诗学相联系；朱光潜解读时又将克罗齐前期和后期的美学思想混为一谈，让人们误以为克罗齐一开始就是一个表现论者。②

作为一个极端多元主义者，丹托认为艺术从来和美就没有关系，视觉是恒定的、进化的、可感知的部分，解释才是不可感知的，属

---

① 刘旭光：《自由游戏 自由愉悦——审美自律论的一种方案及其命运》，《学术月刊》2020 年第 6 期。
② 苏宏斌：《论克罗齐美学思想的发展过程——兼谈朱光潜对克罗齐美学的误译和误解》，《文学评论》2020 年第 4 期。

于艺术的部分。彭锋汲取了丹托关于艺术中常量与变量的想法，用进化论的眼光看待感官，但与丹托不同，他将感官视作是解释的基础，并以郑板桥的"眼中之竹""胸中之竹""手中之竹"作比，认为"手中之竹"同时体现着前两者，不管其如何变化都无法影响"眼中之竹"，这体现了艺术的常量与变量，即不可感的感觉因素与解释。①

汪尧翀认为，法兰克福学派的批判理论不仅未能完成范式转型，而且仍受制于德国观念论的核心问题，即康德与黑格尔之争。系统美学既显示了法兰克福学派美学传统在范式转型中的自我更新，又预示其衰落的必然性。受语言范式的启发，本雅明的思想显示出克服观念论模式的历史唯物主义内核，可再系统化为一门新异化理论：从主体/自然批判出发，以语言批判的整体论视野诊疗人与自然全面异化的危机，赋予文学语言（艺术）审美批判的正当性与合理性，而重新引导批判理论之于审美领域的规范论证，为审美复位提供具体方案。②

会通中西：文论话语体系的创构向度

基于新时代复兴中华文化的内在要求，立足于中国文论发展的

---

①彭锋：《艺术中的常量与变量——兼论进化论美学的贡献与局限》，《文艺争鸣》2020年第4期。
②汪尧翀：《通向审美复位的新异化理论——法兰克福学派美学传统的观念论根源及其克服》，《文学评论》2020年第3期。

历史与现状，针对文艺理论研究所存在的痼疾或问题，本年度文艺学界对如何创新性发展，建构中国文论自身的话语体系进行了深度的理论与实践的探索。

陈伯海指出，20 世纪以来，中国文学观念的更新是以大量引进西方话语为契机的，这一引进导致传统的迅速解体，但套用既有的西方理论模型在相当程度上掩蔽乃至扭曲了中国的现实状况。实际上，在中国新文学自身的进程中即已孕育着其独特的取向，并积累了足供提取的丰富经验，而民族传统内部也蕴藏着众多可加开发和利用的宝贵资源。建构当代中国文论话语，需要从传统的现代化、外来的本土化以及一百多年来实践经验的理性化三个方面分别着手又共同发力，便于在综合运作中达致转换出新。要言之，立足当下，背靠传统，面向世界，深挖既有的理论资源，提炼精深的理论思维，构建起具有民族特色的当代理论体系。[1]

南帆认为，文学理论体系的建构涉及四个问题：（1）文化结构。文学批评史上种种命题持续产生，但并非通向一个终极版文学理论，而是很大程度上来自特定时代诸多学科共同构成的文化结构，需要考虑时代的种种需求如何传递到文学理论。（2）现今文学理论置身于"现代性"结构之中，中国现代文学对启蒙、民族国家等"现代性"主题做出了独特的回应，同时参与了"现代性"批判。（3）"审美"是文学发出的主要声音，但这不能代替社会科学的其他关注，

---

[1] 陈伯海：《探寻当代中国文论话语建构之路》，《学术月刊》2020 年第 2 期。

社会文化之中包含审美与诸多学科之间的"博弈"。（4）"传统"是现代社会论争最激烈的一个领域，文学传统与"现代性"之间的关系远比通常想象的复杂得多。只有将各种因素之间的互动纳入视野，文学理论体系才能构建为一个充满辩证精神和具有强大的整体阐释能力的活体。①

赖大仁思考了当代中国文论研究的观念与方法问题，认为否定以文学为研究中心，丧失了文学理论研究的基本前提，放弃了研究者的职责与使命而自我迷失。当代文论应当以一些根本性文学问题为中心，对各种内部与外部关系问题展开研究，而更好地介入文学现实。当代文论研究必须立足于"实然"的文学实践，建构"应然"的审美理想与文学观念，做出前瞻性的预测和展望。文学本质问题永远存在并与时俱变，多种理论观念的阐释与建构，可彼此碰撞、补充、呼应形成某种张力。将当代文论对阐释论方法的研究探索，提升到文学理论研究方法论层面予以探讨，对推进当代文论话语体系重建大有益处。②

劳承万从中西学术史发展中的"关节"点上去审察、透视几千年来中西学术之主要得失。西方学术发展中的主要关节为：亚里士多德集大成之"四因说"的源头开端，康德、黑格尔的形而上学之超越及其终结，西方近现代的实证主义及其偏锋与倾斜，而马克斯·韦

---

① 南帆：《文学理论体系：文化结构、现代性、审美与文学传统》，《文学评论》2020年第6期。
② 赖大仁：《当代中国文论研究的观念与方法问题》，《文学评论》2020年第2期。

伯做了"沟通"与逻辑先在的"纠编"。中土学术发展中主要关节为：《易·系辞》及司马迁作《史记》的源头开端环节，近世以来的中体西用或西体中用口号之泛滥成灾。对照文化传统，当今中国学术有些是"以西方说辞为本"的学术。劳承万指出，西方线性学术范式与中土坐标型学术范式存在着根本区别；与西方逐物哲学不同，面对当今中国学术危机，学者当回到中国的人本哲学，不为西方现代哲学机巧谜语所乱，求取源头活水；只有回到"源头"处，开源拓流，厘清并找到学术观念发生之真机，才有新希望。①

吴炫认为，中国文化与西方现代文化可以打通的创造性体现为：（1）伏羲"先天八卦""籍自然创人文符号"以及《史记》《东坡易传》"尊儒道创个体哲学"，都是一种"尊重现实又改造现实"的中国式隐性文化创造经验，以"整体中的个体创造"区别于西方二元对立之创造；（2）远古对生命力的崇拜、上古对生命的呵护为殷商文化艺术的创造奠定了基础，但在中国文化发展中一直未得到哲学的提升，这在一定程度上使得中国文化现代化中断了对自身"生命—生命力—创造力"的有机关系思考；（3）从殷墟的"雌雄对等玉雕"到先秦诸子的"思想对等争鸣"，再到唐宋的"文化对等交流"，不仅可以提供解构西方"二元对立"的思路，而且可为中国现代哲学美学提供"创造关系多元对等"的文化哲学观念；（4）中国"分与合"的历史演变，文学经典中作家深层的个体化理解内容穿越表

---

① 劳承万：《中西学术得失之关节论》，《上海文化》2020 年第 4 期。

层儒道文化内容的张力，是创造性文化与规范性文化"对等互动"的存在形态，启示我们可以用"对等互动的中国文化"替代百年来"主导决定的中国文化"的认知。[①]

龚举善研究了巴赫金的表述诗学。通过研读《马克思主义与语言哲学》《言语体裁问题》《〈言语体裁问题〉相关笔记存稿》《文本问题》等相关著述，龚举善指出，在巴赫金的"表述"论域中，包括文学作品在内的具体言语单位以及由此而来的符号化系统文本是其综合价值指向，任何表述都充满着他性对话以及对话中的泛音，表述的目的在于获取积极应答式理解。据此，巴赫金深刻论述了表述的双主体、双声语和双意识问题，并特别阐述了创造性理解的外位性超视效果和积极应答的多功能实现，拓展和深化了表述中双向问答的响应机制。巴赫金的表述诗学，兼顾了包括文学在内的人文表述实践及其理论研究的世界客体、作者主体、作品本体和读者受体，体现了跨学科研究的宽阔视野和深厚扎实的知识储备，并据此显示出表述观念的周全性，堪称马克思主义文艺活动系统观在巴赫金时代的有力呼应和有针对性的阐扬。[②]

文艺理论是一种理性的思考，而理性思考不仅仅是对象性的即研究对象，也是反思性的即反观自身。这个自身既可以是文论家身份，也可以是文论研究的知识本身。这是反思性文艺学应该考虑的问题。

---

① 吴炫：《中国创造性文化的特性及其存在形态》，《文艺理论研究》2020年第3期。
② 龚举善：《巴赫金表述诗学的多维生成与效果期待》，《文学评论》2020年第5期。

时胜勋着眼于文论研究的"话语体裁"问题，追溯了巴赫金、托尼·本尼特等人的相关理论以及中国文论中的文体论，并较为全面地分析了论文体、论著体、项目体、教材体、书评体、综述体、史论体、词典体、提要体、译介体、讲说体、对话体、辩驳体、诏议体、诗文体等中国文论"话语体裁"，针对如何充分发挥中国文论各种话语体裁的优势，构建良性的当代文论知识生态，提出了一些建设性意见。[①]

吴子林从述学文体的创造视角探索了当代文论话语体系的建构问题，指出摆脱语言书写的"匠气"，开启激动人心的语言之旅，是所有写作者共同面对的难题。"视境"是基于写作者与事物之间不同的关系形成的不同的美的感应形态。视境即语言，语言即视境。与时间性的字母文字相比较，空间性的汉字更具信息的密度。在逻辑、论证之外，还有非形式逻辑的存在。迥别于西方重概念、重分析、重演绎、重论证的逻辑思维，中国文化确立了重"象"、重直觉、重体验、重体悟的隐喻思维，与之相映成趣的是"注疏""语录""公案""评点"等"断片"式学术书写。20 世纪以降，在西方话语系统的冲击之下，汉语逐渐丧失其主体性，思想与文化的传统随之断裂。钱锺书的研究表明，为"使语言保持有效"，应充分发挥汉语之人文特性的优势，将隐喻思维与逻辑思维相融通，以更好地表现人类

---

① 时胜勋：《中国文论话语创新：从话语体裁到知识生态》，《文艺争鸣》2020 年第 7 期。

复杂的心灵世界。"毕达哥拉斯文体"的创构，可谓"在汉语中出生入死"，进入了"生生不已"的精神创造空间。①

吴子林指出，"毕达哥拉斯文体"是对当下述学文体的革新，众多断片及其连缀组合为其显著的语体特征。断片是思想之颗粒，是转识成智后以识为主的悟证，是感性认识→理性认识→感情深入之后的本质直观。悟证所得再由理性思辨之论证予以发展、完善，此悟证具现于断片的连缀组合过程。作为未来述学文体之预流，"毕达哥拉斯文体"是"有我""有渊源"的，它充分汲取了西方文化的思想理论资源，其内在机制又与传统的书写经验、思维模式、文化范式等一脉相承，而化解、协调、平衡、弥合了创造主体心理的诸多矛盾。吴子林呼吁"回到莫扎特"，重铸生命的理解力与思想的解释力，重塑一个既有个人内在经验，又致力于理解具有人类精神的人，而动态地呈现个人化创见与风格，使一切如其所是。②

（与徐蓓合撰，载《南方文坛》2020年第3期）

---

① 吴子林：《"在汉语中出生入死"——"毕达哥拉斯文体"的语言阐释》，《学习与探索》2020年第7期。
② 吴子林：《"回到莫扎特"——"毕达哥拉斯文体"之特质与旨趣》，《上海大学学报》（社会科学版）2020年第4期。

宏观视野与微观视野的双向拓展

——2021年度文艺学前沿问题研究报告

2021年是具有节点意义的重要一年。这一年，我们实现了第一个百年奋斗目标，开始向全面建成社会主义现代化强国的第二个百年奋斗目标迈进；中国共产党成立一百周年，总结了党的百年奋斗重大成就和历史经验；全国文代会、作代会召开，习近平总书记号召广大文艺工作者"把握民族复兴的时代主题"。本年度的文艺学研究在整体上呈现为宏观视野与微观视野的双向拓展，人们一方面以宏大的历史观、开放的学科观审视文学问题，在历史、现实、未来有机结合中总结历史经验、阐发当代价值；另一方面精耕细作，深入研究马克思主义文论、文学基础理论、古代文论、西方文论、美学理论、媒介文化研究等论域的核心概念、诗学观念，包括系统性、原创性、前瞻性的问题，积极构建中国特色文学研究"三大体系"，取得了一系列重要理论成果。

马克思主义文论发展的历史成就

2021 年度，《中国社会科学》《文学评论》《文艺研究》等学术刊物围绕"中国共产党一百年的理论与实践""庆祝中国共产党成立一百周年""党的领导与百年文艺"等主题开设专栏，主要围绕"百年奋进"与"时代新局"两个主题展开，深入阐释经典马克思主义的理论文本，研究马克思主义文艺理论中国化的具体进程，总结建党百年来马克思主义文艺理论发展的宝贵历史经验。

陈思和指出，当代文化与传统文化、外来文化、党的文化有紧密的联系，文化自信来自深厚的文化积淀。中国共产党诞生于一场伟大的文化运动，生来就携带着新文学的基因；新文学不仅是中国共产党的天然盟友，还是整个革命事业的有机组成部分。1978 年以后的文学可视为中国当代文学新阶段，在这期间党对文艺的领导方法有所调整，完善了制度化的常态管理。由此带来一系列的变化：此前以夺取新民主主义革命胜利为目的的全局性思维转向建设时期的现代管理思维，承认了多元性、多样性的文艺审美效益，文艺批评的重镇由关联领导部门的权威话语转向高校系统的学术研究。随着文化市场的发展，原先党的领导和文艺家创作实践建构的二元维度转变为党的领导管理、文艺家的创作实践、文化产业资本的市场介入的三元维度，由此营造了更为复杂也更为丰富有效的文学态势，以适应"人民日益增长的美好生活"的精神需要。[1]

冯宪光研究了中国共产党在中国文艺共同体中的组织领导作用，全面回顾了建党百年来中国化马克思主义文论的发展历程。冯宪光分析了五四时期马克思主义的初步建构、大革命时期从"文学革命"到"革命文学"的范式转型、毛泽东思想作为中国化马克思主义文论理论范式的奠基、十七年中国化马克思主义文论在曲折中的发展、邓小平思想与中国特色社会主义文艺思想新篇章、新世纪中国特色社会主义文艺思想的深入发展及习近平新时代中国特色社会主义文艺思想中国化马克思主义文论的新成就等，充分展现了各个时期中国文艺共同体在共产党组织领导下所取得的马克思主义中国化成果，深入揭示了中国共产党引领中国化马克思主义文艺理论发展的成功经验。[2]

谭好哲从价值中心变迁的历时性角度，将建党百年马克思主义文艺价值观的建构划分为四个阶段：20世纪20—40年代以政治革命为核心的宣教价值时期、五六十年代以现实生活反映为核心的认识价值时期、八九十年代以张扬情感和形式自律为核心的审美价值时期和新世纪以来以精神价值重塑为核心的文化价值时期。谭好哲对中国马克思主义文艺价值观时代变迁中的思想谱系与理论积淀做了宏观的勾勒与总结，指出这四个时期共同构建了中国马克思主义

---

[1] 陈思和：《建党百年与当代文学研究》，《文学评论》2021年第3期。

[2] 冯宪光：《中国化马克思主义文论百年发展道路——中国共产党组织领导下的文艺共同体理论探索》，《社会科学战线》2021年第1期。

文艺价值观的思想谱系，在理论逻辑上认同和持续强化了意识形态文艺本质观，在文艺价值源泉的理论追索中确立了文艺与时代生活之间的辩证反映关系，在文艺价值的主体归属上把满足人民的需要作为文艺的根本价值所在，从而使马克思主义文艺理论成为指引中国现代文艺走向进步、服务人民的思想火炬与灯塔。①

张福贵指出，中国共产党和中国新文艺都是五四新文化运动的产物，二者互相重叠又互相促进，在历史逻辑和思想发展上具有一致性，探究新文学发展史和党史的关系需要整体把握新文化思潮、马克思主义思想与中国现当代文学、艺术的关系。张福贵认为，党史精神对新文艺的渗透使得其具有"大党史文艺"的特质。"大党史文艺"将中国共产党党员作家创作的革命文艺、非党员作家创作的进步文艺、"同路人"文艺、自由主义文艺以及新中国成立以来出现的当代文艺等认同中国共产党改造旧中国、建设新中国的目标的文艺现象纳入其中，具备政治美学的一般特征，完整体现了"人的解放"的主题，在美学上追求史传性的宏大叙事，塑造完美崇高的共产党员英雄形象，书写悲壮的正义伦理，从而形成一种强大的思想启迪和道德感召力量。②

段吉方指出：五四时期的马克思主义传播有一段前奏和一个高

---

① 谭好哲：《百年中国马克思主义文艺价值观的思想谱系与理论积淀》，《文学评论》2021年第3期。
② 张福贵：《百年党史与中国新文艺的逻辑演进及艺术呈现》，《文艺研究》2021年第7期。

潮，"研究性传播"为马克思主义中国化提供了一种重要的思想引入条件，形成了马克思的"经济学思想""唯物史观""社会主义思想"三条传播主线；五四时期马克思主义文论的重要传播标志是陈望道翻译出版《共产党宣言》，重要影响则在于五四时期马克思主义传播的一种持续性的理论影响和文化影响，二者共同对马克思主义文论中国化起了重要作用，正是这些"经典文本"和"解读文本"展现了马克思主义经典文艺思想中国化的发生与创构。①

魏天无考察了早期马克思主义者李大钊的文艺观及其文学批评理论，指出李大钊从马克思主义理论出发，将文学视为社会整体系统的有机组成部分，秉持东西方文明"差异"论、"美在调和"论，并以此为思想基础，提出文学"先声"论、"崇今"论和"心理表现"论，它们构成了相对完整的文学批评形态。其中，"崇今"论是李大钊文学批评理论的核心，与"平民主义"思想密切相关，体现了对文学社会功能的高度重视；此外，写实和理想构成李大钊马克思主义文学批评实践的两翼，彰显出其雄健精神，对当时党的文艺的发展具有引领作用。②

王中忱从列宁《党的组织和党的文学》一文的译文与底本的关系切入，研究无产阶级文学运动的组织化与跨国再生产的具体实践，

---

① 段吉方：《历史的发动与思想的进路——五四时期马克思主义经典文艺思想中国化的文本考察》，《学习与探索》2021年第6期。
② 魏天无：《"差异""调和"与"崇今"：李大钊马克思主义文学批评论》，《湖北大学学报》（哲学社会科学版）2021年第1期。

指出在中国左翼文学运动的组织化与列宁文论的重译活动中，冯雪峰应中国左翼文学运动新展开的迫切需要由冈泽秀虎译本转译，又在与"自由人""第三种人"进行理论论辩时，以藏原惟人的译本为底本重译《党的组织和党的文学》一文，体现了中国左翼理论家对列宁的文学党性原则的理解和思考。[①]

张永清指出，1979—1983 年是马克思主义文学反映论的恢复与反思阶段。此间，学界对文学的"形象反映论""特殊意识形态论"等原有基本理论命题存在的诸多问题进行深刻反思，达成了文学反映现实的形式不只是认识还有情感、文学反映是包括政治在内的内容丰富的反映、文学反映是符合审美特性的情感反映等理论共识；审美特性、情感特质在文学的"形象反映论"与"特殊意识形态论"这两大基本理论命题中的孕育、萌生，为文学的"审美反映论""审美意识形态论"这两个新理论命题在"发展与深化阶段"的正式提出、系统论证奠定了坚实的知识基础。[②]

邓海丽借助热奈特的副文本概念，以杜博妮英译《在延安文艺座谈会上的讲话》（以下简称《讲话》）的副文本为研究对象，发现译者借助密集丰厚的副文本实现下列三个功能，完成译语语境中《讲话》文艺美学思想的重构：一是还原《讲话》的历史语境和文

---

① 王中忱：《无产阶级文学运动的组织化与理论批评的跨国再生产——以冯雪峰翻译列宁文论为线索》，《文学评论》2021 年第 3 期。
② 张永清：《"审美特性"的凸显——"恢复与反思阶段"的马克思主义文学反映论》，《中国人民大学学报》（哲学社会科学版）2021 年第 5 期。

本的原初面貌；二是通过关键词、核心范畴的抽象化和历史语境的剥离，提升《讲话》文艺思想与西方文论的通约性；三是进行《讲话》文艺美学思想的理论溯源，构建译文正、副文本之间的互联互释关系。虽其中不可避免有一些误读、误解或强制阐释，但作为《讲话》在西方理论界第二次传播高潮的重要评说标准和参考文献，杜译的副文本为中国化马克思主义理论成果走向全球化，提供重要的文本资源和思想动力。①

泓峻认为，中国马克思主义的文艺人民性立场与古代民本思想既有本质区别，又有内在关联：古代民本思想的"民"概念以语言学方式在马克思主义人民性问题上得到传承，选择"人民"而非"国民"的表述体现了中国马克思主义者的人民观及其底层取向，与古代儒家民本思想有许多一致之处；在思想内涵上，中国马克思主义者对农民的关注可以看作传承自古代"民本即农本"的思想，儒家"观诗""怨刺""诗教""乐教"等主张移植到马克思主义文艺观中，形成了从基层民众中培养创作者的努力，以及重视群众性文化艺术活动的传统，体现出中国马克思主义文论与民本思想的继承关系，鼓励民间文艺的生产则是对民本思想的超越。②

---

① 邓海丽：《杜博妮英译〈在延安文艺座谈会上的讲话〉的副文本研究》，《文学评论》2021年第3期。
② 泓峻：《中国古代民本思想与文艺人民性立场的内在关联——中国化马克思主义文论的一个观察视角》，《文学评论》2021年第1期。

文学基础理论研究的反思拓展

2021 年度文学基础理论研究主要围绕一些基本概念、基本问题、基本理论、基本方法，展开反思性、创新性研究与阐释，显示出了一定的理论深度和历史厚度。

赵毅衡从文艺功能论重新思考了"境界"，提出"境界"既是创作者对世界的观照，也是接收者对文艺作品的观照。"境界说"借用了中国古典文艺学，特别是借用了佛教影响下的中国诗话批评，同时也呼应了 18、19 世纪德国哲学的直观说。"境界说"强调艺术进入的超越庸常利害关系的程度，比较完美地体现了对文艺的本质功能的中国式理解。[①]

赵炎秋指出，经典现实主义创作方法是在 19 世纪现实主义理论与实践和马克思主义经典作家的现实主义观的基础上归纳、总结出来的。经典现实主义有三个基本原则：一是真实表现现实生活的本来面貌，包括严格地按照现实生活的本来面貌描写生活，表现生活的真实和强调细节的真实性等方面；二是正确处理主客关系，包括作者的主观思想要服从客观现实，作者的思想应该通过形象间接地流露出来，以及作者不能以自己的主观思想干扰作品中的生活与人物自身的逻辑等内涵；三是塑造典型环境中的典型人物，包括正确处理共性与个性、典型人物与典型环境的关系，运用好典型化方法

[①] 赵毅衡：《从文艺功能论重谈"境界"》，《文学评论》2021 年第 1 期。

等内涵。赵炎秋认为,经典现实主义在 20 世纪受到挑战并有新的发展,但其基本原则与方法并没有过时。当前重提经典现实主义的创作方法与基本原则,有重要的现实意义。①

马大康认为,由各种符号构成的人的世界和文学艺术世界最终都可以用"行为语言"与"言语行为"二维张力结构加以解释,从而决定了人与世界一元、二元同时兼有的关系;从行为语言与言语行为的二维张力结构入手,可以摆脱西方理论的二元模式,对文学艺术和文化实践做出更加贴切的新阐释;以行为语言与言语行为间的关系结构理解特定民族的"文化基因",我们将更清晰地发现中西方文化差异性的根源,以及中华审美文化的独特性,同时,为萃取、融合中西文化精华,构建新美学、新诗学和新解释学提供了可行路径。②

刘俐俐围绕文学价值体系建设中的文学功能研究,根据研究主体特有的选择、眼光和理论旨趣,概述了文学价值事实研究的三种主要类型;通过追踪一些关键概念与命题,刘俐俐考察了相关研究产生的当代重要学术理论成果,分析概括其中所蕴含的可资借鉴的思想元素,并从审美机制与具体文化语境、审美机制与国家民族立足点、社会审美培育观念与相关思考等三个方面对后续理论建设提

---

① 赵炎秋:《经典现实主义及其反思》,《学术研究》2021 年第 6 期。
② 马大康:《认知符号学:重新思考文学艺术的新路径》,《江海学刊》2021 年第 1 期。

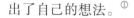

出了自己的想法。①

　　傅修延认为，文学是"人学"也是"物学"，理解"物叙事"的话语系统是理解作者意义置入的必经之路；只有成为与人有关，尤其与需求、欲望等有关的隐喻与象征，叙事中的"物"才能成为携带意义的具体符号而在叙事中获得隐喻功能。从主客体关系考虑，物的"显现"呈现为拥有与匮乏两种主体状态；"物"在人际间的流通，是以物为话语符号展开的言说，物物交换的"物叙事"具有复杂的符号意义；只有在中国"心中之物"与"心外之物"的思想背景之下，我们才能真正理解中国的物叙事传统。②

　　孙基林指出：在英语或法语语言系统中，"叙事/叙述"本为同一语词，"叙事学/叙述学"亦然；但译为汉语却出现了两组具有微妙差异的概念，并在学界引发较大争议。就诗歌而言，它并不像小说那样追求讲出故事，即便叙事也往往采用反叙事的叙述方式；内容层面不仅有事，更多是物，并不像"叙事"那样预设一个故事。依照现代观念，即便"叙事"也必然在叙述话语中呈现，并没有离开叙述话语的"事"。"诗歌叙述学"比"诗歌叙事学"更为确切，它更注重的是"叙述"而不是"叙事"。当下诗歌书写者往往奔"事"而去，缺乏一种自觉的叙述意识，其结果离诗的本质渐行渐远。诗

---

① 刘俐俐：《文艺评论价值体系建设中文学功能研究的考察与初步分析》，《社会科学动态》2021 年第 6 期。
② 傅修延：《文学是"人学"也是"物学"——物叙事与意义世界的形成》，《天津社会科学》2021 年第 5 期。

的本质在于诗性，诗歌叙述的所指和目的自然也是诗性。①

李春青从两个方面探讨"中国文学阐释学"的命名及其合理性：一是"语境缺失"与命名的无奈，西方学术标准和中国文论话语的相斥带来的语境冲突导致中国古代学术话语命名的困境；二是明确中国学术话语体系在借鉴西方基础上的正当性和合理性。"中国文学阐释学"以"中国"二字凸显其有别于西方阐释学的独特性，解决中国文学研究问题，标志中国文学研究进入新阶段；"中国文学阐释学"的学术特色在于阐释的有限与无限的相关讨论，以及在审美与文化之间迥异于西方的阐释路径方向，还有在知识论与价值论之间的"意义建构"和"价值判断"等。②

陆扬认为，当代阐释理路可概括为四种主要思路，不妨命名为小说家、哲学家、批评家和理论家的阐释模式。对于小说家来说，阐释尽可以海阔天空大胆假设，但是文本最初的历史和文化语境不容忽视；实用主义哲学家认为，意义原本就存在，严格运用某种方法可将之阐释出来，可谓荒唐透顶；对于批评家而言，不温不火的阐释呼应共识，然而平庸无奇，阐释一样需要想象，是以但凡有文本依据，所谓的"过度阐释"并不为过；在理论家看来，阐释本质上应是超越私人性质的"公共阐释"，须具有"共通理性"。四种

---

① 孙基林：《"叙事"还是"叙述"？——关于"诗歌叙述学"及相关话题》，《文学评论》2021 年第 4 期。
② 李春青：《论"中国文学阐释学"之义界》，《河北学刊》2021 年第 6 期。

阐释模式的立场不是孤立的，彼此纠葛难分。[①]

姚文放认为，伊格尔顿质疑文学批评的"非功利性"，提出文学批评的"政治性"，将日常生活确立为一种政治，展现出他的务实态度，并促进了文化政治学的兴起；关注文化功能势必牵连出文化批评的功利性问题，伊格尔顿敏锐地发现了文学批评"非功利性"与社会结构、经济体制之间的矛盾关系，而另辟蹊径探寻批评的其他功用，提出生产性文学批评实际上是实现实质性的社会功能；与布鲁姆激烈的抵制态度不同，在文学正典这个问题上，伊格尔顿在肯定传统的基础上充分发挥新潮理论的生产性功能，体现出对修辞的细析和公共话语两方面意义进行理想结合的追求，但他依旧把大众的文化解放当作批评家的第一事业。[②]

刘锋杰反思了传统文论史的书写，指出其往往以具有新文学写作背景的文论家为主将，对外国文论和古代文论则多有忽视，我们应重视古代文论研究与翻译文论研究在现代文论史上的地位与意义。现代文论是在"内生外缘"的双重影响下走出的理论生成之路，现代文论史应由新兴文论、古代文论研究、译介文论研究三维构成，以便更好地理解中国现代的"文论现代性"及"古今文论转换"等命题。[③]

---

① 陆扬：《论阐释的四种模式》，《文学评论》2021年第5期。
② 姚文放：《回到文学经典／服务当下现实：生产性文学批评的功能取向》，《北京大学学报》（哲学社会科学版）2021年第3期。
③ 刘锋杰：《现代文论史研究的"三维空间"说》，《学术研究》2021年第4期。

汪正龙指出，本体论关于世界的本原和统一性的研究与文学对虚构世界的创造相通，世界的统一性及世界模型的建构是本体论与文学之间重要的契合点。随着传统本体论的衰微与现代本体论研究的转型，文学模仿与再现的例示功能在减弱，文学虚构世界的性质与建模、文学虚构世界与现实世界的关系成为文学本体论建构的核心问题。文学本体论不仅包含了对文学存在方式的探讨，也是对文学作为人类的一种超越方式的反思。[1]

刘耘华对比较文学的平行研究方法做了新探索，指出作为一个在全世界大学知识生产体系中具有稳固而独特位置的学科，比较文学的方法论之根仍然不够牢靠，无法圆满地解决现代思想界提出的"他异性"难题；国内外比较文学界所长期轻忽的"平行研究"为此提供了一个绝佳的突破口，提出"不—比较"以"超越比较"，即将自我与他者摆放在二者之间，让彼此有一个"面对面"的空间，既有"比较"，也有"不比较"，而赋予共时性平行研究以无限的魅力和生机。[2]

杨水远将王元化与黑格尔做了一个比较研究，指出 20 世纪 50 年代后，王元化始终与黑格尔处于紧张的对话状态。在第二次反思中，王元化通过对黑格尔理性精神和知性方法的领会，重建个人理论自信，将黑格尔学说运用于学术研究，为《文心雕龙》研究和文学观

---

① 汪正龙：《论文学本体论建构中的"世界"维度》，《文学评论》2021 年第 6 期。
② 刘耘华：《从"比较"到"超越比较"——比较文学平行研究方法论问题的再探索》，《文学评论》2021 年第 2 期。

念建构提供了新思考，可谓之"入"。在第三次反思中，王元化以对黑格尔同一哲学所蕴含的"绝对理性""普遍规律""具体普遍性"等问题的反思为跳板，最终指向五四激进主义和意识形态化的启蒙心态，重估《社会契约论》，可谓之"出"。通过一"入"一"出"，王元化完成了其与黑格尔长达半个世纪的理论对话，这一对话与中国当代文论发展同脉搏、共轨迹，成为中国文论学理演变的重要象征。①

古代文论研究的突破创获

2021年度古代文论研究进入历史语境，通过细致的文本比较分析，重点反思、阐释了一些重要的理论范畴与诗学论说，力图准确揭示其理论内涵与价值意义。

袁济喜指出：中国文学批评起源于诸子百家时期，主要形式是论辩，其基本特点是批评与反批评，目的是"兼解以俱通"；批评与反批评形成于儒、墨、道、法之间的论争，它促发了魏晋南北朝时期的文论建构，而魏晋时期关于人性与文学的论辩又带来文学的批评与反批评，使得文学批评日渐深入，在这过程中重要的文学理论内涵被反复讨论深化，中国文学批评的演变与发展机制得以形成；通过奇正相补、兼解俱通达到文学繁荣，这是中国文学批评宝贵的

---

① 杨水远：《王元化与黑格尔的对话及其文论史意义》，《文学评论》2021年第2期。

历史经验。①

钱志熙研究了"吟咏情性"诗学的发展历程，指出魏晋南北朝时期是"情性"本体诗学的确立时期，唐代继承发展了这一诗学传统，自觉实践情志为本、吟咏情性的诗歌观念，宋代则在前人基础上对"情性"说有所传承和变化，在唐人基础上实现由情到理的转变，明清诗学中性情、性灵的理论与实践依旧是对"吟咏情性"的一种传承，一派立足于宋以前的"吟咏情性"之说，一派则发挥宋人"诗本性情"之说。作为"诗大序"作者对变风、变雅的一种概括，"吟咏情性"说以孔门的诗歌抒情论及哲学情性论为背景，建构了一种由"志""情""心""性"等概念构成的抒情诗学传统，对后世文人诗的创作影响巨大。②

蔡丹君指出，物之声、色的发现及描绘之能事是晋宋诗学发展的核心内容。对于这一近世潮流，钟嵘、刘勰都给予了批评，提出诗歌创作不应耽于物色之巧，而应继承汉魏比兴传统，回到"应物斯感"这样的物我关系的表达之中。这些批判为后世所接受，引发了诸多对晋宋诗学的否定性意见。事实上，晋宋之际的知识环境决定了诗人对世界产生强烈的探求之欲——人们借由博物学、玄学思辨等方法来识得"物理"。诗人"观看"万物，继而通过玄思将客体之"物理"与主体之"生理"联系在一起，"感物"模式遂退居

---

① 袁济喜：《文学论辩与"兼解以俱通"》，《中国文学批评》2021年第1期。
② 钱志熙：《论"吟咏情性"作为古典抒情诗学主轴的地位》，《北京大学学报》（哲学社会科学版）2021年第2期。

次要地位。在晋宋诗人的"物理"探求之下，物我平等而处，又彼此互通。无论是晋宋诗中"物"的呈现，还是"理"的通达，对于诗歌史而言，皆既是哲学思维水平的升格，也是语言艺术水平的升格，具有深刻的革新意义。①

戴文静研究了《文心雕龙》"风骨"范畴的海外译释。刘勰在《文心雕龙》中首次系统论述了"风骨"，遂使其成为中国文学理论批评最富生命力的范畴之一；然而因其语义浑融缠夹，又成为中西诗学中难以通约的范畴之一。戴文静指出，将"风骨"置于海外言述场域，wind and bone，sentiment，animation 等有诸多误读，宇文所安所言"话语机器"及其背后的逻辑理路则有译语贫困化之流弊以及现代理性的独断论立场。中国文论范畴的海外译释应建基于充分解会其语义内涵和逻辑关联，在获取本义的基础上推阐新义。多重定义法不失为兼顾原典经典性和译本可读性的外译良策。②

王鹏程、朱天一对海外的"中国抒情传统"说进行了反思，指出其对中国文体论概念解读的偏颇之处，梳理了"中国抒情传统"从最初的限定文体解读，发展到后来文类适用性过度扩张，脱离古典文体论的预设语境，进而导致对"兴观群怨"等论说的片面理解。"中国抒情传统"说之现代阐释，过度放大其政治意涵，使抒情本身工具化为一种政治性的对抗姿态，遮蔽了作为传统之另一面向的

---

① 蔡丹君：《晋宋诗学的"物理"探求》，《文艺理论研究》2021 年第 5 期。
② 戴文静：《〈文心雕龙〉"风骨"范畴的海外译释研究》，《文学评论》2021 年第 2 期。

"相与之情"这一公共性情感维度，在古典精神承接上显得简单化与偏狭性——这提示我们不能简单地以西律中，而要通过中西融通实现中国传统诗学资源的现代性阐释与创造性转换。①

面对新世纪的挑战，张伯伟系统研究了"意法论"，指出其雏形最早广泛存在于经典解读，经由实践和佛法思想逐步向文学创作和批评领域延伸，最终成型于明清时期，是对法则技巧长期探索的结果。基于深厚的思想根基、丰富的批评实践和合理的批评方法，我们可以通过"文本化""技法化"和"人文化"的分解与融合，在研究实践中建立起一种动态的平衡，使"意法论"继续发挥功用，成为中国文学研究再出发的起点。②

"调法"是明清文章学理论中的一个重要范畴，体现了传统文论对古文中内蕴之音乐性的深入认识。胡琦指出：从万历年间开始，"调"便成为八股文领域常用的批评术语；时文评家吸收转化了宋元以来字法、句法、章法中的诸多形式批评因素，用以重组、建构"调法"之论述，将对文章整体风格、节奏的抽象体验落实为具体的作文法度，其内涵涉及平仄、句式长短、语序、关联虚词等多个方面，呈现出向"句调"聚焦的倾向；"调法"之论由时文批评渗透到古文乃至先秦经籍的细部批评，通过举业指南、古文评点本等形式在

---

① 王鹏程、朱天一：《论海外"中国抒情传统"命题的内在悖反及偏狭性》，《山西大学学报》（哲学社会科学版）2021 年第 1 期。
② 张伯伟：《"意法论"：中国文学研究再出发的起点》，《中国社会科学》2021 年第 5 期。

士人阶层的知识世界中传播流行；清代桐城派的古文声调论，主张由字句、音节以窥神气，正建基于晚明以降"调法"之批评实践和理论总结。^①

丁乙指出：钱锺书在对莱辛《拉奥孔》的诗画观做批判性应答时，融合中国古代诗论，提出了独特的"虚色"理论，即诗文使用的颜色词中存在非实指的情况，诗文中的某些颜色表现可以超越绘画的颜色表现；"虚色"以"心眼"（想象力）为接受器官、传达"情感"而非"观感"价值。"虚色"理论最初阐发于《读〈拉奥孔〉》，相关论点在《管锥编》中得到发展；钱锺书以汪中的古典诗论为理论基础，参照《孟子》以及卢梭的思想，对"虚"概念导入了作者的"诚"，即道德无功利性的内涵。此外，钱锺书援用 K. O. Erdmann 及伯克的思想对"虚"作用于读者的想象力、传达作者的情感价值的机制进行阐释。通过分析钱锺书"虚色"论的结构，可以窥见其对古今中外思想的广泛引用并非无意识的罗列，而是作为推进理论构建的有效手段，具有内在逻辑性。这种中西比较的手法在中国 20 世纪文艺论中独树一帜，也是钱锺书作为思想家应当被认可的贡献。^②

李建中讨论了兼性阐释的古典形态，即经史子集知识学谱系与三千年古典文学理论批评的兼性阐释，典籍的互文性、学派的融通

---

① 胡琦：《声气与技艺：明清文章学中的"调法"论》，《文学评论》2021 年第 1 期。
② 丁乙：《钱锺书"虚色"论的下位论点》，《文学评论》2021 年第 6 期。

性、批评态度和方法的"平心而论";又着眼于兼性阐释的现代嬗变，关注经史子集知识学谱系与近百年中国文学批评史研究的兼性阐释，指出"集"奠其基、"史"开其局、"子"拓其疆、"经"聚其力，在百年中国文学研究的现代嬗变之中，兼性阐释仍然有着极强的生命力，需要从文论典籍之"新四部"、大学教育之"新文科"和学术话语之"中国性"三个方面完成当代转换。[①]

王轻鸿指出，中国传统故事诗学在现代以来看似被否定，实际上其中蕴含的民间性、劝诫性、口语化特征契合了新文化运动的方向，促成了文学观念变革的学术增长点。故事在继承传统的基础上发生了嬗变，意义指向从关注"已经发生的事"的真实性转向了注重缀合性、奇幻性、悠远性、超越性，虚构意味更加突出，结构形态从关注故事的"穿插""连缀"等转向了注重故事"头""身""尾"的"完整"，理性化色彩更加浓厚，从内容和形式层面重构了具有现代意义的诗学话语体系。总体来看，这种重构受到了西方文化和文学观念的影响，如何进一步激活中国传统故事诗学的活力，还有较大的拓展空间。[②]

---

① 李建中：《经史子集与中国文论的兼性阐释》，《社会科学》2021 年第 3 期。
② 王轻鸿：《中国传统故事诗学的现代重构》，《文学评论》2021 年第 4 期。

西方文论研究的深化镜鉴

西方文论是中国文论创构的重要资源，2021 年度的西方文论研究立足中国实际，有鲜明而强烈的问题意识，主要围绕一些重要理论家、诗学观念、批评方法等展开，取得了较大的进展。

钱中文以"行为构建"勾连起巴赫金伦理哲学中人的构形及存在形式，厘清巴赫金的理论现实关怀和构建路径，并在此基础上对其诗学理论进行评价。巴赫金所谓的现代危机是一种文化危机，其解决办法是以人为中心，将行动的动机和结果统一起来，融合文化和现实世界。钱中文将"行为"理解为"选择"和"责任"，价值判断随之产生，而"应分"作为一个特定的判断，是某种自我意识的态度取向，最终在行为世界构建出"人"并对他人负有责任，这种带有一定宗教色彩的伦理哲学和以它为基础的哲学人类学对于当代有着一定参考意义。钱中文强调指出，巴赫金诗学理论继承了陀思妥耶夫斯基的对话思想，并在此基础上进一步发展为人在对话中的构形及最具价值的存在形式，由此获得人的社会性本质。巴赫金将对话扩展为一种宽泛的人的存在关系和人的存在形式构形的对话哲学，具有深刻的现代性，对现代生活依旧具有吸引力和指导意义。①

普罗普与巴赫金是 20 世纪苏联著名的民间文艺理论家，王杰文

---

① 钱中文：《行为构建、人的构形及其存在形式——在巴赫金的诗学与哲学之间》，《文学评论》2021 年第 1 期。

比较研究了以他们为代表的民间文艺学的两种范式：普罗普在科学主义思想的指导下开展幻想故事的形态学与历史学研究，巴赫金则在现象学的原则下探讨言语体裁与社会交往的复杂关系。普罗普试图在幻想故事文本中寻找稳定不变的要素，从而建构故事类型的"基本形式"与"派生形式"，并为其历史起源研究奠定基础。巴赫金则把文本还原为言语交流活动，着眼于人类言语行为的整体，努力探索人类"派生的言语体系"中所隐藏的社会学诗学问题。王杰文指出，当前民间文艺学家反思与批评"民间文学"这一概念，转而关注"口头艺术"的文本化问题，显然是对巴赫金思想的继承与发展。①

申丹聚焦于 2018 年修辞性叙事学流派在《文体》期刊上的交锋，着重分析费伦撰写的目标论文中涉及人物对话和叙事交流模式的议题，通过评论此次辩论观点，指出并纠偏相关论点，促进对修辞性叙事学的本质理解，厘清各流派之间的关系。申丹指出，费伦一反传统的做法，将"作者—人物—人物—读者"的交流提升到与"作者—叙述者—读者"的交流相对等的位置，大大增强了前者的重要性，但相比而言，也无意中降低了后者的重要性，由此带来叙事模式的相关辩论。另外，费伦阐述的修辞性叙事学基本立场也受到众多挑战，观点各有局限且构成互补，为理解修辞性叙事学提供更为全面

---

① 王杰文：《普罗普与巴赫金——试论 20 世纪民间文艺学的两种范式》，《文学评论》2021 年第 5 期。

的视角。申丹认为，在面对新的挑战时，修辞性叙事学需要不断发展，更重要的则在于坚守对作者修辞目的和修辞手段的关注。①

　　曾军关注《劳特利奇叙事理论百科全书》中的中国因素。首先，中国叙事理论被归入"古代叙事理论（非西方）"中做专节介绍，说明当代西方学者也是站在"今西"的立场和视角来处理各类学术资源，并展开叙事理论知识体系建构的；其次，编撰者建构了中国叙事从书面叙事向口语叙事（或"白话叙事"）演进的发展脉络，证明其非凡的学术功底和本人的学术偏好；最后，相关中国叙事传统和叙事理论的内容代表了中国特质和中国贡献。《劳特利奇叙事理论百科全书》在叙事理论知识体系建构中表现出非常鲜明的"西方主导"的特点，作者呼吁中国叙事学在发展过程中需要克服"西方主导"下的路径依赖，通过积极参与共同面临的当代叙事问题的解决来获得与西方叙事学并驾齐驱的世界性影响，共同推进叙事学知识体系的建构。②

　　赵勇全面阐述了阿多诺"内在批评"产生的历史背景及学术内涵，在解释了将 immanente Kritik 译为"内在批评"的合理性后，回到"内在批评"的历史语境，指出面对文化批评与文学批评连同文化一起堕落的现实情况，阿多诺选择的道路是"内在批评"。"内在批评"

① 申丹：《关于修辞性叙事学的辩论：挑战、修正、捍卫及互补》，《思想战线》2021 年第 2 期。
② 曾军：《西方叙事学知识体系中的中国因素——以〈劳特利奇叙事理论百科全书〉为中心》，《文学评论》2021 年第 3 期。

的致思路径和操作方法强调的是从作品的形式入手，并对形式进行内在分析，进而破解社会密码，由表而入里，因内而观外；"内在批评"内在于阿多诺的哲学思想，显示出其"改变世界"的文学野心，并通过自己的批评实践将其落到实处。[①]

李飞关注拉卡普拉重复时间性理论，并对其做出较为全面的分析与评价，指出其理论渊源追溯至弗洛伊德创伤理论；针对历史的连续性与断裂问题，卡普拉将对话交流引入历史书写，又以纳粹大屠杀为研究对象，解释"现代框架"之外的历史重复问题。李飞指出，拉卡普拉对历史过程及历史书写的思考，在很大程度上是将精神分析范畴社会化的理论尝试，其中存在一定局限性。[②]

陶东风从见证文学的角度切入《鼠疫》的分析，阐述了《鼠疫》如何以文学性方法叙述历史，并提供一种新的视角去看待、理解大屠杀，从而体现了历史与叙事之关系的深刻转变。陶东风指出，《鼠疫》与大屠杀隐喻相关性已经得到普遍认同，并在书中存在多处暗示，以"肉身化的历史见证"突破意识形态，文学性地建构了另一个"历史"，以"无所不包的诅咒"的重要命题隐喻极权主义的本质，以亲历者的叙事身份获得见证资格，担负起见证的责任。[③]

[①]赵勇：《作为方法的文学批评——阿多诺"内在批评"试解读》，《中国文学批评》2021年第1期。

[②]李飞：《重复时间性：论拉卡普拉对历史过程及其书写问题的思考》，《福建论坛》（人文社会科学版）2021年第4期。

[③]陶东风：《见证，叙事，历史——〈鼠疫〉与见证文学的几个问题》，《文艺理论研究》2021年第2期。

刘阳对独异性诗学进行思想史的梳理与概念考辨,图绘其知识谱系。首先,从思想史的坐标轴上看,独异性诗学存在由事件论贯穿的建构与转变的两个取向,围绕后一取向,德勒兹(延及德里达)、巴迪欧与齐泽克等人存在两大关键分歧点并延伸到了英美学界;其次,"独异"的外延可从非偶然、非唯一与非光晕等角度予以廓清,通过辨析其康德主义渊源及自由观,可引出其相互关联的晚近两条路径,即消除独异与日常的对立,进而驱动性地将之与主体日常当下的历史经验深度联结;最后,独异性诗学的最新进展是与奇点技术的相互融合。[①]

在戴登云看来,耶鲁学派"修辞性"文学观体现了一种双重性,它发端于对传统的同质性文学观和线性文学观的解构和批判,是西方传统的同一性文学观的种种形而上学预设在现代的变体。戴登云通过厘清耶鲁学派文论的解构立场与理据、逻辑与策略,指出在对"同一性"预设的怀疑中,关注写作中大量的"重复"现象,解构西方文化传统线性的形而上学性,德曼、米勒、布鲁姆等人对传统文学观的解构共同指向了一种双重性文学观念的生成。[②]

韩存远指出,20世纪80年代末英美文学伦理批评在历经波折后重获新生,并表征出两重新变:就理论层面而言,批评家在深度清理传统道德批评之积弊的同时,着力拓展"伦理"范畴的边界,并

---

① 刘阳:《独异性诗学的当代谱系》,《文艺研究》2021年第4期。
② 戴登云:《同质、线性还是双重?——耶鲁学派文论家对传统文学观念的批判》,《当代文坛》2021年第2期。

设置了文学伦理批评的对象与范式；就批评实践而言，文学伦理批评实践一改往昔纯粹道德训诫的策略，转而注重揭示文学文本在审美和伦理维度上的交融与互证。转型后的英美文学伦理批评之于我国文学伦理学批评不乏镜鉴价值。二者的理论根基、实践路径、建构模式、学科背景差异显著，后者在逻辑严密性、概念精确度、理论自反性、学科涵容度等方面仍有提升或完善的空间。①

中西美学思想研究的掘进对话

2021 年度中国古典美学、现代美学研究取得较明显的实绩，并自觉与西方美学比较对话，将中华美学精神和人类命运共同体意识结合起来，在中西会通中推进美学学科的发展。

薛富兴从审美对象、审美意识和观照方式等方面研究汉赋，指出辞赋家首先建立起了自然审美对象系统，各类自然现象在文本中成为独立的审美对象，确立了汉代自然审美的自觉；在此基础上，薛富兴进一步指出，汉赋表现了对象化观照精神指导下的格物与写物之趣，其中独立的格物趣味是中国古代美学普遍性趣味的最早体现，在中国美学史上有重要的意义。②

刘成纪指出：作为一个自觉的理论命题，"天人合一"的思想

---

① 韩存远：《英美文学伦理批评的当代新变及其镜鉴》，《文学评论》2021 年第 4 期。
② 薛富兴：《两汉：中国古代自然审美之自觉期——以汉赋为中心》，《文艺研究》2021 年第 1 期。

始于汉代，以天人同构和天人共感作为初步生成，又以祥瑞与灾异将"天人合一"推向极致的美学表达；以汉儒神学化的宇宙观为基础，由天而始展开对人的关怀，并自上而下形成序列，获得对祥瑞灾异的不同层面的认识，构成祥瑞灾异的美学论题；祥瑞灾异的价值在于审美价值的凸显、自然之美的认识拓深，并对文学艺术产生影响；魏晋南北朝，基于禅让的政治伦理和寻求自然规律支持，"天人之际"体现出从人间向自然、从伦理向哲学，不断放大其自我论述范围的趋势，生成了一种独特的政治或制度美学，并将祥瑞灾异文学艺术化；唐代儒学与汉代以降谶纬化的儒学大异其趣，重点表现为对天人主次关系的重新厘清，祥瑞灾异依旧是社会精神基础但已经边缘化；到了宋代，伴随着"天人之际"的终结，心、物问题崛起，完成了关涉时代精神的整体转向。[1]

高小康提出，对传统文化价值的现代认识经历了从遗物、遗产到活化的"非物质文化遗产"（简称"非遗"）这样一个进程。非物质文化遗产保护是对传统文化活态内涵的保护和传承，历史的活化意味着从遗存的记忆资料中发现鲜活的精神。但传统文化如何活化传承在理论和实践上都是难题。历史遗存需要通过情感体验和意象建构的审美活动唤醒记忆以活化，即从史学走向美学。"诗意地栖居"就在于发现现实地、劳碌地生存于大地的诗意本质，传统生

---

[1] 刘成纪：《论中国中古美学的"天人之际"》（上、下），《文艺研究》2021年第 1、2 期。

活技艺的重新认识、体验和传承就是在寻觅这种栖居于大地的诗意。
"非遗"美学是对民间文化审美价值的发现，意义在于使民间文化遗产在审美中复活，发掘传统生活技艺的诗意内涵并回归当代生活。①

张晶对文艺美学进行反思。首先，追溯中国文艺美学作为独立学科的发展历史，从文艺美学学科的特性确立其独特地位；其次，反思了文艺美学现状，指出困境在于固化文艺美学研究，封闭其框架，认为应以开放眼光发展文艺美学；再次，确认文艺美学研究对象并进一步指出应在共同规律之外进入文学本身，为文艺美学提出一个新方向——发现文学与其他艺术共通的意义外其独有的审美机制。在此基础上，可以期待文艺美学当下的突破性进展。②

彭锋深入分析了建构"艺术学中国学派"的背景、实质和诉求，指出从"中国学派"的诉求可以发现存在本土化到国际化的转变，为理解这种变化，需要回到中国艺术的现代转型现场，看到中国艺术中互补的现代性。魏公凯的"四大主义"和吕艺生观察到的中西方的"反向交替"现象，都指向"多元共存"，以避免艺术和文化的浅层化、匀质化。彭锋认为，我们可以诉诸"存有性多元论"，将西方古典艺术与中国古典艺术相对照，通过对写意的挖掘，找到建立"艺术学中国学派"的美学基础，并使中国现代艺术成为一

---

① 高小康：《从记忆到诗意：走向美学的非遗》，《文学评论》2021 年第 2 期。
② 张晶：《关于文艺美学的反思》，《文艺争鸣》2021 年第 2 期。

种崭新的事件性艺术，以当代的全球视野将中华美学精神和人类命运共同体意识结合起来，创造出属于这个时代的艺术作品和艺术理论。[①]

聚焦于 ästhetisch 一词的解释，陈辰梳理了当前该词汉译的不同做法与态度，他不认同当前普遍采取的歧义论，认为基于康德批判三部曲中该词的共同含义，ästhetisch 应被彻底单义地翻译为"基于感性的"，并在这一基本概念下，继续辐指感性的不同种类。疏通 Gefühl 一词的意义后，可以确定 ästhetisch 指涉的是快乐和不快的感受，其意义则为"基于感性的"。陈辰由此反思已有翻译中对康德原意的误解，呼唤一个彻底共名论的理解和翻译。[②]

吕东、朱国华指出：晚期尼采艺术哲学的核心概念在于"形变"，这是尼采基于对艺术的双重内涵之关系的重新思考而衍生的概念，其所传达的新酒神精神摆脱了叔本华主义的纠缠，走向了对生命的双重肯定；晚期尼采取消艺术的双重内涵之间的对立，他将"醉"的生理现象设置为艺术的普遍前提，赋予艺术作品的艺术以整一性的定性和理想化性质，在整一性向度和"性"的精神化表达中凸显艺术的"形变"力量。尼采破除日神艺术／酒神艺术二分的对立，在批判视野中传递更新了的审美经验论，从而确立了艺术"形变"

---

① 彭锋：《艺术学中国学派的反思和展望》，《北京大学学报》（哲学社会科学版）2021 年第 4 期。
② 陈辰：《"基于感性的"：从彻底单义论重译康德 ästhetisch》，《文艺研究》2021 年第 3 期。

观中的新酒神精神，为克服此在之悲剧性真理提供了更新的解决方案。①

王怀义指出，钱锺书对朱光潜意象美学观的批评，是 20 世纪中国美学史乃至学术史上极重要却至今未被提及的一桩公案。朱光潜于 1924 年创作的《无言之美》是中国现代美学史上第一篇在审美意义上使用"意象"概念的论文，他对直觉说、移情说、距离说、物我关系等思想的介绍和阐释，奠定了其意象美学观的哲学基础。钱锺书提出"本意说"，限定了意象生成美感（无言之美）的适用范围；通过反思移情说，提出了"人化批评"的思想，重新概括了意象创构过程中物我关系的三种形态；在批评直觉说的同时提出艺术传达过程中艺术家"出位之思"的观点，用以分析艺术意象的创造及跨界问题。对此，20 世纪中国美学史研究和新时代的文艺学美学理论建设应有所关注和反思。②

受"朱光潜说"的前置性影响，人们在讨论和书写朱光潜美学时往往因依循"己说"而落入预定的框架阈限。李圣传研究了朱光潜美学的经验主义立场和路向，发现当我们穿透"朱光潜说"这一显话语，不难发掘"明线"之外所掩埋的"经验主义"思想暗线：留英期间，朱光潜对经验主义哲学传统研习甚深，这不仅成为留学

---

① 吕东、朱国华：《对生命的双重肯定：晚期尼采艺术"形变"思想探究》，《福建论坛》（人文社会科学版）2021 年第 7 期。

② 王怀义：《钱锺书对朱光潜意象美学观的批评——20 世纪中国美学史上一桩被忽视的公案》，《文学评论》2021 年第 5 期。

归国后修补克罗齐"直觉论"美学的重要思想资源，还是"美学大讨论"中提出"物甲物乙说"的理论基础；英国经验主义作为纵贯朱光潜美学体系的"隐话语"和"暗思想"，不但是其译介和理解康德美学的理论眼镜，还是围绕《新理学》和"梅花之辩"与冯友兰、李泽厚等哲学美学家展开论争的立场与方法。我们只有跳出"朱光潜说"这一显话语，方可发掘其思想体系内部潜藏的丰厚复杂的思想蕴涵。[①]

冯庆研究了朱光潜审美启蒙观，指出朱光潜的美学生涯中伴随着"人生艺术化"的审美启蒙设想，但这一设想在其科学化的方法论和其终极的审美理想之间可能存在逻辑上的张力。首先，朱光潜在对移情现象的审美心理学分析中加入了浪漫派的泛神论美学的成分，试图以此解释中国传统的"天人感通"式审美境界，使之还原为纯粹审美的普遍理想。但同时，朱光潜又承认在审美活动中存在着客观的"性分深浅"，亦即常人和天才在情性状态和审美追求方面的显著差异。为解决这一矛盾，朱光潜把通达理想审美状态的"天才"解释为长期学识和艺术创作经验积累所致，并给予其社会历史实践层面的发生性解释。进而，审美启蒙的着力点不再是情感的鼓动，而成了知识启蒙。最终，这种"社会化"的知识启蒙必然和朱光潜心向往之的"超社会"纯粹审美境界发生对接上的困难，其原因则

---

① 李圣传：《朱光潜美学的经验主义立场和路向》，《文学评论》2021年第6期。

在于朱光潜过于强烈的社会介入改造心态和纯粹审美静观理想之间的矛盾。①

媒介文化研究与理论的嬗变

新时代下，如何应对世界范围内技术革命对文学艺术的冲击，未来的文学艺术理论如何发展，围绕科幻文艺、媒介文化、后人类、技术与人文等重要话题，人们展开了自己的思考，进一步拓展了文学研究的视野和疆界。

殷国明指出，在技术美很大程度上影响和改变人们的审美意识的时期，理论建构却未能形成成熟的技术美学。本雅明的反叛性思考和努力对此做出抗争，探索如何对待这种艺术和技术关系的大变动，初步完成从技术美的关注到智能美的转变。"图灵测试"则带来技术美的进一步延伸和创新，而成为智能美的滥觞，其对智能问题的追索甚至超越了人类的思维机制和功能，不断关注并深化计算机与人脑之间关系的人工智能在发展中使计算机语言有可能替代人脑进行思维，甚至改变人们对世界和自我的看法。当计算机继续向前发展，人工智能一旦进入艺术创作领域，就带来了相关的美学问题，智能美学的建构与发展成为一种有待验证的文化建构，不仅需要从

---

① 冯庆：《"超社会"的挫折——朱光潜审美启蒙观的内在困难》，《文学评论》2021年第6期。

人文哲学角度去思考，而且离不开科学技术的进步，并由此形成一种人与科技的双向交流和印证，在彼此博弈和磨合中创造一种新的审美现实。[1]

刘方喜指出，马克思、恩格斯的思想建立在现代科学体系之上，他们的精神性观念史则建立在物质性工艺史基础之上，特别强调"工艺史"的重要地位。他认为，只有从人类工艺史角度对当今 AI 做出历史定位，将其置于动态"历史过程"中，才能科学揭示当今 AI 划时代的革命意义。由此刘方喜从物质性的工艺史视角定义了人类社会的文化三级跳跃：一是人脑神经元系统的进化发展，以"劳动"为关键要素将人类的物质生产与精神生产统一于自然，反拨当前有关 AI 的神秘唯心主义叙述的思想根源；二是文字系统的进化发展，人在自身生物性身体外创造出的书面文字系统由简单到丰富的发展进程，昭示着人类智能形态由低级向高级的发展进程；三是人工智能机器系统，在动能自动化机器系统不断累积性发展的基础上发展起来，将人从非自由的劳动中解放出来，成为迈向自由王国的最后一跃。[2]

汤拥华研究了后人类叙事的形式与伦理，以凯瑟琳·海勒的相关分析为基础，将"具身性"中的身体替换为虚拟身体，将认知科

---

① 殷国明：《从"智能美"到"智能美学"：关于一个新的美学时代的开启》，《文艺争鸣》2021 年第 9 期。
② 刘方喜：《文化三级跳：人工智能的工艺史定位》，《西南民族大学学报》（人文社会科学版）2021 年第 2 期。

学替换为信息科学和控制论，再结合文学叙事问题对"具身性"概念在后人类语境中的文学关涉与伦理向度做进一步分析。汤拥华指出海勒所追求的后人类的语境中重构身心统一，使其关注到人机之间的混淆即一种具身性，在文学空间内完成身体与隐喻的转化，这种虚拟性/具身性的符号学也就是后来人类的文学叙事学，以身体分裂与统一的持续过程，推动叙事的发展和叙事范式的更新，引发伦理主题、角色体系、叙事形式和文本形式等论题的相应嬗变。[1]

单小曦、支朋以李子柒的古风艺术短视频为考察对象，指出其以视觉媒介系统和听觉媒介系统诉诸感官，并指向田园牧歌的生活追求，在媒介系统和文化力量的作用下，发生初级媒介系统直接意指向次级媒介系统含蓄意指的转换，成为"新媒介神话"，"消费文化"和"农耕田园文化"是这一含蓄意指实践的重要依托。作为新媒介与商业资本合谋形成的"审美乌托邦"，其意义在于在传播环节上自媒体以其自身特色参与了神话的意指实践，印证了新媒介神话理论建构及其批评实践在数字媒介时代的必要性。[2]

赵静蓉关注到数字时代国家记忆及颠覆性记忆生态中的可能性。从本体论层面的国家记忆内涵上看，国家有中国、祖国、民族和政党四个维度的意义，国家记忆则有"自上而下式"和"自下而上式"两种记忆方式。在数字时代，记忆研究主要关注"记忆与遗忘的关

---

[1] 汤拥华：《重构具身性：后人类叙事的形式与伦理》，《文艺争鸣》2021 年第 8 期。
[2] 单小曦、支朋：《自媒体文艺短视频的媒介神话学阐释——以李子柒古风艺术短视频为主要考察对象》，《内蒙古社会科学》2021 年第 1 期。

系"及"隐私、网络暴力和正义"两个问题，而国家记忆的危机主要体现在"如何选择记忆"与"公共空间的转型"两个方面。数字时代开启了人类的美好新生活，同时创造了新的记忆生态，要建立更开放更宽容的对话机制，才能获得更美好的记忆的未来。①

刘建平将人工智能界定为人类开发出来的、具有深度学习能力乃至自主思考能力的、非自然出生的智能，对生命友好、"可持续性"运行是人工智能创新的准则。作为艺术创造的主体，人工智能挑战了传统文艺生产的"人学"范式，缺乏艺术创造的主体意识和精神自觉，否定了艺术作品的个性化和不可重复性，代表了一种科学主义的文艺批评观。刘建平指出，人工智能对艺术创作有一定影响，预示着文艺批评技术化时代的到来，我们应重视大数据分析在文艺批评价值导向和批评舆论监控机制下的积极推动作用，同时还要客观看待人工智能对文艺批评的价值取向与审美标准的影响，以实现对当代文艺作品和审美现象的有效阐释。②

姚富瑞指出：随着后人类思潮强势地进入当代思想领域，思想家们分别从批判和建构两条路径展开了后人类理论的探索；在海勒看来，后人类时代中，自由人文主义传统下的人类情境化感知已经失效，意味着从情境化感知到无意识认知的转变；嘉里·沃尔夫则勾画了一种"新的人文主义"面相，反思普遍的感知模式和智人自

---

① 赵静蓉：《数字时代中的国家记忆危机及其未来》，《文艺理论研究》2021年第3期。

② 刘建平：《文艺批评：人工智能及其挑战》，《学术界》2021年第5期。

身的情感状态，改写和重塑人类的情感机制。当人类与其他存在形式之间的边界开始被打破，技术对人的感知进行改写和重塑，形成人与技术共存的知觉生成模式，需要关注在技术加速的后人类语境中如何能更"美好"地生存。①

朱恬骅关注在当下技术情境中依托人工智能技术施行的表达性重复，回到人工智能观念变迁与技术发展的具体情境，考察"人工智能文学"的实践特征与发展逻辑，从而理解人工智能文学的文学价值自证。朱恬骅指出，人工智能参与文学创作的实践实现了从技术研究者围绕字词进行的"文本实验"到探索文学观念可能性的"实验文本"的演变，完成了机器思维问题、文本生成问题和机器创作问题等三个原始问题的重心转移，人工智能以表达性重复的方式确立了自身文学价值。②

陈众议关注数字技术带来的"网格化""扁平化"，指出：数字是由资本操纵的，"网格化""扁平化"取决于资本追逐；数字技术正在将文学引向"新口传时代"，但文学的个性化创作和个人化阅读（阐释）依然有其强大的惯性和逆袭性；理想与利益之间的适当让渡是数字化时代的重要课题，"逆反"是数字化时代文学艺术不被取代的重要基础，存在文学回归传统的可能，外国文学研究

---

① 姚富瑞：《感性生成与后人类理论进路中的美学问题》，《文艺争鸣》2021年第8期。
② 朱恬骅：《从文本实验到实验文本："人工智能文学"的表达性重复》，《文艺理论研究》2021年第5期。

界参与母体文学（包括经典谱系）建构迫在眉睫。[①]

李建军指出，伟大的作家通常都是具有成熟的自反批评意识和自反批评能力的作家，他呼吁作家建立起自我观照的意识，以自觉的问题意识和尖锐的否定态度对自身进行冷静而严格的自反批评，发现自身的缺陷和问题，克服自身局限，从而自我超越并达到新的创作高度。[②]

理论研究者同样需要一定的理论勇气，需要强化自反批评意识和自反批评能力。理论的合理运动方向，总是通过否定自身的局限，来肯定其与某个超越自身的存在的联系；敢于自我否定，不断沉思失败的经验，在失败中学习和学习失败，或可领悟、矫正我们思想的倾向和思想的方法，以有效控制我们的知识冲动。

综观 2021 年度文艺理论各论域的研究，我们发现，尽管理论与时代之间的张力正凸显出来，理论建构的当代意识也不断增强，但是，真正意义上学贯中西、融通古今的理论系统创造还是相当匮乏的；不论研究探讨的论域如何拓展、延伸，或维护某种绝对正确的理论教条与价值观念，或是知识论意义的修补敲打，或矢志不渝地"学习"西方，或"坐在概念的飞机上抢夺思想竞赛的锦标"（胡风语），不触及自身的学问的堆积仍是较为突出的问题；这是一种外在的理论知识，它们尚未内化为一个态度、一种方法，只是"看上去很美"

---

① 陈众议：《数字人文与技术让渡》，《外国文学动态研究》2021 年第 1 期。
② 李建军：《论作家的自反批评》，《中国文学批评》2021 年第 1 期。

而已。此外，研究者匮乏一种类似作家的"语言的自觉"，加上缺乏起码的语文素养，其述学自然割裂了学术和语言、学术和思想；置身于自身传统文化的边缘，不是力求在"学习"的过程中获得描写自己的可能的文化形式，而是简单套用不断"学习"的包括西方在内的强势思想、理论、话语等作为自己描写自己的工具，便不可避免地陷入了封闭、狭隘、无能的理论空转。思想的能力源自与所思对象保持恰当的关系，思想的能力就是它解答乃至超越现实问题的能力。毋庸讳言，既能与一个生生不息的有序传统展开充分的对话，又能通透回应当下文学艺术实践与现实生活问题的"生产性"（Productive）理论创造委实不多。

世界文化绝不是文化的"同一"化，而应是"星丛"化。中西语言各有优长，包含独特的"世界观"，形成了最适合于本民族的不同写作系统。一个多世纪以来，现代汉语置换了古代汉语，西学范式置换了中学范式，汉语之韵整体性流失，汉语思想苍白冷肃。西方现代思想家对普遍的理性主义学说的不懈批判，引发了世界之多重性、暂时性和复杂性的思考。我们应借鉴、汲取这些现代思想资源，与此同时，还应充分重视、继承传统中国文化的思想资源，因为一切有意义的创造都必须立足于一种基本肯定性的文化传统。在中西思想的和合创生中，构建属于中国的当代学术话语体系，把中国学术自身的问题意识、思想与言说方式转化为现代中文学术语言，把中国学术思想用具有汉语内涵的语言呈现出来与西方世界交流，这仍是一项"未完成"的任务。[①]

文化交往或对话的关键在于建构一种理想的"对话语言"，即一种贯通"理性认知"与"审美认知"的语言。西方的"指涉性"语言重视"存有"，汉语的"过程性"语言重视"生成"；前者偏于逻辑思维，后者偏于艺术思维。在诗与哲学之争的"尼采式"转折之后，人们已然认识到逻辑思维和艺术思维对于理论思辨都是十分必要的，两种不同的话语彼此可以"化合"并产生新知。尼采、维特根斯坦、海德格尔、布朗肖等人的现代哲学语言与具有诗性特征的汉语形成了某种精神的联系，预示着中西方的"综合"正处于稳步、有序的实践过程当中，并将以多样化的形态走向"文化交往"的"和谐"状态。[②]

（与徐蓓合撰，载《东吴学术》2022 年第 2 期）

---

① 吴子林：《"我们需要概念吗？"——构建中国当代学术话语体系之思》，《学习与探索》2021 年第 8 期。
② 吴子林：《"文化交往或对话可能吗？"——论东西方文化的和合创生》，《人文杂志》2021 年第 8 期。

新时期文学理论三十年

（1979—2009）

　　新中国文学理论走过了六十年的历程，这六十年可以分为前后各三十年。前后两个三十年自然互有联系，一些根本问题也一脉相承，但所讨论的问题却有着重大差别。后三十年整个国家的重心转向了经济建设，随后确立了市场经济体制，文化的改造与需求自然就被纳入了市场经济的轨道，使得文化建设的面貌大为改观，同时也促进文学理论开创了自己的新局面。后三十年的转折，可以说是从1978年"实践是检验真理的唯一标准"的大讨论开始的，它破除了"两个凡是"的新的个人迷信，突破了禁锢思想的牢笼，开启了一个思想解放运动的新时代。文学理论在这三十年间获得了巨大的发展，它所取得的重大成绩，足可与20世纪头四十年的文学理论方面的成绩相媲美，20世纪50—60年代自然也有不少正确的观点，但是它们在压制中，未能在理论上获得深入的展开。这后三十年大

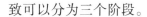

致可以分为三个阶段。

第一阶段是 1979 年到 20 世纪 80 年代末,这是解放思想、改革开放、重新学习马克思主义文论、拨乱反正、外国文论思潮涌入、深入反思、百花齐放、文学观念发生重大变化的时期。

所谓拨乱反正,就是要回到马克思主义的理论上去。那么这个"正"是什么呢?当时,直接影响全局的是一些具有迫切意义的现实问题的提出与解决。1979 年第 4 期的《上海文学》发表评论员文章《为文艺正名》,质疑"文艺是阶级斗争的工具"说。专论触及了文学与文学理论发展中最为关键的问题,即文学与政治的关系。但是文学与政治的关系已经成为一个死结,如何解开,谁来解开?这个死结,不是文学创作、文学理论自身学理发展的产物,而是高层领导制定的文艺政策,并自上而下贯彻的结果。要解决这一问题,在我国的政治体制内,对于从事文学创作、文学理论工作的人员来说,难有回天之力。所谓解铃还须系铃人,这一问题的解决,只能自上而下地进行,必须由高层领导出面。正是在这种情况下,1980 年 1 月,中央高层领导明确提出,今后"不继续提文艺从属于政治这样的口号,因为这个口号容易成为对文艺横加干涉的理论依据,长期的实践证明它对文艺的发展利少害多。但是,这当然不是说文艺可以脱离政治"①。其后又提出"文艺要为人民服务,要为社会主义服务"的新口号。文艺与政治的关系问题再度提出后,1980 年成为讨论这一问

---

① 中国作家协会编:《邓小平论文学艺术》,作家出版社 1996 年版,第 27 页。

题最热烈的一年。不提"文艺从属于政治"的重大意义，在于解开了文学、文学理论多年来打成的死结，归还了文学与文学理论的独立自主性，在于使文学和文学理论回归自身，获得了自己的身份，这是最重要的。文艺从属于政治，导致了"文革"前十七年文艺创作中严重的简单化、概念化倾向，后来虽有几次发觉与纠正，但积重难返。在理论上大肆宣扬文艺对政治的从属性、依附性，造成了人们对文艺创作的错误印象，以为作家不过是些具有人身依附性的人，使他们失去了创作中的独立性与想象力，在很长时间里被迫为错误的政治和政策服务。以至于到了"文革"时期，文艺的所谓从属性完全使文艺成了听命于文化专制主义的工具。不过在禁令解开时，也出现了不同的观点：有人仍然坚持文艺从属于政治、为政治服务的口号，认为这是马克思主义原理，不能动摇，对其实践中产生的消极影响却熟视无睹；有人同意"服务说"，而不同意"从属说"；有人既反对"从属说"，也反对"服务说"，认为文艺是独立的现象，要与政治"离婚"。

总体上说，在社会结构中，文艺与道德、宗教、哲学、科学等社会意识形态部门关系密切，所以与政治"离婚"是办不到的，因为如果文艺审美反映的是生活的整体，那必然包括政治在内，而作者一般也都会有一定的政治立场。当然文艺可以与政治一致，也可以不一致；在具体的创作中，文艺可以描写政治，也可以不描写政治，甚至不表现什么政治倾向。可是有的提出文艺与政治"离婚"的作者，其作品往往表现了作者自己强烈的乃至错误的政治倾向。有的作家要求文学批评不谈作品思想，只谈它的艺术技巧等，但其作品的政治倾向性却极强。因此，脱离了文本意图谈艺术技巧，只能是隔靴搔痒。

文学身份的确立，使得对十七年里和"文革"中的各种理论问题的讨论活跃起来，这就是马克思主义文艺理论的有无体系问题，人性、人情味、人道主义、异化问题，就是现实主义、真实性、现代派、形象思维、典型、文艺反映本质、共同美、文艺心理学等问题。

1978年，我国文艺理论工作者开始"重读"马克思主义经典著作，研究了马克思、恩格斯关于历史唯物主义与文艺的关系问题的阐述，如艺术生产、艺术发展的不平衡关系等问题的看法。随后有的学者研究了马克思《1844年经济学哲学手稿》中的问题，马克思、恩格斯关于文艺批评的原则、文艺的真实性、典型观、对歌德的评论问题，列宁对托尔斯泰的评论等问题，两种文化理论，列宁反对无产阶级文化派的斗争等论述。同时，有的学者在汇编马克思、恩格斯、列宁有关文艺的论说不久后，就出版了《马克思恩格斯论文学与艺术》（人民文学出版社，1982年）、《列宁论文学与艺术》（人民文学出版社，1983年）等作品。这些论著的出版在当时的语境中，无疑起了积极的作用。1989年前后，马克思主义文艺理论有无体系问题受到文艺理论界的极大关注。20世纪80年代初，有的学者认为，马克思、恩格斯等经典作家的文艺思想都没有形成完整的理论体系，它们不过是些"断简残篇"，所谓体系性不过是人为的东西。当然也有不少学者坚持认为，马克思主义经典作家有关文艺的论述存在一定的内在联系，自成体系，并在学理上予以进一步的阐释。我们不能把马克思、恩格斯关于艺术的著作"描绘成像欧内斯特·西蒙斯（Eruest J. Simmons）所说的支离破碎的'碎片和补丁'"[①]。其实，早在 20 世纪二三十年代，卢卡契等西方马克思主义文艺理论家就对马克思主义创始人的文学理论学说有无体系问题提出过各种不同的看法，经过一段比较集中的讨论，人们基本确认马克思主义文艺学有一个相对完整的理论体系，进而关注马克思主义文学理论体系的哲学基础、整体面貌、逻辑结构等问题。有人认为，马克思主义文学理论的哲学基础是辩证唯物主义和历史唯物主义，有人认为是反映论，还有人认为是以实践为基础、以人的能动的实践活动为中介的实践存在论等等。[②]但至今仍有不少学者不承认马克思、恩格斯创立了自成体系的文艺学说。马克思主义文艺理论有无体系问题的论争，实质上是以往的探索在新历史条件下的继续和拓展，它加深了人们对马克思主义文艺学说的认识，对丰富和发展马克思主义文学理论有重要的学术价值和理论意义。

人道主义是马克思主义文学理论关注的一个重要问题。西方马克思主义者把对历史唯物主义的解读放在对《1844 年经济学哲学手稿》的阐释上，而把人道主义精神看作马克思主义文艺学说的根基，

---

① 梅纳德·索洛蒙：《马克思和恩格斯的艺术观》，陈超南译，《现代外国哲学社会科学文摘》1981 年第 5 期。
② 曾繁仁主编：《中国新时期文艺学史论》，北京大学出版社 2008 年版，第 15—19 页。

并以人道主义、人的异化及人的解放作为文艺批评的思想准则，指出西方现代主义文艺作品便是对人性被扼杀、被压抑、被扭曲的表现。新时期较早提出人性、人道主义问题的是朱光潜先生。1979 年，他发表了《关于人性、人道主义、人情味与共同美问题》一文，认为"文革"中的极"左"路线歪曲了马克思主义文艺学说的基本观点，应当恢复人性、人道主义在马克思主义及其文艺学说中的应有地位；人道主义"有一个总的核心思想，就是尊重人的尊严，把人放在高于一切的地位"①。朱光潜先生的观点得到了程代熙、汝信等人的支持。②汝信认为，"人道主义是马克思主义必不可少的因素"，马克思主义的人道主义是"人道主义的一种高级的科学的形式"。当然，也有不少人持反对意见。从此展开的大讨论，一直延续到 1984 年。如前所说，人性、人情味、人道主义思想在新中国成立后十七年与"文革"期间，在理论上受到歪曲与摧残。它们长期被认为在阶级社会里人只有阶级性的庸俗社会学所扼杀，把人性、人情味当成资产阶级专有的特征，把人道主义看成只有资产阶级才有的思想。新时期开始，文学、电影最早涉及人性、人道主义和人性的异化问题，甚至是政治的异化，其后通过批判与探讨，结合创作实践进行了细致的剖析，在阶级性与共同人性问题上达成了共识。在人道主义、异

---

① 朱光潜：《关于人性、人道主义、人情味与共同美问题》，《文艺研究》1979 年第 3 期。
② 程代熙：《人学·人性·文学》，《光明日报》1980 年 1 月 9 日；汝信：《人道主义就是修正主义吗？——对人道主义的再认识》，《人民日报》1980 年 8 月 15 日第 5 版。

化问题的探讨中，也有周扬的参与和反思，他结合自己的亲身体验，在 1983 年 3 月 16 日的《人民日报》纪念马克思百年忌辰时发表了关于人道主义与异化的文章——《关于马克思主义的几个理论问题的探讨》，认为"马克思主义是包含人道主义的"，他对于人道主义既有西方学者的解释，也有马克思主义的解释。关于异化问题，则在理论上做了各种区分，并提出社会主义社会可能会发生的异化及其克服的途径。与此同时，在一个短时期的某些创作里，又确实出现了把人性、人道主义加以抽象化、纯生物化描写的现象，表现为敌我本能同一而故意美丑不分。但是从 1983 年 4 月开始，政治又一次干预了人性、人道主义的讨论，周扬又一次做了违心的检查。^①其实通过几年的讨论，在人道主义问题的具体理解上，我们与外国学者特别和外国政客们是不同的，甚至是针锋相对的，这需要具体分析。但对人的存在与命运的终极关怀的人道主义思想内涵，却是一种普遍价值的表现。至于异化问题，在十七年间可能是个高深而神秘的纯粹的学术问题。但是在人们经历了惨痛的十年"文化大革命"后，发觉异化现象在我们社会竟是一种普遍的、实际的存在。不少人已经异化与变形，人与人的关系在异化，甚至政治也展现了其异化的现实形式，"文化大革命"难道不就是社会、政治异化的形式吗？所以异化现象并非只有在西方社会资本的压迫下才会出现，问题在于我们如何改善人际关系，控制、减弱与消除产生这些异化现象的

---

① 参见顾骧：《晚年周扬》，文汇出版社 2003 年版，第 97—112 页。

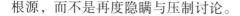

根源，而不是再度隐瞒与压制讨论。

新时期文学理论自主性的追求是从"文艺学方法论"的讨论切入的，20世纪80年代初就开始了文学理论方法论的讨论，几年之内促成了一个高潮。1985年被称为"方法论年"。这一年由"旧三论"（信息论、控制论、系统论）到达"新三论"（突变论、协同论、耗散结构论），进一步从自然科学的方法向人文科学的方法延展，现象学、解释学、西方马克思主义、形式理论、女权主义、弗洛伊德精神分析学、荣格神话原型理论、结构主义等各种方法涌入学界，文学的"思维空间"获得拓展，"价值维度"得到重新观照，"主体精神"亦有了相当的发展。1986年则被称为"文学观念年"，此前文学研究方法的讨论落实到了文学观念的革新方面，具言之，则是文学主体性的出场。文学主体论的讨论可以说是文艺人道主义问题研究的进一步深化和拓展。刘再复在《文学评论》1985年第6期和1986年第1期上发表了长篇论文《论文学的主体性》，指出：由于长期受机械反映论的影响，人作为文学的主体性失落了，要恢复人在文学中的主体性就必须承认人作为实践主体和精神主体的双重地位；历史就是客观世界的外宇宙和人的精神主体的内宇宙相互作用的运动过程；文学的主体包括作为对象主体的人物形象，作为创造主体的作家和作为接受主体的读者和批评家。此文发表后，在全国引起了强烈反响。或赞同刘再复的观点（如孙绍振、鲁枢元等），并在其思路上继续阐发与延伸，使主体性理论更全面、更严密；或否定主体性理论的合理性（如陈涌、姚雪垠等），认为其所鼓吹的"自我实现"、人的"自由本质"、人类的"大爱"等等，都是主观唯心主义和个人主义的观点，是在呼唤西方资产阶级的自由、平等、博爱。文学主体论问题在当时之所以引起人们的普遍关注，有着特定的社会背景和文化背景："80 年代的中国，是中华民族潜在生命意识空前自觉且表现强烈的时代，中国文学家已经开始走出'人'的贫困及'文学的贫困'。在思维的精神领域，为至高无上的人的价值争得一片理性地位。正是这样一种高扬人的主体性的时代思潮，使人们进一步意识到自身的丰富性及自身力量的伟大，因此把人当做历史的主体、尊重人的价值、发挥人的自主创造精神成为这一时代的吁求和需要。"①主体性问题是西方近代哲学早已解决了的问题，它在某种程度上是西方现代哲学试图批判和超越的对象，但对于我国新时期的思想解放运动来说，弘扬人的主体性正与时代精神相契合。尽管对刘再复文学主体性思想的评说仍歧见迭出，到目前为止，学界尚未能达成一致的意见，但是，不可否认它与李泽厚的主体性实践哲学对中国当代思想是有着重大贡献的。主体论不失为我们从事马克思主义文艺学说研究的一个重要理论视角，因为这本是马克思主义的题中应有之义，马克思主义的自然观、社会历史观、文艺美学观中都蕴涵系统而深刻的主体论思想。马克思主义创始人就一再强调"人始终是主体""人类是主体""人是生产的主体""自然是生产的客体"等等，从人的作用的角度揭示人的本质，说明人

---

① 张婷婷、杜书瀛：《新时期文艺学反思录》，山东文艺出版社 2001 年版，第 145 页。

在劳动、社会关系中的地位。刘再复的片面之处，在于受线性思维的影响，对马克思主义的主体性理论有所误读，把主体看作无所不能的精神的东西，把已经被庸俗化的反映论再度庸俗化，极力否定反映论，以主体论代替反映论。这是文学主体论受到许多学者批评的原因之一。1989 年，中国社会科学出版社出版了由九歌著、畅广元审订的《主体论文艺学》，全面地探讨了文学主体论思想。

但是，如何寻找到主体论与反映论的逻辑衔接点，把二者有机地结合起来，这是一个重要的课题和难题。反映论一直是马克思主义文艺学的重要内容之一。新时期以来，反映论文艺观逐步走出了极"左"路线和政治化的阴影，得到了进一步的发展。20 世纪 80 年代初，有一些学者开始质疑反映论，提出不应把文学看作社会生活的反映，而应看作一种物质世界和作家心灵的有机结合体，并主张以"感兴论""情感论""审美论"替代"反映论"文艺观。另一些学者坚持"生活第一性""文艺第二性"，坚持文艺与生活是一种反映与被反映的关系，认为如果否定了反映论，"马克思主义文艺学就不存在了"。更有一些学者倡导"能动反映论"，引入瑞士学者皮亚杰的发生认识论，对艺术反映和文艺创造过程进行重新解说。较早涉及"审美反映"这一概念的是蒋孔阳先生，他在 20 世纪 70 年代末 80 年代初多次提出文艺应采取审美的独特方式反映社会生活。20 世纪 80 年代初，童庆炳提出了文学"审美特征论"，他把文学创作看作一种以审美活动为核心的精神活动，认为如果说文学是社会生活的反映，那么它就是一种"审美反映"。①1984 年，童庆炳出版了《文学概论》上、下册（红旗出版社），该书第 1 章"文学的本质与特征"便以"审美特征"论取代"形象特征"说，第一次把"审美反映"作为文学的基本概念写进了教材。此后，童庆炳还从社会现实、心理美学、社会学、文体学、语言学和文化学等诸视角，在与古今中西各种文学理论的对话和沟通中，进一步丰富和完善着以"审美特征"为中心的文学思想。1984 年，王元骧提出，文学艺术是经过作家审美情感的评价和选择来反映生活的；在 1989 年出版的《文学原理》中，他提出在文学艺术与社会生活之间存在着三个层面的中介：社会心理、艺术家审美心理、艺术语言与艺术形式。这些论述深化了人们对文学反映论的理解。把主体的能动反映纳入审美认识论的则是钱中文，他一再强调不能把反映论直接移植于文学创作，应把文学的反映看作审美的反映，应以"审美反映论"取代传统的哲学反映论。20 世纪 80 年代初，这些学者集中研究了马克思《1844 年经济学哲学手稿》中的美学思想，进一步理解了马克思关于"掌握世界的方式"、关于艺术的掌握世界的方式的论述，逐步认识到：马克思关于艺术本质的论述——艺术既是社会意识形态，又是审美活动——存在着两方面的理论资源，既有美学观点，又有史学观点，是美学观点和史学观点的结合与统一；从马克思主

---

① 参阅童庆炳《关于文学特征问题的思考》（1981）、《文学与审美》（1983）、《文学的格式塔质和审美本质》（1988）等论文，收入《文学审美特征论》，华中师范大学出版社 2000 年版，第 1—54 页。

义哲学一般的意识形态理论过渡到对文艺本质特征的研究，必须经过审美这个中介。1986年，钱中文提出了以"中介论"为前提的"审美反映论"。在他看来，文学创作不是一般反映论的运用，作为哲学原理的反映论进入文学创作，必须经过中介而转化为审美反映，因此文学是审美主体的创造系统。"文学的反映是一种特殊的反映，由于其自身的特殊性，较之反映论原理的内涵，丰富得不可比拟。反映论所说的反映，是一种曲折的二重的反映，是一种有关主体能动性原则的说明。审美反映则涉及具体的人的精神心理的各个方面，他的潜在的动力，潜伏意识的种种形态，能动的主体在这里复杂多样，而且充满种种创造活力，这是一个无所不在的精灵。"①作者不但从根本上区别了一般的反映论与文学"审美反映论"，而且从"心理""感性认识"和"语言、符号、形式的体现"等层面说明了文学"审美反映论"的特征。钱中文理性地审视了"反映论"，在肯定了流行的"反映论"前提的基础上，强调了心理现实和审美心理现实，将再现与表现统一起来，而提出了"审美反映论"，标举审美反映的丰富性，反驳了强加于"反映论"上的不实之词，又赋予其更新的含义。钱中文、童庆炳与王元骧等人提出的文学"审美反映论"，主要是针对"文学主体论"完全否定"文艺反映论"提出来的，是新时期伊始一个重要的理论创获。它突破了文学观念僵硬的政治化

---

①钱中文：《最具体的和最主观的是最丰富的——论审美反映的创造性本质》，《文艺理论研究》1986年第4期。

和粗疏的哲学化，突破了"反映"论和工具论的单一视角，有力推动了当时整个文学观念的变革，意义深远。20世纪80年代以降，全国先后出版了几十种文学或艺术概论教材，其中绝大多数都持"审美反映论"一说，其影响可见一斑。

与反映论问题密切相关的是现实主义问题。现实主义理论一直是马克思主义文艺学的重要内容。在某个时期，现实主义文学的真实性问题，往往被当作资产阶级与修正主义的文学观念受到批判；当时人们一般认为，真实性要与预设的政治性、倾向性一致，否则就是给现实生活抹黑，攻击社会主义制度和革命历史，贩卖资产阶级人性论。其实真实性与倾向性是一致的，真实的描写中就含有倾向性，倾向性不需要特别说出，而是在真实的描写中自然地流露。需要特别指点、说出的倾向性，是与真实性分离的，是外加的，这正是造成文艺虚假的原因与粉饰现实的表现，正是造成"瞒"和"骗"的文艺的根源。20世纪70年代末至80年代初，针对"瞒"和"骗"的文学，文艺理论、文艺批评中相当普遍地提出写真实与现实主义的问题，恢复了真实性是现实主义文学的生命的命题，对生活真实、艺术真实、艺术理想进行了辩证而细致的分析。与此同时，现代主义文学思潮涌入我国，并立即引起了一些作家与学者的强烈兴趣，他们对现实主义文学做出了激烈的否定，提出了要以现代主义文学替代现实主义文学的主张，宣称现代派才是我们文学的未来，而这种替代在西方早已实现。同时也有少数学者对现代主义文学抱着坚决拒绝的态度，其理由就是马克思主义倡导的是现实主义文学，而现代主义文学则是资本主义垂死阶段的文学。这当然是对现代主义文学的教条理解，却使得现实主义问题更为复杂。在这种情况下，有的学者对现实主义与现代主义两种创作原则进行了历史的、艺术的、详细的辨析与论述，分析了两种创作原则的各自特点，指出在文学的发展中，更迭现象是存在的，但只是文学流派与思潮的更迭，而非创作原则的更迭。一种创作原则在历史中逐渐形成，它会在发展中延续下去，例如浪漫主义流派、思潮被现实主义流派和思潮替代了，但作为创作原则，却仍然在发挥作用，与现实主义创作原则同在。现实主义也是如此，它作为一个创作原则，是不断地综合、丰富与创新的。新时期文学开始是现实主义的，但它与20世纪五六十年代已大不相同。在一段时间里，现代派小说备受瞩目，但随后现代主义创作由于只是注重叙事方式的更新而难以为继，而现实主义创作却力度不减。这一时期文学典型、形象思维、写本质等问题，都有不同程度的深入，或得到理论上的纠正。

20世纪80年代后期到90年代初，受西方"语言论转向"的影响，出现了"本体论"热，人们对自己的使命和价值有了深度了解。许多学者从方法论层面推进到本体论构架，关注存在、价值、对话、心灵交流等一系列哲学、美学、文学问题。一批文学语言问题研究、文学形式问题研究新意迭出，突破了此前语言工具论的研究模式，使文坛出现了理论深化和深度挖掘作品意义的连锁效应。

所谓"本体"，与"现象"相对，指终极的存在，即表示事物内部根本属性、质的规定性和本源。"本体论"就是对"本体"加以描述的理论体系，亦即构造终极存在的体系。形式本体论是最早出现的一种理论形态，也是至今仍有重要影响的理论思潮。许多论者不满以往的文学研究过分强调社会生活对文学艺术的决定作用，将文学作品的结构、语言等形式因素视为文学的本体，认为文学研究的根本目的就是要把握文学的内在特征或规律。①形式本体论吸收了英美新批评、俄国形式主义、符号学、结构主义及叙事学理论等西方理论资源，强调文学"回复到自身"的"内部研究"，尽管在"何种因素才是形式本身"的主导性因素上产生了分歧，尽管倡导者都未及认真清理、严格界定"本体""本体论"等哲学术语，但从历史的角度来看却具有不容置疑的合理性，它纠正了以往文艺学研究贬低和忽视文学形式的片面性错误。

人类本体论产生于 20 世纪 80 年代中期对传统文艺学的深刻反思和批判，与形式本体论相比较，它明显注重了对自身哲学本体论基础的清理和建构。人类本体论特别关注和批判传统文艺学的机械唯物论色彩，指出这种单纯强调物质本原性及其对精神的决定作用的庸俗唯物主义是完全忽视了人作为主体所具有的主观能动性，而强调文学研究应以人为中心，呼唤人的回归和解放。②人类本体论明确地与形式本体论划清了界限，指出把艺术本体论等同于作品本体

---

① 参见何新：《试论审美的艺术观》，《学习与探索》1980 年第 6 期；吴调公：《文艺理论应该是文艺实践的科学总结》，《文艺报》1981 年第 12 期；刘再复：《文学研究思维空间的拓展》，《读书》1985 年第 2、3 期。
② 刘再复：《文学研究应以人为思维中心》，《文汇报》1985 年 7 月 8 日。

论，这是一种十分狭义的规定；而将艺术本体论包揽宇宙、世界、天空、大地，则又过于宽泛，似乎使艺术本体论等同于宇宙本体论。"人类学的文艺理论，或谓艺术人类学是关于人的生存和人的艺术关系的思考（它的基础是哲学人类学、审美人类学），它构成了我们艺术理论的转向。"[①]杜书瀛从哲学基础、文艺的本质、文学的创作、作品和接受等方面，把人类本体论的文艺观加以系统地展开[②]，认为这种人类本体论文艺学直接来自马克思的实践哲学，是马克思主义内部本体论文艺观对认识论文艺观的取代和超越，是对马克思主义文艺学的一种推动和发展。有学者指出：人类本体论文艺学宣称实践是一个本体论范畴，较之把马克思主义视为一种物质本体论的观点是一个巨大的进步；但它把实践当作主客体之间的中介范畴，则显示出哲学立场上的不彻底性。此外，在人道主义的旗帜下，宣扬一种"人类中心主义"思想，在今天看来有着十分明显的弊端；而把马克思主义的实践本体论与现代西方的生命哲学不加分析地扯在一起，则暴露出了哲学立场上的驳杂不纯。[③]

生命本体论文艺学是与人类本体论文艺学交织在一起出现的，它旗帜鲜明地把个体生命而不是人类本体说成是艺术本体，并与人类本体论区别开来。作为生命本体论者的代表之一，刘晓波大力标举文学的个体性、感性和非理性特征，甚至把文学归结为一种本能

[①]彭富春、扬子江：《文艺本体与人类本体》，《当代文艺思潮》1987年第1期。
[②]杜书瀛：《论人类本体论文艺美学》，《文艺理论研究》1989年第3期。
[③]苏宏斌：《文学本体论引论》，上海三联书店2006年版，第18—23页。

或肉欲的宣泄，彻底排除了任何理性、社会性和历史性的内容。在刘晓波看来，中国的传统文化在人们的身上套上了太多的理性和教条的枷锁，使人的生命本能受到了过多的压抑，而片面、极端地强调个体性和非理性以达到一种矫枉过正的目的。这种生命本体论缺乏学理上的支撑，并无多少真正的思想价值。与刘晓波不同，一些学者致力于生命本体论的学理建设，明确反对把生命看作一种纯粹的生物本能，而是强调生命的"精神与机体的一体性"和"个性与社会性的一体性"；在此基础上，提出"艺术本体——生命，是自由，是否定有限现存而向无限的创造过程"。①生命本体论对生命活动的感性特征和体验本质表现出高度的重视，把生命看作一种感性、个体的存在物，认为艺术的根本特征在于传达个体的生命体验。②西方的生命哲学对生命本体论有重大的影响，此外，精神分析理论、存在哲学、法兰克福学派的批判理论等也对生命本体论产生了重要影响。不过，生命本体论者一概采取"拿来主义"和"实用主义"的方针，对这些现代哲学思想内部各自的差异未加辨析而一锅煮。在 20 世纪80 年代思想解放的氛围中，生命本体论强调生命的个体性、感性特征，以对抗社会性、理性，与人类本体论相比无疑占据了一定的上风。但它们都没有真正超越形而上学，只是分别把人的个体性和社会性

---

① 高楠：《艺术的本体批评》，《艺术广角》1989 年第 3 期。
② 参见王一川：《走向感性的艺术——现代世界感与现代艺术观念》，《批评家》1987 年第 2 期；陈剑晖：《文学本体：反思、追寻与建构》，《阜阳师范学院学报》（社会科学版）1988 年第 4 期；宋耀良：《体验生命——一种新的创作论观点》，《文学评论家》1989 年第 4 期。

看作一种先在的、固定不变的实体或本体，这本身就是形而上学的思维方式的局限。

活动本体论把文学本体论的研究对象扩大到整个文学活动领域，指出文学作为一种活动而存在于从创作活动到阅读活动的全过程，试图把各种文学本体论的基本主张辩证地统一起来，建立一种较为全面的文学本体论体系。① 王岳川系统、全面地阐发了活动本体论，他对本体论的相关概念进行了明确的界定，并系统梳理了本体论哲学和文学理论的发展历程，进而提出了自己的"新本体论"："艺术活动价值论作为'新本体论'，标志着艺术本体追求中已经不再将艺术单纯看成是对现实的反映和再现，也不把艺术完全看成是与外部世界无涉的人的内在心灵表现，同时，也不以艺术作品本体（形式论）为唯一本体存在，而是将表现再现统一在艺术审美体验之中，物化为作品存在（新形式本体），同时，使艺术唤醒人的灵魂。这样，作为活动价值本体的艺术，成为人的感性的审美生成或生成活感性的自由生命活动。艺术成为人在其感性生命中对世界本真价值的追寻，对生命意义的追问，对艺术形式凝定的追求。"② 王岳川的专著《艺术本体论》对这些观点做了系统、深入的阐发，这部著作代表了新时期以来文学本体论研究的最高成就。活动本体论把文学的本体说成是"活动"，把"活动"提升为一个本体论的范畴，与现代哲学

---

① 朱立元：《解答文学本体论的思路》，《文学评论》1988 年第 5 期。
② 王岳川：《当代美学核心：艺术本体论》，《文学评论》1989 年第 5 期。

本体论的发展方向是基本一致的，这是对形而上学的实体本体论的一种反驳和批判，可视为后形而上学艺术本体论的前奏和序曲。①

新时期的文学本体论还有反映论本体论、意识形态本体论、理性本体论、语言本体论、否定本体论等等，它们与上述四种流派的文学本体论研究都存在不少缺陷，如：对本体论的相关概念的界定和使用存在明显的模糊和随意现象；理论建构的体系性与原创性不足以及哲学观上未能摆脱形而上学思维方式的束缚；等等。但是，它们都对传统的认识论文艺观构成了一定的突破和超越，对推进文学理论的发展做出了贡献。②

值得一提的是，进入新世纪后，青年学者苏宏斌出版了著作《文学本体论引论》，它在澄清了文学本体论的发展历史之后，在后形而上学的思想语境下，尝试重建文学本体论，提出本体论在根本上乃是对存在意义的把握和追问，而存在的意义只有在人的生存活动中才能得到本源性的显现和揭示，文学活动是存在的意义得以显现的重要途径。此著作比较深入地研究了存在的意义在文学活动中如何显现、文学作品如何言说存在的意义以及我们如何通过文学作品把握存在的意义等问题，将新时期以来的文学本体论研究推进到了一个新境。

第二阶段是 1990 年到 20 世纪末。这一时期，文艺理论的发展

---

① 苏宏斌：《文学本体论引论》，上海三联书店 2006 年版，第 43—46 页。
② 苏宏斌：《文学本体论引论》，上海三联书店 2006 年版，第 46—55 页。

进入深化综合的阶段，文学基础理论得到了前所未有的发展，马克思主义文艺学的建构取得了重大成绩。

1989 年，是一个不可回避的关键性的历史时刻，人们经过了一个外部世界性的剧变和内部心灵世界的裂变，自由思想龟缩并处于一种低调退守的状态，文艺理论探索的热情急速减弱。人们开始反省十多年来文艺理论的发展，认为其基本精神是积极的，基本取向是马克思主义的，所取得的成绩也超过了以往任何一个时期。当然，也有人企图全面否定新时期问题探索的成就，认为贯穿于十年来文艺论争的主要矛盾是马克思主义与反马克思主义的斗争、和平演变与反和平演变的斗争，把学术问题提到了政治高度。这一做法是"左"倾思潮在新形势下的抬头和复活。然而历史的潮流是不可抗拒的。1992 年初春，邓小平的"南方谈话"打破了改革开放一度沉闷的局面，我国继续坚持解放思想、改革开放。随着市场经济制度的确立和全球化思潮的不断激荡，人们的思想包括审美意识进一步发生激变，文学创作、市场需求需要重新布局。这一时期，文艺理论的发展进入深化综合阶段，文学基础理论得到了前所未有的发展，马克思主义文艺学的体系建构取得了重大成绩。

意识形态是马克思主义文艺思想的一个基本范畴。新时期以来，文艺与上层建筑及意识形态的关系一直是不容回避的关键课题。早在 1979 年，朱光潜先生发表了《上层建筑与意识形态之间关系的质疑》①，指明了上层建筑与意识形态的区别，阐述了文艺的意识形态性和非意识形态性。此文发表后随即引起反响，学界展开了一场关于文艺与意识形态关系的热烈讨论。有人认为，意识形态性只是文艺的属性之一，而不是文艺的本性；有人认为，意识形态性是文艺的本质属性，是马克思主义文艺学和其他一切文艺学的分水岭；还有的人主张文艺半意识形态化或准意识形态化，认为文艺是意识形态和非意识形态的集合体。在这一论争中，有的学者肯定文学的意识形态性质，在关注文艺的意识形态本性的同时，也重视文艺的审美特质，形成了"审美意识形态论"。②2000年，童庆炳称"审美意识形态论"为"文艺学的第一原理"。对于"审美意识形态论"的基本内涵和特征，童庆炳做了精要的概括：其一，文学"审美反映论"和"审美意识形态论"的整一性。"审美反映"和"审美意识形态"是一个完整的概念，不是"审美"加"反映"，不是"审美"加"意识形态"，它们是一个具有单独的词的性质的复合词组；它们本身是一个有机的理论形态，是一个整体的命题，不应把它切割为"审美"与"反映"、"审美"与"意识形态"两部分；"审美"不是纯粹的形式，而是有诗意内容的、"反映""意识形态"也不是单纯的思想，它是具体的、有形式的。其二，文学"审美反映论"

---

① 朱光潜：《上层建筑与意识形态之间关系的质疑》，《华中师院学报》（哲学社会科学版）1979年第1期。
② 参见钱中文：《论人性共同形态描写及其评价问题》，《文学评论》1982年第6期；《文学艺术中的"意识形态本性论"》，《文学评论》1984年第4期；《文学是审美意识形态》，《文艺研究》1987年第6期。

和"审美意识形态论"是一个复合结构：从性质上看，这两种理论是集团性与全人类共通性的统一；从功能上看，这两种理论既强调认识又强调情感，既强调无功利性又强调有功利性；从方式上看，这两种理论既肯定假定性又强调真实性。文学"审美意识形态论"表明，文学作为人类的一种审美活动，其中的审美与认识、审美与意识形态，作为复合结构达到了合而为一的境界，如同盐溶于水，体匿性存，无痕有味。其中，"审美"沟通了文学中的各种构成因素，使艺术的各种功能发挥应有的作用。文学"审美意识形态论"在文学自律与他律之间取得了某种平衡，在文学的内部与外部找到了一个结合点和平衡点，以包容文学的多样性、复杂性、辽阔性和微妙性；它们既超越政治工具论，又超越唯美论、形式主义论，而在理论上有较大的合理性，对文艺现象有较普遍的可阐释性。因此，这里根本不存在一个生造出来的什么"偏正结构"。中国学者基于文学理论观念的批判性反思和现实文学问题的综合性考察，在马克思主义文学理论与当代文化实践的对话之中，提出了"审美意识形态论"，而在文学理论研究的实践性和介入性的诗学政治学立场上取得了重大的突破。1989年，王元骧把"审美意识形态"吸收进《文学原理》这部教材，完成了对文学本质的界定；而由童庆炳主编的《文学理论教程》自1992年初版起，一直将文学的审美意识形态性质作为文学的本质界定。随着《文学理论教程》的出版、再版、修订和大范围的使用，"审美意识形态论"已经成为中国当代文论的一种主流观念。"审美意识形态论"是中国学者对马克思主义文艺理论的一种创造性阐释，是中国现代文论观念走向成熟的一个重要标志。有学者指出：新时期以来，"文学是一种审美的意识形态"的观点，"一直是文学理论的一个核心共识亮点"，"一个不同于新中国成立前期的新的学术体系已经具有初型"；① 它预示着文艺理论在体系层面已经有所突破和发生了变革，将开创出中国当代文艺理论研究的新境界和新天地。故有学者提出，如果说文学"审美反映"论的提出，表明"中国审美学派"已初具雏形，那么，文学"审美意识形态论"的形成则标志着"中国审美学派"的正式确立。②

20 世纪 90 年代以降，随着文学轰动效应的消失和启蒙工程的崩塌，知识分子作为"立法者"的地位终于归于消解，并出现了难以遏止的全面分化。走向世俗、抨击崇高、逃避历史和现实，整个价值世界更多地关注平面的、感官的快适，造就了"不思不想"的现代人。现代人一切以科学论证为尺度，一切以官能知觉为标准的价值取向，只认可感性的官能快适，不承认超越性的精神陶冶。于是，技术化、官能化的大众文化畅行无阻，文学艺术迅捷被纳入了市场化机制，原有的文艺体制运转失灵，"纯文学"陷入了窘境，跌入了低谷，文学艺术的价值与精神发生了裂变。在这种情形下，学界掀起了一场有关文学滑坡、重振"人文精神"的讨论。这场讨论的焦点主要集中在"人文精神"的定位问题上："人文精神"是否失

---

① 张法：《文学理论与文化研究之争》，《天津社会科学》2005 年第 3 期。
② 吴子林：《"中国审美学派"论纲》，《中国社会科学院研究生院学报》2009 年第 5 期。

落、应不应该重建以及"人文精神"的"终极关怀"等问题。这场"人文精神"的论争，暴露了知识分子内部的一些分歧，又彰显了知识分子自身独立的品格和价值立场，表明知识分子的精神活力开始恢复。此后，知识分子纷纷从不同的角度、视野寻找着自己的精神家园，以重建失去的"人文精神"。

在商品经济大发展的形势下，面对文化的转型，文学如何发展？出路在哪里？文艺理论界讨论的诸多问题都与文学的出路这个总问题有关。钱中文针对当时文学创作中出现的热衷于表现物欲、性欲、金钱欲、隐私和精神空虚，有意迎合读者低级趣味的倾向，以及由此导致的追求粗俗、平庸和平面化的审美意识，深刻地指出要调整思路，抛弃那种游戏生活、调侃和消解历史、拒绝深度和理性的写作态度，重新呼唤作家的使命感和主体精神，并倡导以"新理性精神"来参与人文精神的重建。"新理性精神"以现代性为指导，以新人文精神为内涵和核心，主张通过交往对话精神协调人与社会、自然、科技以及人与人的相互关系，确立一种新的思维方式和包容感性的理性精神；它关注人的生存处境及其健全的、自由的全面发展，以克服不断出现的文化危机与人的异化。这是一种文化、文学艺术的价值观，一种以我为主导的、对人类一切有价值的东西予以兼容并包的、开放的实践理性。在世界文化全球化的现代性背景下，钱中文立足于生成中的现代审美意识和走向自主的文学理论的现实，并从这种现实、文学观念与多元文化、对传统的定位与选择、文学理论的人文精神等角度进行了梳理，多方面探讨了文学理论的现代性问题。由此出发，文学理论的现代性主要表现为文学理论自身的科学化，使文学理论走向自身，走向自律，获得自主性；表现为促进文学的人文精神化，使文学理论适度地走向文化理论批评，获得新的改造。新理性精神文论综合阐释了 20 世纪以来在哲学思潮、社会实践、唯科学主义、科技霸权、人文科学、文学艺术中反复出现、不断重复、具有导向性、互有联系的几种规律性现象，其核心是新人文精神，并提倡以这种精神改造社会与人。钱中文认为，在文艺创作中，人文精神最基础的部分是"人之为人的羞耻感、同情与怜悯、血性与良知、诚实与公正"等，更高的形态则是信仰与理想，要使它们有机结合起来，"相辅相成"，"在一定程度上调整现实生活的失衡"，并对抗文艺的"精神堕落与平庸"。新理性精神文学理论突破了传统中国文学理论的概论模式的构造，突破了传统的理论构架，回复到了文论的实践本性上去，回归到了文论的学科意义。童庆炳指出："新理性精神文学论的重要贡献在于把现代性、人文精神、交往对话和理性与感性关系这四者，连成一种回应现实新的文化精神和思维的方法"，"成为显示作为人文知识分子存在身份的依据、对社会的应履行的责任和思考社会文化问题的方法"。[①] 杨春时说："在现代性建设的历史时期，新理性精神的提出，表现了当代知识分子的社会责任感和人文关怀。"[②]

[①] 童庆炳：《走向新境：中国当代文学理论 60 年》，《文艺争鸣》2009 年第 9 期。
[②] 杨春时：《主持人的话》，《东南学术》2002 年第 2 期。

20 世纪 90 年代中后期，建设中国现代文学理论应该寻找什么资料，成为文论界关心的问题。1996 年，有学者提出，中国现当代文艺理论基本上是借助于西方的一整套话语，缺少自己独特的声音，长期以来处于文论表达、沟通和解读的"失语"状态，以至于迄今为止没有一本文艺理论著作传入西方，并产生影响。为此，我们必须重建中国文论话语，其中关键在于接上传统文化的血脉，结合当代文学实践，融汇吸收西方文论及东方各民族文论之精华，从而建立一套与当代中国人的生活与艺术息息相关的话语系统。[①]以"失语"症问题为导线，1996 年 10 月，中国中外文艺理论学会、中国社会科学院文学研究所和陕西师范大学中文系联合召开了"中国古代文论的现代转换"学术研讨会，古代文论的"现代转换"问题，被推到了学界前沿。随后，1997 年初，《文学评论》开设了"古代文论的现代转化"专栏，就此问题进行集中讨论，意在矫正中国文艺理论建设中出现的古代文论边缘化问题以及忽视民族传统文论遗产的倾向。陈伯海稍后说道："'转换'说的起因源于文艺学上民族话语的失落，而失落的一个重要表征便是古文论传统与现代生活的疏离，古文论愈益走向自我封闭……变原有的封闭体系为开放体系，在开放中逐步实现传统的推陈出新，这就是我对'现代转换'的基本理解，也是我所认定的古代文论的现代转换应取的朝向。"[②]杜书

---

① 曹顺庆：《文论失语与文化病态》，《文艺争鸣》1996 年第 2 期。
② 陈伯海：《变则通，通则久——论中国古代文论的现代转换》，《文学遗产》2000 年第 1 期。

瀛也说得好:"我们不但要'讲活'古代文论的原有思想,而且要'救活'古代文论的原有思想。"①

质疑或否定"失语"症的学者强调的是在当代语境中重新利用中国文论的非现实性,他们或认为,传统文论的某些命题仍被广泛认可或采用,并不意味着它可以在不远的将来再生、复兴,因为它自身的弱点妨碍其直接转化为现代意义的文论话语系统;或认为21世纪的文学理论是新世纪文学的理论,没有一种文学理论能概括从古至今的文学,古代文论在今天的语境中已经缺失,将其运用于当代文学批评,则如同两种编码系统无法兼容一样,不可在同一界面上操作。不过,问题在于,我们能因文化的异质性而拒绝文化间的交流吗?实际上,古代文论的异质性与其重新利用是两个并行不悖的问题。在全球化语境下,对中国文论作为边缘文论的特殊关注,显示了对古代文论作为人类共同思想资源价值的深刻认识。因此,大部分学者在强调中国文论异质性的同时,基于古代文论在当代文论建设中缺席的遗憾,提出了古代文论"现代转换"的主张。

在这次讨论中,不少学者认为"古代文论的现代转换"是必要的,同时提出了转换或是转化的难点所在。正如钱中文所指出的,古代文论的"现代转换",是中国文学理论现代性的要求,它不可能替代古代文论自身的深入研究,但是需要在古代文论自身深入研究的

①屈雅君:《变则通,通则久——"中国古代文论的现代转换"研讨会综述》,《文学评论》1997 年第 1 期。

基础上，吸取其合理成果，汇入我国当代文论的建设。因此，"一，要大力整理与继承古代文论遗产，使其自成理论形态，即一种具有我国民族独创性的古代文论体系。二，要站在当代社会和历史的高度，既有继承，又有超越，使我国具有丰富文化底蕴的文论，有机而不是作为寻章摘句的点缀，既是形而上地也是形而下地融入当代文论之中，也即吸收其思维内在特性，选择其合理的范畴、观念乃至体系，并在融合外国文论的基础上，激活当代文论，使之成为一种新的理论形态"①。蔡钟翔认为："如果我们将古代文学理论中的合理成分阐释清楚了，就达到了与西方世界的某种对话，这也是一种现代转换。"梁道礼认为："所谓'现代转换'，实际上是用在本土和外来基础上形成的现代学理把古代意识转换为现代意识。""一要尽快破除急于求成的观念，二要切实树立实事求是的态度。"王元骧指出："要适应转换。古代文论是一种资源，要根据现实要求、文化走向，进行新的创造。中国古代文化解决天道与人道，西方的文化只讲人道，所以科技发展快，要使科学与人文统一。"栾勋认为："中国文艺学、美学方面的原则原理往往不是在论述文艺方面，而是在论述人方面的。研究中国文学理论入手处在人学，而不在文艺理论中。"尤西林认为："应打破'中国古代文论'的狭隘眼界，从中国国学的气质、本质入手，将文艺学与思想史、哲学史融汇起来，

---

① 钱中文：《建设有中国特色的当代文论——"中国古代文论的现代转换"学术研讨会开幕词》（1996 年 10 月 18 日于陕西师范大学），见《钱中文文集》第 4 卷，黑龙江教育出版社 2008 年版，第 432 页。

这样才有开阔的视野。"方汉文认为："古代文论的一个重要内容是恢复它的伦理学价值。"孙绍振提出，对"转换"应当抱有一种民族主义的警觉："过去我们总是以西方的成功为目标，用我们的某一传统文学观念去印证他们的理论，我们今天谈'转换'，就应在他们失误的地方开始我们的长征，这样中国古代文论的现代转换才不是单纯的民族主义情绪爆发，而是在东方文论中看到西方文论漏掉了的东西。"①在众声喧哗的时代、多元价值的时代、交叉融合的时代，强调有机地汲取古代文论的思想资源以建设当代文艺学，是学界一个相当普遍的共识。

在"现代转换"背景下展开的关于古代文论研究问题的讨论，其核心涉及"求真"与"致用"的关系问题。童庆炳主张文论建设的"不用之用"与"古为今用"的结合。他认为，建设当代文学理论的资源有四个方面：当下文学创作经验的总结、五四以来所建立起来的现代文学理论、中华古代文学理论和西方文论中具有真理性的成分。建设当代文学理论，既不能急功近利，也不能排斥"古为今用"。古代文论有着独特的审美意义，对它的理解与坚持不仅有利于个体的人文修养，更有利于整个民族艺术思维的开阔。同时，古代文论中的一些概念、范畴可以经过阐释转化为具有现代意义的理论，尽管经过诠释的古代文论概念、范畴可能已不完全是古代文

---

① 蔡钟翔、梁道礼、王元骧、栾勋、尤西林、方汉文、孙绍振等人的观点，见屈雅君：《变则通，通则久——"中国古代文论的现代转换"研讨会综述》，《文学评论》1997 年第 1 期。

论的"本来面目",它置换语境后的基本精神可能是不完全协调的,但它是古典所发出的新声。"在古今中西融合之路上,已经有前人为我们开辟了道路……既然大家都认为是正确的或是有创造的,那么我们为什么不可以把它越走越宽?……在现代学术视野中,中华古代文论作为中华民族精神的一部分,将推陈出新,将显示出新的意义,焕发出新的光辉。"[①] 正如童庆炳所指出的,20 世纪中国文学理论的现代转型又具体表现在"文学观念的转变""文体观念的转变""争论和批判意识的勃兴"和"文论话语转型"四个方面;中国文学理论的现代性转型,在于重建世界的意义,重建文学艺术的意义。现代文论和古代文论的这种区别、对抗只是一个方面,还有另一个方面也是同样重要的,那就是现代对传统的包容、吸收、借鉴与交汇,现代与古典之间既对立又融合,而非简单的"不可通约"关系。"现代"并非平地而起的没有渊源的运动,而是在吸收古代传统资源的基础上建构而成的。在对传统的再度解释中去创新,才可能是具有渊源的真正的创新;因为"现代性"本身是民主、开放、宽容的,现代与古代"宿命的对立""传统拒斥现代"的论断是片面的、没有根据的,至于古代文论的"现代转化"工作该"收工"之说,更是没有根据的。[②] 古代文论的"现代转化"研究体现了这种现代性诉求,有着美好的学术前景,这是毋庸置疑的。

---

① 童庆炳、谢世涯、郭淑云:《现代学术视野中的中华古代文论》,北京出版社 2002 年版,第 454—458 页。
② 童庆炳:《再论中华古代文论研究的现代视野》,《东方丛刊》2002 年第 1 辑。

对古代文论"现代转换"的主张，也有人提出异议，认为这是一个虚假命题：我们很难理解所谓"转换"的实质意义究竟何在，唯有历史地对待古代文论才是唯一途径，因为古代文论研究首先是以历史研究的形态存在的，只有在历史过程中，理论的全部内涵及其背后的语境才能浮现出来。

在这一阶段，文学文体学研究、文学叙事学研究以及与文学理论关系密切的文艺美学、审美文化研究，如"文艺美学""中国审美文化史""华夏审美风尚史""当代审美文化研究"等，也都产生了许多重要成果，它们颇具原创精神，开辟了新的学科，极大地拓展了美学与文学理论的视野。

第三阶段是新世纪开始至今。在全球化语境中，在后现代主义文化思潮传播、文学与文学理论的消亡声和"文化一体化"的讨论中，我国文学理论加强了本土化，也即对中国特色的进一步探讨，继续文学理论多样化的建构，表现为文学理论多样化的形态和对中国化特色的继续追求。

世纪之交，文艺学界首先围绕"文艺精神价值取向"问题展开了讨论。这次讨论被认为是"20 世纪最后一次讨论，也是 21 世纪最先一次讨论"。有学者提出，文学的精神价值取向主要表现为：（1）作家与作品的政治良知，即倡导文学为人民的政治服务，为呼吁和促进政治体制改革和民主体制完善服务；（2）文化操守，即坚持以我为主、为我所用原则，解决好世界性与民族性、传统性与当代性的关系，增强作品的文化本体意义，建设和发展社会主义新文化和马克思主义新文论；（3）社会理性，即要求文学清醒地表现社会进步和历史发展的客观规律。这一观点引起了人们的争议。①有学者指出：政治家、社会学家更关心的是历史理性，是物质的、器物层面的东西，对待急剧的社会转型，他们更注重的是转型的历史合理性；文学家不是政治家，不是社会学家，他们"更关心社会转型的文化道德合理性，以及它在个体心灵、人性深处产生的看不见的影响"。作家理应对人、人性、人的生存有一种悲天悯人的情怀。文学要坚守人文立场，并与历史理性保持张力与平衡，做到历史理性要有人文的维度、人文关怀要有历史的维度；历史理性、人文关怀和文体营造三者之间保持张力和平衡，应该是当代文学的精神价值取向。②总的看来，这场持续了三年多的讨论，有益于对 20 世纪 90 年代以来思想文化界的反思进行深化与总结。"历史—人文"张力说的提出，成功地整合了原本互相对立、非此即彼的两种创作模式，在"对立统一"的相互抗争和彼此征服中达到了一个更高的质的规定，为作家创作提供了有力的理论指导。

早在 20 世纪 80 年代，大众文化就开始在中国大陆萌芽。90 年代后期，随着中国现代化和城市化进程的进一步加速、大众文化迅

---

① 陆贵山：《铁肩担道义——文艺工作者的精神价值取向》，《文艺报》1999 年 6 月 24 日。
② 参阅童庆炳《人文主义的历史维度和历史主义的人文维度》《人文关怀与历史理性的双重缺失》和《历史—人文之间的张力》等系列论文，载《在历史与人文之间徘徊——童庆炳文学专题论集》，北京师范大学出版社 2007 年版，第 271—310 页。

速崛起、"中产阶层"出现、贫富差距迅速拉大，这些方面都有力地冲击着原有的精英文化，传统的文化构成发生了重大变异。文艺理论界为摆脱其"边缘"身份，进行了可贵的探索和努力。上述有关"人文精神"的讨论便是对大众文化带来负面效应率先做出的一次反应。作为文学理论转型的一种表现，文学的文化批评迅速兴起，不少学者纷纷走出文学文本，开始关注文学艺术以外的领域，文化批评成为知识分子展示自己参与政治、经济的热情，积极应对现实问题的重要方式。在 20 世纪末关于文学批评和文化批评的讨论中，形成了三种不同的观点：或批评文学批评正变异为一种浮泛的文化批评，背离乃至侵害了"文学性"；或认为文化批评视野广阔，释放了批评家的自我生命、文化想象力和现实阐释力；或认为文学艺术创造与人类文化创造有着"同型同构"性，而从文学批评的内在逻辑起点上规定了建立文化视界的必要性和合理性。①无论如何，作为文学理论转型的一种表现，文学的"文化批评"试图重建文学理论与现实生活之间的联系，表明了文学批评界寻求与社会现实联结的努力以及知识分子社会批判意识的增强。

进入新世纪，由于后现代文化思潮进一步深入中国学界，中外交往对话不断加强，大量新的文化、理论信息不断涌现，文学理论特别是高校文学理论教学中的众多问题的凸现，引发文学理论对自

---

① 曾繁仁主编：《中国新时期文艺学史论》，北京大学出版社 2008 年版，第 315—316 页。

身现状和变革的讨论。对于文学理论学科性质及存在的合法性，学界存在着不同的意见。有的认为，一门具有独立性学科在学理上的合法性依据的核心是学科自律原则；可是，文学理论实际上已处于一种面临解体的尴尬状态，其核心问题、研究范围等可能根本就不能确定，不存在普遍性规律，也不需要本质规定性。在文学创作实践面前，在五花八门的新理论术语和各色媒体面前，当今的文学理论"六神无主，无所适从"。究其原因，是20世纪50年代以来引进的苏联文学理论形成的"苏联体系"与文学现状不相适应所致。文学是一种变动不居的东西，"理论的批评化"足以让那些由"本质""规律""原则""普遍性"等概念堆积起来的理论大厦轰然倒塌。论者认为，这样一种元理论话语体系，这样一种用来规范文学学科、文学批评和文学创作实践，并且全部解释文学基本原理的元理论体系，其使命已经结束。因此，文学理论已经过时或者终结了，应该让位于文学批评，或是从文化研究那里取得的"后现代真经"。反对的意见认为，新时期以来，中国当代文艺学的建构早已摆脱了所谓的"苏联体系"，当前的文学理论确实有所滞后，但这是由于当今社会价值体系崩溃，媒体、资本共谋制造文学时尚以及文学功能的粗俗化、价值失范。对象的确立是一门学科建立的前提条件之一，虽然有些学科的核心问题存在争议，但这不等于说该学科没有核心问题；探究被研究事物的本质，是学科建立的基础所在，也是学科建立以后要面对的重要问题。"理论的批评化"并不意味着文学的本质、规律和原则等概念失去了意义，如果没有对文学本质相当程度的认识，以及对文学规律与原则的相当程度的掌握，"理论的批评化"不但根本无法做到，而且对具体的文学现象做印象主义批评也极其困难；避谈事物的本质只能造成理论的随意与肤浅，理论也不可能获得进展。^①有学者还指出：理论的言说并非只是具体文本批评分析后的副产品，在批评活动中理论的作用可能显得更加直接和自觉些；除新批评、俄国形式主义等极力标榜"内部研究"的批评流派外，西方大多数的批评流派都是在文学理论的基础上衍生出来的，是对文学理论的实践和应用。如，没有列维－施特劳斯、阿尔都塞、拉康等人对结构主义理论的建构，便没有热奈特等人的结构主义批评实践；没有福柯的知识考古学，格林布拉特、怀特等人的新历史主义批评就无从谈起；没有德里达的解构主义哲学，就不可能产生以保罗·德曼、希利斯·米勒等为代表的耶鲁批评学派……试图把理论反过来建立在批评的基础上，只能是一种本末倒置的做法。^②事实上，理论与批评之间更多的是一种双向互动关系，没有必要非此即彼地谈论文学理论学科合法性问题。当然，在这一论争的背后，学界对文学理论学科在新形势下变革和建构的迫切使命感得到彰显。

文化研究经过 20 世纪 80 年代的输入、酝酿，到 20 世纪 90 年

---

① 参见陶东风：《大学文艺学的学科反思》，《文学评论》2001 年第 1 期；李春青：《对文学理论学科性的反思》，《文艺争鸣》2001 年第 3 期；曾庆元：《也谈文学理论学科性的"合法依据"》，《文艺争鸣》2001 年第 6 期；王志耕：《文学理论：走在路上》，《文艺争鸣》2002 年第 4 期；等等。
② 苏宏斌：《文学本体论引论》，上海三联书店 2006 年版，第 13—15 页。

代文化面向市场的时候便很快升温，在新旧世纪交替之际，文化研究大有替代文学理论研究之势。客观地说，以往的文学理论研究主要关注高雅艺术或"纯文学"，对于通俗艺术和大众文化则少有问津，这种精英主义倾向的确在一定程度上与时代精神相脱节。有学者提出，当前大众的日常生活已经"审美化"了，"审美活动已经超出所谓纯艺术／文学的范围而渗透到大众的日常生活中。占据大众文化生活中心的已经不是传统的经典文学艺术门类，而是一些新兴的泛审美／艺术现象，如广告、流行歌曲、时装、电视连续剧乃至环境设计、城市规划、居室装修等。艺术活动的场所也已经远远逸出与大众的日常生活严重隔离的高雅艺术馆，深入到大众的日常生活空间（如城市广场、购物中心、超级市场、街心花园）"[①]。但是，能否由此"文学性蔓延"而主张文学理论边界移动、"扩容与转向"，由文化研究来承担起文学理论的基本职能呢？关于文学和文化研究关系的争论，充满了对精英统治的抱怨，以及认为研究通俗文化将给文学带来灭顶之灾的指责——由此还引发了一场关于"文学理论边界问题"的论争。经过讨论，人们认识到，作为一种新的批评实践，文化研究本身并不是自足的，它同样需要自身的理论武器，同样离不开哲学及文学理论的指导。于是，文化研究与文学理论之间的关系得到了进一步的厘清：一方面密切了相互之间的关系，使得文学理论在与经济、文化、政治内在的、广泛的联系中获得了

[①] 陶东风：《日常生活的审美化与文艺社会学的重建》，《文艺研究》2004年第1期。

发展的巨大空间——就个人兴趣来说，二者自然也可以融合在一起，成为一种个人风格；另一方面，文化研究与文学理论也各自认同了自己的界限。

乔纳森·卡勒说得好："从原则上说，文学和文化研究之间不必一定要存在什么矛盾……如果把文学作为某种文化实践加以研究，把文学作品与其他论述联系起来，文学研究也会有所收获。理论的作用一直就在于扩大文学作品可以回答的问题的范畴，并且把注意力集中在它们用哪些不同的方式抵制它们那个时代的思想，或者使其复杂化上。从根本上说，文化研究因为坚持把文学研究作为一项重要的研究实践，坚持考察文化的不同作用是如何影响并覆盖文学作品的，所以它能够把文学研究作为一种复杂的、相互关联的现象加以强化。"[①]童庆炳指出，文化研究是有价值的，但它不过是"文化社会学"研究。"目前文化研究的对象已经从大众文化批评、女权主义批评、后殖民主义批评等进一步蔓延到去解读小轿车热、网络热、性现象等等，解读的文本似乎越来越离开文学文本，越来越成为一种无诗意或反诗意的社会学批评，像这样发展下去，文化研究岂不是要与文学和文学理论'脱钩'？"[②]"更重要的是，在文化研究向所谓的'日常生活审美化'蜕变之后，这种批评不但不是去制约消费主义，反而是为消费主义推波助澜……这样发展下去，文

---

① 乔纳森·卡勒：《文学理论入门》，李平译，译林出版社 2008 年版，第 50 页。
② 童庆炳：《植根于现实土壤的"文化诗学"》，《文学评论》2001 年第 6 期。

化研究必然就不仅要跟文学、艺术和文学艺术理论脱钩，而且成为新的资产阶级制造舆论的工具，成为新的资产阶级的附庸。"[①]因此，自 20 世纪 90 年代后期开始，童庆炳不满意"文化研究"的"反诗意"，不满意中国"文化研究"一味照搬西方文化研究的问题，缺乏中国自身的问题意识，不满意当下的文学研究只把文学作品当作例证以说明某个社会学问题，而置文学作品本身的精粗优劣于不顾，于是他在 1998 年提出了"文化诗学"，力图对文学理论的"内部研究"和"外部研究"进行综合，实现超越。"文化诗学"首先是一种"诗学"，是审美的文学理论，它主张诗情画意；它的对象必须是文学艺术作品，不是那种流行的带有消费主义倾向的大众文化产品。其次，"文化诗学"主张双向拓展。所谓"双向拓展"，一方面是向微观的文本细读拓展，对作品进行语言的分析、审美的评析，确定其美学上的优点；另一方面是向宏观的文化视域拓展，即考虑文学艺术与其他文化形态，如语言、神话、宗教、科学、历史、政治、哲学、伦理、道德、教育、民俗等之间的互动，研究这种互动的关系，以全面地揭示文学作品的各方面内涵，并从现实问题出发，通过研究，提炼

[①] 童庆炳：《美学与当代文化讲演录》，广西师范大学出版社 2007 年版，第221 页。

出某种文化精神或诗性精神，间接地回应社会，以弥补现实的不足。[①]
显然，"文化诗学"有审美、文化和文本三个维度，其中，审美的
批评维度尤为重要，它不仅针对"走火入魔"的"反诗意"的"文
化研究"而发，也传承了新时期以来中国文学理论研究的成果。"文
化诗学"迥异于游走于大众审美文化与社会政治话语之间的新历史
主义文化诗学，这种差异不仅来自语言的表述和研究的对象，而且
来自审美的观念与理论的追求。"文化诗学"的建构是深深植根于
中国自身的社会现实问题与文化历史语境中，由中国学人自己创构
的一种文学批评范式，有学者将它命名为"新审美主义的文化诗学"，
可谓一语中的。"文化诗学"的研究借用"文化研究"的思路与方法，
极大地拓宽了文学研究的视野。"文化诗学"作为一种文学理论的
新形态，必将推进我们时代的文学理论和批评，为文学的发展做出
贡献。

需要特别着重提出的是，世纪之交，在图像艺术、互联网文化
的兴起和文学消亡论的流播声中，"生态文艺学""生态美学""网
络文学理论"等异军突起，它们开拓了文学理论和批评的新境地，
都有相当深度的学理阐释，出版了多种生态文学理论专题研究和网

[①] 乔纳森·卡勒指出，从事文化研究的人常常希望当代文化的研究能够成为一种
文化的介入，而不仅仅是一种描述；不过，文化研究并不认为它自己的知识成果
将会创造变化。"如果那样讲，就无异于自吹了，更不用说有多么幼稚可笑了。
它相信的是它的成果'应该'能改变现实。就是这种思想。"（《文学理论入门》，
李平译，译林出版社 2008 年版，第 55 页）在这方面，文化诗学的目的与文化研究
是一致的。

络文学新视野丛书，获得了突出的成绩；它们与"文化诗学"一道形成了文学理论的新的生长点。这些文学理论新形态的研究，既采用了西方文学理论的资源，又继承了我国古代传统，并结合了当代我国文学理论的实际情况，成为我国具有中国特色的文学理论中的新因素、新学科，从而与外国文学理论处于真正同步发展的地位。此外，还有如审美文化、大众文化、城市文化理论研究，其发展势头也是蒸蒸日上。

当然，新时期三十年里，也有曲折，大批判式的批判，发生过好几起，直至今天，做法与前三十年竟如出一辙。但毕竟时代不同，影响有限，可以看作前三十年的遗风、旧时曲调。

总的看来，新时期以来，从事当代文学理论研究的学者中，但凡有所成就者，从不画地为牢、裹足不前、故步自封、自我称王，也不屑于生吞活剥外来理论，而是诀别了"稗贩"西学的历史，立足于中国的思想文化现实以及行进中的社会发展形态的现实土壤，对各种有用的思想资料反刍消化后实行兼收并蓄，通过中西会通式的移植和发展，提出了诸多富于创见的文学新说。在创构新说的过程中，他们始终没有放弃知识分子的社会责任感，在执着于文艺本质规律之求索和对各类文艺现象感悟、体认的同时，更切实地关注着时代前进的步伐，竭力介入现实的文化现象，以寻求新的身份认同，积极参与社会的发展。

在进入自觉的学术创造的时代，在诸多文学理论问题的论争中，各种不同的学术见解不断对话交流，达成了相互包容、相互吸收、相互补充乃至互有交融，在多样竞争中共生共荣。可以说，新时期的文学理论在实现从传统形态到现代形态的跃升后，正指向有中国特色的当代形态文学理论的建构。

（载《社会科学战线》2010年第4期；中国人民大学书报资料复印中心《文艺理论》2010年第9期全文转载）

跋

本书之所以能有如此规模，在某种意义上，归功于我的研究生教学与指导工作。

中国社会科学院研究生院每年招收的研究生十分有限，像我只能隔一年带一个。每一个研究生刚入学，我总是开列近百本必读书目，赠送几本笔记本，要求在阅读的同时认真做好读书摘记，随时写下读书心得体会，到了期末上交给我检查。只要有时间，我还在家里举办形式活泼的"读书沙龙"，四五个研究生、访问学者围坐在一起研读《老子》《论语》《文心雕龙》等中国文化原典，并就其中的学术思想观点展开激烈的论辩。

除了要求精读古今中西的文艺理论名著，我还要求自己的研究生每年必须通读各种学术期刊，从中遴选出重要的学术论文，用自己的语言概括、提炼它们的核心思想观点，并写成文章，提出自己的观点或看法。与"秘不示人"的写作不同，我每写好一篇论文初稿，都会发给自己的研究生，要求他们细读后提出具体的想法或意见；在正式刊发这些论文之前，我总是不厌其烦地反复修改，每一稿都让他们进行比较阅读，领悟各个细部为何要如此这般地修改；每篇定稿后再让他们跟初稿一一比对，然后谈谈个人的体悟。在参与到我每篇论文"穿针引线"的过程中，他们真切体会到了何谓"文章"的写作，认知能力、思辨能力和写作能力得到了提升。

上述类似师傅带徒弟的"手工作坊"式学术训练，目的在于让研究生养成良好的阅读习惯，不断扩展自己的知识视野，提高自己的理论思辨能力，进而学会如何搜集、整理、透析材料，并在写作中提炼、呈现自己的思想观点。做我的研究生压力是不小的，每年都得撰写若干篇长短不一的论文，有时可能还要承受我近乎体无完肤的批评。还好，他（她）们的表现相当不错！

收入本书的十一篇文艺学前沿问题年度研究报告，都是在指导研究生读书、思考、写作的过程中完成的，每篇都经过我逐字逐句地修改、较大幅度地补充甚至重写。这十一篇论文发表在《文艺争鸣》《南方文坛》《上海大学学报》《中国政法大学学报》《东吴学术》等重要的学术期刊上，收入本书时出于体例的考虑个别标题略有改动，文末一一注明刊载的期刊以表谢忱。此时此刻，必须感谢我的研究生周娆、陈浩文、李晓波、陈加、徐蓓，他们帮我收集、整理了不少资料，是我诸多文章的第一读者，并提出了不少很好的意见或建议——这种"教学相长"是我学术生涯里十分重要的一部分，所有共同度过的日子都是非常美好的记忆。

最后，在本书出版之际，我要特别感谢浙江工商大学出版社任晓燕老师，由于她的卓识眼光，拙著才得以如愿面世。

吴子林

2022 年 2 月 9 日于北京"不厌居"